SCIENCE FICTION

Von **William Shatner** erschien in der Reihe
HEYNE SCIENCE FICTION & FANTASY:

STAR TREK:

Die Asche von Eden · 06/5688
Die Rückkehr · 06/5689
Der Rächer · 06/5690

Das Gespenst · 06/5703
Dunkler Sieg · 06/5704
Die Bewahrer · 06/5705

DIE STERNENJÄGER:

Der Delta-Code · 06/6430
Die Gen-Kriege · 06/6431 (in Vorb.)

WILLIAM SHATNER

DER DELTA-CODE

DIE STERNENJÄGER

Erster Roman

Aus dem Amerikanischen von
BARBARA OSTROP

Deutsche Erstausgabe

WILHELM HEYNE VERLAG
MÜNCHEN

HEYNE SCIENCE FICTION & FANTASY
Band 06/6430

Titel der amerikanischen Originalausgabe
QUEST FOR TOMORROW: DELTA SEARCH
Deutsche Übersetzung von Barbara Ostrop
Das Umschlagbild ist von Donato Giancola

Umwelthinweis:
Dieses Buch wurde auf chlor- und
säurefreiem Papier gedruckt.

Redaktion: E. Senftbauer

Erstausgabe in
Harper Paperbacks
A division of HarperCollins*Publishers*, New York
Mit freundlicher Genehmigung des Autors
und Agence Hoffman, Literarische Agentur, München

http://www.heyne.de
Deutsche Erstausgabe 9/2002
Printed in Denmark 7/2002
Umschlaggestaltung: Nele Schütz Design, München
Technische Betreuung: M. Spinola
Satz: Schaber Satz- und Datentechnik, Wels
Druck und Bindung: Nørhaven Paperback A/S, Denmark

ISBN 3-453-21365-3

Der Mensch braucht Brot und die Butter darauf, aber er braucht auch etwas, das ihm das Herz weit macht. Dieses Programm ist sauber. Wir geben das Geld nicht aus, um Menschen zu töten. Wir schädigen die Umwelt nicht. Wir helfen dem menschlichen Geist. Wir entschlüsseln Geheimnisse, die Milliarden Jahre zurückreichen.

FAROUK EL BAZ
Skylab: Next Great Moment in Space

Fortgeschrittenere Zivilisationen – so es sie denn geben sollte – reißen sich kein Bein aus, um uns vor der Selbstvernichtung zu bewahren. Ich persönlich halte das Universum so für interessanter.

CARL SAGAN

Ist Größe sich des Staubs bewusst,
So nah ist Gott uns dann.
Wenn leise raunt die Pflicht *»Du musst«*,
Die Jugend sagt: *»Ich kann«*.

RALPH WALDO EMERSON

Widmung

Jugendlichkeit wird, wie ein weiser Mann einmal sagte,
nicht etwa an die Jungen verschwendet.
Vielmehr ist sie eine Zierde der leicht Gealterten.
Das weiß ich zufällig, da auch ich leicht gealtert bin.
Nun ist jedoch eine junge Frau von ganz
außerordentlicher Energie und Schönheit ohne viel
Federlesen einfach in mein Leben hineingerannt.
Und so widme ich dieses Buch der Frau, die mir Jugend und
Energie, Liebe und Leidenschaft, Inspiration
und nicht wenig Perspiration gebracht hat.
Nerine, Der Geliebten …

– außerdem –

ist dieses Buch im Einklang mit diesem jugendlichen
Motto allen jungen lesenden Menschen
gewidmet. Vielleicht lassen sich ja einige jugendliche
Mitglieder der Welt von unserem Helden inspirieren, nicht nur
von dem, was Jim tut, sondern indem sie
die Magie des Lesens entdecken … und sich der Hypnose
durch das Fernsehen entziehen,
um eine Reise in die Phantasie anzutreten.

Dank

Bill Quick ist ein phantastischer Schriftsteller und,
wie man ihm gewiss schon viele Male
in seinem Leben gesagt hat, er ist »quick«, schnell:
Schnell im Schreiben, im Denken, in seiner Kreativität.
Bei diesem Buch stehe ich weit über jeden Dank
hinaus in seiner Schuld.

John Silbersack,
der wunderbare Lektor, ist der Motor,
der dieses Fahrzeug antreibt.

Caitlin Blaisdell und Carmen LaVia

Prolog

1 Als Kate mit der Schulter die Tür zu der kleinen Prolo-Wohnung aufstieß, die sie in San Francisco, Hunter's Point Distrikt, illegal aus zweiter Hand von deren rechtmäßigem Bewohner gemietet hatte, waren die Häscher schon da.

Mit einem kurzen Blick zum Himmel manövrierte sie zwei Tüten mit Lebensmitteln und einen großen Packen Einmalwindeln durch die Tür.

»Ich bin wieder da.« Es kam keine Antwort, und sie erwartete auch keine – Carl, der den Barkeeper spielte, war noch immer bei der Arbeit, und Jimmy sollte eigentlich noch schlafen –, doch sie lächelte über ihren schrulligen Einfall. Das Lächeln verwandelte ihr müdes Gesicht, und plötzlich wirkte sie jung. Sie *war* tatsächlich jung, wenn sie auch schon eine ganze Weile nicht mehr so ausgesehen hatte.

Nicht hoch gewachsen, sondern kompakt, hatte sie einen kräftigen, drahtigen Körperbau, der in den klaren Linien ihrer Bewegungen zur Geltung kam: Zackig, kontrolliert und trotz ihrer Erschöpfung lebhaft. Das Gesicht war von den Augen geprägt, die mit ihrem eindringlichen Blick und dem frappierenden Blau größer wirkten, als sie eigentlich waren. Das Haar war von jenem sandfarbenen Blond, das einen an Löwen denken ließ; halb lang und wellig kräuselte es sich hier und da zu Locken.

Der Mund war stark und entschlossen unter einem Nichts von kleinem Näschen – das einzig Ausdruckslose an ihrem Fuchsgesicht mit den hohen Wangenknochen. Ein Fächer feiner Fältchen umkränzte ihre Augenwinkel, als hätte sie über lange Zeit den fernen Horizont beobachtet, und ob diese dunstigen Fernen nicht ebenso imaginär wie real waren, das blieb dahingestellt. Jede einzelne ihrer Bewegungen sah so aus, als wüsste sie genau, was sie damit bezweckte.

Sie trug dreckige Turnschuhe, verwaschene Jeans, ein blaues Männerjeanshemd und ein schweres Silberarmband – ein einzelner harter Ring wie ein Ausrufezeichen – um ihr linkes Handgelenk. Kein Straßenräuber mit etwas Verstand im Kopf würde sich an sie heranwagen …

Sie durchquerte das Wohnzimmer mit seinem Geruch nach altem Kohl und stellte die Tüten auf der schartigen Arbeitsplatte in der Küche ab.

Bei einem unbestimmbaren Geräusch aus dem Schlafzimmer hob sie den Kopf. Das klang merkwürdig – nicht wie ein Baby.

Sie war wie elektrisiert, eine Löwin, die eine versteckte Gefahr wittert. In ihren scharfen blauen Augen glomm eine schreckliche Wachsamkeit auf, und sie schob eine Welle blonden Haars aus dem Gesicht. Ihre Handtasche lag direkt bei den Einkaufstüten; sie öffnete sie und nahm eine schwarze Maser-Pistole heraus, so groß, dass sie in ihrer kleinen Hand lächerlich wirkte wie ein Scherz oder ein einigermaßen unrealistisches Spielzeug. Daran aber, wie sie den Hahn mit einem todverheißenden kleinen Summton spannte, war nichts Kindisches.

»Wer ist da?«

Doch im mattgelben Licht einer billigen Leuchtröhre war nur ein ungemachtes Bett und das in ein Nest aus Bettlaken eingehüllte Kind zu sehen, das sie mit seinem Babyblick aus weit geöffneten Augen schweigend ansah. Jimmy, der inzwischen wach war. Für ihn gab es keine reizende kleine Korbwiege, keinen modischen Cyberbuggy. Denn sein Leben würde vielleicht davon abhängen, wie schnell sie ihn in ihre Arme reißen und fliehen konnte.

Mit ihrem scharfen Blick suchte sie das kleine Zimmer ab, ging dann zum Kleiderschrank und riss ihn auf. Alles leer. Allmählich entspannten sich ihre verkrampften Muskeln.

Sie atmete aus, und fast schien ihr mit diesem Atemzug alle Kraft zu entweichen. Wie eine Blume war sein Gesicht jedoch ihren Bewegungen gefolgt, und jetzt schenkte er ihr ein zahnloses, vertrauensvolles Lächeln, bei dem sie am liebsten geweint hätte. Das war kein Leben für ihn. Oder auch für sie. Als ob ihnen irgendeine Wahl bliebe.

Sie nahm ihn auf den Arm und staunte über den zierlichen Schädel, die winzigen, vollkommenen Fingerchen, die er mit plötzlicher, verblüffender Kraft um ihren Daumen klammerte. Sie küsste ihn auf den Kopf und flüsterte: »Ein kräftiger kleiner Kerl bist du, nicht wahr? Von deinem Daddy hast du das gewiss nicht, oder? Aber du bist etwas Besonderes, ja, wahrhaftig.«

Dann ein weiches Stocken in ihrer Kehle: »Ich liebe dich, Baby. Wenn nur dein Daddy kein solcher verdammter Schweinehund wäre, wäre das hier ein Leben, nicht wahr?«

Nachdem sie guten Gebrauch von den Windeln gemacht und das Baby in den Schlaf gewiegt hatte, nahm sie die Maser-Pistole wieder an sich und schaltete das Licht aus. Dann stand sie einen langen Moment einfach da, wusste nicht, ob sie weinen oder sich das Gehirn aus dem Schädel pusten sollte. Nein, das hier war kein Leben.

2

Der zerbeulte schwarze Grav-Kleinlaster sah wie ein Kabelkopf-Kriegswagen aus, wie er da lautlos auf der gegenüberliegenden Straßenseite der Prolo-

Wohnung über dem Bordstein schwebte. Eine kurze Weile passierte überhaupt nichts. Durch die undurchdringlichen Spiegelglasscheiben war keinerlei Bewegung zu erkennen, und außer dem im aufkommenden Abendwind kaum hörbaren Seufzen des Wasserstoffmotors war kein Laut zu vernehmen.

Die Instandhaltungs-Teams der Stadt machten sich nicht mehr die Mühe, zerschmetterte Projektionslinsen in der sich hier und da noch über die Straße ziehenden Beleuchtung zu ersetzen, deren einst präzise Muster vernichtet waren, weil keiner mehr die Computer wartete oder richtig programmierte. Schließlich war das hier ein Ghetto.

Hier setzte die Dunkelheit früh und rasch ein, nur von gelegentlichem hysterischem Gelächter und vom Popcorngeknatter und boshaften Schwirren sporadischer Gewehrsalven durchbrochen. Von dem Fahrzeug ging eine sonderbare Ruhe aus; ein völlig benebelter Kabelkopf trat in diese Zone der Stille ein, ließ ein verwirrtes Lächeln aufflackern und stolperte matt zur anderen Straßenseite davon.

Er war schon lange weg, als auf der straßenabgewandten Seite des Lasters die Tür auf reibungslosen Lagern aufglitt und vier Schatten sich in tieferem Schatten auflösten. Jetzt hing eine verschwitzte Dringlichkeit in der Nacht, ein modriger Geruch von Gewalt. Ein Eichhörnchen keckerte scharfen Protest und verstummte. Die Lichter im Fenster des kleinen Hauses leuchteten stetig, stemmten sich tapfer gegen die Finsternis, die gegen diesen schwachen Funken anzudrängen schien.

In der Dunkelheit, rostbraun gegen den sanftgrünen Schimmer der Instrumentenanzeigen, war die Spannung rasiermesserscharf, schien nervenzerfetzend bis ins Fleisch zu schneiden. So war es immer. Sie waren daran gewöhnt – so sehr daran gewöhnt, wie Menschen sich nur daran gewöhnen konnten, ohne völlig entmenschlicht zu werden. Sie waren dieser Grenze jedoch nahe, und manchmal überschritten sie sie auch. Heute Abend vielleicht.

Eine Stimme flüsterte: »Lima Baker, hier ist Hitter One. Zielerfassung ist da. Tötungszone optimal. Ich wiederhole, Tötungszone optimal …«

Nach einem weiteren Zeittakt aktivierte jemand sein Helmmikrophon und sagte: »Los!«

3 Er hieß Carl und mit Nachnamen so, wie sie es diesen Monat gerade hielten. Genau wie Kate vor ihm kontrollierte er das mit Klebeband am Türrahmen befestigte improvisierte kleine Namensschild und sah, dass sie zumindest derzeit Familie Johnson waren. Den auf der anderen Straßenseite ein paar Häuser weiter geparkten staubigen, schwarzen Grav-Kleinlaster bemerkte er nicht, würde sich aber noch Jahre später für diese uncharakteristische Nachlässigkeit geißeln.

Er schloss die Tür und aktivierte den elektronischen Todesriegel. Seinen Rucksack aufs Sofa werfend, schaute er sich im schäbigen Wohnzimmer um. »Kate, bist du da?«

»Im Schlafzimmer.«

Er nickte, ging hinüber und streckte den Kopf um die Ecke. »Ich bin daheim.«

Sie schaute von ihrem Platz auf der Bettkante auf, wo sie den kleinen Jimmy in den Armen wiegte: »Soweit man das so nennen kann.«

Er seufzte tief. »Ich weiß, ich weiß. Wir können nicht ewig so weitermachen.« Er stockte. »Kate? Wir haben es lange genug aufgeschoben. Du weißt, was ich meine …«

Sie schaute zu ihm auf, und ihre blauen Augen weiteten sich langsam. Sie hielt mit Wiegen inne. »Carl … nein.«

Er hob die Hand. »Ich schwöre es, Kate. Ich kann ihn

töten. Ich würde nicht einmal darüber nachdenken, wenn ich der Meinung wäre, das könnte Jimmy und dich irgendwie in Gefahr bringen. Aber es ist jetzt fast ein Jahr her. Jetzt hält er bestimmt nicht mehr nach mir Ausschau. Und keiner kann sich gegen einen Attentäter verteidigen, der weiß, was er tut.«

Sie schaute auf das schlafende Kind hinunter. »Ja«, erwiderte sie bitter. »Solange dieser Attentäter sich nicht darum schert, wenn er dabei selbst ums Leben kommt. Carl, ich bin eine selbstsüchtige Frau. Ich bezweifle, dass mir auch nur noch ein Ansatz von edler Gesinnung geblieben ist. Ich kann mit dem ewigen Davonlaufen und Verstecken leben, solange wir zu dritt sind. Aber ich lasse nicht zu, dass du dich auf irgendeinem maskulinen Altar der Rache zum Opfer bringst – nicht um unseretwillen. Verstehst du?«

Er sah sie an. »Ich bin nicht auf Selbstmord aus. Und edelmütig war ich noch nie. Den Anteil, den die Rache dabei spielt, will ich nicht leugnen, aber niemals würde ich einen von euch beiden dafür in Gefahr bringen.«

Sie drehte sich um, legte Jimmy vorsichtig auf die Matratze und arrangierte die beiden Kopfkissen als improvisiertes Körbchen um ihn herum.

Sie legte den Finger an die Lippen: »Lass ihn jetzt schlafen.«

Er nahm sie in die Arme und presste sie an sich. Dann fuhr er mit den Handknöcheln über ihre Rücken- und Schultermuskulatur. Die improvisierte Rückenmassage ließ sie lustvoll aufseufzen. »Ich gebe dir genau zwei Stunden, aber dann ist Schluss, großer Junge.«

»Ich kenne ein paar Tricks, die würden dir garantiert noch besser gefallen.«

»Ach ja? Und bin ich ein paar von denen schon einmal begegnet?«

»Vielleicht.«

»Da bin ich mir aber nicht so sicher. Vielleicht solltest

du sie mir noch mal zeigen. Mein Gedächtnis auffrischen. Aber nicht vor dem Baby.«

Er grinste, die Nase voll vom Geruch ihres Haars. »Kind schläft.«

Sie lächelte. »So soll es auch bleiben.«

4 Hinterher lag sie auf dem durchhängenden Gestell und streckte die angezogenen Beine in die Lücke zwischen den aufgestapelten Sofakissen; schon seit Ewigkeiten hatten die Polster die Eigenschaft verloren, sich dem Körper des darauf Sitzenden anzupassen. »Das war ein lustiges Spiel. Kennst du sonst noch welche?«

Er küsste sanft ihren Nacken. Im Moment wenigstens gelang es ihm, die hoffnungslosen Umstände ihres gemeinsamen Lebens zu vergessen. Im Licht ihrer Zuneigung nahm selbst das heruntergekommene Wohnzimmer einen vollen, warmen Farbton an.

»Liebe ist nur die Hälfte der Illusion«, flüsterte er ihr ins Ohr.

Sie reckte sich und gähnte. »Hm. George Santayana.«

»Gut. Und woraus?«

»The Life of Reason.«

»Mit was für einer gebildeten Frau ich doch zusammenlebe«, sagte er.

»Und dazu noch geistreich. Denn natürlich heißt Lieben nur, sich in einem Zustand narkotisierter Wahrnehmungsfähigkeit zu befinden.«

Er lehnte sich zurück und sah zur Decke. Da oben war ein hässlicher, orangefarbener Wasserfleck, der ihn irgendwie an eine Karte Tasmaniens erinnerte. »Ambrose Bierce.«

Sie kniff ihn in den Arm. »Nein. Bierce war es nicht. Versuch's mal mit H. L. Mencken.«

Er reckte sich nach dem klapprigen Tischchen am

Kopfende der Couch und wuchtete den schweren Wälzer auf seine Brust. »*American Quotations*«, sagte er. »Die letzte Instanz.« Er blätterte zum Index auf den letzten Seiten. »Unter Bierce steht es nicht. Darauf wirst du jetzt wohl herumreiten?«

»Lass mich mal aufsitzen, Kumpel.«

»Du bist ein boshaftes Weib«, erklärte er. »Außerdem haben wir das schon hinter uns.«

»Dann ist es also Mencken, hm? Aus *Prejudices*, glaube ich.«

Mit einem Hüftschwung schubste er sie beinah auf den Boden. »Hatte ich schon etwas über deine angeborene Boshaftigkeit gesagt?«

Sie startete einen Angriff auf einen besonders kitzligen Teil seiner Anatomie, doch bevor das Scheingefecht sich noch in etwas ernstlich Interessantes verwandeln konnte, ertönte ein leises Wimmern aus dem Schlafzimmer.

»Was meinst du, will er eine Windel oder will er ein Fläschchen?«

»Egal«, erklärte sie. »Du hast verloren, also machst du die Drecksarbeit – und danach klingt es. Windeln sind in der Küche, Typ.«

Er stand auf und reckte sich gewaltig. Sie sah zu ihm auf, innerlich verblüfft über seine schiere körperliche Ausstrahlung. Er verströmte eine maskuline Kraft, so stark, dass man es fast greifen konnte. Gott, wie sehr sie ihn liebte. Warum musste das Leben so ungerecht sein?

5

»Also, ich habe gute Nachrichten und schlechte Nachrichten. Welche willst du zuerst?«

Sie schaute von dem extrem leistungsfähigen kleinen Computer in ihrem Schoß auf. Er wusste, dass sich irgendwo auf einem Nanotech-Chip in dessen Innern der Grund dafür verbarg, dass ihr Leben zu einem solchen Unding, einem solchen Elend verkommen war.

»Keine Nachrichten sind gute Nachrichten, stimmt's?«, bemerkte sie.

»Der Windelwechsel ist abgeschlossen – gute Nachricht – aber jetzt ist er hellwach. Schlechte Nachricht. Wie wär's, soll ich ihn mitnehmen? Ich muss noch im Einkaufszentrum ein paar Sachen besorgen.«

Sie nickte geistesabwesend. »Steck eine Reservewindel in den Rucksack. Man kann nie wissen.«

Er grinste. »Doch, wenn man überhaupt irgendwas wissen kann, dann dass man früher oder später garantiert eine Windel in Reserve braucht.«

Er beugte sich vor, um sie auf ihren blonden Schopf zu küssen, und hielt beim Bücken Jimmy im Tragesack auf seiner Brust fest. »In ungefähr einer Stunde bin ich wieder da, okay?«

»Pass auf dich auf. Ich liebe dich.« Sie hob die Augen nicht von dem kleinen holographischen Bildschirm, der über dem Gerät tanzte. Er lächelte liebevoll darüber, wie sie in einem solchen Nebel der Konzentration versinken konnte. Aber sie war ja auch ein Genie – Gott sei Dank. Er wusste, was er war. Er hatte ihr etwas gegeben, was sie verzweifelt brauchte, aber ein Genie war er nicht.

Er zog die Riemen seines Rucksacks nach, öffnete die Vordertür und warf ihr einen Kuss zu. »Ich liebe ich, Kate.«

Er sollte sie nie wieder lebend sehen.

6

Vielleicht war es nur so, dass ihre Nerven durch die Angst zu einer nahezu psychopathischen Wachheit wund gescheuert waren, vielleicht war auch wirklich etwas zu hören gewesen: Ein leises Scharren von Leder, ein nahezu unhörbares metallisches Klirren. Sie war im Wohnzimmer in einem durchgesessenen

Stuhl vor einem vor Statik glänzenden Holovisionswürfel eingedöst, jetzt aber fuhr sie mit dem Computer in der einen Hand und der Maser-Pistole in der anderen auf. An ihrem Hals standen Muskelstränge vor. Erst sah sie zur Tür, dann zum Fenster, erstarrt wie eine im Moment der Teufelsanrufung erwischte Hexe.

Dämonen kommen!

Mit zwei unglaublich langen, federnden Schritten war sie im Schlafzimmer. Sie machte kehrt, setzte den Computer bei ihren Füßen ab und nahm die Maser mit beiden Händen hoch. Ihr Mund öffnete sich, und die Lippen zogen sich zu einer zähnefletschenden Grimasse zurück. Als eine Explosion die Vordertür eindrückte, betätigte sie den Abzug. Ein hartes, unglaublich lautes Schwirren erfüllte ihre Ohren. Sie war gut und sie hatte Glück; ihr erster Schuss streckte die schwarze Gestalt nieder, die mit einem Satz aus dem Qualm auf sie zukam. Einen zweiten Schuss konnte sie nicht mehr abfeuern.

Die hoch aufgeschossene Frau mit den hellroten Lippen, die durch das Fenster in die Küche brach, hatte einen Streu-Blaster im Anschlag. Der Schuss traf Kate in den Rücken und zerlegte sie nahezu in zwei Teile.

»Jesus, Smith, alles in Ordnung?«, fragte die Schlacksige.

Sie waren zu viert, drei Männer und die Frau, wenngleich man hinter den dunklen Schilden ihrer Schutzkleidung kaum sagen konnte, wer was war. Nur der blutrote Lippenstift enthüllte die ansonsten verborgene Weiblichkeit der Gestalt, die neben der zerfetzten Leiche ihres Opfers stand und ihr behandschuhte Finger auf die Kehle legte. Sie schaute auf: »Die hier ist erledigt.«

Befriedigt eilte sie zu dem Kämpfer, der direkt hinter der Tür niedergestürzt war.

»Hey, Smitty Smitty Smitty.« Sie schob ihren Gesichtsschutz zurück, was unnatürlich bleiche Haut und schwarzes, glattes, kurz geschnittenes Haar zum Vorschein brachte – ein sowohl schönes als auch furchtbares Gesicht, von der Lust am Töten entstellt.

»Hey, Junge, du bist okay, hörst du mich?« Hastig hantierte sie mit den Riemen und Verschlüssen seiner Schutzkleidung. »Ah, in Ordnung, das ist gut, nur eine kleine Prellung.« Sie schaute auf. »Seine Weste hat es abgefangen.« Dann wieder nach unten gewandt: »Jetzt los schon, verdammt, wach auf!«

Der Mann stöhnte.

»Das ist es, Baby, sprich mit Mama. Ja, so ist's gut, bald geht's dir wieder prima.«

Sie ging von den Knien in die Hocke und schlug sich auf die Schenkel. »Okay, Leute, wir haben hier einen Zeitplan. Bringen wir die Sache zu Ende. Die Gegend hier ist nun wirklich ein heruntergekommenes Loch, aber diese Kanonen machen eben Krach. Eine von diesen benebelten Gestalten könnte tatsächlich die Bullen rufen.« *Der* Scherz war ihnen ein nervöses Kichern wert.

Der Smitty Genannte stemmte sich mühsam auf die Ellbogen: »Was ist passiert?«

»Du hast einen Schuss abbekommen. Deine Schutzkleidung hat ihn abgefangen, sonst würden wir uns jetzt nicht miteinander unterhalten. Alles in Ordnung mit dir?«

»Ich werd's wohl überleben.« Schnaufend griff er nach ihrer Schulter und zog sich auf die Füße. Sie trug sein Gewicht problemlos und erhob sich mit ihm, bis er aufrecht dastand.

»Smitty, beweg deinen Arsch zum Laster zurück. Wir kommen, sobald wir hier fertig sind.«

Smitty schob seinen Gesichtsschutz wieder an Ort und Stelle. »Nein, mit mir ist alles in Ordnung.« Er schaute an der Frau vorbei auf die in der Schlafzimmertür ausgestreckte Leiche. »Jesus.«

Er trug einen großen Rucksack. Dessen Gurte schüttelte er nun ab und ließ ihn auf den Boden plumpsen. Die Frau lachte. »Recht so, ihr Ballerjungs, bringt mich nur um. Geht mit dem Zeugs nur um, als wäre es eine Tasche voll Bubblegum.«

Er öffnete den Rucksack und wühlte darin herum.

»Du hast vier Minuten.«

Er schüttelte den Kopf. »Die werde ich nicht brauchen. Macht weiter.«

Er musste über die Frauenleiche treten, um ins Schlafzimmer zu kommen. Sie lag in einer großen Blutlache, die blauen Augen offen und leer.

»Jesus«, murmelte er. Seine Nase zuckte unwillkürlich beim scharfen Kupfergeruch des Blutes. Doch er bewegte sich schnell weiter, schlenkerte dabei kleine Sprengstoffpäckchen gegen den Türrahmen und suchte das Innere des Schlafzimmers nach den wirkungsvollsten Stellen ab, um dieses Häuschen in einen undefinierbaren Scheiterhaufen zu verwandeln.

Die entstellte Leiche stieß ihn ab, und so drehte er sie auf seiner Suche nach den Objekten, die man ihm genannt hatte, nicht um. Der Computer, den sie in der Hand gehalten hatte, lag unter ihr, von zerfetztem Fleisch und geronnenem Blut bedeckt.

Er brauchte dreißig Sekunden weniger als die versprochenen vier Minuten. Ohne einen weiteren Blick ging er zur Vordertür hinaus. Er stieg in den Laster. Gleich darauf löste sich das Fahrzeug vom Straßenrand und glitt davon. Eine Straße weiter schimmerten seine roten Schlussleuchten auf, und es stieg steil in die Luft hinauf.

Fünfundvierzig Sekunden später ging das kleine Häuschen mit einer Explosion in Flammen auf. Als die Feuerwehr eintraf, war nur noch Asche da. Selbst mit den modernsten DNS-Suchern brauchten die Brandstiftungsexperten drei Tage, um die Knochen zu finden. Vom Computer fanden sie keine Spur.

7 In einem hohen, grauen Wall zog sich der Nebel dreihundert Meter vor der Küste die San Francisco Bay entlang und verhüllte die Shoppingcenterbeleuchtung der Greater Bay HyperMall. Carl bestieg die Schwebebahn in der Hunter's Point Station und lehnte sich gegens Geländer, um das Näherkommen der riesigen, von unsinkbarem High-Tension-Schaumstoff getragenen künstlichen Insel zu beobachten.

Jimmy zappelte in seinem Tragegurt. Carl schaute auf den Babykopf mit den sich feucht kringelnden, dichten, dunklen Haarsträhnen hinunter.

»Was ist denn los, großer Junge?«, flüsterte er. »Schlecht gelaunt, nachdem du den ganzen Tag deiner Mom das Leben zur Hölle gemacht hast? Hast du auch ein paarmal ordentlich die Windeln voll gemacht? Das fand sie bestimmt ganz Klasse, aber garantiert.«

Jimmy grinste und gab leise Grunzlaute von sich, als stimme er dem unverständlichen Gebrabbel des großen Mannes zu, der ihn so sanft gegen die Brust gedrückt hielt.

8 Geschrei und Chaos erfüllte das Innere des Mutterschiffs, das in zehn Meilen Entfernung wohl verborgen seine Kreise über der San Francisco Bay zog.

»Wo ist er hin? Verdammt, ich hab ihn verloren … okay, halt das. Ich hab ihn!«

»Was? Gib mir die Koordinaten, gib mir … jetzt!«

»Okay, ich weise die Reserveteams ein. Gib mir Team Baker und Team Charlie.«

»Wo *ist* er?«

»Moment … okay, er ist auf dem Weg zur HyperMall. Verstanden? Zur HyperMall!«

»Okay. Team Leader Baker, Team Leader Charlie, halten Sie sich zum Download der neuen Missions-Koordinaten bereit …«

9 Carl drückte die Nase gegen das verschmierte, graffiti-zerkratzte Fenster des Schwebebahn-Wagons. Am liebsten hätte er den Kopf in die salzgeschwängerte Luft der Bay hinausgestreckt, doch ihm war klar, dass die Trans-Bay Schwebebahn ohne fest verschlossene Fenster der Golden-Gate-Bridge als Magnet für Selbstmörder Konkurrenz gemacht hätte.

Verborgene Antigrav-Motoren stießen ein vernehmbares Brummen aus, als die Bahn den Scheitel des Bogens erreichte, hart ruckelte und dann in das in absurdem Übermaß beleuchtete Labyrinth der Mall hinabfuhr.

Er legte den Arm um die winzige Gestalt auf seiner Brust und sagte: »Siehst du das, Kid? Das ist die Welt da draußen. Hübsch, nicht wahr? Na ja, genieße es so lang wie möglich. Unten drunter ist sie nicht so hübsch, wie es den Anschein hat.«

Trotz seines Gefühls von Unheil fühlte Carl sich aber zumindest in diesem Moment ruhig und entspannt, sogar hoffnungsvoll. Er seufzte, sah zu, wie die Einzelhandelspaläste unten immer näher kamen und dachte: *Wir könnten es haarscharf schaffen. Vielleicht.*

Das war Hochmut. Er hätte es besser wissen sollen.

10 Ein großer, schwarzer Truppentransporter fiel aus dem nächtlichen Himmel direkt auf den Grav-Notlandeplatz auf dem Dach der HyperMall nieder. Türen wurden aufgerissen und verwandelten sich in Rampen. Die Eingeweide des Transporters leerten sich, und Kommandoeinheiten mit schweren Laserwaffen und Maschinenpistolen in den Händen stürmten aufs Dach hinaus.

Als Letzte stiegen sechs Leute in Zivil aus: Vier Männer und zwei Frauen. Sie bewegten sich rasch, während die Luft von den Geräuschen ihrer implantierten Kommunikationsgeräte schnarrte. Ihr Teamführer warf einen

Blick rundum und sagte dann etwas in sein Kehlmikrofon, wobei er gleichzeitig die Verteilung der Uniformierten leitete.

»Mutter Glucke, wir sind vor Ort«, sagte er.

Statisches Kreischen, dann – »Lokalisieren und exekutieren.«

»Roger. Gelesen und verstanden.« Er wandte sich dem Rest des Trupps zu. »Lokalisationskoordinaten-Download ... jetzt. Okay, packen wir's an!«

11 Rollbänder führten Ströme von Passanten an riesigen holographischen Türmen vorbei, wo nur von dünner Luft getragen ein Werbespot den anderen jagte. Unterschwellige Botschaften zerrten am Unterbewusstsein, drängten alle und jeden zum Kaufen! Kaufen Sie jetzt! Kaufen Sie *viel!* Wie herrenlose Fahnen flatterten zahllose Schnipsel von Aufreißer-Werbung durch die Luft und verlangten pfeifend, surrend und stöhnend einen Moment der Aufmerksamkeit, einen Moment nur bitte, und danke.

In den riesigen Fenstern der großen Geschäfte liefen auf holographischen Dioramen und Virtual-Reality-Bühnen spannende Szenen ab, in denen Kleidung, Parfüm, Lederwaren, Medikamente, Nahrungsmittel und Getränke aller Art aus Herr und Frau Jedermann Helden und Heldinnen machten und sogar das Versprechen gaben, das Leben selbst könnte nichts als endlose Schönheit und Vergnügen sein. Wenn man nur kaufte.

Carl beachtete wie die meisten in der Menschenmenge die Informationsüberflutung kaum. Er ließ sich treiben und genoss das Gefühl der Bewegung. Im Hinterkopf hatte er eine kurze Liste: Rasiercreme, Dreißig-Tage Geburtenkontrollpille für Männer, eine Flasche Fett abbauenden Saft. Kate hatte sich über die drei Kilo zusätzlich beklagt, die sie irgendwo aufgelesen hatte.

Aber seine alten Instinkte lagen nicht völlig im Koma. Hier und da erblickte er Einheiten des HyperMall Sicherheitsdienstes auf ihren Kontrollgängen, überwiegend in Zivil. Er konnte nicht sagen, wie er sie eigentlich erkannte, nur eben, dass Bewaffnete eine andere Körperhaltung hatten als andere Leute.

Es war ein beruhigendes Gefühl. Große Gesellschaften wie die HyperMall konnten sich einen weit besseren Schutzdienst leisten, als er sonst von der öffentlichen Polizei geboten wurde. Hier in der Mall selbst brauchte er nicht zu befürchten, dass ein Aufruhr von Kabelköpfen oder eine Bande umherziehender Prolo-Krimineller ihm seinen friedlichen Spaziergang verdarben. Dieser Moment der Zufriedenheit verflüchtigte sich jedoch, als er ein Stockwerk höher einen Mann und eine Frau erblickte, die ihn über die Ballustrade gebeugt beobachteten und dabei so taten, als wären sie einfach irgendein Pärchen.

Er war zu sehr Profi, um sie direkt anzusehen. Vielmehr ließ er seinen Blick vorbeigleiten und beobachtete sie dann aus den Augenwinkeln. Wie er sie erkannte, konnte er ebenso wenig erklären wie vorher sein Erkennen des Schutzpersonals der Mall. Doch dieses Paar gehörte nicht zum Schutzdienst, wenngleich es mit den Miet-Cops eines gemeinsam hatte: Es war bis an die Zähne bewaffnet.

Nicht offensichtlich, aber Carl erkannte die Hubbel und Beulen an merkwürdigen Stellen, und die sonderbaren Verdickungen, die sich selbst bei der leichtesten Schutzkleidung nicht verbergen ließen. Profis, Jäger, Killer – und sie beobachteten ihn.

Er wusste, was dieser scharfe, kalte Blick bedeutete: Er war das Ziel. Ihre Waffen waren für ihn bestimmt, und das konnte nur eines bedeuten: ›Vielleicht‹ haute nicht hin. ›Vielleicht‹ würde es niemals geben. Hochmut kam vor dem Fall. Hier stand der Tod, wohlbekleidet und unvermeidlich, kam jetzt, suchte ihn und das *Kind.*

Er beschleunigte seinen Schritt ein wenig, fädelte sich durch die Menge, bis er das Gesuchte fand. Vor ihm beäugte ein junges Technokraten-Pärchen die Auslagen, von seinem Cyberbuggy gefolgt. Als er den Buggy erreicht hatte, beugte er sich vor und warf Jimmy in das abgedunkelte Innere, ehe das Paar ihn überhaupt bemerkte.

»Verzeihung, Sicherheitsdienst der Mall«, sagte er rasch zu dem jungen Mann. »Gerade hat uns die Nachricht von einer Kindesentführung erreicht. Würden Sie bitte das Verteidigungssystem Ihres Buggys aktivieren?«

Der junge Mann starrte ihn mit hervorquellenden Augen an. Dann schluckte er, nickte und drückte eilig einen kleinen Schalter an seiner teuren Armbanduhr. Der Buggy gab ein trillerndes Geräusch von sich. Ein lichtundurchlässiges schwarzes Schild glitt über seine Öffnung, und ein rotes Warnlicht blinkte los und signalisierte die Reaktionsbereitschaft des Buggy-eigenen automatischen Waffensystems.

»Sollten wir von hier aufbrechen?«, fragte der Mann.

»Das wäre empfehlenswert«, antwortete Carl. »Richtung China Basin Station sieht es recht sicher aus.«

Dann ging er weiter und hielt nur inne, um sich die Gesichtszüge des Mannes und der Frau einzuprägen. Das war nicht viel, aber vielleicht würde es genügen. Vor sich erblickte er den beleuchteten Eingang eines Hotels und trat vom Rollband herunter. Dabei spürte er, wie sich Augen in seinen Rücken bohrten.

Das junge Pärchen oder ein weniger freundlicher Blick? Er schaute sich nicht um. Das wäre amateurhaft gewesen, und außerdem gab es gleich eine Menge für ihn zu tun. Er hatte einfach nicht die Zeit, sich noch länger die Gegend anzuschauen.

12 »Das Ziel hat das Rollband verlassen«, artikulierte der kräftig gebaute, wohlgekleidete Herr lautlos in das implantierte Kehlmikrofon.

»Roger. Number One. Hat er Sie entdeckt?«

»Ich weiß es nicht. Bezweifle es aber. Einen Moment lang hat er sich mit einem jungen Paar unterhalten, aber dann ist er weitergegangen.«

»Kannte er das Paar?«

»Das kann ich nicht sagen. Soll ich den beiden nachgehen?«

»Nein. Folgen Sie dem Ziel. Bummler sammeln wir gegebenenfalls hinterher ein.«

Jetzt blieben überall in der ganzen Mall Bewaffnete stehen, machten kehrt und gingen in eine andere Richtung weiter. Bewegten sich sternförmig auf das Ziel zu, das in die Lobby des HyperMall Imperial Toyota-Marriotts verschwunden war.

»Basis, ich bin im Hotel«, berichtete Number One.

»Passen Sie auf. Es gilt volle Waffenunterstützung.«

»Gut«, antwortete Number One. Er suchte die Lobby mit den Augen ab, konnte aber das Ziel nicht finden. Seine Instruktionen enthielten Informationen über die Vorgeschichte des Ziels. Sollte das Ziel ihn bemerkt haben, würde die Aufgabe kein Honigschlecken werden. Schlussendlich war ein Entkommen des Ziels jedoch unmöglich. Passanten konnten die Insel nur mit der Schwebbahn oder einer Taxigondel verlassen, und beide Einstiegsstellen waren bewacht. Number One grübelte einen Moment lang darüber nach, was ein einzelner Typ wohl getan haben mochte, um sich die Aufmerksamkeit eines kompletten, vierzig Mann starken SWAT-Teams der A-Klasse zu sichern. Der musste zweifellos jemandem ganz schön hart gegens Schienbein getreten haben. Hart genug, um sich eine vorzeitige Bestattung zu verdienen. Denn so lautete der Tagesbefehl:

Lokalisieren und exekutieren.

13 *Der altehrwürdige deutsche Waffenhersteller Stiron und Ritter hatte schon seit einem viertel Jahrtausend Handfeuerwaffen der Superlative gefertigt. Als die Regierung von Nouveau Québec daher mit einem ganz besonderen Anliegen an die Firma herantrat, übertraf man sich selbst.*

Die Vorgaben waren einfach; die staatlichen Polizeikräfte hatten es satt, was ihre Ausrüstung betraf hinter Terroristen herzuhinken, die von Sympathisanten in den Vereinigten Staaten großzügig mit Waffen versorgt wurden, und wollten etwas, das jeden Menschen niederstreckte, wie gut seine Schutzkleidung auch sein mochte. Eine Laser- oder Maserwaffe reichte da nicht aus: Was groß genug war, um eine schwere Schutzausrüstung zu durchschlagen, war für einen einzelnen Soldaten oder Polizisten nicht mehr zu handhaben. S&R wusste aber, dass in Bezug auf die reine Aufhaltekraft nie etwas an die Wirkung des selbstbeschleunigenden Geschosses herangekommen war.

Und so entwickelten sie den Automatischen Miniatur-Raketenwerfer Stiron und Ritter, Modell .75 – ein sehr langer Name für eine kleine Waffe. Modell .75 sah aus wie eine große Maschinenpistole. Es war mit zehn Geschossen vom Kaliber .75 geladen, jedes eine winzige Rakete mit einem Gefechtskopf aus abgereichertem Uran. Das Geschoss war die miniaturisierte Version einer alten Panzerfaust-Munition, wobei allerdings die Selbstbeschleunigung enorm war, was den Rückstoß absolut minimierte und die Wucht des Aufschlags gewaltig erhöhte.

Von den technischen Details einmal abgesehen, konnte eine S&R .75 in den Händen eines Menschen, der mit ihr umzugehen wusste, ein großes, spezialverstärktes Betongebäude mit einem einzigen Magazin in Schutt und Asche legen. Und 270 Jahre nach der Entwicklung des Modells war seine moderne Ausführung noch immer die wirksamste Handfeuerwaffe, die je geschaffen wurde.

14 »Ich suche jemanden«, sagte Number One.

Er beugte sich über die Theke und zeigte dem Barkeeper einen frisch vom Mutterschiff heruntergeladenen Holowürfel.

»Ja, Sir«, antwortete der Barkeeper. »Ich habe ihn allerdings nicht gesehen. Tut mir Leid.«

»Okay, mal herhören, behalten Sie den Würfel. Wenn Sie den Typ sehen, rufen Sie diese Nummer an.«

»Ja, Sir. Sind Sie von der Polizei?«

Number One zückte eine Holo-Marke, der zu entnehmen war, dass er für eine nationale Verbrechensbekämpfungsbehörde arbeitete. Das stimmte zwar nicht, aber eine andere Bundesbehörde hatte die Ausweismarke für ihn hergestellt – eine Behörde, von der der Barkeeper noch nie gehört hatte, und von der er auch niemals hören würde.

»Würden Sie die bitte auf mein Lesegerät legen, Sir?«

Number One nickte und legte das kleine Teil auf das Kreditkarten-Lesegerät auf der Theke. Einen Moment später war die regierungsamtliche Dringlichkeitsstufe erkannt, und ein grünes Lämpchen blinkte auf. Der Barkeeper gab die Marke zurück.

»Danke, Officer.«

»Rufen Sie einfach bei dieser Nummer an. Und zeigen Sie den Würfel auch Ihren übrigen Leuten, okay?«

Der Barkeeper nickte. »In ein paar Minuten ist Schichtwechsel«, sagte er. »Ich gebe ihn weiter.« Er schaute auf, als am hinteren Ende der Theke ein anderer Barkeeper auftauchte und sich die Hände an einem Geschirrtuch abtrocknete.

Auch Number One drehte sich um und schaute.

15 Carl ging direkt durch die Lobby und suchte das Schild, das er garantiert irgendwo finden würde. Ja, da war es schon: *Nur für Personal.*

Er schob sich durch die Tür und befand sich in einem Raum mit sechs Aufzügen. Einen davon öffnete er und sah, dass der drei Etagen nach unten führte. Hotels brachten ihr Personal immer im untersten Geschoss des Gebäudes unter. Er drückte auf den untersten Schalter und wartete.

Der lange Korridor, in den er trat, wimmelte von Menschen in den unterschiedlichsten Uniformen – Putzpersonal und Hotelpagen, Kellnerinnen und Houseboys, Barkeeper und Bankettkellner. Barkeeper.

»Tschuldigung, ich bin gerade fürs Bankett hergerufen worden – als Barkeeper – und ich muss mir eine Uniform abholen.«

Der junge Mann nickte. »Nach rechts, bis zum Ende des Korridors und dann wieder rechts. Da ist die Ausgabe.«

»Danke. Haben die Barkeeper vorne dieselbe Uniform? Dafür soll ich auch angelernt werden.«

Der Junge grinste. »Weißes Hemd, schwarze Weste, schwarze Hosen. Da hat sich wohl seit dreihundert Jahren nichts verändert.«

»Genau so fühlt es sich dann wahrscheinlich auch an. Danke.« Carl winkte und ging weiter. Der Mann bei der Kleiderausgabe betrachtete ihn prüfend. »Die Weste ist Größe vierundvierzig, stimmt`s? Und die Hose dreiunddreißig am Bund?«

»Sie haben einen guten Blick.«

»Sollte ich wohl auch. Nach zwanzig Jahren.«

»Wo ist die Männerumkleide?«

»Direkt hinter Ihnen.«

Carl zog sich um, steckte seine Kleider in den Rucksack und ging denselben Weg zurück, den er gekommen war.

Er begegnete jemandem vom Management. »Wo geht's zur Lounge? Ich soll da heute Abend im Zuge meiner Ausbildung eingesetzt werden.«

»Wo ist Ihr Namensschildchen?«

»Ich soll da eins bekommen.«

Der leitende Angestellte nickte. »Das müssen Sie unbedingt tragen. Die Lounge ist dort vorne.« Carl folgte seinem Fingerzeig, ging durch eine Tür und befand sich in einem kleinen Raum hinter der Bar. Er holte tief Atem, trat durch den mit einem Vorhang verhangenen Durchgang und orientierte sich blinzelnd.

Etwa in der Mitte der Theke stand ein Barkeeper und hielt einen Holowürfel in der Hand. Er unterhielt sich mit einem Kunden, einem kräftig gebauten, gut gekleideten Herrn. Der Barkeeper erstarrte, sah dann auf den Würfel hinunter und wieder hoch. Der Kunde ließ langsam die rechte Hand in sein Jackett gleiten.

Carl trat näher, zog das Geschirrtuch ein paar Zentimeter beiseite und enthüllte die Ehrfurcht gebietend große Mündung seiner Waffe.

»Keinen Zentimeter weiter«, sagte er leise zum Kunden.

»Was zum ...?«, stieß der Barkeeper hervor.

»Klappe«, sagte Carl. Er nickte dem Kunden zu: »Sagen Sie ihm Bescheid.«

Number Ones Augen in seinem plötzlich bettlakenbleichen Gesicht waren weit aufgerissen. »Ist das eine S&R .75?«

Carl nickte. »Sagen Sie ihm Bescheid«, wiederholte er.

»Lassen Sie alles bleiben, Kumpel«, wies Number One den Barkeeper an. »Ganz cool bleiben. Ich kümmere mich um die Sache.«

Carl grinste gepresst. »Ja. Und das machen Sie im Moment auch verdammt gut. Weiter so. Hey, Barkeeper.«

»Hm?«

»Fassen Sie nichts an, sagen Sie nichts, tun Sie nichts. Kommen Sie einfach rüber in den kleinen Raum, Sie, ich und der Herr Gast da. Wir sind alle Freunde und schauen uns zusammen was an, okay?«

»Hör mal, Kumpel ...«

»Tun Sie, was er sagt«, forderte Number One ihn auf. »Dann passiert Ihnen nichts.«

»Ganz recht«, stimmte Carl zu. »Und Sie auch, es sei denn, Sie wollen heute mal was richtig Dummes machen.«

Number One schnaufte. »Will ich nicht. Gehn wir.«

Langsam zogen die drei sich zur hinteren Seite der Theke zurück. Number One trat um die Ecke und schlüpfte in den kleinen Raum, wobei er darauf achtete, dass seine Hände immer für Carls wachsamen Blick sichtbar blieben. Number One hätte keine moralischen Skrupel gehabt, einen unschuldigen Zuschauer als lebendes Schild zu benutzen. Aber eine .75 würde den Barkeeper, Number Ones Schutzkleidung und noch drei oder vier Betonwände hinter ihm durchschlagen. Es machte keinen Sinn, auch nur darüber nachzudenken.

16 »Was ist los? Was zum Teufel? Number One ist gerade vom Netz verschwunden!«

»Hä? Wo ist er denn? Was ist passiert?«

»Er war im Marriott. Im Bereich der Lounge, denke ich. Und jetzt nichts mehr.«

»Okay, okay. Alle Team-Führer, schicken Sie Stoßtrupps vor und kreisen Sie das Marriott ein. Fertig machen zum Downloaden aktualisierter Karten. Sturmstaffel, übernehmen Sie die Führung, auf mein Kommando – *jetzt!*«

17 Sobald sie sicher außer Sicht waren, hob Number One leicht die Hände. »Und jetzt? Sie wollen mein gutes Stück?«

»Mhm. Sie wissen, wie's geht. Vorsicht.«

»Kein Problem.« Number One griff mit spitzen Fingern in sein Jackett und zog einen automatischen Stunner, gemeinhin unter dem Namen Summ-Pistole bekannt, hervor. Er legte ihn auf den Boden.

»Gut.« Carl warf einen Blick auf den Barkeeper und schaute dann zu Number One zurück. »Haben Sie die Standard-Feldausrüstung dabei?«

»Zum Beispiel?«

»Zeit für ein Nickerchen.«

»Ja.«

»Sehr schön. Bringen Sie den Barkeeper in die Heia, bitte.«

Number One holte ein kleines Kästchen hervor und zog einen etwa zwei Zentimeter großen Würfel heraus. Auf der einen Seite brachte er eine winzige Skala an und sagte zum Barkeeper: »Das ist ein subkutan wirkendes Spray. Schießt Ihnen eine Dosis direkt durch die Kleider hindurch. Davon schlafen Sie ein, völlig problemfrei, Sie haben hinterher noch nicht einmal Kopfschmerzen.«

»Hey«, sagte der Barkeeper.

»Sie entscheiden, Freund. Ich oder diese verdammte Riesenpistole da. So ist es weniger nachhaltig, das garantiere ich Ihnen.«

Der Barkeeper schluckte und schloss die Augen. Number One trat näher und berührte seinen Oberarm. Ein scharfes Zischen war zu hören. Der Barkeeper sank lautlos zu Boden.

»Und jetzt?«, fragte Number One. »Wir haben ein A-Klasse Team an Bord. Sie meinen doch nicht allen Ernstes …?«

Carl zuckte die Achseln. »Warum denn nicht? Was habe ich zu verlieren?«

»Das ist mir zu hoch«, antwortete Number One. »Kommen Sie zur Vernunft, dann marschieren wir hier vielleicht alle lebendig hinaus.« Er warf einen Blick auf Carls Pistole. »Andernfalls vielleicht nicht.«

»Sie sind verdammt ruhig, oder?«

Number One zuckte die Achseln.

»Ein A-Klasse Team. Das bedeutet also …« Er trat näher und strich von der Seite leicht über Number Ones Kehlkopf. »Sie sind verkabelt.«

Number One grinste. Eine Explosion riss die eine Wand des kleinen Raums weg und schleuderte die beiden Männer zu Boden.

Eine dröhnende elektronische Stimme donnerte: *»Carl Johnson, Sie sind umzingelt. Lassen Sie Ihre Geiseln frei und kommen Sie heraus.«*

Aber Carl war schon in Bewegung, rollend. Durch das klaffende Loch gab er zwei Schüsse auf die gewappneten Gestalten ab, die er dahinter schemenhaft erkennen konnte. Der Lärm der .75 war ungeheuer: Ein scharfes, zischendes Geräusch gefolgt von einer klingelnden Explosion, als hätte jemand eine Handgranate unter einer Kirchenglocke hochgehen lassen.

Carl rollte weiter, bis er aus dem Raum war und den Korridor dahinter erreicht hatte. Hier war er vorhin entlanggekommen. Der Korridor führte hinter der Hotelbar vorbei zum Küchentrakt des Hotels. Er stürmte los, stoppte aber sofort ab, als er die Küche erreichte.

Das Personal eilte an ihm vorbei zur Bar, um zu sehen, was da für ein Aufruhr war. An den Decken blinkten die roten Lichter der Feuermelder. Carl trat schnell zu den Frittierbecken, schnappte sich einen Topf, schöpfte etwas von dem heißen Fett heraus und kippte es nebenan auf einen Herd.

Flammen schossen hoch und lösten das Feuerlöschsystem der Küche aus. Er spürte, wie die Hitze über seinen Schädel schwemmte, roch den unverkennbaren Gestank verbrannten Haars. Aus Dutzenden von Öffnungen wurden undurchdringliche Schwaden weißen Pulvers geblasen und erfüllten die ganze Küche mit weißem Nebel. Der Feueralarm plärrte los.

Carl ging weiter. Im hinteren Bereich der Küche befand sich der Abfall-Recycling-Raum. Er schlüpfte hinein, griff unter sich und klappte eine Luke auf. Unten floss zäh ein Strom von Abwasser und Abfall in unterirdische Rohre, die eine Wiederaufbereitungsanlage an der Küste speisten.

»Ääh«, sagte er.

Er ging zum Eingang der Küche zurück, zielte und feuerte mehrere Schüsse ab. In zwanzig Metern Entfernung brach die Decke herunter.

Ohne einen weiteren Blick machte Carl kehrt, holte tief Atem und ließ sich in das Rohr gleiten. Einen Moment später war er verschwunden.

18 Hundert Meter vor der Küste, direkt vor der China Basin Recycling-Anlage wühlte eine gedämpfte Explosion das ruhige Wasser auf. Widerlicher Schleim und fauliger Gestank stiegen blubbernd zur Wasseroberfläche empor, gefolgt von Carl Johnson. Der holte tief Atem und schwamm dann auf die Küste zu.

19 Teresa und Patrick Kendall sahen aus dem Fenster, als ihre Schwebebahn bei der China Basin Station hielt. Sie fuhren noch weiter, bis Russian Hill, aber hier war der Blick so schön.

»Ich denke, inzwischen sollte alles in Ordnung sein«, sagte Teresa. »Wir gehen bestimmt kein Risiko ein, wenn wir den Buggy jetzt ausschalten, oder?«

Patrick, der noch immer verstört aussah, schaute sich um. Sie waren allein. »Okay«, sagte er und berührte seine Uhr.

Das schwarze Schild glitt weg, als Teresa sich über den Buggy beugte. Plötzlich erstarrte sie. »Patrick!«

»Was! Was ist denn?«

Doch bevor sie es ihm noch sagen konnte, drängte

sich ein hoch gewachsener, dunkelhaariger Mann mit einseitig versengtem Haar, der klatschnass war und nach Abwasser roch, an den Buggy heran.

»Sorry, Leute, einer der beiden gehört mir.« Er schnappte sich Jimmy, nickte und verschwand in die Nacht.

20 Er kam unauffällig und schnell – zumindest so unauffällig und schnell, wie das mit einem Baby im Tragesack vor der Brust und halb abgesengtem Haar möglich ist.

Er wusste Bescheid. Aber er wusste es nicht, nicht bis ins Blut hinein, nicht wie man es weiß, wenn die Katastrophe einen mit Bärengriff umarmt hat. Und das brauchte er, um sich in den Jahren danach aufrecht zu halten, musste den bitteren Bodensatz seines Scheiterns riechen und schmecken, ihn bis zur Neige leeren.

Natürlich war eine Menschenmenge da. Der Gestank von verkohltem Holz und geschmolzenem Kunststoff erfüllte die von Lichtern durchblitzte Nacht. Hundert unterschiedliche Kommunikationskanäle schnarrten durch die aufgewühlte Dunkelheit. Die Nacht war wie elektrisiert vom Tod.

Er zog die blaue Strickmütze tief ins Gesicht, um sein versengtes Haar zu verstecken. Die Mütze hatte fast ein Jahr lang in seinem Rucksack geruht, neben dem Stiron und Ritter Raketenwerfer, Reservemunition, zehntausend Dollar in Goldmünzen, einem Klappmesser für den Nahkampf und falschen Papieren für drei Personen. Er war vorbereitet gewesen – aber nicht gut genug vorbereitet. Seine eigene Skrupellosigkeit war noch übertroffen worden.

Jetzt zuckte seine Nase bei einem alten, entsetzlich vertrauten Geruch – das reiche, fettige Aroma verbrannten Fleischs. Menschlichen Fleischs. Er konnte nicht näher herangehen, ohne die schützende Menge zu verlassen. Natürlich gab es auch eine Polizeikette; Männer und Frauen in Schutzkleidung, schwer bewaffnet, die Stimmen unmenschlich summend, durch Stimmcodierer gefiltert, um eine Identitätsanalyse unmöglich zu machen.

»Treten Sie zurück. Es ist vorbei«, knurrte einer von ihnen. »Gehen Sie heim.«

Guter Rat. *Es sei denn, daheim ist da, wo das Herz ist,* sagte er sich, *denn dann ist das da drüben mein Daheim, diese rauchende Leichengrube, die noch immer über irgendwelchen Fetzen der einzigen Frau glimmt, die ich je geliebt habe.*

Und hätte es in diesem Moment nicht das winzige Stückchen Menschlichkeit gegeben, das an seinem Herzen Schutz suchte, hätte Carl sich gegen die Polizeikette geworfen und sich zu dieser Frau gesellt, ja, und ein paar von den Schweinehunden hätte er mitgenommen, damit sie ihn auf dem Weg zur Hölle begleiteten.

Doch Jimmy zappelte, und Carl stieß mit dem Fuß gegen etwas Schweres, das auf der Straße lag. Er schaute hinunter und ging dann langsam in die Hocke. Die Wucht der Explosionen hatte die Deckel weggebrannt und es bis hier herausgeschleudert, und vom Löschwasser war es durchweicht und zu etwas Widerlichem aufgequollen. Dennoch hob er es vorsichtig auf. Im Stroboskop-Licht der Warnleuchten konnte er den Titel gerade noch erkennen: *American Quotations* von Gorton Carruth und Eugene Ehrlich, von Wing Books im fernen Jahr 1992 herausgegeben.

Mit zitternden Fingern packte er das Buch in seinen Rucksack. Dann drehte er sich um und starrte in das verwüstete Loch und die Glut, wüst und glosend wie das, was in seinem Herzen brannte.

Er flüsterte: »Sie hat lange in meinem Weingarten gearbeitet. Und sie ist müde – erschöpft. Steige hinab, Tod, und hol sie zu mir.«

Als er sich abkehrte, um auf immer von ihr zu gehen, hörte er ihre Stimme.

»Henry Wadsworth Longfellow. *Go Down, Death.*«

Fast, als hätte sie von jenseits des Grabes gesprochen. Und auf irgendeine eiskalte, schreckliche Art beneidete er sie fast. Sie war gegangen, aber er blieb zurück und musste weitermachen.

Er gelobte, dass seine Rache schrecklich sein würde, und das war sie schlussendlich auch – wenn auch nicht so, wie er es sich vorstellte.

Erstes Kapitel

1 Vor dem mächtigen Strom der Sterne wurde der Raumkreuzer langsam größer; strahlend, weiß, überwältigend mächtig. Jimmy Endicott schwebte in der virtuellen Dunkelheit, in der absoluten Stille, und sein Herz klopfte beim Herannahen des großen Schiffs. Er roch den eigenen Schweiß, spürte fast, wie das Vakuum gegen die unwägbar große Masse des Schiffs andrängte. Es war die perfekte Verflechtung von Mensch und Maschine und verkörperte für ihn die höchsten Hoffnungen und tiefsten Träume der ganzen Menschheit.

Eines Tages werde ich zu euch gehören und ihr zu mir. Eines Tages werdet ihr mich Kapitän nennen.

Die Schönheit des endlosen Raums war atemberaubend. Jimmy spürte einen Moment des Schwindels, als fiele er tatsächlich vorwärts in den herannahenden Rachen des Raumkreuzers hinein. Reflexhaft streckte er die Hände aus, um sich vor dem Aufprall zu schützen …

»Jimmy! Stell das Ding ab. Das Essen steht auf dem Tisch, Geburtstagskind. Iss es gleich, sonst werf ich es den Schweinen vor.«

Das Schiff brach vor seinen Augen auf; lange Risse schlängelten sich über seinen perfekten Mantel und ließen darunter verblassende Sterne erkennen. Als er dann sanft den Cyberjack aus dem Anschluss unter seinem rechten Ohr zog, verschwand die virtuelle Vision, und er starrte nur noch auf die ganz normalen Wände seines Zimmers.

Jimmy blinzelte und warf einen Blick zur Tür. »Schweine? Wo willst du die denn hernehmen, Mom? Kann ich noch fünf Minuten haben?«

»Fünf Minuten? Mehr nicht, bist du dir sicher?«, fragte Tabitha Endicott.

»Sicher, Mom. Nur noch eine Kleinigkeit …«

»Okay. Aber wasch dir vor dem Essen die Hände.«

»Mhm.«

Er drehte sich im Drehstuhl zu seinem Schreibtisch herum. »Computer, generiere das Formular ›Bewerbung, Akademie‹ und drucke es aus.«

Sofort gehorchte seine ›Achse‹ – mit diesem Namen bezeichnete jedermann die Universal Access Units, die erstaunlich kleinen Geräte, die den Zugang zum InterWorldWeb gestatteten, das aus inzwischen in Vergessenheit geratenen Gründen auch das Wobbly genannt wurde –, und druckte eine Kopie seiner Vor-Bewerbung für die Aufnahme in die Solis Space Academy aus.

Mit geschlossenen Lidern rief er sich diese legendäre Militär-Raumfahrtschule vors innere Auge, die sich in dreißig Lichtjahren Entfernung auf der fernen Erde befand, weit weg von seinem kleinen Zimmer in einem Haus in Prima City, der Hauptstadt der ersten interstellaren menschlichen Kolonie Wolfbane. Was für ein Sprung, sowohl in der räumlichen Entfernung als auch in der Vorstellung. Aber er würde es schaffen, versprochen. Er *würde* ein Teil jenes Abenteuers werden, dazugehören wenn die Menschheit ihre ersten Schritte in die fernen Weiten des Universums tat. Oder, dachte er, peinlich berührt von seiner eigenen Melodramatik, er würde es zumindest versuchen.

Ein letztes Mal überprüfte er seine Bewerbung und vergewisserte sich, dass alles korrekt ausgefüllt war. Es war nur eine Vor-Bewerbung, doch die Solis Academy nahm nur die Besten der Besten, und die Aufnahmeprozedur war lang und zermürbend. Da zählten auch kleinste Fehler. Je früher er damit anfing, desto besser waren seine Chancen.

Name: James – kein zweiter Vorname – Endicott. Alter: Sechzehn. Zumindest seit heute ... Größe: einszweiundachtzig. Gewicht: fünfundsiebzig Kilo. Haarfarbe: Dunkelbraun. Augen: Grün.

Interessen: Hanteltraining, Taekwondo-Kampfkunst, Leichtathletik, Computer, Theater, Exobiologie, Waffentraining. Er sah die lange Liste an. Er hatte immer ein sehr aktives Leben geführt. Aber sah das nicht allzu sehr nach einem Jungen aus, der von einer fixen Idee besessen war? Der sich vielleicht ein bisschen zu sehr um Perfektion bemühte? Er schüttelte den Kopf. Er würde Dad fragen, mal sehen, was der dazu sagte.

Eltern: Carl und Tabitha Endicott. Was für ein banaler Eintrag für die beiden Menschen, die ihm mehr als alles auf der Welt bedeuteten. Was konnte er sagen? Mom und Dad, und das war's. Ganz und gar.

»Unterbreiten Sie die vollständigen Genotyp-Unterlagen des Bewerbers und seiner Eltern.« Das würde das Thema ihrer Unterhaltung beim Essen sein. Teil seiner kleinen Überraschung.

Heute war sein Geburtstag. Er wusste, dass sie heute Abend etwas Besonderes für ihn vorbereitet hatten, und jetzt tat er dasselbe. Er versuchte sich vorzustellen, wie sein Dad sich fühlen würde, wenn er ihm die Bewerbung zeigte. Dad hatte ihm immer gesagt: »Sohn, gib dein Bestes. Lass es darauf ankommen, ziele so hoch hinaus, wie du nur kannst, und gib alles, was du hast. An etwas zu scheitern ist keine Schande, aber es nie versucht zu haben, das ist eine.«

Jimmy Endicott nickte. Das war ein guter Rat, und jetzt tat er mit diesem Informationspapier den ersten Schritt auf dem langen Weg, den er dafür gehen musste.

Er stand auf, faltete das Blatt und steckte es in seine Hemdtasche. Dann ging er ins Bad und wusch sich die

Hände. Er war sechzehn. Er folgte noch, wenn seine Mom ihn um etwas bat.

Leise summte er vor sich hin, während der Erfrischer Wasser und geruchsneutrales Desinfektionsmittel auf seine Hände sprühte. Vielleicht war Scheitern keine Schande, aber das scherte ihn ohnehin nicht. Er hatte nicht die Absicht herauszufinden, ob das nun stimmte oder nicht. Scheitern?

Das war etwas für andere Leute.

2

Ihr kleines Haus war nicht das modernste in der Terranischen Kolonie auf Wolfbane – und so gesehen war Wolfbane auch nicht so modern wie die ferne Terra selbst. Aber für einen Sechzehnjährigen waren das Haus und die Welt so ziemlich in der denkbar besten Ordnung.

Er trat ins Hauptzimmer und sah, dass es schon als Esszimmer konfiguriert war. Normalerweise war das seine Aufgabe, den Hauscomputer anzuweisen, wie er das sich selbst zusammensetzende Mobiliar, den Raumduft, die Temperatur und die holographischen Dekorationen auswählen und anordnen sollte. Wohlgefällig nickte er zu dem im Kamin brennenden Feuer hin und sog den würzigen Holzrauch tief ein. Natürlich kein echter Rauch von echtem Holz. Die Menschheit hatte ihre Lektion aus dem Öko-Kollaps Terras vor zwei Jahrhunderten gelernt.

Sein Vater sah von seinem Platz am Esstisch auf, wo er in ein Chip-Lesegerät vertieft war. Zweifellos mal wieder die Arbeit, dachte Jimmy. Carl Endicott führte einen kleinen Sicherheitsdienst und arbeitete wesentlich härter, als Jimmy für gut für ihn hielt. Dabei war Jimmy klar, dass diese Überzeugung zum Teil auch dem reinen Eigennutz entsprang. Er liebte seinen Vater und hätte gern mehr Zeit mit ihm verbracht.

»Hände gewaschen, Sohn?«, fragte Carl.

Jimmy grinste und hob die in Rede stehenden Gliedmaßen hoch. »Sauber wie ein Babypopo.«

Sein Vater lachte. »In dieser Beziehung hast du wohl nicht sonderlich viel Erfahrung, sonst würdest du niemals ein solches Beispiel benutzen.«

Jimmy zog einen Stuhl vor und ließ sich auf seinen Platz gleiten. Beim Zurechtrücken hörte er hinter sich die leise, klare Stimme seiner Mutter den traditionellen Refrain singen:

»Happy birthday to you, happy birthday to you, happy birthday, dear Jimmy, happy birthday to you.«

Sein Vater, der anerkanntermaßen grauenvoll sang, summte lächelnd mit, klatschte bei den letzen Worten in die Hände und schloss: »Herzlichen Glückwunsch und noch viele Jahre, Sohn.«

Seine Mutter stellte einen kleinen Geburtstagskuchen auf den Tisch. »Den habe ich selbst gebacken, nicht die Maschine«, erklärte sie. »Ich hoffe, er ist genießbar.«

Jimmy zeigte auf die Kerzen. »Sechzehn Kerzen. Wann zünden wir die an?«

»Wenn ich die Rauchmelder abgeschaltet habe«, antwortete sein Vater mit unbewegter Miene.

Jimmy wandte sich ihm zu. »Du meinst, du hast dir die Lektion von deinem letzten Geburtstag gemerkt? Was war da noch? Hundert Kerzen oder irgendsowas?«

Tabitha Endicott trug eine große Servierplatte auf. »Deine sämtlichen Lieblingsgerichte, Jimmy. Gebratenes Hähnchen, kleine Brötchen, Soße, Kolbenmais ... und zum Kuchen Chocolate-Chip-Plätzchenteig-Eis!«

Sie setzte sich ans Kopfende des Tisches und teilte das Essen aus. »Carl, deine Arbeit sollte wohl ein Weilchen warten können, oder? Schließlich ist heute *wirklich* ein besonderer Abend.«

Ihr Mann schaute auf, die Lippen leicht nach unten gezogen und die Stirn ein wenig gerunzelt. Er schien etwas sagen zu wollen, doch dann erhaschte er die Sorge in ihren Augen und nickte stattdessen. »Du hast Recht, Tab. Manchmal merke ich es nicht, wenn es wirklich genug ist.« Er klappte sein Lesegerät zu und ließ es in die Hemdtasche gleiten.

»Na«, sagte er händereibend. »Das riecht aber gut!«

Nach einer Weile meinte Jimmy: »Das war großartig, Mom. Ist jetzt schon Zeit für Eis und Kuchen?«

»Hast du auch dein Gemüse aufgegessen, Bursche?«, fragte sein Vater.

»Maiskolben mag ich doch schrecklich gern. Also, wenn es Spinat gewesen wäre ...«

»Spinat an deinem Geburtstag? Für was für ein Ungeheuer hältst du mich eigentlich?«, fragte seine Mutter.

»Die Beste, Mom. Du bist die Beste.«

»Hey, und ich?«, fragte sein Dad.

»Och, du bist auch okay, Dad.« Jimmy grinste.

»Okay? Ist das alles? Einfach nur okay?«

»Na ja, vielleicht ein bisschen besser als okay.«

»Hm. Also, in diesem Fall sollte ich vielleicht das Geschenk jemand anders geben ...« Carl griff unter den Tisch, holte ein in leuchtend buntes Geschenkpapier eingeschlagenes Päckchen hervor und legte es auf die Platte.

Es hatte ungefähr die richtige Größe. Jimmys Augen weiteten sich. »Dad! Du bist der Beste. Wirklich, das meine ich ernst.«

»Deine plötzliche Leidenschaft hat doch nicht etwa irgendwas mit diesem Päckchen hier zu tun, hm? Ich meine, nicht dass ich ein zynischer alter Hund wär' oder sowas.«

»Dad! Wie kannst du nur sowas denken? Du weißt, dass ich dich genau so liebe, wie du bist. Wirklich. Kann ich es jetzt aufmachen? Hm? Bitte?«

»Ach, ich weiß nicht. Mir klingt das nicht aufrichtig genug. Tab, was meinst du? Ist er aufrichtig?«

»Carl, hör auf, ihn zu necken.« Sie wandte sich Jimmy zu und sah ihn an. »Sohn, ich war mit dem hier einverstanden, weil du dich immer sehr vernünftig gezeigt hast. Und weil ich denke, dass du reif genug für die Verantwortung bist. Aber ich möchte dich nochmals zur Vorsicht mahnen, und dass du nie außer Acht lässt, was du gelernt hast.«

Jimmy wurde von einer Woge der Freude hochgehoben. Das war eine durchaus vertraute mütterliche Lektion, sanft aber besorgt, doch in diesem Zusammenhang konnte sie nur eines bedeuten. Ein glückliches Lächeln breitete sich auf seinem Gesicht aus.

»Dad? Mom? Darf ich es jetzt aufmachen?«

Carl nickte mit gespielter Strenge. »Ich schätze schon. Also, los!« Er reichte ihm das Päckchen über den Tisch. Jimmy nahm es eifrig entgegen, und bei dem verräterisch schweren Gewicht sackten seine Hände nur ganz leicht nach unten. Mit fliegenden Fingern öffnete er Schleife und Klebeband. Er hob den Deckel ab und atmete leise ein. »Jeez, das ist es. Oh, Leute, *Danke,* vielen Dank!«

»Du bist auch gewiss vorsichtig?«, wiederholte seine Mutter.

»Oh, Mom, natürlich. Mit so etwas muss man vorsichtig umgehen.« Einen Moment lang schimmerte Jimmys angeborene Ernsthaftigkeit unter seiner normalerweise fröhlichen Miene durch. Vorsichtig hob er die Waffe aus ihrem Spezialkasten und wog sie leicht in der Hand.

»Eine S&R .75, genau wie deine, Dad«, seufzte er. »Ach, vielen Dank, ihr beiden. So eine wünsche ich mir schon immer!«

Sein Vater warf seiner Mutter einen Blick zu. Beide lächelten, obgleich zwischen Tabithas Augen noch immer dünne Sorgenfältchen standen.

»Ich dachte mir, du wärst inzwischen wohl doch aus diesem kleinen zweiundzwanziger Laserpistolen-Simulator herausgewachsen, mit dem du jetzt seit Jahren trainierst. Vielleicht ist dir das gar nicht aufgefallen, aber es gibt mehr als das.«

Jimmy legte die schwere, schimmernde Waffe auf den Tisch und griff nach dem Kasten. Ein Zettel flatterte heraus. Er hob ihn auf und las.

»Dad? Du hast mir das Okay für den Erwachsenen-Schießstand gegeben! Oh, Mann, das ist einfach perfekt! Das ist mein bester Geburtstag *je!*«

Dieser Gedanke ging noch immer durch seinen vor Glück glühenden Kopf, als seine Mutter die Schälchen mit Eis brachte. Alle klatschten, als er seine Kerzen mit einem einzigen Atemzug ausblies. Perfekt, wahrhaftig.

Und für fast eine weitere Stunde blieb es auch so.

3

»Also, Dad, warum freuen wir uns eigentlich über eine Geburt und trauern bei einer Beerdigung?«

Carl grinste. »Weil wir nicht der direkt Beteiligte sind. Das hat Mark Twain gesagt.«

»Gut«, antwortete Jimmy. »Und wo?«

»Pudd'nhead Wilson.«

»Bist ein schlauer Kerl«, lobte ihn Jimmy. »Du bist dran.«

»Dran?«, gab Carl zurück. »Kriegt die Schweine, meinst du?«, er grinste erwartungsvoll.

»Hm. Raffiniert. Oh, Kriegt die Schweine *dran.* Ich hab's. Greeleys Liberal-Republican-Party-Slogan. Achtzehnhundertzweiundsiebzig, glaube ich.«

»Willst du nachschauen?«, Carl warf einen Blick auf das auf dem Couchtisch liegende alte Buch, dessen versengte Deckel jetzt von unzerbrechlichem Kunststoff umschlossen waren.

»Nein, es stimmt.«

Carl dachte darüber nach. »Ja, du hast wohl Recht. Okay, jetzt bist du dran.«

»Verstehen Sie, ich kann nicht immer Recht haben«, sagte Jimmy leise, beinahe grüblerisch. »Daher bemühe ich mich stets darum, mein Bestes zu tun; Verstand und Gewissen rein zu halten; mich nie von unwürdigen Beweggründen und unlogischen Überlegungen ins Wanken bringen zu lassen, sondern die grundlegenden Faktoren nach bestem Vermögen herauszuanalysieren und dann meine Pflicht zu tun …«

»Da nimmt einer den Mund ganz schön voll, mein Sohn, selbst als Zitat – und das war auch damals schon so, als Dwight David Eisenhower diesen Satz 1943, vor mehr als dreihundert Jahren, zum ersten Mal aussprach.«

Jimmy nickte. »Pflicht. Du weißt, wie das ist. Wenn leis' die Pflicht *Du musst* flüstert, erwidert die Jungend: *Ich kann.*«

Carl starrte ihn an. Selbst Tabitha hatte ihre Lektüre beiseite gelegt – sie spielte das Spiel nicht gerne so ernsthaft wie ihre beiden Männer – und beobachtete die Szene nun mit fragendem Blick.

»Ralph Waldo Emerson«, erklärte Carl geistesabwesend. »*The Voluntaries,* die Freiwilligen, 1863. Eine eigenartige und schreckliche Zeit für die Vereinigten Staaten, Jimmy. Willst du mir irgendwas sagen?«

Jimmys Wangen röteten sich. Wortlos griff er in die Brusttasche seines Hemds und nahm die zusamengefaltete Bewerbung heraus. »Die Pflicht ruft, Dad«, sagte er ruhig und reichte ihm das Papier.

Mit gerunzelter Stirn ließ Carl Endicott seinen Blick darüber gleiten. Beim Lesen presste er langsam die Luft durch die arbeitenden Lippen. Einmal schüttelte er den Kopf wie schmerzlich berührt. Als er fertig war, gab er Jimmy die Bewerbung zurück.

»Das hast du doch nicht abgeschickt, oder?«

Jimmy schüttelte den Kopf, verblüfft. »Nein, noch nicht. Ich brauche deinen Genotyp und auch Moms. Stimmt irgendwas nicht?«

Carl richtete die eisblauen Augen auf ihn. »Also, ja, ich schätze schon. Du kannst das nicht einreichen.«

Ein Ausdruck absoluter Verwirrung machte sich auf Jimmys Gesicht breit. »Ja, also nicht sofort. Ich muss erst noch …«

Carl schüttelte den Kopf. »Nein, das meine ich nicht. Du kannst dich überhaupt nicht für die Space Academy bewerben. Niemals. Das gehört einfach nicht zu den Dingen, die du jemals wirst tun können.«

Er sah, wie das Gesicht seines Sohns in sich zusammenfiel, doch in seiner Stimme war kein Schwanken zu hören. »Es tut mir Leid«, sagte er. »Es ist … Es tut mir Leid.«

4

Jimmy hörte, wie sein Vater sich im Wohnzimmer leise mit der Mutter unterhielt. In seiner Stimme schwang Besorgnis mit, aber er konnte die einzelnen Worte nicht verstehen.

Er rollte sich auf den Bauch und schlug mit den Fäusten auf sein Kopfkissen ein. Was, zum Teufel, war eigentlich los? Es gab vieles, was er an seinem Vater nicht verstand, aber nie hatte er ihn als willkürlichen oder unvernünftigen Menschen gesehen.

Gewiss, Jimmy verstand die Absichten seines Vaters nicht immer vollkommen, und auch nicht, warum Carl manchmal ganz bestimmte Vorstellungen davon hatte, auf welche Art und Weise er gewisse Dinge tun oder lernen sollte. Aber Jimmy hatte immer darauf vertraut, dass sein Vater sein Bestes wollte. Wichtiger noch, er war immer ganz selbstverständlich davon ausgegangen, dass Carl ihn liebte.

All das machte es ihm jetzt nahezu unmöglich, das Verhalten seines Vaters zu verstehen. Carl hatte ihm weder eine Erklärung gegeben noch seiner ersten, eindeutigen Ablehnung irgendetwas hinzugefügt. Das war aber nicht das Schlimmste; das Verheerendste, das Unerklärlichste – und das bei weitem Unerträglichste – war der Gedanke, dass er sich irgendwie zwischen den Wünschen seines Vaters und der einen, alles beherrschenden Leidenschaft seines jungen Lebens entscheiden musste – in die Space Academy einzutreten und am Ende über eines der großen, weißen Schiffe Terras zu kommandieren.

Er schloss die Augen, aber das innere Bild des Blicks, mit dem sein Vater ihn angesehen hatte, kalt und undurchdringlich, verblasste nicht. Das Schlimmste aber war jenes andere, was er in den Augen seines Vaters zu erkennen gemeint hatte, etwas, das er dort niemals gesehen und auch niemals erwartet hatte.

Ein Ausdruck, der ihn selbst jenseits seines Zorns noch mit Furcht erfüllte.

Es war Angst. Sein Vater hatte Angst.

Aber wovor?

5 Carl Endicott beugte sich vor, bis sein Gesicht nur noch Zentimeter von dem Tabithas entfernt war, und flüsterte eindringlich: »Bei Gott, Tab, alles, aber das nicht.«

Sie schüttelte den Kopf. »Carl, ich verstehe das nicht. Was ist denn so Besonderes daran? Wir wissen beide seit Jahren, dass Jimmy von den Sternen besessen ist. Er hat gewiss nie ein Geheimnis daraus gemacht. Warum also jetzt die große Überraschung?«

»Aber die Academy.«

»Kennst du irgendeinen anderen Weg zum Raumschiff-Kapitän?«

Er rollte die Augen. »Ich dachte, das wäre nur so eine Kinderei, eine Phase. Wie Cowboy werden wollen, wenn man einmal groß ist, sowas in der Art.«

»Carl, Jimmy ist sechzehn. Ein bisschen zu alt für solche Träumereien, meinst du nicht?«

Seine Stimme war traurig. »Ja. Er muss wohl groß geworden sein, als ich nicht hingeschaut habe.«

»Nein, du hast durchaus hingeschaut. Aber manchmal, Carl, habe ich das Gefühl, dass du nur das siehst, was du sehen möchtest.«

»Was soll denn das nun heißen?«

Sie stieß einen aufgebrachten Schnalzlaut aus. »Du kannst ein ganz schöner Dickschädel sein, Carl. Keine Sorge, das ist einer der Gründe, aus denen ich dich geheiratet habe, aber für Jimmy mag das ein bisschen verwirrend sein.«

»Tab, er kann sich nicht bei der Academy bewerben.«

»Warum nicht? Warum denn nicht?«

»Wegen der Genotyp-Unterlagen.«

»Genotyp? Was, um alles in der Welt, hat das denn damit zu tun?«

Aber das sagte er ihr nicht. Er schüttelte einfach nur den Kopf, stand auf und sagte: »Ich sollte wohl besser mit ihm reden. Es hat keinen Sinn, es länger aufzuschieben.«

Sie nickte. »Er wartet schon fast eine Stunde darauf.«

»Nein«, entgegnete er. »Ich warte seit sechzehn Jahren darauf.«

6

»Sohn? Jimmy?«

Die Lichter waren gedimmt, das kleine Zimmer voller Schatten. Jimmy lag wie ein dunkler Haufen auf seinem Bett. Carl kniff die Augen zusammen, um ihn besser zu sehen. »Vielleicht ein bisschen Licht?«, fragte er.

»Wie du willst, Dad.«

So läuft das jetzt also, dachte Carl. »Wollen wir ein bisschen reden?«

»Ich dachte, du hättest schon alles gesagt, was du zu sagen hast. Das klang ziemlich endgültig.«

Carl Endicott setzte sich auf die Bettkante und legte die Hand auf Jimmys Schulter, zog sie aber wieder zurück, als der Junge wütend wegzuckte.

»Ich verstehe, wie du dich fühlst, Sohn«, sagte Carl leise. »Willst du mit mir darüber reden, warum du diese Bewerbung nicht einreichen kannst?«

Jimmy stieß ein Knurren aus. »Es klingt so, als würdest du deine Meinung ohnehin nicht ändern – und warum sollen wir in diesem Fall überhaupt darüber reden?«

»Weil ich ... weil ich dein Vater bin. Ich würde alles auf der Welt geben, um dich nicht zu verletzen – und ich weiß, wie *sehr* dich das verletzt. Aber manchmal musst du dem, was dein Vater dir sagt, ganz einfach vertrauen, weil er dein Vater ist.«

Jimmy warf sich auf die Seite und schoss einen wütenden Blick auf Carl ab. »Wirklich? Etwas tun, einfach nur weil du es sagst? Nicht nachdenken, sondern gehorchen? Tut mir Leid, Dad, aber das klingt nicht nach dem, was du mir sonst immer beigebracht hast. Hast du mich nicht eines immer gelehrt, nämlich meinen Verstand zu gebrauchen, selbst nachzudenken? Und ist das jetzt etwa so? Fühlt sich aber nicht so an.«

Carl zuckte zusammen. »Ich weiß. Es passt nicht besonders gut ins Bild, stimmt's?«

»Nein, überhaupt nicht. Also, warum kannst du nicht mit mir reden? Mir zumindest einen Grund nennen?«

Doch Carl schüttelte nur den Kopf, das Gesicht noch immer schmerzlich verzogen. »Ich ... ich kann einfach nicht. Zu deinem eigenen Besten. Selbst zu meinem eigenen Besten. Du musst das einfach so hinnehmen und mir vertrauen, Jimmy.«

Der Junge warf sich zur anderen Seite, weg vom sorgenvollen Blick seines Vaters. Lange schwieg er. Dann seufzte er auf, ein lang gezogener, gedehnter, bebender Laut, der beinahe ein Schluchzen hätte sein können.

»In … in Ordnung, Dad. Wenn du mir nicht mehr sagen kannst, muss ich das wohl akzeptieren. Schließlich bist du mein Dad. Aber würdest du mir einen Gefallen tun?«

»Was denn?«

»Würdest du mich von jetzt an Jim nennen? Denn du sagst mir damit ja wohl, dass ich jetzt erwachsen bin und wie ein Erwachsener Befehle entgegennehmen kann. Wenn ich aber erwachsen bin, bin ich nicht mehr Jimmy. Nenn mich Jim.«

Carl stand auf und sah auf den Jungen hinunter, verstand, dass in ihrer beider Leben gerade etwas von ungeheurer Tragweite vorgefallen war, ohne es aber genau definieren oder damit irgendwie sinnvoll umgehen zu können. Schließlich schüttelte er einfach nur seufzend den Kopf.

»Ich hab dich lieb … Jim.«

»Ich hab dich auch lieb, Dad. Aber das hier ist hart. Richtig hart«, sagte Jim Endicott. Er stieß langsam die Luft aus. »Ich werde es aber versuchen. Ich werde es wirklich versuchen.«

Carl beugte sich vor und tätschelte ihm unbeholfen die Schulter. »Mehr kann ich nicht verlangen, Sohn.«

Aber als er seinem Sohn in die Augen sah, wusste er, dass es eine Lüge war. Er verlangte mehr als das. Verdammt viel mehr.

7

Ein laues Lüftchen durchwehte die Nacht, als Jim aus dem Fenster seines Zimmers kletterte. Schon vor langer Zeit hatte er am Hauscomputer herumgetrickst, damit er nicht auf solche nächtlichen Ausflüge reagierte.

Oben tanzten die Zwillingsmonde Wolfbanes wie zwei goldene Flipperkugeln über den sternenübersäten Himmel. Prima City war ganz anders geplant als die

Metropolen, denen Jim vor Jahrhunderten hätte begegnen können; die Stadt war von Anfang an darauf konzipiert, ihre Umwelt nicht zu belasten und ihre Nische in der Ökologie Wolfbanes sanft auszubauen. Prima emittierte keine giftigen Abgase, verschmutzte das Grundwasser nicht und verschlang keine nicht erneuerbaren Ressourcen. Die Stadt war angenehm erleuchtet und so ruhig, dass Jim außer dem Flüstern des Windes kaum etwas hörte, als er leise über die leeren Grav-Straßen zum alten Museum am Stadtrand joggte.

Selbst für einen Teenager war Jim dank des strengen Konditionstrainings, das er seit seinem zehnten Lebensjahr planmäßig betrieb, in ausgezeichneter Form. Als er die verfallene Mauer erreichte, die den Außenbezirk des Museums umgrenzte, war sein Atem unverändert und von Schweiß fast nichts zu spüren.

Die baufällige Mauer zu überwinden war eine Augenblickssache, und dann ging er langsam auf das kleine Stahlbetongebäude in der Mitte zu, vor dem die Fahne im Wind wehte und das ewige Feuer brannte.

Als er auf dem kleinen Fahnenplatz zu der Schale mit dem lebendigen Feuer kam, blieb er stehen und senkte den Kopf. Gleich darauf öffnete er die Augen wieder und las wie viele Male zuvor die Namen auf der primitiven Gedenktafel, die auf einem Dreibein über den tanzenden Flammen stand.

Leise flüsternd bewegte er die Lippen: »Captain Delevard Johimba. Lieutenant Sheila Finch. Commander Jason Mohammadan. Corporal …«

Zehn Minuten brauchte er, um die Litanei zu Ende zu bringen, obgleich er diese heiligen Namen schon seit Jahren auswendig kannte. Der erste Vorstoß der Menschheit in den interstellaren Raum hatte einen schrecklichen Tribut gefordert – und dies hier waren die vielen Namen des Zolls, der noch immer entrichtet wurde. Diese inzwischen von den Einheimischen fast vergessene Gedenkstätte wurde von den Raumfahrern noch immer besucht.

Jimmy hatte sie viele Male beobachtet – die Männer und Frauen von Terras Raumfahrtkräften, vom niedrigsten Hilfsburschen bis zum berühmtesten Admiral: Sie kamen ohne Brimborium und zollten dann mit gesenktem Kopf denen, die vor ihnen gegangen waren, ihren stummen Tribut.

Daran dachte Jim jetzt, als er selbst mit gebeugtem Kopf dastand und die Litanei der Namen das Donnergrollen der Geschichte in seinen Kopf und sein Herz brachte.

Die Space Academy und seine Träume aufgeben? Diese Männer und Frauen verraten, die ihr Leben gegeben hatten, um ihm selbst und der Menschheit den Weg in die Zukunft zu markieren?

Lange stand er da, das Gesicht schmerzverzerrt. Schließlich stieß er ein kurzes Schluchzen aus, schüttelte den Kopf und wandte sich ab.

Sein Vater war sein Vater, aber er selbst war Jim, nicht mehr Jimmy, kein Kind mehr. Er würde jetzt seine eigenen Entscheidungen treffen.

Die Tafel sagte aus, dass selbst Helden starben, aber das war in Ordnung. Familien wuchsen und trennten sich, Kinder wurden erwachsen, die Beziehung zwischen Vater und Sohn wandelte sich, war plötzlich anders. Helden vergingen, und all das war in Ordnung, so war das Leben.

Solange der Traum nicht verging.

Jim starrte blind in die bebende, vom Wind gepeitschte Flamme zu seinen Füßen.

Ich liebe ihn mehr als irgendjemanden im ganzen Universum, aber das, worum er mich bittet, ist zu hart. Vater oder nicht, der Traum lebt. Mein Traum, der nur ein Funke des größeren Menschheitstraums ist.

Er würde beinahe alles für seinen Vater tun. Alles

außer diesen Traum in sich absterben zu lassen. Er liebte Carl Endicott, aber schlussendlich liebte er den Traum mehr. Er dachte an das Zitatspiel, das er und seine Eltern seit Jahren spielten. Was hatte Julius Caesar gesagt?

Alea iacta est: Der Würfel ist gefallen.

Er richtete die Augen nach oben, wo die ewigen Sterne brannten, und sah sich in einem der großen, weißen Schiffe der Erde hinausfahren.

Er würde nicht zulassen, dass der Traum starb.

Zweites Kapitel

1 Jim kam bei seinem Morgenlauf ordentlich ins Schwitzen. Er war froh darüber. Die Normalität der Alltagsroutine half ihm, seine aufgewühlen Gedanken von den abstoßenden Erinnerungen an den Vorabend zu reinigen. Er brauchte einen klaren Kopf, er musste Entscheidungen treffen.

Prima war eine trügerische Stadt. Vieles befand sich unterirdisch, insbesondere die schmutzigeren Teile, und so zeigte das Stadtgebiet sich als eine attraktive Mischung aus wohl beschnittenen Wäldern und sorgfältig gepflegten Grav-Straßen, die durch Viertel verliefen, wo Einfamilienhäuser von laubigen Büschen und Hecken beschirmt wurden. Der einzige Hinweis auf die dichte Besiedlung des Gebietes war die große Zahl von Grav-Wagen, die neben Jim lautlos die Straße entlangglitten, während er zum Endspurt ansetzte.

Mit pochendem Herzen kam er am Rande des öffentlichen Freizeitzentrums zum Stehen. Vom dichten braunen Haar lief ihm beißender Schweiß in die Augen. Er beugte sich vor, legte die Hände auf die Knie und schleuderte mit einem Kopfschlenkern einen salzigen Sprühregen in alle Richtungen. Dann richtete er sich auf und blickte auf das Netzwerk-Armband an seinem Handgelenk. Puls: einundneunzig. Nicht schlecht nach einem Zwölfkilometerlauf.

Das Prima Freizeitzentrum befand sich dem Regierungsgebäude des Planeten gegenüber an der wichtigsten Grav-Straße und wurde viel genutzt. Jim blickte über eine weite Rasenfläche und sah mehrere Männer und Frauen aller Altersstufen und Körpergrößen, die die traditionelle weiße Kleidung der alten terranischen Kampfkünste trugen.

Sie gehörten zu seinem Kurs. Er hatte fast schon Verspätung. Er holte tief Luft, wischte sich das Haar aus dem Gesicht, senkte den Kopf und sprintete los.

Eine Stunde später trat Jim geduscht und frisch gekämmt, richtig gut ausgepowert und zu seiner Erleichterung wesentlich besser gestimmt als am Vorabend, aus der Haupttür des Freizeitzentrums und blinzelte zur aufgedunsenen Kugel von Krager One hinauf, des etwas ältlichen und schon leicht verblassten Sterns, um den Wolfbane kreiste.

Er sah auf sein Netzwerk-Armband und flüsterte: »Stundenplan?«

Gehorsam piepste die Verbindung einmal auf und sprach dann in dünnem Wimmerton: »Du hast fünfundvierzig Minuten frei. Danach deine erste Stunde heute, höhere Analysis bei Dr. Bernau.« Doctor Bernau hat eine Nachricht an sämtliche Schüler ausgegeben: »Heute ist ein Anwesenheitstag. Bitte erscheinen Sie persönlich im realen Klassenzimmer und nicht im virtuellen Schulungsraum.« Das kleine Gerät klickte. »Ist eine holographische Karte mit mündlicher Wegbeschreibung erwünscht?«

Jim schüttelte den Kopf. Sein Netzwerk-Armband war ein altes Modell und nahm die Dinge manchmal ausgesprochen wörtlich. Gelegentlich klang es mehr als nur ein bisschen dumm. Aber es war eine absolut verlässliche Verbindung zu seiner ›Achse‹, seinem Zugangsgerät, und er sah nicht ein, warum er es durch ein neueres, moderneres Modell ersetzen sollte. Solche Entscheidungen entsprangen einer Art von dickköpfigem gesundem Menschenverstand, den er seinem Vater abgeschaut hatte, ohne es überhaupt zu bemerken.

»Nein«, erklärte er. »Ich kenne den Weg.« Und zufällig lag sein Ziel nur zwei Minuten von seinem gegenwärtigen Aufenthaltsort entfernt. Also blieben ihm fünfundvierzig freie Minuten in seinem sonst lückenlos gefüllten Stundenplan.

Mit federnden Schritten ging er über die weite Rasenfläche, und seine offene, fröhliche Miene veranlasste manchen der umherschlendernden oder unter hohen Bäumen plaudernden Müßiggänger zu einem Winken. Er fand einen freien Baum und ließ sich in seinen willkommenen Schatten fallen. Der Baum ähnelte äußerlich einer Eiche, roch aber eher wie eine Kiefer; diese Baumart war vor neunzig Jahren, als die Landung auf dem Planeten bevorstand, im genetischen Labor des Kolonialklasse-Raumschiffs Wolfbane erschaffen worden.

Jim schloss die Augen, lehnte sich mit dem Rücken gegen die seidige, bernsteinfarbene Rinde und genoss den sanften Wind auf den Wangen und den Duft von Tulpen in der Nase. Einen Moment lang ließ er die Gedanken schweifen, doch dann konzentrierte er sich seufzend wieder auf das, was jetzt anstand.

Oberflächlich gesehen lief alles, was er je gelernt und erfahren hatte, darauf hinaus, dass nur ein Verhalten möglich war: Wenn sein Vater Vertrauen von ihm verlangte, dann musste das richtig sein. Sein Vater liebte ihn, würde ihm niemals Schaden zufügen und hatte nur sein Bestes im Sinn. Und ganz tief in seinem Innern glaubte er das auch. Aber …

Sein Vater hatte unrecht. Oder vielmehr, Jim konnte nicht akzeptieren, dass sein Vater Recht hatte, nicht in dieser Sache. Was ließ sich also tun?

Er saß da, kaute auf der Schleimhaut seiner Mundhöhle herum und beobachtete den langsam dahinwandernden Tagmond Horus, der wie eine rote Münze über den blaugrünen Himmel trieb. Nach einer Weile verstand er das Problem. Irgendwie hatte sein Vater die Situation auf irgendeine Weise falsch verstanden. Ihm war nicht klar, wie viel der Besuch der Space Academy seinem einzigen Sohn bedeutete. Er hatte also nicht Unrecht – das war unmöglich –, aber selbst ihm konnte es passieren, dass er sich … irrte.

Als er diese quälende Analyse mit einem so glücklichen Ergebnis abgeschlossen hatte, schaute er hoch und lächelte in den Himmel hinauf. Plötzlich fühlte er sich leicht wie eine Seifenblase, als würde er gleich in die blaugrüne Weite da oben hinaufschweben. Sein Vater hatte nicht Unrecht. Er irrte sich nur. Und mit Irrtümern konnte man umgehen. Man konnte sie *berichtigen.*

Die Antwort wirkte einfach genug. Beweise es ihm, *zeige* ihm, wie viel die Academy dir bedeutet. Und da gab es nur eine einzige Möglichkeit.

Jim hob sein Armband an die Lippen. »Achse«, sagte er, »lade Datei ›Academy Application‹ ins TerraNet, Adresse mit Datei verknüpft.«

Einfach so, so schnell und so leicht war das getan. Ein sehr weiser Mann hatte einmal vor langer Zeit bemerkt, die durch den Computer gesparten Mühen bedeuteten, dass man nun hundertmal schneller Fehler machen könne als früher, was dem nie ruhenden Fortschrittsstreben der Menschheit völlig neue Aussichten eröffne.

Jim wartete, bis ein sanfter Summton ihm bestätigte, dass seine Bewerbung, die den väterlichen Genotyp einschloss – allerdings nicht den seiner Mutter – losgeschickt war. Er war am Vorabend bis tief in die Nacht aufgeblieben und hatte sich mit einem Hackerangriff in die persönlichen Dateien seiner Eltern eingeschlichen, was die Hauptursache für sein derzeitiges schlechtes Gewissen war. Da die Daten seiner Mutter fehlten, würde man ihm die Bewerbung zur Vervollständigung zurücksenden. Das hoffte er zumindest. Bis dahin würde er nach bestem Vermögen den perfekten, gehorsamen Sohn abgeben. Wenn die Bewerbung dann mit der Bitte um Ergänzung zurückgeschickt wurde –

er konnte sich nicht vorstellen, dass man sie direkt ablehnen würde –, könnte er damit seinem Vater beweisen, wie unrecht er dem Traum seines Sohnes tat. Denn wenn die Academy Jims Bewerbung mit der Bitte um Nachtrag zurückschickte, musste Carl Endicott einsehen, dass er sich im Unrecht befand und sein Sohn zumindest eine Chance auf die Zulassung zu diesen geheiligten Hallen hatte.

Jim spürte einen winzigen Ansatz von Unbehagen in sich aufkeimen, schob das aber entschlossen beiseite. Niemals hatte er sich bisher in wichtigen Dingen über ein Verbot seines Vaters hinweggesetzt. Zu dem jetzigen Verstoß war er nur aufgrund der mühsam herangepäppelten Überzeugung fähig gewesen, dass er sich in dieser Angelegenheit eigentlich gar nicht *wirklich* über ein Verbot hinwegsetzte. Doch er war noch jung genug, um den Gestank seiner eigenen Scheiße zu erkennen, wenn der ihm in die Nase stieg.

Er wusste, dass er gerade eine weitere Schwelle überschritten hatte. Unglückseligerweise hatte er aber keine Ahnung, wie groß dieser Schritt tatsächlich war und wie weit er alles ihm Vorstellbare überstieg.

2

»Carl, was ist denn los? Jimmy?«

Carl trank einen Schluck Kaffee, stellte die Tasse hin und rieb sich die roten Augen. Er sah so aus, als hätte er keine Minute geschlafen. Unter den Augen hatte er schwarze Schatten. Seine Haut wirkte wund und verletzlich.

»Ich dachte, er heißt jetzt Jim.«

Tabitha Endicott hatte spätabends, als ihr Mann sich schlaflos im Bett wälzte, schon eine gekürzte Version des Vorfalls gehört. Jetzt schüttelte sie den Kopf. »Nimm dir das nicht zu sehr zu Herzen, Carl. Ich glaube, er ist einfach verletzt und überrascht.«

Er warf ihr über den Kaffee hinweg einen Blick zu. »Hältst du mich ebenfalls für ein Ungeheuer, Tab?«

Sie schüttelte den Kopf, etwas entnervt von dem melodramatischen Gehabe ihres sonst so nüchternen Mannes. Das Licht fing sich in ihrem kurzen Blondhaar und ließ graue Strähnen aufschimmern. Carl sah es, und aus irgendeinem Grund stimmte es ihn traurig. Die Zeit verging, Kinder wurden erwachsen, Ehefrauen älter, die Welt veränderte sich und selbst die Liebe wurde langweilig und behaglich. Ach, wenn es nur so wäre! Aber es stimmte nicht. Manche Dinge änderten sich nie. Manche Bürden trug man für immer.

»Ungeheuer? Natürlich hält er dich nicht für ein Ungeheuer. Wie ich schon sagte, er ist einfach verletzt. Und verwirrt. Er versteht es nicht. Und ich kann das eigentlich nicht als merkwürdig empfinden. Ich verstehe es auch nicht richtig.«

»Ich war nie das, was man einen guten Ernährer nennt, nicht wahr?«

Ihr Gesichtsausdruck wurde noch besorgter. »Sei nicht albern. Dieses Selbstmitleid steht dir nicht, Carl. Wir haben durchaus angenehm gelebt. Wir müssen nicht hungern. Und was auch immer dieser Junge sich wünscht, sei es Unterricht, ein Ausrüstungsgegenstand oder ein Gerät, das bekommt er auch. Und ich selbst habe mich gewiss niemals … sozial benachteiligt gefühlt.«

Sie hielt inne und suchte mit nachdenklichem Blick nach den richtigen Worten. »Carl, ich weiß, dass es Dinge gibt, die du meinst, mir nicht sagen zu können. Wir sind jetzt viele Jahre zusammen. Bei unserer Hochzeit wusste ich, wie ich mich bettete, und ich wollte gerne so liegen! Du bist ein guter Mann, Carl Endicott, auch wenn du zu hart zu dir selbst bist.« Sie schüttelte den Kopf. »Ich wollte nie einen Helden. Nur einen Mann. Einen guten Mann.«

Er hob die Augen zu ihrem Gesicht. »Du hältst mich für einen guten Mann, Tab?«

»Natürlich. Denkst du etwa, ich würde freiwillig einen schlechten Mann heiraten. Oder bei ihm bleiben, wenn er mich zu Anfang hereingelegt hätte?«

Er zuckte die Achseln. »Willst du wissen, warum ich das mache?«

Sie schüttelte den Kopf. »Nur, wenn du es mir sagen willst.«

»Du weißt, dass es nur einen einzigen Grund gibt, aus dem ich es dir *nicht* erzähle ...«

»Weil es mich verletzen oder mich irgendwie gefährden würde.«

»Dann verstehst du es also.«

»Ja, Carl, ich verstehe es. Jimmy liebt dich, aber vergiss nicht – ich liebe dich auch.«

Er lächelte schwach. »Obwohl wir ein halbes Dutzend Mal umgezogen sind? Den Job gewechselt haben und sogar den Planeten? Einmal haben wir den *Namen* gewechselt, als Jimmy drei war und es noch nicht mitbekommen konnte, erinnerst du dich?«

»Wir haben darüber geredet. Ich habe dich gefragt, ob du ein Krimineller bist, ob wir vor dem Gesetz davonlaufen.«

»Nein, habe ich dir damals geantwortet. Ich habe nichts Unrechtmäßiges getan.«

»Nun, dann.« Sie tätschelte ihm den Handrücken. »Er wird sich besser fühlen, wenn er sich einmal beruhigt und darüber nachgedacht hat.«

»Ich wünschte, es könnte anders sein.«

Sie lächelte. »Dem Jungen könnte Schlimmeres zustoßen.«

Er nickte nur bedrückt. Vor seinen inneren Augen sah er die brennenden Überreste eines kleinen Hauses, stellte sich das Gelächter und Geplapper der Mörder vor.

»Ich weiß«, erwiderte er. *Und uns auch.*

3 In der Dunkelheit von Jims Schlafzimmer flatterte der kleine Melder wie eine winzige rote Fahne ein paar Zentimeter über Jims Achse. Jim ließ sich auf seinen Schreibtischstuhl gleiten und flüsterte: »Was ist es?«

Gehorsam antwortete das Gerät in derselben nahezu unhörbaren Lautstärke: »Bestätigung von TerraNet liegt vor: ›Bewerbung versandt an lokalen Satellitenserver, Zeit: 21.04. Weitergeleitet 21:05 Ortszeit.‹ Sind detaillierte Angaben erwünscht?«

Jim schüttelte den Kopf. Er wollte keine detaillierten Angaben. Schon jetzt verspürte er Schuldgefühle, die sich wie ein fettiger Klumpen in seinem Magen zusammenballten und hinter seinem Brustbein brannten. Aber jetzt war es zu spät, oder? Er hatte es schon getan, er hatte das Verbot seines Vaters schon übertreten.

Natürlich nur aus den besten, ehrbarsten Gründen.

Zu seiner Überraschung änderte das aber überhaupt nichts daran, dass er sich schrecklich fühlte. Die Kunst der Selbsttäuschung hatte er mit seinen jungen Jahren noch nicht eingeübt, selbst wenn seine angeborene Ehrlichkeit dies zugelassen hätte.

»Jim?«

Es klang sonderbar, seine Mutter, die ihn immer Jimmy genannt hatte, jetzt Jim rufen zu hören. »Bist du daheim?«

»Ich bin hier, Mom.« Sie mussten miteinander geredet haben, seine Mom und sein Dad. Da wäre er wirklich gern die Fliege an der Wand gewesen. Doch dann schüttelte er den Kopf. Seinen anderen Verfehlungen, Ungehorsam, Vertrauensbruch und Betrug auch noch heimliches Lauschen hinzufügen? Aber ja. Da würde er sich jetzt bestimmt besser fühlen.

Den größten Teil des Tages hatte er über seine Aktion nachgedacht, und folglich war der Tag nicht sehr angenehm verlaufen. Jetzt, wo er in der brütenden Stille seines Zimmers saß, fühlte er sich noch elender als zuvor.

Es war ein erwachsenes Gefühl, dachte er bei sich, und jetzt lernte er das *»Ach, wenn doch nur!«* der erwachsenen Gewissensbisse kennen.

Er hatte diesen Einwand für einen schwer nachvollziehbaren erwachsenen Quatsch gehalten, aber jetzt, wo er selbst mit Schuldgefühlen lebte, die ihn wie ein steter Tropfen aushöhlten, wirkte er nicht mehr so trivial. Vielmehr quälte ihn sein schlechtes Gewissen mit jenem merkwürdig unkindlichen Gefühl der Reue.

Nennt mich Jim, hatte er ihnen gesagt. Ich bin jetzt erwachsen. Wie tapfer. Wie ... kindisch.

»Nein«, flüsterte er schließlich. »Ich habe es getan, aber er muss Bescheid wissen. Alles andere geht nicht. Ich muss es ihm sagen.«

Sobald er das bei sich geflüstert hatte, trieben die Worte ihn zur Tat – die sich diesmal besser anfühlte, ehrlicher, *richtiger* als seine Tat vom Vormittag.

Beim Hinausgehen warf er einen Blick auf seine Achse, und einen Moment lang bedauerte er, wie schnell der Wille in diesen modernen Zeiten zur Aktion wurde. Gerade hatte er den Gedanken gefasst, die Bewerbung loszuschicken, und schon war es passiert. Jetzt musste er über die Folgen nachdenken und Maßnahmen ergreifen.

Daraus, dachte er, *lässt sich etwas Wichtiges lernen.* Er beschloss, sich ganz genau klar zu machen, wie diese Lektion aussah.

Erwachsensein. Wie kompliziert das ist.

Aber ein Geständnis, rief er sich eine halb vergessene Lektion in Erinnerung, *ist gut für die Seele.*

Hoffentlich.

4 In einem *Vireo,* einem Virtual Reality Video, hätte man sich wohl in einem riesigen, bienenkorbähnlichen Raum wiedergefunden, der von eifrigen Technikern wimmelte, von energisch und zielstrebig durchein-

ander wuselnden, schwarz gekleideten Kriegern. Die Wirklichkeit dagegen sah nüchterner aus, geradezu langweilig. Nachdem eine Reihe hintereinander geschalteter Geräte ihre Arbeit getan und die jeweiligen Ergebnisse abgeglichen hatten, wurde das Extrakt an die elektronische Dateneingangsbox einer hochrangigen, entscheidungsbebefugten Assistentin weitergeleitet. Die Assistentin saß in einer kleinen, grau gestrichenen Kammer, wohin sowohl aufdringliche Geräusche als auch höhere ethische Wahrnehmungen nur angemessen gedämpft durchdrangen.

Diese Frau, die mehr oder weniger als nahezu undurchdringliche Membran fungierte, war seit langem daran gewöhnt, all dem Müll und Schutt die winzigen Spuren von Gold zu entreißen. Das jetzt auftauchende Nuggetkörnchen weckte ihre Aufmerksamkeit sofort, und sie öffnete diese Information wie ein raffiniert zusammengefaltetes Origami, um alles darin Enthaltene genau zu untersuchen.

Dieser Vorgang nahm eine Minute und zwanzig Sekunden in Anspruch. Danach erhob sie sich, marschierte schnurstracks durch die Tür hinter ihrem Arbeitsplatz, schritt zehn Meter eines samtig schwarzen Teppichs ab und trat vor einen massiv aus einem einzigen Onyxblock gehauenen Schreibtisch. Hätte irgendjemand sie dabei beobachtet, wäre ihm der Gedanke an eine Katze gekommen.

»Ja?«

»Es ist eine mögliche Entsprechung zu einem der wahrscheinlichen Genome aufgetaucht«, sagte sie. »Die Ergebnisse befinden sich in Ihrem Gerät.«

Ein Holobildschirm wurde sichtbar, schimmerte stärker auf und verflüchtigte sich wieder.

»Ah ja. Die Space Acadamy.« Pause. »Bestens. Bitte veranlassen Sie Commander Steele, sich bei mir zu melden.«

Sie musste sich nicht erst informieren. Über den Aufenthaltsort von Commander Steele hielt sie sich jederzeit auf dem Laufenden.

»Commander Steele befindet sich derzeit im Imperium von Singapur, in Kuala Lumpur, und befasst sich mit gewissen … äh … Aspekten des Aufstands. Um sie dort heraus- und hierher zu bringen, ist ein halber Tag nötig.«

»Dann veranlassen Sie das.«

»Jawohl«, antwortete sie. »Sofort.«

5 »Du hast *Was* getan?«, fragte Carl.

Jim zuckte zurück. Er hatte den rasch unterdrückten Reflex der rechten Hand seines Vaters gesehen, die schon halb erhoben wieder zurückgefallen war. Er wusste, was das bedeutete. Er hatte genug Kampfkunsttraining hinter sich, um solche körperlichen Anzeichen zu interpretieren. Zum ersten Mal in beider Leben hätte sein Vater ihn beinahe geschlagen. Und für Jim, in dessen jungem Kopf ohnehin schon Zweifel und Schuldgefühle durcheinander wirbelten, wirkte die Absicht genauso niederschmetternd wie ein tatsächlicher Schlag.

»Dad … mein Gott, es tut mir Leid.«

»Ach, Jimmy …«, sagte Tabitha.

Jim sah seinen Vater an, verblüfft von dieser Verwandlung des Mannes, den er so gut zu kennen gemeint hatte. Eine psychische Aura von Gefahr schien ihn zu umzittern und ließ das vertraute Endicottsche Wohnzimmer plötzlich so hart und brutal wie ein erstarrtes Hologramm wirken.

Mit bebendem Kinn versuchte Carl, sich zu beherrschen und das wahre Ausmaß dessen, was sein Sohn getan hatte, vor seiner Familie zu verbergen. Doch dieser Kampf ließ sich nicht vollständig kaschieren, da er ihm ins Gesicht geschrieben stand. Jim sah ihn natürlich.

Jims ganzes Training war darauf ausgerichtet gewesen, ihn solche Vorgänge erkennen zu lassen – wie also hätte ihm das entgehen können?

Jim fühlte sich krank, entsetzt von den im Gesicht seines Vaters entblößten Gefühlen. Was er getan hatte – oder was er zumindest nach Meinung seines Vaters getan hatte – war viel schlimmer, als er sich je vorgestellt hätte: Denn in den Zügen seines Vaters erblickte er Todesangst.

Jim verspürte plötzlich den Drang zu reden, einfach etwas zu sagen, um den klaffenden Abgrund zwischen ihnen mit Worten zu füllen. Worte würden alles irgendwie wieder in Ordnung bringen.

»Dad ...«

Doch Carl schüttelte den Kopf. Er stand auf, das Gesicht verschlossen und hart. »In Ordnung. Du hast es getan, Sohn, und nun müssen wir alle damit leben. So sei es denn.«

Er wandte sich zu seiner Frau. »Tab, pack alles zusammen, was wir für eine längere Reise brauchen, aber nicht zu viel. Möglicherweise müssen wir eine Zeit lang ständig den Aufenthaltsort wechseln.«

»Dad, was ...?«

»Sohn, wir sprechen später darüber. Falls es ein später gibt. Ich kann dir nicht erklären, was du getan hast, aber ich wünschte, du hättest es unterlassen. Hättest du mir doch vertraut ...«

Er schüttelte abrupt den Kopf. »Nun, das liegt in der Vergangenheit. Jetzt mach dich einfach an die Arbeit und tu dasselbe wie deine Mutter. Packe das Notwendigste zusammen, alles was man für einen längeren Zeitraum braucht, aber so, dass es noch leicht zu tragen ist. Nur dein Rucksack, das wäre ungefähr richtig. Wir brechen in ...«, er sah auf sein eigenes Netzwerk-Armband – »zwei Stunden auf. Es tut mir Leid, aber mehr Zeit kann ich euch nicht geben.«

»Dad …« Jim versuchte es ein drittes Mal, und galldickes Elend würgte ihm die Kehle.

»Sohn, tu diesmal bitte das, worum ich dich bitte. Ist das möglich?«

»Ja«, sagte Jim. »Was …?«

»Die S&R .75 brauchst du nicht einzupacken«, sagte Carl.

Jims Augen weiteten sich.

»Die hältst du in der Hand.«

Drittes Kapitel

1 Spät am Abend zog ein Unwetter über der Central City auf, pechschwarze Wolken spien Blitz und Donner, und Regenströme geißelten die windgepeitschten Bäume.

Carl Endicott entpolarisierte das große Fenster im Wohnzimmer und starrte in die Nacht hinaus. Hinter ihm zog Tabitha die Gurte der großen Reisetasche zu, die sie gerade fertig gepackt hatte. »Schlechtes Wetter«, bemerkte sie.

Carl schüttelte den Kopf. »Nein, gutes Wetter. Sie werden die neuesten Detektoren haben, die heißesten Spähaugen, das Beste von allem, aber auch solcher Ausrüstung macht die Natur noch einen Strich durch die Rechnung.«

»Dad, wer ist das: sie?«

Carl wandte sich um. »Jim? Wie würdest du reagieren, wenn ich dir erklärte, dass ich dir das nicht sagen kann? Würdest du das akzeptieren?«

Jim sah ihn an. Eine braune Haarsträhne fiel ihm über die breite Stirn, doch seine grünen Augen verharrten unverwandt auf dem Gesicht seines Vaters. »Nein, Dad, das würde ich nicht. Ich weiß, du bist der Meinung, dass ich dich hintergangen habe – und das habe ich wohl auch. Auf jeden Fall aber war ich ungehorsam. Ich hätte diese Bewerbung nicht ohne deine Erlaubnis losschicken dürfen. Oder es dir zumindest vorher sagen sollen.«

»Ja, das hättest du. Dann hätte ich es dir energischer verboten.«

Jim schüttelte den Kopf. »Ehrlich gesagt, Dad, das hätte nichts geändert, nicht ohne eine Begründung. Ich hätte dir trotzdem nicht gehorcht.« Er sprach ruhig und fest, aber die Entschlossenheit in seiner Stimme war so deutlich zu hören, dass die Augenlider seines Vaters zuckten.

»Du bist sehr von dir überzeugt. So sehr, dass du bereit bist, nicht nur dich selbst oder auch mich, sondern sogar deine Mom in Gefahr zu bringen.«

Jetzt flackerten Jims Augenlider. »Ich hätte es nicht getan, Dad, wenn du mir erklärt hättest, dass meine Handlung eben das zur Folge hat. Aber das hast du mir nicht erklärt, und so konnte ich es nicht wissen. Und deshalb habe ich offensichtlich einen schlimmen Fehler gemacht. Aber du hast den ersten Fehler begangen, weil du mir nicht vertraut hast. Und genau jetzt begehst du denselben Fehler wieder und sagst mir nicht, was eigentlich los ist.«

Zum ersten Mal an diesem Abend verrutschte die harte Maske auf Carls Gesicht ein wenig. Er hielt inne, warf einen Blick zu Tabitha hinüber und sah dann wieder seinen Sohn an. Er seufzte.

»Da hast du mich erwischt. Du hast absolut Recht. Das macht dein eigenes Verhalten zwar kein bisschen besser, aber wenn ich von dir erwarte, dass du die Verantwortung für dein eigenes Handeln übernimmst, muss ich wohl dasselbe tun. Bist du bereit zuzugeben, dass du ungehorsam warst?«

»Gewiss, Dad, ich habe dein Verbot übertreten. Aber was ich hier sage, ist einfach, dass ich es unter denselben Umständen wieder tun würde. Ich bleibe nicht ewig sechzehn – und manche Entscheidungen muss ich genau jetzt selbst treffen können. Zum Beispiel solche Entscheidungen, die mein ganzes restliches Leben beeinflussen.«

Carl nickte. »Okay, da stimme ich dir zu. Aber ich

möchte, dass du die Sache verstehst. Was du hier in Gang gesetzt hast, ist kein Spiel. Es geht um Leben und Tod. Um unser Leben.«

»Würdest du mir dann jetzt alles sagen, was ich wissen muss? Von Mann zu Mann, damit ich nicht wieder etwas Dummes anstelle?«

Die beiden, Mann und Junge, sahen einander in die Augen. Carl erbebte ein wenig, trat dann vor und schlang die Arme in einer bärenhaften Umarmung heftig um seinen Sohn. Jim erwiderte die Geste. Sekunden später trennten sie sich.

»In Ordnung«, sagte Carl. »Die Dinge stehen so: Höchstwahrscheinlich hast du durch die Einspeisung deines und meines Genotyps ins öffentliche Netz, und insbesondere durch die Versendung an eine *Regierungsbehörde* die Aufmerksamkeit eines Feindes erregt, der uns zutiefst übel will.« Er hielt inne und dachte nach. »Ich will ehrlich sein, Jim. Ein Feind, der keinen Moment zögern wird, uns alle umzubringen.«

2

»Stickig hier«, bemerkte Steele. »Ich hasse diese kleinen Schnellschiffe. Man kommt sich vor, als würde man in einer Konservendose durch die Lichtjahre geschleudert.«

Molly Harrison hatte sich gegen Heck Campbells Hühnengestalt gelehnt. Campbell grinste, ein Kontrast weißer Zähne und schwarzer Haut. »Du hattest gesagt, es ist ein Eiljob.«

»Ich mag Eiljobs nicht«, grummelte Steele. »Und anscheinend kriegen wir zurzeit nur noch solche. Es ist, als würde es keiner schaffen, irgendwas mal von Anfang an richtig zu erledigen, aber scheiß drauf, wir rufen einfach Steeles Leute, die holen uns schon die Kastanien aus dem Feuer ...«

»Na ja, wen würdest du denn rufen, wenn nicht uns?«

Steele zuckte die Achseln. Durch ihr gerades, kinnlanges schwarzes Haar zog sich inzwischen eine frappierend weiße Strähne vom oberen Wirbel des runden Schädels bis zum kurz gekappten Pony. Ihre Lippen schimmerten wie immer in frischem, feuchtem Blutrot. »Keinen, schätze ich. Aber es ist Schlamperei. Schlamperei beim Nachdenken, beim Planen. Wir sollten der letzte Ausweg sein und nicht gleich das allererste Mittel.«

»Hey, Marty. Stimmt's, dass das direkt von oben kommt?«

Steele antwortete nicht direkt. Sie schaute auf ihr Netzwerk-Armband, flüsterte einen kurzen Code und sah dann zu, wie die Holosäule sich bildete. »Carl Endicott mit seiner glücklichen Familie«, sagte sie, als die Figuren Gestalt angenommen hatten. »Hallo Leute, wir sehen uns ...«

»Ist irgendwie schade drum«, grummelte Campbell. »Der Typ, okay, aber warum soll man das Leben eines so jungen Burschen und einer Frau auslöschen?«

Steele sah ihn an. »Ein Job ist ein Job«, sagte sie. »Sollen alle anderen rumschlampen, wenn sie wollen, wir tun das zumindest nicht. Wir machen es ordentlich.« Sie hob eine dünne, rabenschwarze Augenbraue. »Stimmt's?«

Campbell nickte seufzend. »Stimmt, Chef.«

3 Die Hütte lag so weit nördlich, dass das Unwetter, das die Hauptstadtregion unter Wasser gesetzt hatte, daran vorbeigegangen war. Im gazeartigen, von Sternen durchsetzten Gewebe der Nacht entstiegen sie der Tula Point U-Bahnstation. Oben verfolgten Wolfbanes beide Monde Mutt und Jeff einander in Zeitlupenarabesken; am Ende des Bahnsteigs fiel der Schein einer einzigen Lampe auf ein verchromtes Geländer. Es war sehr still. Jims Nasenflügel weiteten sich beim intensiven Gebirgsgeruch von Kiefer und dunkler Erde.

»Riecht gut«, bemerkte er. »Hätte ich gerne früher

schon von gewusst. Dann hätte man im Sommer hier rausfahren können.«

»Richtig«, stimmte Carl zu. »Und man hätte es säuberlich in jeder Akte über die Familie Endicott aufgeführt: ›Besuchen jeden Sommer eine Berghütte. Genaue Lagebeschreibung wie folgt.‹« Er schnaubte.

»Also, jetzt mal Tempo. Das hier tut's nicht auf ewig, aber vielleicht doch so lange, bis wir uns über unseren nächsten Schritt klar geworden sind.«

Er schaute in beide Richtungen, bevor er sie über den Bahnsteig führte. Nur Jim fiel auf, dass sein Vater die eine Hand in der Jackettasche behielt. Er sah, dass Carl vor dem Aufbruch seine alte .75 dort hineingesteckt hatte. Bevor sie das Haus verlassen hatten … zum letzten Mal?

Was, fragte sich Jim, *habe ich nur gemacht?*

4 »Okay, Leute, diese Information haben wir nur per Überlichtgeschwindigkeits-Beamer so fix von Big Daddy auf Terra hierher bekommen. Für das Geld könnte man euch zwanzig Jahre lang euer Gehalt bezahlen, also hört zu.« Steele, in schwarzes Leder gekleidet, während ihre Schutzpanzerung mit offenen Verschlüssen lose von den skelettartigen Schultern baumelte, eröffnete die eilige Instruktionssitzung. Campbell und Harrison hockten ähnlich gekleidet im stillen, leeren Endicottschen Wohnzimmer vor ihr.

»Woher mögen die gewusst haben, dass wir kommen?«, fragte Campbell.

»Egal. Wichtig ist nur, dass wir anscheinend verfolgen können, *wohin* sie gegangen sind.«

»Wohin denn?«, fragte Harrison.

Steele fütterte ihr Netzwerk-Armband mit dem Code. Ein dreidimensionales Bild formte sich: Eine kleine, primitiv wirkende Holzhütte im Schatten hoher Berge.

»Dort«, sagte Steele. »Genau da …«

5 Einiges wusste sie. Anderes wusste sie nicht. Aber sie musste es dem Jungen trotzdem berichten. Manchmal konnte eben auch Carl einfach Unrecht haben.

Tabitha Endicott schob den altmodischen Spitzenvorhang von den ebenso altmodischen Scheibenglasfenstern, schaute nach draußen, seufzte und ließ den Vorhang wieder fallen.

Jim beobachtete sie. *Sie ist von diesen Ereignissen genauso verstört wie ich,* dachte er. *Ob sie mir wohl die Schuld gibt? Dad tut das glaube ich nicht, zumindest nicht wirklich – na ja, er weiß, dass es mein Fehler war, aber er versteht wohl, warum ich es getan habe.*

»Der Sonnenuntergang ist schön«, sagte Tab.

»Mir gefällt es hier oben«, meinte Jim. »Zu schade …«

Sie sahen sich an. Keiner der beiden wollte darüber reden, was zu schade war.

»Jim …«

»Mom …«

Beide stockten gleichzeitig, holten gleichzeitig Atem und sahen sich an. Dann lachten sie los.

»Du zuerst, Mom«, machte Jim schließlich weiter.

Sie nickte und wurde wieder ernst. »Jim, ich möchte dir ein paar Dinge sagen – und versteh das nicht falsch, aber ich wollte abwarten, bis dein Dad einmal draußen war. Das macht es … leichter. Aber solltest du das als hinterhältig empfinden, können wir warten, bis er zurück ist. So oder so, beides ist dein gutes Recht.«

Furcht schlängelte sich flüsternd sein Rückgrat hinauf. Plötzlich fühlte er sich viel zu jung für das alles, kam sich vor wie ein Fisch auf dem Trockenen. Er wollte keine Geheimnisse anvertraut bekommen, weder die seiner Mutter noch die seines Vaters noch sonst irgendwelche. Aber es gab eine Menge, was sein Vater ihm noch nicht gesagt hatte, und Jim spürte sie, all die Geheimnisse, die direkt unter der trügerischen Stille ihrer neuen Beziehung lauerten.

»Mom? Ist das denn in Ordnung?«

Sie stieß die Luft aus, rieb sich die Ellbogen, sah weg und dann wieder ihn an. »Ehrlich gesagt, ich weiß es nicht. Vielleicht tue ich das Falsche. Aber meiner Meinung nach musst du verstehen, worüber dein Vater – worüber Carl – sich Sorgen macht. Jenseits des Offensichtlichen meine ich.«

Jim nickte langsam. »Okay, dann sag es mir.«

Sie drehte sich wieder zum Fenster um. »Du warst gerade ein Jahr alt, als ich Carl kennen lernte.« Sie hielt inne und wartete ab, bis er die Nachricht aufgenommen hatte.

Was? dachte Jim. *Aber das kann doch nicht wahr sein. Denn das würde bedeuten, dass sie nicht meine Mutter ist …*

»Mom! Ich meine … äh … nein …« Seine Stimme erstarb hilflos.

Sie kam zu ihm herüber und legte ihm den Arm um die Schultern. Sie beugte sich vor und sah ihm direkt in die Augen. »Hör zu, Jim, ich *bin* deine Mutter, legal und alles.« Dann, ohne sich abzuwenden, holte sie tief Luft und ließ die eigentliche Bombe fallen.

»Legal, weil ich dich am selben Tag adoptiert habe, an dem Carl dich adoptierte – und zwar am Tag unserer Hochzeit. Eine Woche nach deinem zweiten Geburtstag.«

Er starrte in ihre eisigen blauen Augen. Zuerst kapierte er es nicht. Dann traf es ihn wie ein Tritt in die Magengrube. Der Tag, an dem sein *Vater* ihn adoptiert hatte. Aber warum sollte sein Dad ihn denn adoptieren, es sein denn, sein Dad war gar nicht sein …

»Mom!« Nur diese eine, einzige Silbe brach wie eine Explosion aus ihm hervor, aus seinem innersten Sein, doch sie hörte die unermessliche Qual, die dieses eine Wort erfüllte. Sie umarmte ihn fest, wiegte ihn hin und her.

Nach ein paar Sekunden ließ sein lautloses Beben nach.

»Die Wahrheit ist, Sohn, dass ich es nicht sicher weiß«, erklärte Tab. »Dein Vater spricht niemals darüber. Vielleicht ist er auch dein wirklicher Vater. Ich weiß es nicht. Aber die Adoption hat er tatsächlich durchgeführt. Irgendetwas ist euch beiden zugestoßen, bevor Carl und ich uns kennen lernten. Ich wusste, dass wir uns all diese Jahre vor jemandem, vor etwas versteckt hielten.Ich wusste nicht, was es war, und das weiß ich noch immer nicht.«

Jim breitete hilflos die Hände aus. »Das ganze Zeugs, wovon er gesprochen hat, Mom. Dass jemand uns alle umbringen will. Meinst du, dass das stimmt?«

Sie trat zurück, das Gesicht plötzlich streng. »Dein Vater hat es gesagt, und er ist kein Lügner. Das solltest du doch wissen.«

Doch Jim fühlte sich, als wäre sein Kopf voll tobender Bänder weißen Lichts, voll großer, lautloser Detonationen blendenden Schmerzes. *»Ein Lügner? Mom, mein ganzes Leben lang hat er nichts anderes getan, als mich zu belügen!«*

6

Zu dritt kamen sie auf den Hauptbahnsteig der Tula Point Station hinaus. Dem ungeübten Auge erschienen sie wie irgendein Grüppchen von Sonntagsjägern. Doch Carl Endicotts sehr geübter Blick konnte überhaupt nichts sonntagsmäßiges an ihnen erkennen.

»Hab euch«, flüsterte er.

Er hielt das Fernglas wieder vor die Augen und achtete auf die Art, wie der Hüne sich den großen Rucksack auf die Schultern hob. Außerdem waren zwei Frauen dabei, beide mit dem Rücken zu ihm. Die eine blond, die andere größer – Moment, jetzt drehte sie sich um …

Oh, mein Gott! Sie!

Vor Schreck verriss er unwillkürlich das Fernglas, und ihr unverkennbares Gesicht mit den roten Lippen verschwand für einen Moment. Als er sie wieder im

Glas hatte, kam es ihm fast so vor, als schaue sie ihn direkt an. Natürlich unmöglich, aber …

Er griff nach dem kleinen Funkzünder neben sich, hob ihn hoch und ließ den Auslöser niedersausen.

7

Steele sagte: »Also, bis jetzt war es einfach genug. Vielleicht hat unser Junge ja den Biss verloren. Es ist schließlich lange her.« Doch noch als sie die Worte aussprach, spürte sie zusammenzuckend den Hochmut, der darin mitschwang, und schaute sich unbehaglich um. Carl hatte sie viel von dem gelehrt, was sie wusste, unter anderem auch, dass man den Gegner niemals unterschätzen sollte. Zumindest nicht lauthals, wenn die Götter der Vergeltung einen hören konnten.

»Schönes Wetter hier. Hübsche, weiße Wölkchen«, sagte Molly Harrison. Heck Campbell grunzte nur leise, während er sich den Packen mit ihren schweren Waffen und weiterer Spezialausrüstung auf die Schultern hievte.

Steele trat zum Rand des Bahnsteigs und sah auf den grünen Wall aus Laub und Vegetation hinaus, der sich bis zu den fernen Gipfeln hinaufzog. Unverdorben …

Sie wusste, was das verräterische Aufblitzen stecknadelgroßer Lichtpunkt bedeutete, bevor ihr Verstand es noch registriert hatte.

Lichtreflexe eines Fernglases!

»Er hat uns im Auge. Sofort runter vom Bahnsteig.« Noch im Rufen schoss sie aufs Bahnsteiggeländer zu, rollte sich zu einer engen Kugel zusammen und warf sich in die Leere dahinter.

8

Aus einer halben Meile Enfernung wirkte es unheimlich.

Carl Endicott sah die Reihe grauer Detonationswölkchen, bevor er sie hörte. Im einen Moment schaute er noch auf drei Menschen, die auf einem einsamen U-Bahnsteig standen. Im nächsten explodierten die in einem sorgfältigen Muster auf dem ganzen Bahnhof versteckten Anti-Personenbomben und verhüllten das flache Gebäude mit einem Wolkenkranz von schmutzig weißem Rauch. Noch einen Taktschlag später erreichte ihn das helle Krachen der Detonationen.

»Los, los!«, flüsterte er, sich auf die Schenkel trommelnd.

Schließlich riss der Gebirgswind allmählich den Rauchschleier auf. Vorgebeugt, die Augen zu Schlitzen verengt, spähte er angestrengt durch das Fernglas. Rauch, Rauch, jetzt der Bahnhof …

Nichts.

Keine toten Häscher. Irgendwie hatte sie gespürt, was er vorhatte, und war ihm zuvorgekommen. Nun, er hatte immer schon gewusst, dass sie gut war. Er hatte nur einfach nicht erwartet, sie jemals wiederzusehen. Jetzt aber wusste er Bescheid. Vielleicht würde ihm das bei ihrer nächsten Begegnung zugute kommen.

Und die stand zweifellos bald bevor.

Er stand auf und verschwand in den pfadlosen Wald.

9

Steele schüttelte den Kopf, setzte sich auf und bewegte vorsichtig Arme und Beine. Anscheinend hatte sie nichts gebrochen.

»Uhh. Was, zum Teufel …« Heck Campbell rappelte sich in einigen Metern Entfernung mühsam auf alle viere. Aus einer langen Schnittwunde in seiner Stirn sickerte Blut. »Hat uns erwischt, verdammt«, flüsterte er kopfschüttelnd. Rot spritzte das Blut nach allen Seiten.

Keine lebensgefährliche Verletzung, entschied Steele. »Molly? Wo steckst du, Harrison?«

»Hier drüben, Chef.«

Steele drehte sich um und sah eine staubbedeckte Molly auf sich zuhumpeln. Allerdings nirgendwo Blut.

»Bist du in Ordnung?«

Molly zuckte die Achseln. »Hab mir den Knöchel verstaucht. Mit 'nem Verband drum wird's wohl gehen.«

»Gut. Schau mal nach Heck, bitte.«

»In Ordnung, Chef.«

Langsam zog Steele sich auf die Füße und klopfte mit ihren großen Händen die falsche Jägertracht ab, um die alles bedeckende weiße Staubschicht zu entfernen.

Mit gerümpfter Nase registrierte sie den scharfen Ammoniak-Gestank in der Luft. Irgendein Plastik-Sprengstoff, wenngleich sie vom Restgeruch allein den Typ nicht ganz bestimmen konnte. Nun, das spielte auch keine Rolle mehr. Er hatte sie verfehlt.

Sie wandte sich zu den anderen um. »Heck? Wirst du's überleben?«

Molly presste ihm gerade ein medikamentös imprägniertes Gewebepflaster auf die Wunde. »Der Junge hat's am Kopf abbekommen. Da kann man sowieso nichts kaputtmachen.«

Heck grinste.

Steele nickte. Carl Sowieso – wie immer er sich derzeit nannte – hatte danebengetroffen. Übler Fehler.

Jetzt war es persönlich. Jetzt würde sie ihm zeigen, wie schlimm ein solcher Fehler sein konnte.

»Okay, Leute«, sagte Steele. »Weiter geht's!«

10

Carl Endicott brach durch die Hüttentür, polterte aus dem Wohnbereich ins Schlafzimmer und kam abrupt zum Stehen, als er direkt in die klaffende Mündung einer S&R .75 starrte.

»Jim, nein!«

Langsam ließ Jim Endicott die schwere Pistole sinken. Sein Gesicht war bleich, die grünen Augen mit einem

Netz roter Äderchen durchsetzt. Es sah aus, als hätte er geweint.

»Sohn, erste Regel«, sagte Carl jedes Wort betonend. »Du musst immer wissen, auf wen du diese Pistole richtest. Denn die zweite Regel lautet: Ist sie auf einen Menschen gerichtet, zieh den Abzug durch. Und jetzt, was war hier eigentlich los?«

Jim starrte seinen Vater an, den Kopf berstend voll mit wild durcheinander wirbelnden Gedanken. Er sah, dass Carl unter enormem Stress stand – offensichtlich war irgendetwas passiert –, aber dennoch hätte er jetzt nichts lieber getan, als ihn bei den Schultern zu packen und zu schütteln, bis die Wahrheit herauskam. Die ganze Wahrheit.

»Dad«, sagte er, »du musst mir die Wahrheit sagen.«

Carl hielt inne und sah ihn scharf an. »Was?« Sein Blick glitt zu Tab hinüber, die hinter ihrem Adoptivsohn stand.

Sie nickte. »Carl, ich habe es ihm erzählt. Ich war der Meinung, dass er es wissen muss.«

»Erzählt? Was denn?«

»Von der … Adoption. Und unserer Hochzeit.«

Carl stöhnte auf. »Ach, Tab, hättest du das doch gelassen.«

»Dad, können wir jetzt miteinander reden?«

Carl wandte sich wieder seinem Sohn zu, Schmerz und Angst im Gesicht. »Nein. Weil ein paar Leute hierher unterwegs sind, um uns zu ermorden. Ich habe versucht, sie zu töten, sie aber verfehlt. Wenn wir es richtig anfangen, werden wir sie aber beim nächsten Mal erwischen.«

Er holte tief Luft und stieß dann langsam den Atem aus.

»Danach reden wir miteinander, Sohn. Das verspreche ich dir.«

11 »Okay, so weit reicht's.« Steele ließ sie in einer schmalen Lichtung im Unterholz der hohen Bäume Halt machen. Ein Spätnachmittagswind pfiff leise durch die zitternden Blätter und biss eisig durch ihre schwere Kleidung.

»Kälter als ein Hexen ...«

»Klappe, Molly.« Steele hockte sich hin. »Campbell, gib mir das Downlink-Pad.«

Kommentarlos fischte der große Mann in seinem schweren Packen herum, fand das flache Pad, nicht größer als ein altmodisches Buch, und reichte es ihr.

Sie klappte den Deckel des kleinen Geräts auf, was einen nicht-holographischen Bildschirm vom alten Stil zum Vorschein brachte. Dies hier war Kampfausrüstung und auf Zuverlässigkeit unter rauen Bedingungen angelegt. Sie sprach die entsprechenden Codes; einen Moment später knüpfte das Pad Kontakt mit einem der Satelliten in der Umlaufbahn und zeichnete ein detailliertes Echtzeitbild des Gebietes um die Hütte auf.

»Hm«, bemerkte Steele. »Okay, seit unserem letzten Blick hier drauf hat es Veränderungen gegeben. Campbell, schau mal her ... hier ... und hier. Siehst du diese Flecken, die aussehen, als wäre die Erde aufgewühlt worden, die Spuren von Wärmestrahlung?«

Heck grunzte zustimmend. »Sieht aus wie noch so ein paar versteckte Bomben.« Er lächelte schwach. »Dieser Mann hat garantiert nicht den roten Teppich für uns ausgerollt.« Er gab Molly einen Knuff. »Scuttlebutt behauptet, er hat der Chefin alles beigebracht, was sie weiß.«

Steele starrte ihn wütend an. »Du hast ein ganz schön loses Mundwerk, weißt du das, Campbell? Zweierlei: Erstens, für damals stimmt das vielleicht. Zweitens, seitdem hab ich eine Menge dazugelernt.«

»Und wo liegt dann das Problem?«, fragte Molly.

»Er hat mir wahrscheinlich nicht alles beigebracht,

was *er* wusste.« Steele hob seufzend das kleine Computerpad hoch. »Na ja, vielleicht ist er bei der neuesten Ausrüstung nicht mehr so gut auf dem Laufenden, wie er es eigentlich sein sollte. Das werden wir ja sehen. Kommt näher. Folgendermaßen werden wir vorgehen.«

12

»Kommt näher«, sagte Carl Endicott. »Folgendermaßen werden wir vorgehen. Wenn wir Glück haben.«

Jimmy schob sich dicht vor die holographische Karte, die über seiner Achse schimmerte. Er fuhr sich mit der Zunge über die Lippen, plötzlich bedrückt von der Winzigkeit des primitiven kleinen Raums. Die riesigen grünen Wälder schienen gegen die Hüttenwände anzudrängen, übten einen enormen psychischen Druck auf ihn aus. Da draußen konnte alles lauern. Und dann kommen und sie alle umbringen.

Jim spürte, wie es in seinem Bewusstsein gefährlich knirschte, als könnten die Dinge langsam wegkippen und ihn hilflos im leeren Dunkel dahintreiben lassen. Er schüttelte den Kopf. »Tut mir Leid«, sagte er. »Was hast du gesagt, Dad?«

Carl schaute auf. »Pass auf, Jim. Das hier ist wichtig. Sie sind zu dritt, zwei Frauen und ein Mann. Eine der beiden Frauen kenne ich. Vor langer Zeit – lange vor deiner Geburt, Jim – habe ich sie ausgebildet. Sie hat das Kommando, und sie ist sehr gut. Ich kenne sie, und sie kennt mich. Sie wird also versuchen, meine Pläne vorauszuahnen. Darum habe ich mich bemüht, einiges ganz anders zu machen, als ich es damals getan hätte.«

Jim nickte, doch in seinem Kopf drehte sich alles. *Dad hat vor meiner Geburt eine Killerin ausgebildet? Was …?* Er biss sich auf die Zunge, und einen Moment lang vertrieb der Schmerz die endlosen Fragen.

Schließlich kam Carl zum Ende. »So werden wir also

vorgehen. Tab, du bist nicht ausgebildet, darum gehst du nach draußen, und zwar mit diesem Mantel bekleidet. Ich werde dir zeigen, wohin du gehen sollst.«

Er wandte sich zu Jim. »Sohn, du und ich, wir befinden uns dann hier.« Er zeigte auf ein Gebiet der holographischen Karte und hielt dann inne.

»Eine Menge hängt von dir ab, Jim. Du bist viel zu jung, um mit so etwas konfrontiert zu werden, aber ich muss es wissen. Kannst du einen Menschen töten? Mann oder Frau? Wenn du es nämlich nicht kannst, muss ich anders planen, verstehst du?«

Carl kam Jim in diesem Moment ungemein müde vor, tiefe Falten waren in seine Wangen und um seine Augen eingegraben. Fast wie ein Greis. Es war erschreckend.

»Natürlich, Dad, ich kann …«

»Sohn, *denk nach!* Das hier ist kein Holovideo, nicht irgend so ein Spiel. Es ist die Realität. Diese deine .75 pustet ein Loch in einen Menschen hinein, so groß, dass du die Faust durchstecken kannst. Überall Blut und Knochensplitter, und du kannst direkt durch die Wunde hindurchsehen. Danach steht keiner mehr auf, legt sich einen Verband um und macht weiter. Kannst du das einem anderen Menschen antun, Sohn? Kaltblütig?«

Nun dachte Jim gründlicher nach. Er fuhr sich mit der Zunge über die Lippen. »Ich … denke schon, Dad. Kaltblütig ist das ja eigentlich nicht, oder? Sie kommen, um uns zu ermorden, dich, mich – und Mom.« Seine Augen zuckten in Tabs Richtung. »Um das aufzuhalten, kann ich wohl schon töten.«

Sein Vater sah ihn scharf an und nickte dann. »Okay. Das alles ist mir zuwider, Jim. Ich hoffe, das verstehst du.«

»Dad, ich verstehe überhaupt nichts.«

Carl Endicott nickte. »Du wirst es verstehen, Sohn, versprochen. Aber eins nach dem anderen.«

Sie trafen ihre Vorbereitungen.

13 »Okay, Molly, schieß sie los!«
Steele sprach in ihr Kehlmikrophon. Ihre Stimme war so ruhig als bestellte sie eine Pizza beim Pizzaservice.

Oben rollten die Sterne dahin, als wäre Gottes persönliches Schmuckkästlein von den beiden vorbeitreibenden Flipperkugel-Monden durcheinander gerüttelt worden. Mit depolarisiertem Visier schaute sie auf und fragte sich, ob sie wohl richtig getippt hatte. Carl war kein Mann für Faxen. Das bezeugte der Tod einiger Menschen in der San Francisco HyperMall vor fünfzehn Jahren. Einige von denen waren fast so etwas wie ihre Freunde gewesen.

»Die Vergeltung ist da, Carl«, versprach sie sich leise und schlug sich, als oben zwei helle Leuchtkugeln plötzlich zu arktisch hartem Licht explodierten, auf einen ihrer gepanzerten Schenkel.

»Abflug«, sagte sie in ihr Mikrophon und startete durch.

14 Carl Endicott schaute auf, die Lippen zu einem bitteren Lächeln verzogen. »Hab euch wieder«, sagte er und drückte den Schalter.

15 Ihre manntragenden Katapult-Rucksäcke warfen sie wie Steine durch die Gebirgsnacht. Winzige Computer passten die Schubkraft automatisch den Geländebedingungen an. Steele und Molly landeten haargenau auf dem Dach der kleinen Hütte und richteten ihre Waffen nach unten, um sich im nächsten Moment ihren Weg durch die Ziegel zu feuern.

»Oh, verdammt!«, kreischte Steele auf, als sie die auf dem Dach verteilten, todbringenden kleinen Ostereier erblickte. Sie griff nach ihrem Kampfgürtel.

Das Dach explodierte.

16 Die Wucht der Sprengladungen hob das gesamte Dach von den Dachbalken und schleuderte eine todbringende Wand von Granatsplittern gen Himmel, wobei die Sprengkörper gleichzeitig so sorgfältig präpariert waren, dass Carl Endicott nur eine kurze Druckwelle von oben verspürte, bevor die Sicht sich wieder klärte und er nach Zielen suchen konnte.

Ihr hattet angenommen, dass ich euch auf dem Boden überrumpeln will, stimmt's?, dachte er mit wilder Befriedigung. *Gut, dass nicht einmal die besten Spionagesatelliten gefälschte Sprengladungen von echten unterscheiden können.*

Oben nur noch die Sterne und der sich niedersenkende Staub. Mit einer Sprungrolle schoss er durch die offene Vordertür und kam auf die Knie hoch. Sah einen sich langsam bewegenden Schatten und feuerte zwei .75 Kugeln hindurch. Gut getroffen, er wartete nicht ab. Was für eine Schutzkleidung auch immer, darunter war jetzt nur noch Hackfleisch. Einer weniger. Wo waren die anderen beiden?

Er sprang gerade rechtzeitig los, um dem zischenden Strahl eines Power-Lasers aus dem Wald auszuweichen, der eine Ecke der Holzhütte hinter ihm in eine Fackel verwandelte. In der Dunkelheit schrie jemand.

17 Steele sprang auf wie von der Tarantel gestochen. Als sie sich mit dem Katapult-Rucksack schon von den Sprengladungen wegbewegt hatte, hatte die Explosion selbst diesen Prozess nur noch beschleunigt. Dennoch fühlte ihr ganzer Körper sich jetzt, wo sie auf die Füße sprang, so an, als wäre sie gerade der Haupttanzpartner bei einem dreifachen Grav-Wagen-Crash gewesen.

Sie brauchte einen Moment, um sich in der Dunkelheit zu orientieren. Die Hütte war da drüben … da.

Sie rannte in einem schwerfälligen Galopp los, stürmte in den Vorhof und traf gerade rechtzeitig ein, um zu sehen, wie Mollys Kopf sich in eine Wolke aus Blut und Knochensplittern auflöste.

Er hat eine .75, rief sie sich kalt in Erinnerung.

Mit einem Sprung rollte sie sich vom Ausgangspunkt des Schusses weg. Ein Laserstrahl zischte aus dem Wald heraus. Jemand schrie.

18 Heck Campbell hob erneut die schwere Laserwaffe. Er hatte den Typ in Bewegung gesetzt, bezweifelte aber, dass er getroffen hatte. Eilig suchte er nach neuen Zielen, sah einen Schatten auf die Lichtung vor der Hütte gleiten, doch plötzlich schrie etwas und landete mit kratzenden Krallen auf seinem Kopf.

Er griff nach oben, rang mit dem Angreifer und merkte schnell, dass es eine Frau war. Das konnte nur die Endicott-Frau sein. Zierlich und fein; auch sie war ein Ziel.

Er packte sie mit beiden Händen und hob sie hoch. Sie flog durch die Luft, kam mit einem dumpfen Schlag auf und stieß einen scharfen Klagelaut aus.

Heck grinste und legte sein Lasergewehr an.

19 Jim hörte das Schreien seiner Mutter aus der Gegend, wo sie sie unter einem von Hand mit Alufolie ausgekleideten Mantel verborgen hatten, um sie für Infrarot-Detektoren unkenntlich zu machen.

Was tat sie denn da? Hätte sie sich versteckt gehalten, wäre sie vollkommen sicher gewesen. Er stürmte durchs Unterholz, die schwere .75 ausgestreckt.

Da, vor ihm! Ein großer Mensch, der mit einer viel kleineren Gestalt rang. Unter riesigen Anstrengungen löste der Hüne die kleinere Gestalt von sich und schleuderte sie zu Boden. Dann beugte er sich vor, etwas Langes, Waffenartiges in den Händen, als suche er damit nach einem Ziel. Die Gestalt war viel zu groß für Jims Vater oder seine Mutter. In anderen Worten, ein Ziel.

Jim kam abrupt zum Stehen und hob seine Pistole. Nach all diesen Jahren der Übung lief die Bewegung reibungslos ab, wie automatisch. Er richtete Kimme und Korn mitten auf die große Gestalt aus und …

Brachte es nicht fertig! Konnte den Abzug nicht durchziehen!

Auf seiner Stirn brach der Schweiß aus. Er begann zu zittern. Als er sich das schwere Geschoss vorstellte, das durch seine bewusste, kaltblütige Handlung in Bewegung gesetzt, diesen Menschen vor ihm in Stücke reißen würde, geriet der Pistolenlauf ins Schwanken.

Der Mann wandte sich um, fast als könnte er Jim in seinem stummen inneren Kampf dort spüren. Jim erhaschte den Anblick des auf ihn zuschwenkenden langen Laufs. Plötzlich entwuchs dem Boden eine weitere Gestalt und stürzte sich auf den großen Mann.

20 Carl Endicott eilte durchs Gestrüpp auf den Schrei seiner Frau zu. Er warf sich zu Boden, als er sah, wie der Hüne sein Lasergewehr anlegte und einen Schuss löste. Dann schwenkte dieser unerklärlicherweise die Waffe herum und zielte weiter nach links. Etwas stürzte sich aus der Nacht dem großen Mann entgegen.

Zu spät, dachte Carl und feuerte, auch diesmal zwei Schüsse dicht hintereinander. Sie trafen den Mann in die Brust und stießen ihn nach hinten um.

Carl wartete einen Moment lang ab und versuchte, den anderen Schatten ausfindig zu machen, konnte aber nichts sehen. Hin- und hergerissen riskierte er einen kurzen Ruf.

»Tab? Jim?«

Um ihn explodierte die Nacht.

21 Steele brach durchs Gestrüpp, prallte an Baumstämmen ab und zertrampelte auf der Suche nach der Stelle, wo der Schrei erklungen war, das Unterholz unter ihren schweren Stiefeln.

Sie kam von hinten, sodass das Gesuchte zwischen ihr und dem brennenden Scheiterhaufen der Hütte lag. Sie knirschte mit den Zähnen. Wer immer hier verschwinden wollte, musste durch sie hindurchgehen.

Also, wo jetzt …? Oh, da. Sie wirbelte gerade noch rechtzeitig herum, um Heck unter einer weiteren Dublette der .75 Geschosse niedergehen zu sehen. Ein Teil ihres Bewusstseins flüsterte ganz ruhig: *Das muss Carl sein.* Zu professionell. Zweischuss-Muster. Einer zum Abstoppen, einer zur Sicherheit.

Stille. Sie hob den Kopf.

Jemand rief leise: »Tab? Jim?«

Sie wirbelte zur Stimme herum und ballerte los.

22 In Jims Kehle würgte der Brechreiz, als ihm klar wurde, was da passiert war. Die Gestalt, die den großen Mann angriff, war seine *Mom* gewesen – und nicht einmal um sie zu retten, hatte er den Abzug durchziehen können. Was war er eigentlich für ein Mann? Was bedeuteten all seine tapferen Versprechungen, seine schimmernden Ideale, wenn er noch nicht einmal seine eigene Mutter retten konnte?

Doch bevor er noch weiter darüber nachdenken konnte, hörte er das leise Rufen seines Vaters. »Tab? Jim?«

Er wollte antworten, doch aus dem Wald dahinter kam ein Gewitter von Blitzen und blendete ihn. Er hörte seinen Dad rau aufschreien und versuchte mit wild schwankender Waffe, die dunklen Flecken vor seinen Augen wegzublinzeln. Irgendwas bewegte sich. Mit einem Keuchlaut richtete er sich auf und zog den Abzug durch, genau, wie er es gelernt hatte, eine saubere, krachende Doublette. Dann packte ihn die nackte Panik, und krampfartig entleerte er das ganze Magazin in die glänzende, sternenerhellte Nacht.

Damit war plötzlich alles still.

Für lange Sekunden gar nichts. Jim fühlte sich wie betäubt. Sein Gehirn schien den Dienst zu verweigern. Dann brach plötzlich mit verwirrender Deutlichkeit die Welt wieder in sein Bewusstsein durch. Seine Ohren dröhnten von den zurückliegenden Explosionen, Schreien, Rufen.

Seine Nase brannte vom Gestank der Explosivstoffe und der vom Laser entfachten Feuer. In seinem Magen hatte sich die Angst zu einem kalten Klumpen zusammengeballt. Allmählich wurde seine Sicht klarer. Im Hintergrund brannte die Hütte prasselnd nieder, verzerrte Schatten werfend.

Die Nacht pulsierte vor Bedrohung. Er spürte sein eigenes Zähneklappern. Und nur eines wollte er jetzt, in Tränen ausbrechen, zu Vater und Mutter laufen, sich umarmen lassen und hören, dass alles in Ordnung war.

»Jim …«

»Dad?«

»Hier«, kam die erstickte Antwort.

23 Im gespenstischen Licht der flammenden Hütte kniete Jim sich ein oder zwei Meter neben Heck Campbells zerfetzter Leiche bei seinem Vater nieder.

Etwas rann schwarz und klebrig aus der Brust seines

Vaters. Aus der Wunde war ein merkwürdiges, pfeifendes Geräusch zu hören. Ihm fiel etwas aus einem alten Erste-Hilfe-Kurs ein: Sauggeräusch bei einer Brustwunde. In Dad's Lunge war ein Loch.

»Oh, Dad! Wir müssen dich ...«

»Wo ist deine Mom!«

Jim hielt inne. »Ich weiß es nicht. Aber du bist verletzt, Dad, schlimm verletzt, wie es aussieht. Wir müssen ...«

»Nein! Jim, hör mir zu. Hör mir zu und merke es dir genau, okay?«

»Dad ...«

»Jim, *tu* es einfach!« Dieser Ausbruch schien ihn entkräftet zu haben, und er fiel in die Arme seines Sohns zurück. Er leckte sich die Lippen, erbebte und versuchte es von neuem: »1992-217-4«, flüsterte er.

»Dad, ich verstehe es nicht.«

»Wiederhole es.«

»1992-217-4«, wiederholte Jim. Er besaß ein so genanntes eidetisches verbales Gedächtnis – ein hochtrabendes Wort für die Tatsache, dass er sich alles merken konnte, was er hörte. Perfekt und für immer.

Ein praktisches kleines Talent. In diesem Moment hätte Jim es jedoch mit allem, was er besaß, dafür gegeben, seine Bewerbung bei der Space Academy rückgängig machen zu können. Oh, ja, er hatte Recht gehabt. Aber man konnte gleichzeitig Recht und Unrecht haben. Entsetzlich Unrecht.

»Ach, Dad ...« Tränen liefen ihm über die Wangen, als er spürte, wie der Körper seines Vaters Unheil verkündend schlaff zusammensackte. Er schaute nach unten und sah die Augen seines Vaters zu sich aufgerichtet, erschreckend hell im flackernden Licht.

Carl hob die blutbeschmierten Finger und strich Jim über die Wange.

»Was auch immer geschehen ist, Sohn, ich liebe dich

mehr als das Leben selbst«, flüsterte Carl Endicott. »Seit jeher. Das glaubst du mir, oder?«

»Ich glaube es dir, Dad«, schluchzte Jim erstickt.

Ein schwaches Lächeln huschte über Carls Lippen. »Gut«, flüsterte er.

Dann starb er.

24 Stöhnend quälte Steele sich auf die Beine. Der letzte wilde Ausbruch – den hatte sie nicht erwartet und war direkt hineingelaufen. Jetzt fehlte ein großes Stück ihres linken Knies, und obwohl ihre Schutzkleidung den zweiten Treffer teilweise aufgehalten hatte, musste wohl ein Gutteil ihres linken Armes abhanden gekommen sein.

Der Schmerz war unglaublich. Sie flüsterte ihrer Kampf-Medpackung etwas zu, wartete ab und spürte dann einen Schmerzmittelstoß in den Adern. Richtig schweres Zeugs. Sie konnte damit sogar gehen, wenngleich ihr kaputtes Knie dafür wohl einen schweren Preis würde zahlen müssen.

Leise stöhnend schleppte sie sich voran, das Lasergewehr als improvisierte Krücke benutzend. In einigen Metern Entfernung hörte sie Stimmengeflüster, wog das Für und Wider ab, beschloss dann aber, dass das Risiko zu groß war. Mit ihrer Verletzung konnte sie sich nicht lautlos annähern, und falls Carl noch lebte, war er einfach zu gut, um ihm einen solchen Vorteil in die Hand zu geben.

Sie beugte sich über den schlaffen Körper der Frau, überlegte und schoss sich noch eine Injektion in die Adern. An den wissenschaftlichen Namen des Medikaments konnte sie sich nicht erinnern, aber jedermann nannte das Zeugs Superman. Übermenschliche Kraft rauschte durch ihre Glieder. Sie hob sich die Frau auf die Schultern. Tabitha Endicotts Atem wirkte durchaus ruhig. Steeles Aufgabe hatte gelautet, auch die Frau zu töten, doch Carl war zu gut gewesen.

Nun, die Zeit würde kommen. Vielleicht konnte die hier der Köder sein – für Carl und für das Balg.

So oder so wollte sie es herausfinden.

Mit knirschenden Zähnen ihr unwillkürliches gequältes Aufstöhnen unterdrückend, humpelte sie in die Nacht davon.

25 Jim meinte, hinter sich Geraschel im Gebüsch zu hören, drehte sich um, spähte ins Leere und wandte sich wieder zurück. Sanft ließ er die Leiche seines Vaters auf die weiche Erde gleiten.

Die Wunde in Carls Brust hatte inzwischen das grässlich pfeifende Saugen eingestellt. In der Hoffnung, wenigstens dieses Geräusch zu hören, irgendein Geräusch, das Leben bedeuten mochte, beugte Jim sich hinunter.

Nichts. Er starrte die Wunde an. Keine Zeichen von Verbrennung, keine geschwärzte Haut. Aber der Schütze hatte eine Laserwaffe benutzt. Eine Laserwunde hatte verschmorte Wundränder. Das war unvermeidlich. Diese Wunde hatte keine.

Carl war nicht von einer Laserwaffe getötet worden.

Jim erinnerte sich an die Worte seines Vaters. Das Loch in seiner Brust war *so groß, dass er die Faust durchstecken konnte …*

Jim Endicott merkte, was er mit seiner letzten, wilden Salve angerichtet hatte. Einen Moment lang verschloss ihm der Schreck die Kehle, doch schließlich brach sie auf, und er schrie los.

Er hörte lange nicht mehr auf.

26 Heck Campbells Leiche lag reglos in einigen Metern Entfernung von dem in seinem endlosen Leidensstau heulenden Jim. Doch Schreie, wie gequält auch immer, konnten die Toten nicht wecken. Zwei winzige Leuchtdioden auf Hecks breiter Brust schienen jedoch wie zur Antwort auf Jims sinnloses Schreien zu blinken.

Blink, blink, und wieder blink, blink.

Fast wie Augen.

Viertes Kapitel

1 Er würde sich niemals genau daran erinnern, wie er aus der Hütte hierher gekommen war.

Die Morgensonne stieß Skalpelle aus hartem, rotem Licht in seine schmerzenden Augen. Vor drei Tagen hatte Jim sich zum letzten Mal rasiert oder ein Bad genommen. Er stand fast im Herzen des Prolo-Viertels am verfallenen Schutzgeländer einer Grav-Straße, fettige Haarsträhnen in der Stirn und mit Zähnen, die ihm vorkamen, als wären sie mit Moos bewachsen. Er hatte eigentlich keine Vorstellung, wie er dorthin gekommen war.

Jetzt endlich entzog sein Gehirn sich allmählich dem Cocktail der durch Panik, Schuldgefühl und Scham in Umlauf gesetzten Hormon- und Proteinballungen, in denen es seit dem Tod seines Vaters badete. Viel von dem, was sich damals angedeutet hatte, verschwamm inzwischen in einem Nebel und verblasste zu jener Art von Wachtraum, die das Bewusstsein sich zu seinem Selbstschutz webt.

Nur ein paar Momente blieben wie mit Feuer umrissen haften: Sein Vater, wie er in der Erschlaffung des Todes in seinen Armen zusammensackte. Wie Jim meinte, seine Brust werde bersten, als ihm klar wurde, dass *sein eigenes* Geschoss Carl Endicott niedergemetzelt hatte. Und schließlich das absolut hoffnungslose Schuldgefühl, als er entdeckte, dass seine Mutter verschwunden war. Er hatte keine Ahnung, ob sie lebte oder tot war.

Das war der letzte Tropfen, der das Fass zum Überlaufen brachte und ihn fast einen Tag lang ziellos durch den Wald davonstolpern ließ, bis er schließlich zusammenbrechend gnädig in einen erschöpften Schlaf versank.

Seufzend schaute er nach dem Stand der Sonne. Es wurde Mittag, der Himmel war von hellem Smaragdblau, nicht eine Wolke in Sicht. Er fuhr sich mit der Zungenspitze über den dünnen Schnauzbart und schmeckte Salz. Er fühlte sich schmuddelig, dreckig und an jedem Fingerbreit seines Körpers zerschlagen.

Der Packen mit Sachen, die er aus der niedergebrannten Hütte gerettet hatte, drückte ihn im Rücken, und er verschob ihn ein wenig; er hatte nicht die geringste Ahnung, was er als Nächstes tun würde.

Das Proloviertel. Er schaute sich um, sah die paar uralten Grav-Wagen, die über die Straßen schlichen, die verblassten, abblätternden Kunststoffhäute an den Wänden ungepflegter Ladenfronten. In der Luft lag der Geruch von Verfall und Verzweiflung. Die wenigen einsamen Fußgänger, die ihn überhaupt beachteten, warfen ihm nur einen Seitenblick zu und schlurften weiter, ältere Menschen mit dem Ausdruck geprügelter Hunde auf den erschlafften Zügen.

Warum, um alles in der Welt, war er hierher gekommen? Sein eigenes Haus lag sicher und warm keine zehn Minuten von hier entfernt, falls er Glück mit den U-Bahnverbindungen hatte. Er schüttelte den Kopf. Das Haus mochte zwar noch immer warm sein, aber sicher war es nicht. Für seine Zwecke könnte es ebenso gut zehn Lichtjahre wie zehn Minuten entfernt liegen.

Er hievte den Hintern auf das quietschende Sicherheitsgeländer und fummelte an den Pickeln herum, die unter seinen Nasenflügeln sprossen. Zweifellos stand ein größerer Ausbruch bevor, da er seine Antiakne-Pillen vergessen hatte. Angesichts der zurückliegenden Katastrophe war das natürlich eine lächerliche Kleinigkeit, doch das plötzliche Erblühen seiner Pickel störte ihn nun fast so sehr wie die ganze restliche verfahrene Lage. Vielleicht, weil er so etwas Normales wie Pickel wenigstens in seinen Kopf bekam. War es wirklich erst ein paar Tage her, dass Pickel eine seiner Hauptsorgen gewesen waren? Er schnaubte bitter.

Lange saß er regungslos da, dankbar für die Wärme, dankbar, dass ihn anscheinend keiner beachtete. Irgendwo in seinem Hinterkopf lief gerade eine kleine Schallplatte ab, aber es gelang ihm, sie nicht zu beachten: *Ins Versteck, Ins Versteck, weg, weg, weg …*

Das war die Musik der Paranoia, doch Jim hatte inzwischen eine der traurigen Wahrheiten des Erwachsenenlebens gelernt. Selbst paranoide Menschen hatten manchmal Feinde. Und die kamen dann *tatsächlich* mit Mord im Sinn.

Nach einer Weile wurde ihm die Sonne zu heiß, und beinahe ohne nachzudenken ließ er sich vom Geländer heruntergleiten und schlenderte ziellos über einen der Fußgängerwege davon. Hier im Proloviertel musste man tatsächlich gehen – sollten diese Rollbänder sich jemals bewegt haben, waren sie inzwischen jedenfalls schon lange kaputt. In einem bürgerlichen Viertel wie dem, wo er früher gewohnt hatte, wurden die Rollsteige natürlich repariert. In Prolovierteln dagegen nicht. Das wusste er, wenn es ihn auch nie sonderlich beschäftigt hatte. Jetzt sann er darüber nach, was ihn wohl sonst noch bald Neues beschäftigen würde.

Die schwarze Angstkeule traf ihn wie ein Hammerschlag. Er schloss die Augen und wartete, dass die aufgewirbelte psychische Wolke davonzog, doch zwei oder drei Sekunden lang stand er wie zur Salzsäule erstarrt da.

»Hey, Bürger, hast du dich irgendwie verirrt?«

Etwas boxte ihn hart gegen die Schulter. Er drehte sich um und erblickte drei junge Männer, zweifellos erwachsen, aber wohl doch nicht wesentlich älter als er selbst.

»Hey«, antwortete er. »Was ist los?« Aber ein einziger Blick sagte ihm, was gleich passieren würde, und sein Magen verkrampfte sich vor Überdruss – und dann plötzlich vor Wut.

Nach allem, was ihm schon zugestoßen war, jetzt *das?*

Drei junge Männer, alle genauso schmuddelig wie er selbst, nur dass ihre Kleidung sogar noch zerlumpter war, und bei allen war hinter dem rechten Ohr ein metallisch glänzender Kabelkopfanschluss zu sehen. Rechtshirnige Kabelköpfe, die schlimmste Sorte überhaupt. Neigte zu Anfällen unberechenbarer Gewalt, falls er das News-Web auch nur annähernd richtig interpretierte.

Zwei kleine, stämmige blonde Jungs, nach der Ähnlichkeit vermutlich Brüder, flankierten den offensichtlichen Anführer: Schwarzes Haar und schwarze Augen, eine Narbe über der Wange, die das blutunterlaufene Auge nur knapp verfehlte, gelbe Zähne, die gerade in einem gemeinen Lächeln aufklafften.

»Was los ist?«, fragte der Anführer. »Was los ist, Bürger, ist Folgendes: Du bist an einen Ort geraten, wo du nicht sein solltest. Nicht gerade die richtige Gegend für dich, verstehst du mich? Also musst du Zoll bezahlen. Und was sonst noch los ist, Bruder? Los ist, dass wir die Zolleintreiber sind.«

Er kicherte, vom Echo seiner beiden Gefolgsleute begleitet, die Jim zu Ehren der beiden Monde sofort Mutt und Jeff getauft hatte. Wie die beiden winzigen Satelliten Wolfbanes schienen auch diese beiden nicht gerade Leuchten zu sein.

Den Anführer taufte er natürlich Wolfsmann – seine gelben Zähne und das verfilzte schwarze Haar reichten für diesen Beinamen.

»Tut mir Leid«, sagte Jim, hob die Hände und schüttelte den Kopf. »Leider bin ich absolut pleite, Leute.« Unmerklich trat er einen Schritt zurück.

Er hatte in seinem Kampfkunsttraining gelernt, dass potentiell gewalttätige Situationen sich manchmal durch Körpersprache entschärfen ließen. Dabei fiel ihm gar nicht auf, wie sein Gehirn auf dieses Wissenskörnchen zurückgriff und er nun zum ersten Mal seit Tagen seine Handlungen wieder bewusst kontrollierte.

Aber Wolfsmann ließ sich auf sowas nicht ein. Er war offensichtlich erfahren in der Geheimkunst der Erpressung auf offener Straße, und als Jim zurückwich, drängte er sich sofort in den frei gewordenen Raum und füllte diesen sowohl mit seiner körperlichen Präsenz als auch mit dem psychischen Druck seines Unheil verkündenden Grinsens aus. Seine beiden Kumpane bewegten sich nicht weniger geschickt mit ihm zusammen voran. Entsetzt merkte Jim, dass sie ihn auf etwas zutrieben, aber er wagte nicht, einen Blick nach hinten zu riskieren.

»Ach zum Teufel, Bürgersöhnchen, wir sind keine Schicki-Micki-Schnösel wie du. Wir sind einfach nur Prolos, weißt du. Geld bedeutet uns gar nichts. Wir sind mit allem zufrieden, was du so hast. Nicht wahr, Freunde?«

Wieder einmal unterstützten Mutt und Jeff ihn im Chor mit zustimmendem Gekicher. Wolfsmann nickte, sehr mit sich selbst zufrieden, und stieß, fast wie eine Verlängerung des Nickens, plötzlich vor. Mit den Handballen schubste er Jim vor die Brust. Der beidhändige Schlag war nicht sonderlich heftig, stieß Jim aber nach hinten, wo ihm Mutt zu seiner Rechten säuberlich ein Bein stellte.

Er stürzte, wobei sein Rucksack ihn noch zusätzlich aus dem Gleichgewicht brachte, sodass er, als er reflexartig abrollte, kaum bemerkte, dass sie ihn geschickt durch ein manngroßes Loch im rostigen Zaun hinter dem kaputten Rollband manövriert hatten.

Er landete hart auf dem Hintern, rollte weiter ab, sprang auf die Beine und befand sich auf einem müllübersäten, leeren Grundstück, wo goldbraunes Unkraut zwischen Betonbrocken hindurchstieß und ihm gegen die Knie schlug. Sie zwängten sich so geübt und lässig hinter ihm durchs Loch, dass klar war, wie oft sie diese spezielle Art von Hinterhalt schon praktiziert hatten.

»Also, du siehst, wir sind jetzt ganz unter uns«, schnurrte Wolfsmann. »Für unsere kleine Transaktion, Bürger. Wie wär's, wirf doch einfach diesen Rucksack da rüber, damit wir weitergehen können – hm? Andernfalls …«

Wolfsmanns Hand bewegte sich, und etwas Glänzendes blitzte darin auf. Jim hörte ein metallisches Klicken, und als er das lange Molymesser in Wolfsmanns Hand erkannte, schnürte sein Magen sich noch enger zusammen.

Molymesser, kam bereitwillig das Stichwort seines perfekten Gedächtnisses. *Die Klinge ist aus einem unzerreißbaren Strang monomulekularen Drahts gefertigt. Nicht breiter als ein einziges Molekül ist sie die schärfste dem Menschen bekannte Schneide. Sie durchschneidet spezialgehärtete Stahllegierungen oder Panzerglas von sechs Zoll Dicke.*

Oder mich, dachte Jim.

2 Als sie den Zaun entlangging, hörte sie das vertraute leise Keuchen körperlicher Aggression. Nur im Proloviertel, dachte sie in einem plötzlichen Anfall von Selbstekel. Trotzdem riskierte sie einen Blick, genau so wie früher in den alten Zeiten die Autofahrer auf den damaligen Autobahnen langsamer wurden, wenn es einen Unfall zu sehen gab.

Drei gegen einen, dachte sie mit sogar noch größerem Abscheu. *Meine Leute, die können noch nicht einmal als*

Räuber tapfer sein. Da ist Grabraub schon eher unser Ding. Oder drei Erwachsene auf einen Jungen.

Das heißt, drei Erwachsene und ein Molymesser.

Sie bückte sich und stieg durch den Zaun.

3 Jim konzentrierte sich nicht auf Wolfsmanns Messer, sondern auf seine Gürtelschnalle. Amateure beobachteten die Waffe. Wer aber Bescheid wusste, beobachtete den Körper und seinen Schwerpunkt. Der sagte einem, was von der Waffe zu erwarten war.

Die erste Bewegung kam allerdings von Jeff, der zur Seite glitt und sich dann ungeschickt gegen Jims Knie warf.

Jim war gerade sechzehn geworden. Zehn dieser sechzehn Jahre war er dreimal wöchentlich in seine Kampfkunstkurse gegangen. Zehn Jahre waren mehr als ausreichend, um die stilisierten, fast tänzerischen Bewegungen des Aikido und Taekwondo in etwas Brutaleres und Wirksameres zu verwandeln: Reflexe.

Jims Hand wanderte nur minimal tiefer und verlagerte sich wie sein Schwerpunkt nach unten. Ohne Wolfsmanns Gürtelschnalle auch nur einen Moment aus den Augen zu lassen, wirbelte er plötzlich in einem bogenförmigen Tritt auf dem linken Bein herum und ließ den Absatz seines rechten Schuhs hart gegen Jeffs nackte Stirn knallen.

Jeff sackte zusammen, wobei seinem schlaffen Mund mit einem Rülpsen Luft entwich. Wolfsmann stürzte sich vor, stoppte aber ab, als Jim mühelos wieder in Verteidigungsstellung zurückkehrte.

»Irgendso'n Exklusiv-Quatsch, hm?« Wolfsmanns Augen flackerten. Mutt begann, Jim langsam zu umkreisen.

»Glaub nur nicht, dass du mit uns beiden gleichzeitig fertig wirst, Exklusiv-Bubi. Jetzt, wo wir Bescheid wissen.« Wolfsmann warf das Messer aus der einen Hand in die andere, eine Bewegung, die bedrohlich wirken sollte, in Jims erfahrenen Augen aber nur amateurhaft war.

Verdammt, dachte Jim. *Warum ich? Ich will diese Deppen doch gar nicht verletzen. Aber der Typ da denkt inzwischen darüber nach, mich umzubringen. Und Mutt macht so komische Schnüffellaute, als hielte er sich für so eine Art Kampfhund …*

Wieder machte Jim ohne bewusstes Nachdenken eine rotierende Bewegung, holte diesmal nach unten Schwung und brachte sein ganzes Gewicht hinter einen beidhändigen Über-Kreuz-Schlag, den sein *Sensei* den ›todbringenden Fächer‹ nannte.

Den Tod gebracht hatte Jim Mutt damit nicht, aber er hatte gespürt, wie dessen Nasenbein von seinem Handballen zermalmt wurde, während er ihm gleichzeitig mit der schwieligen Handkante der anderen Hand den Kieferknochen halb ins Schlüsselbein gerammt hatte. Der Schlag selbst war nicht der Fächer, doch er löste, richtig ausgeführt, einen extrem schmerzhaften Konflikt zwischen einem Nervenbündel unterhalb des Kieferknochens und einem weiteren Nervenfächer entlang des Nasenrückens aus. Theoretisch fühlte sich das Opfer dieses Schlags, als würde ihm das Gesicht abgerissen. Nach den Tönen zu schließen, die Mutt von sich gab, musste Jim die Bewegung wohl korrekt ausgeführt haben.

»Jetzt«, sagte Jim, »muss ich nur noch mit *dir* fertig werden.«

Sollte er aber gehofft haben, dass Wolfsmann angesichts dieser prahlerischen Provokation die Waffen streckte, hatte er den Doppelantrieb von Angst und Wut in einem Gehirn unterschätzt, das nach jahrelangem Kabelkopfgenuss ohnehin schon wirr war.

Einen Schrei ausstoßend stürzte Wolfsmann sich mit

wild geschwungenem Messer vorwärts. Jim parierte die Stoßbewegung problemlos, fing die Wucht von Wolfsmanns Angriff mit der Schulter auf und leitete sie in eigenen Schwung über, mit dem er Wolfsmann von den Füßen hob und zwei Meter weiter zu Boden schleuderte.

Wolfsmann schlug hart auf dem Boden auf, ein platter Haufen wirrer Glieder, und Jim war schon über ihm, während der andere noch die Spinnweben aus dem Gehirn zu schütteln versuchte. Jim entwand ihm das Messer.

Wolfsmann knurrte, schnappte mit seinen gelben Zähnen und hieb mit den schartigen Fingernägeln um sich. »Vaterloser Bastard«, grollte er. »Dich bring ich um.«

Jim Endicott kippte über den Rand zurück in die schwarze Leere.

4 *Versteinert in raucherfüllter Finsternis: Schreie. Blitze flackern wie weiße Scheiben. Von endloser Nacht des Gerichts verschluckt und verschlungen zappelt er; das flüssige Blutgewicht der Zeit. Vaterblut, Mutterblut, Blut der Schuld, Schande: Kein Mann erträgt dies hier und bleibt lebendig.*

Träume und Ströme von Blut, Zeit und Verrat, Betrug. Vater, ich liebe dich. Vater, ich töte dich.

Vaterloser Bastard!

5 Ohne die geringste Erinnerung an den namenlosen, schrecklichen Ort, den er im Geiste besucht hatte, erwachte er aus seinem Blutfieber. Seine linke Hand hatte sich in Wolfsmanns fettiges Haar verklammert, mit der rechten hielt er die Schneide des Molymessers an eine sanft pulsierende blaue Ader seitlich von Wolfsmanns dunkel stoppeliger Kehle.

So einfach, dachte er träumerisch. Nur ein Weniges mehr an Druck, und dann zuschauen, wie die Fleischlipppe aufspringt, die rosa Muskeln und weißen Bänder darunter erblicken, den heißen, roten, aufwallenden Strom riechen …

Plötzlich zitterten seine Hände. Die winzige Bewegung reichte, um auf Wolfsmanns Haut einen Blutsfaden zu zeichnen. Jim starrte mit leerem Blick auf das dünne Rinnsal, bis seine Hand zuckte. Dann schauderte er zusammen, warf die Klinge weg und stand eilig auf. Ließ Wolfsmann hinplumpsen wie einen Sack voll Mehl.

Wandte sich kopfschüttelnd ab, die Augen tränenverschwommen. »Kann's nicht tun«, würgte er durch die in seiner Kehle brennende Galle hervor. »Konnte es damals nicht, als es nötig war, kann es jetzt nicht. Ach, ich möchte sterben.«

Hinter ihm kreischte Wolfsmann auf. Jim wusste, was jetzt kam. Er hörte das schwere Stampfen der Schritte, spürte, wie die Entfernung zwischen Wolfsmanns ungezügelter Mordlust und seinem eigenen schutzlosen Rücken dahinschmolz. Na und? Wofür sollte er denn am Leben bleiben?

Er hatte seinen eigenen Vater getötet.

Zwei scharfe Knalllaute – Knallfrösche, war lächerlicherweise sein erster Gedanke – überrumpelten ihn vollständig. Er ruckte mit dem Kopf zurück, als etwas heiß und schnell an seinem rechten Ohr vorbeizischte, eine todbringende kleine Mücke.

»Aaah!«, machte Wolfsmann.

Jim drehte sich um und sah ihn fallen, einen Ausbruch von klebrigem Rot an der Schulter; ein weiteres Knallen riss das erhobene Molyknife aus Wolfsmanns Hand. Mit wild hämmerndem Herzen drehte Jim sich weiter, bis er ganz herum war, und …

»Hey!«

Hinter sich hörte er das Schlappen und Scharren von

Schuhsohlen und keuchende Paniklaute, als Mutt und Jeff die Flucht ergriffen.

Lächelnd ließ sie das kleine Schießwerkzeug in ihrer Rechten sinken. »Ich heiße Cat«, sagte sie. »Cat Thibaudeaux. Freut mich, dich kennen zu lernen.«

Sie hielt inne und streckte dann die Linke zum Handschlag aus. »Ich hatte mich nur gefragt, bist du nicht viel zu jung für Selbstmord?«

Fünftes Kapitel

1 Er hatte diese Augen früher schon gesehen. Vielleicht ergriff er deswegen ihre Hand. *Augen wie Eis. Was für eine dumme Beschreibung, ein Klischee, wirklich,* dachte Jim. *Sehen Augen wirklich wie Eis aus? Natürlich nicht,* sagte er sich, und doch zogen sie ihn immer stärker, bleich, bleich, blau in ihre eisigen, funkelnden Tiefen hinab.

Ihre Hand fühlte sich klein, trocken und kompetent an. Sie drückte seine Finger leicht und zog die Hand dann weg, als traute sie ihm nicht genug, um sie länger zu halten.

»Cat …«, sagte er. »Was für ein großartiger Name.« Er wusste, dass das albern klang. Es war ihm egal.

»Na ja, meine Eltern waren anderer Meinung«, erklärte sie trocken. »Die mochten irgendwie Catherine, aber ich nicht. Sagst du mir deinen oder muss ich raten?«

Sein neues Leben war noch viel zu neu – er hatte die Reflexe noch nicht, den automatischen Schutzwall aus Unehrlichkeit und Betrug. »Jim«, antwortete er eifrig. »Jim … äh …«

Also, vielleicht war es keine so gute Idee, jedem dahergelaufenen Fremden lauthals seinen Namen zu verkünden, auch wenn diese Fremde ihm gerade das Leben gerettet hatte und eisblaue Augen zudem. Und ihr Haar wie die seidigen Fäden goldener Maiskolben war. War das noch so ein Klischee? Ihm war es egal. Er konnte seine literarische Beschreibung später noch überarbeiten.

Sie grinste. »Also, hallo, Jim Äh, freut mich, dich kennen zu lernen. Habe ich gerade bei irgendwas Wichtigem gestört oder lässt du dir immer den Rücken von zugedröhnten Kabelköpfen mit Molymessern bearbeiten?

In ihrer Stimme lag eine strahlende Lebhaftigkeit, die gut zu dem plötzlich strahlenden Himmel oben passte. Mit einem Mal merkte Jim, wie dreckig und übel riechend er war. Er spürte, wie seine Wangen vor Verlegenheit heiß anliefen. »Ich muss mich dafür entschuldigen, wie ich aussehe – und wahrscheinlich auch stinke. Hatte seit einer ganzen Weile keine Gelegenheit mehr, einen Erfrischungsraum aufzusuchen.«

Sie legte den Kopf schief. »Ach, wirklich? Hör zu, Jim Äh, ein kleines Vögelchen sagt mir, dass du nicht aus der Gegend hier kommst, hab ich Recht?«

Er grinste und zuckte verlegen die Achseln.

»Und ich würde sogar eine kleine Wette darauf eingehen – sagen wir um einen Minicredit –, dass du nicht wirklich Jim Äh heißt.«

»Äh … na ja. Wie wär's mit Smith? Jim Smith?«

Jetzt zuckte sie die Achseln. »Wenn dir das passt, soll's mir Recht sein. Also, okay, Jim Smith, was kommt als Nächstes? Ich muss dich warnen, diesen alten asiatischen Quatsch, von wegen, wenn ich dir den Arsch rette, bin ich den Rest meines Lebens für dich verantwortlich, also den unterschreib ich nicht. Wenn du willst, dreh ich mich auf der Stelle um und verschwinde hier für immer.«

»Nein«, keuchte er. »Ich meine … warte, okay?«

»Sicher. Das heißt, eigentlich ist das wahrscheinlich keine gute Idee. Warten, meine ich. Lockenkopf da unten wacht bald auf und macht dann ziemlich viel Krach. Oder seine beiden Trottelfreunde kommen gleich mit Verstärkung zurück. Den hier kann ich allerdings dauerhaft zum Schweigen bringen, wenn du willst«, fügte sie nachdenklich hinzu. Sie hob die kleine Waffe erneut.

Jim schob ihre Hand beiseite. Dabei streiften seine

Finger über ihre samtige Haut. Er spürte ein plötzliches, elektrisierendes Kribbeln und sog scharf die Luft ein. »Nein, schon gut. Können wir hier verschwinden? Hast du vielleicht eine Wohnung, wo wir hingehen könnten?«

Sie trat zurück und taxierte ihn abschätzend. Wieder spürte er, wie er rot wurde. Was hatte er für ein Recht, sie um so etwas zu bitten? Er kannte sie nicht einmal. Er wartete und spürte sein Blut durch die Adern rauschen, während sie seine Bitte abwog.

»Die habe ich tatsächlich«, antwortete sie. Doch während sie ihn noch ansah, zerriss ein plötzlicher Schrei die Luft; der Schreiende war nicht zu sehen, musste sich aber ganz in der Nähe befinden.

Ihre Augen weiteten sich. »Oh, nein ...«

»Was, Cat? Was ist denn?«

Sie schüttelte den Kopf. »Prolo-Psychose«, antwortete sie. Plötzlich wirkte sie besorgt. »Los, komm, wir müssen in Deckung gehen, bevor ...«

Ein paar scharfe Schüsse, dann eine lautere Explosion, fern und gedämpft. Mehr Schreie, dünn von der Luft herangetragen, aber immer näher ...

»Beeil dich«, rief sie, packte ihn bei der Hand und zerrte ihn wild entschlossen weiter.

Sie hätten es fast geschafft.

2 Cat zerrte ihn über die zerborstene Betonfläche, und gemeinsam schlüpften sie durch den Zaun zurück. Jetzt hing ein dünner, beißender Rauchschleier in der Luft und ließ seine Augen tränen. Aber trotzdem sah er noch genug. Die Straße, die er für leer gehalten hatte, veränderte sich vor seinen Augen. Was ihm vorher kaum aufgefallen war, ein Abfallhaufen, eine Zusammenballung von Schatten, spie jetzt zerlumpte Gestalten aus.

Die Hände seitlich an den Kopf gelegt sprang schreiend ein Mann vor ihnen auf. Ein rasches inneres Bild im Vorbeieilen: Die Augen des Bettlers unmöglich weit aufgerissen, aber absolut leer; Seiber auf Kinn- und Backenbart, die gelben Zähne in mahlender Bewegung, die violett angelaufene Zunge ein geschwollener Klumpen in einem Mund, der vergeblich versuchte, sich noch weiter zu öffnen. Der Mann fiel hinter ihnen zurück, doch nun tauchten weitere Gestalten auf, taumelten, kreischten, fielen hin und rappelten sich wieder auf.

Der Rauch wurde dichter; Sirenen heulten. Am Himmel schwärmten Polizei-Schwebefahrzeuge aus und senkten sich herab, während sie mit einem unverkennbaren Geratter ihre Fußangel-Gewehre abschossen.

Und immer noch tauchten mehr und mehr dahinhastende, kreischende Prolos auf. Es war, als ginge in einem abgedunkelten Raum mit einem Mal das Licht an, und eine Armee von plötzlich schutzlos preisgegebenen Küchenschaben huschte durcheinander. Nur dass diese jämmerlichen menschlichen Insekten bluteten.

Jim und Cat hasteten an einer bizarren Szenerie vorbei. Eine Frau lag auf dem Boden, und Arme und Beine zuckten in knochenbrecherischen Krämpfen. Über ihrer flach ausgestreckten Gestalt waren ein Mann und eine Frau in einem Kampf verschlungen. Die Frau, klein und grauhaarig, hätte jemandes alte Großmutter sein können. Doch ihr Gesicht war blutverschmiert, und ihr rechter Arm stieß gleichmäßig wie ein Metronom immer wieder in den Bauch des Mannes hinein.

Jim erhaschte einen Blick auf eine blutige Schere, während der Mann aufheulte. Plötzlich brach ein schimmerndes Knäuel nasser Würmer aus dem Bauch des Mannes heraus und ergoss sich aufs Pflaster. Das Schlimmste aber war: Er schien es gar nicht zu bemerken. Seine Hände waren um den dünnen Hals seiner Angreiferin gelegt und würgten immer weiter, offensichtlich zu seinem eigenen Verderben. Zusammen sanken sie sterbend auf die dritte Gestalt nieder.

»Ich …«, sagte Jim, drehte sich zur Seite und hielt sich die Hand vor den Mund.

»Komm schon, *verdammt!*«

Aber er konnte nicht anders. Er beugte sich vor und erbrach das Wenige in seinem Magen, ein dünnes, stinkendes Rinnsal, während seine Eingeweide sich immer wieder vor Angst und Entsetzen zusammenkrampften.

Schließlich setzte sie ihn wieder in Bewegung. Auf der Straße wimmelte es jetzt von Menschen, die Luft hallte wider von wütendem Geheul, gackerndem Gelächter, Sirenen und dem metallischen Schnarren der Polizeibefehle aus den kreisenden Schwebefahrzeugen.

Jim duckte sich, als Gewehrschüsse peitschten. Er hörte das schwere Brummen eines illegalen Rippers; ein durchdringender, fettiger Geruch wie von angebranntem Schweinefleisch füllte seine Nase, und wieder zog sein Magen sich krampfartig zusammen.

Der Rauch war inzwischen so dicht, dass er kaum etwas sehen konnte, doch Cat zerrt ihn immer weiter. Eine schreckliche Explosion ließ das Pflaster erzittern und hätte ihn fast umgeworfen. Dann trat er plötzlich ins Leere und polterte Hals über Kopf eine kurze Treppe hinunter.

Eine Tür ragte vor ihm empor, und er rappelte sich vom Boden auf und stolperte hindurch. Sie schlug die Tür hinter ihnen zu und stellte sich mit dem Rücken dagegen, während er lang ausgestreckt auf dem Hintern saß und zu ihr aufschaute.

Ihr Gesicht war von einer so entsetzlichen Qual verzerrt, dass er schon fürchtete, sie wäre genauso verrückt geworden wie das Irrenhaus auf der andern Seite der Tür.

»Was …?«, stieß er schwach hervor.

»Prolo-Psychose«, antwortete sie. »Jetzt weißt du Bescheid.«

Er holte tief Atem. »Oh, Gott …«

Sie schüttelte den Kopf. »Nein. Nicht Gott. Gott hat damit nicht das Geringste zu tun.«

3 Steele biss die Zähne zusammen, als der Real-Arzt prüfend das überwiegend verheilte Schlamassel ihres Knies abtastete.

»Hm. Für einen Notfall hat der automatische Chirurg wirklich gute Arbeit geleistet«, brummte er. Er war ein kleiner Mann mit Augen, die Steele als zudringlich empfand, und Händen, die zu weich waren und sie zu vertraulich berührten.

Sie tröstete sich mit dem Gedanken, dass sie, anders als das Gros seiner Patientinnen, ihm notfalls das dicke Hälschen wie einem Kücken brechen könnte.

»Ja, ja«, sagte sie. »Also, wie sieht es schlimmstenfalls aus?«

Er zuckte die Achseln. »Ich habe ein brandneues Gelenk eingesetzt und eine Menge Sehnen ersetzt. Vielleicht bleibt ein leichtes Hinken zurück, vielleicht aber auch nicht, wenn sie viel Ausdauer bei der Krankengymnastik zeigen.«

Steele nickte und verdoppelte im Geiste die Stunden, die sie mit körperlichen Rehabilitationsübungen zubringen wollte. Ein leichtes Hinken würde die meisten Leute vielleicht gar nicht stören, aber bei ihrem Beruf …

»Sonst noch etwas?«, fragte sie.

»Befriedigen Sie meine Neugierde«, antwortete er. »Was haben Sie mit der Frau angestellt?«

»Hm? Ach, mit der? Nichts, nicht das Geringste. Warum? Stimmt was nicht mit ihr?«

»Sie ist stumm. Körperlich geht es ihr bestens, und sie scheint auch durchaus wach und reaktionsfähig, aber sie bringt kein einziges Wort heraus. Ach, ja. Lesen und Schreiben kann sie auch nicht. Es ist ... sonderbar.«

»Sie täuscht das vor«, sagte Steele.

Der Arzt schüttelte den Kopf. »Das glaube ich nicht. Wir haben sie sehr gründlich getestet.«

»Die braucht man nicht zu testen«, erklärte Steel. »Geben Sie mir zehn Minuten allein mit ihr, und sie wird singen wie die Vögelchen in den Bäumen.«

Jetzt zog sich der Arzt zurück, einen leicht angewiderten Ausdruck im teigigen Gesicht. »Was hatten Sie gesagt, für welche Behörde arbeiten Sie?«

Aber ihr Blick war von ihm abgeglitten und hing jetzt eher leer im Raum. »Ich hatte gar nichts gesagt«, gab sie zurück. »Wie steht es mit den anderen? Dem Rest meines Teams?«

Er schob die Lippen vor und bemühte sich, traurig dreinzuschauen. Das gelang ihm nur schlecht. Seiner Meinung nach gab es schon genug Gewalt auf der Welt, und er hatte gesehen, dass mit Molly Harrison, Heck Campbell und der dritten, namenlosen Leiche, die man bei der Gebirgshütte geborgen hatte, etwas extrem Gewalttätiges geschehen war. Das Einzige, was einem da sofort in den Sinn kam, war, dass jemand, der durchs Schwert lebt, meist durchs Schwert stirbt.

Er war Chefchirurg auf einem Kreuzer der terranischen Weltraummarine. Er verstand genug davon, den Mund und sein Urteil für sich zu behalten. Und jetzt kamen ihm zwanzig Jahre Erfahrung zur Hilfe.

»Sie sind ihren diversen Traumata erlegen. Wir kamen zu spät, um ihnen selbst mit den heroischsten Maßnahmen noch helfen zu können.«

Diverse Traumata. Eine sehr gefällige Beschreibung, wenn man bedenkt, dass da eigentlich nur noch Hackfleisch war, als wir ankamen.

»Sie konnten Sie nicht von den Toten erwecken, hm?«

Mit einem Achselzucken tat sie die Sache ab. »Tja, wären sie ein bisschen schneller gewesen, wäre ihnen das nicht passiert.«

»Ein bisschen schneller?«

Steele ließ sich vom Untersuchungstisch heruntergleiten und hinkte zur Tür. »Bis später, Doktor. Sollten Sie mich brauchen: Ich bin im Rehabilitationsraum.«

Er sah zu, wie die Tür hinter ihr zufiel, verharrte eine ganze Weile bewegungslos und richtete sich dann mit einem Ruck auf.

Kam ihm der Raum jetzt, wo sie weg war, nicht wärmer vor?

4 »Noch einer deiner mysteriösen Gänge?«, fragte er sie. Er setzte sich auf und beschattete die Augen gegen die Sonne, die durch das trübe Fenster auf seine Matratze schien, wo er noch immer in ein fast zur Durchsichtigkeit zerschlissenes, vergilbtes Laken gehüllt war und sich den Schlaf aus den Augen blinzelte. Er kämmte sich mit den Fingern durchs zerzauste Haar, roch den Kaffee, den sie aufgegossen hatte, und dachte, dass es ein guter Tag werden würde. Seine Erinnerungen an den Albtraum der Prolo-Psychose waren verblasst, wofür er zutiefst dankbar war.

Sie blieb bei der Tür stehen, drehte sich um und lächelte. »Weißt du was? Du zahlst nicht genug Miete. Jetzt bist du schon wie lange …? – fast eine Woche hier. Okay, Kumpel. Siehst du diese Kocheinheit da? Die hat schon nicht funktioniert, als ich hier eingezogen bin. Du sagst doch, du bist so eine Art Elektronikgenie. Dann bring den Kleinen hier mal in Ordnung.« Sie warf einen Blick auf ihr Netzwerk-Armband, ihre am Arm getragene Verbindung mit dem Computer. In ihrem Fall war sie, wie Jim wusste, nicht mit einer privaten Achse verbunden, sondern mit dem jedermann zugänglichen

Public Web, das überwiegend von Prolos benutzt wurde, weil es kostenlos war.

»Ich bin vor dem Mittagessen zurück. Hab da was Nettes gefunden.« Sie grinste. »Natürlich auf meine Kosten.«

Jim erwiderte ihr Lächeln, aber ihm war unbehaglich. Er konnte sich nicht erinnern, was ihm durch den Sinn gegangen war, als er in den Überresten der Hütte nach etwas Brauchbarem zum Mitnehmen gesucht hatte, eines aber war gewiss nicht dabei gewesen: Bargeld. Warum hätte er auch an sowas denken sollen? Das war eine so … archaische … Überlegung.

Natürlich war er nicht pleite. Theoretisch zumindest nicht. Tatsächlich sah es auf seinem Bankkonto, zu dem er einfach über den Code seines Netzwerk-Armbands Zugang hatte, recht rosig aus. Jahrelang hatte er es gefüllt, indem er stundenweise freiberuflich nach Daten geschnüffelt hatte.

Er fragte sich, wie viele Killer wohl dieses Mal kämen, wenn er auch nur versuchte, einen Finger auf diese Geld zu legen.

»Wir müssen darüber reden, Cat«, sagte er. »Es ist nicht in Ordnung, dass ich mich hier bei dir durchschnorre.«

»Wenn ich es satt habe, wirst du es als Erster erfahren, versprochen.« Sie kniff das Auge zusammen und schlug sich in gespielter Konzentration auf die Wange. »Reparier du einfach nur die Kocheinheit und versuche, nicht in Schwierigkeiten zu geraten, bis ich zurück bin. Dann unterhalten wir uns, okay?«

Er nickte. Sie machte sorgfältig die Tür hinter sich zu. Die fiel mit einem vernehmlichen Klicken ins Schloss, und Jim fragte sich, was sie wohl mit dem bisher so dürftigen Schließmechanismus angestellt hatte. Nun, er war gewiss der Letzte, der seine Nase in fremde Angelegenheiten stecken sollte, aber an Ms. Cat Thibaudeaux, die vor kurzem von einem anderen Ort, über den sie nicht reden wollte, hierher gezogen war, war etwas ganz schön Merkwürdiges.

Ein Geheimnis auf der Suche nach einem Rätsel. Als wäre sein Teller nicht ohnehin randvoll mit sowas gefüllt. Er warf sich zurück und räkelte sich, zog dann das Laken von seinem nackten Körper, sprang mit einem halben Salto auf die Beine und tapste leise zu der Tasse hinüber, in der der Kaffee noch dampfte.

Noch so ein Geheimnis. Das da war kein Ersatzkaffee, sondern echter. Ein *Haufen* Geld ...

Na ja, wenn sie sich unterhalten hatten, würde er sich vielleicht ein besseres Bild machen können. Bis dahin konnte er sich ein paar Gedanken über den ganzen Rest machen. All das, was ihm richtig Angst einjagte.

Es gelang ihm sogar, diesen Gedanken zu denken, ohne sich mit dem toten Carl in den Armen zu sehen. Zumindest, ohne sich sofort so zu sehen. Das war eine Verbesserung.

5

Als sie zurückkam, hatte er die Eingeweide der Kocheinheit neben seinem improvisierten Werkzeugkasten auf dem Tisch ausgebreitet. »Das da ist Müll«, sagte er und piekste mit einer verbogenen Gabel nach einem verrosteten Stück elektronischen Treibguts.

»Hey, eine Gabel«, erwiderte sie. »Ziemlich raffiniertes Werkzeug haben Sie da, Mr. Smith.«

»Leider habe ich mein gutes Werkzeugset in meinem anderen Rucksack gelassen«, erklärte er.

»Das hatte ich mir irgendwie schon gedacht«, gab sie zurück, ließ sich auf den Stuhl gegenüber gleiten und legte eine fettige Papiertüte auf den Tisch. Er schnüffelte. Es roch köstlich.

»Frische Doughnuts«, berichtete sie. »Und ein paar

Brötchen mit Rahmkäse. Du brauchst dich nicht für alles auf einmal zu bedanken.«

Sie betrachtete ihn aufmerksam. Er hatte keine Ahnung – zumindest *glaubte* sie das – aber die Zeit seit ihrer Begegnung war für sie so ungefähr die merkwürdigste Phase seit Jahren. Und noch immer konnte sie sich nicht entscheiden: War er eine Art Falle oder nicht?«

Jim schob das Gewirr aus Metall, Chipteilen und Kunststoff mit einem angeekelten Schnauben beiseite. »Ach, vergiss das. Das krieg ich nicht wieder hin. Bekomme ich trotzdem ein Doughnut?«

Sie schob ihm die Papiertüte rüber. Er wühlte darin herum, zog ein Teilchen heraus, sagte: »Prima! Crumb Cake, mein Lieblingskuchen!«, und biss die Hälfte des faustgroßen Stücks auf einmal ab.

»Und so gute Manieren«, bemerkte Cat. »Alles, was ich an einem Mann schätze.«

Er nickte mit Hamsterbacken und mahlenden Kiefern. »Mmpf, hmff?«

»Was?«

»Ich ... äh ... Moment mal – jetzt. Okay. Also, Cat, wohin gehst du eigentlich immer bei diesen Gelegenheiten, wenn du mir nicht sagen willst, wohin du gehst?«

Sie legte den Kopf in den Nacken. »Wie kommst du auf die Idee, dass ich dir das jetzt sage, wenn ich es dir bisher noch nicht gesagt habe?«

Er lehnte sich gegen die Stuhllehne und verschränkte die Arme vor der Brust. Er war sich durchaus bewusst, dass sein Bizeps dadurch größer wirkte. »Na ja, weil ich mir dachte, ich könnte das eine oder andere Tauschgeschäft vorschlagen. Dir ist wahrscheinlich aufgefallen, das ich auch nicht viel zu sagen hatte?« Ihm schien das sehr schön reserviert herauszukommen – stark, schweigsam, vielleicht sogar raffiniert.

Er beobachtete, wie ihre rosa Zungenspitze vorschnellte, nur ein Aufblitzen, und ihre Unterlippe berührte. Der flüchtige Anblick ließ einen weiteren dieser so angenehm lästigen Schauder über sein Rückgrat laufen.

Sie sagte: »Was denn, Mr. Stein? Mr. Muschel? Sie sind also verschwiegen?« Sie zwinkerte. »Was allerdings keine Rolle spielt.«

»Was soll denn das heißen?«

»Du denkst vielleicht, du bist unglaublich zurückhaltend, stark und schweigsam, aber du bist so leicht zu lesen wie ein Comicvid.«

»Hm? Unmöglich, Cat Lady. Du rätst doch nur.«

»Ach ja? Dann lass mich doch mal raten.« Sie berührte ihren Nasenflügel und hob dann einen Finger. »Erstens. Du bist kein Prolo und warst auch nie einer. Was bedeutet, dass du auf der Flucht bist, denn du bist zu jung, um auf eigene Faust unterwegs zu sein – zumindest in deiner Gesellschaftsklasse. Zweitens ...« – sie hob einen weiteren Finger – »ist das, wovor du auf der Flucht bist, etwas ziemlich Widerliches, weil du mich mit deinen Albträumen weckst. Drittens, du hast keine Ahnung, was du als Nächstes tun sollst, denn du wirkst eindeutig gestrandet.«

Sie lächelte, um den Stich ein wenig zu mildern. War sich seiner aber immer noch unsicher.

»Und viertens, mehr als alles in der Welt würdest du gerne von deiner Seite des Bettes auf meine rutschen, und *das* weiß ich, weil du jedes Mal rot wirst, wenn du mich anschaust und denkst, dass ich dich nicht sehe. Genau so wie jetzt.«

»Jetzt hast du mich verlegen gemacht«, erwiderte er.

Sie lächelte selbstgefällig. »Und jetzt sag, hab ich Recht oder hab ich Recht?«

Er zuckte die Achseln, die Wangen in Flammen. »Na ja, vielleicht in dem letzten Punkt.«

»Und mit dem Rest genauso, wetten.« Sie schnappte sich die Tüte mit Gebäck. »Werd du nur so rot, wie du willst, aber friss mir nicht mein Frühstück weg, Kumpel.« Sie angelte sich einen Bagel heraus, brach ein kleines Stückchen ab und verspeiste es in vornehmen Häppchen.

»Und jetzt«, sagte sie. »Wie steht's mit dir? Was hast du deiner Meinung nach über mich herausbekommen? Und wisch dir dieses dämliche Grinsen aus der Visage. Du siehst aus, als würdest du gleich anfangen zu sabbern.«

Er schnappte sich ein weiteres Doughnut, um seine Verwirrung zu überspielen. Was genau hatte er sich über sie zurechtgelegt. Er biss ab und kaute nachdenklich.

»Also, du bist geheimnisvoll. Du wirst wohl ungefähr mein Alter haben, vielleicht ein bisschen älter – aber du bist ein Prolo. Daher weiß ich nicht genau, was dein Alleinleben bedeutet, nur, dass es wahrscheinlich etwas anderes bedeutet als für meinesgleichen.«

Sie nickte langsam. Ermutigt fuhr er fort. »Du gehst irgendwohin und sagst mir nicht wohin, und du scheinst keinerlei Geldprobleme zu haben – du hast genug von beiden Sorten, Untergrund-Bargeld und legale Chipcredits.«

»Na ja, wenigstens bist du nicht völlig blind.«

»Danke, Mata Hari.«

Sie starrte ihn verblüfft an. »Und das ist das Nächste«, fuhr er fort. »Nimm es nicht krumm, aber du bist nicht so gebildet wie ich – zumindest nicht in formalen Dingen. Ich weiß, wer Mata Hari ist. Aber du wohl nicht.«

Sie runzelte die Stirn. »Doch, natürlich. Er war … äh …«

Jim grinste. »Falsch. *Sie* war eine Spionin. Eine aus den ganz alten Zeiten, vor dreihundert Jahren oder so auf der alten Terra. Sogar noch vor dem Raumfahrtzeitalter.«

»Dafür hältst du mich also? Für eine Spionin?«

Er zuckte die Achseln. »Ich weiß nicht. Du könntest wohl schon eine sein. Vielleicht Industriespionage, und du arbeitest für eine Firma auf Terra. Ich meine, wenn du so viel Geld hast, warum wohnst du dann in so einem Loch hier? Wo du doch überall leben könntest. Es sei denn, du wohnst genau da, wo du wohnen möchtest – und aus denselben Gründen wie ich?«

Einen Moment lang zögerte er, wollte noch etwas anderes sagen, etwas Ehrliches, wagte es aber nicht. Er bewegte sich hier zu nah an zu vielen Abgründen vorbei – seinen eigenen und vielleicht auch den ihren. Aber ... Er zuckte die Achseln. *Wer A sagt, muss auch B sagen.*

»Ähm ... und jemanden umzubringen scheint dir nicht allzu viel auszumachen.«

Sie warf ihm einen undurchdringlichen Blick zu, zupfte dann noch einen winzigen Happen Bagel ab, warf ihn sich in den Mund – was ihm einen weiteren köstlichen Anblick ihrer rosa aufblitzenden Zungenspitze vergönnte – und kaute. Ihre Augen schienen ins Leere zu blicken. Als überlegte sie etwas.

»Das ist gut analysiert, Jim. Besser, als ich dir zugetraut hätte. Du bist was – sechzehn? Du denkst schärfer als die meisten Sechzehnjährigen. Sag mal, wie kommt's?«

Er spürte, wie er näher an gefährliches Gebiet heranglitt. Er konnte ihr unmöglich die Wahrheit sagen, oder? Nun, warum denn eigentlich nicht? Alles lief auf die Vertrauensfrage hinaus. Traute er ihr?

Er versuchte, es abzuwägen, doch schlussendlich gaben seine eigenen Ahnungen den Ausschlag, sein Gespür, die Intuition. Er hatte nicht gewusst, dass er so etwas besaß, es aber allmählich entdeckte und ihm vertrauen lernte. Cat war merkwürdig, ja, aber nicht böse merkwürdig. Nicht wie die Mörder, die zur Hütte gekommen waren. Nicht wie dieses unbekannte, schreckliche Geheimnis, das zähnefletschend aus seiner fernen

Vergangenheit gekommen war, um seine Gegenwart zu zerstören und ihm die Zukunft zu vergiften.

Und, o Gott, er hatte ein schreckliches Bedürfnis, jemandem sein Herz auszuschütten.

Also erzählte er es.

6

»Wow«, sagte sie, als er fertig war.

Selbst ihm war gar nicht klar gewesen, wie viel Gift sich in seinem System angestaut hatte und was für ein gutes Gefühl es war, es in das strahlende, reinigende Licht des Tages hinauszuspeien.

Als er jedoch fertig war, brannte ein dumpfes Feuer in seinen Wangen, das nichts mit Cat zu tun hatte, aber alles mit seiner eigenen Scham.

»Ich bin ein Mörder«, sagte er einfach. »Ich wollte nie einer werden, aber ich bin einer. Darum konnte ich das Molymesser nicht gegen diesen Proloburschen einsetzen, der mich ausrauben wollte. Ich wollte nicht wieder zum Mörder werden. Nicht aus freien Stücken.«

Er sah sie hilflos über den Tisch hinweg an. Ihr Gesicht war ruhig, fast leer. Dieser Ausdruck ängstigte ihn mehr als alles, was er je in einem menschlichen Gesicht gesehen hatte.

»Und … verabscheust du mich jetzt?«, fragte er.

Da kam sie zu einer Entscheidung.

Sie stand auf, kam langsam um den Tisch herum und beugte sich über ihn. Ihr Atem drang warm in sein Ohr. Sanft nötigte sie ihn aus seinem Stuhl, drehte ihn um und führte ihn zu der noch ungemachten Matratze auf dem Boden.

»Du bist kein Mörder«, sagte sie. »Und nein, ich verabscheue dich nicht im Geringsten.«

Sechstes Kapitel

1 Er erwachte nicht zu einem neuen Tag. Eher schon zu einem neuen Leben. Oder vielleicht zu seinem alten Leben, das ihm auf wundersame Weise zurückgegeben worden war, zumindest soweit möglich.

Die Morgensonne sickerte mit einem blassrosa Schein durch die heruntergelassene Kunstsstoffjalousie, zeichnete die scharfen Kanten der schäbigen kleinen Wohnung weicher und legte kühle Schatten in die Ecken, sodass alles ein klein wenig unwirklich aussah. Wie in einer Holovid-Szene zum Beispiel.

Jim stemmte sich auf die Ellbogen, das dünne Laken über der Brust. Sie war ein warmes Gefühl an seiner Seite. Von seinen langsamen Bewegungen wachte sie halb auf. Sie machte ein paar schmatzende Geräusche mit den Lippen, schnarchte leise auf und drehte sich auf die andere Seite, wobei sie einen guten Teil des Lakens mitnahm.

Er lächelte auf sie hinunter – falls Lächeln die richtige Bezeichnung für den Gesichtsausdruck war, der sein Gesicht so in die Breite zog, dass seine Kiefermuskulatur schmerzte und seine Lippen sich wie ausgeleiert anfühlten. Er fragte sich, ob es besser gewesen war als erwartet, und kam zu dem Schluss, dass er eigentlich keine Ahnung hatte, was er erwartet hatte, nicht nachdem er es nun erlebt hatte. All seine bisherigen Vorstellungen waren die eines Kindes gewesen. Jetzt hatte er eine Tür geöffnet, war hindurchgetreten, und auf der anderen Seite war alles anders.

Alles …

Da ergriff ihn jene Traurigkeit, die er niemals völlig würde abschütteln können, und lautlos flüsterte er: »Dad …«

Doch selbst dieser Schatten zog vorüber und ließ nur die Kühle der Reue zurück, die perfekt zu den Schatten in den Winkeln des Raums passte, in den Winkeln seiner Seele.

Wie konnte er ihr das je vergelten? Mit ihrem einfachen Akt des Gebens, indem sie ihm das darbrachte, was jede Frau besaß, hatte sie ihn gerettet. Der Akt hatte weite Räume geöffnet und Mond und Sterne eingelassen, er hatte seine ewige, geheimnisvolle Magie gewirkt, und so hatte sie ihm irgendwie eine Zukunft zurückgegeben. Vielleicht nicht die Zukunft, die er sich noch vor einer Woche so unschuldsvoll ausgemalt hatte, aber doch irgendetwas. Vielleicht den Wunsch, eine Zukunft zu *haben.* Schrecklich zerbrechlich, aber doch unglaublich kostbar. Er konnte die Sterne noch immer haben, wenn er sie noch wollte. Das hatte sie ihm zurückgegeben: Die Sterne und das große weiße Schiff auf Suchfahrt nach ihnen.

Heute bin ich zum Mann geworden, dachte er und spürte einen unbestimmten Erinnerungsschauder, die Verbindung zwischen diesen Worten und einem Ritual, das weit älter war, als er wusste. Doch auch dies verging, während der rosige Schimmer des Tagesanbruchs sich langsam zur roten Hitze eines Wolfbane-Sommertags vertiefte, und eine Küchenschabe, deren Vorfahren versehentlich von der fernen Erde importiert worden waren, in Panik über die Wand krabbelte.

Ich muss es wissen, sagte er sich. *Sie hat mir mein Leben zurückgegeben. Aber wer hat überhaupt versucht, es mir zu nehmen? Und warum?*

Mom, halte durch. Wo immer du bist, ich komme.

2 Später …

»Also«, sagte sie, »was jetzt?«

Sie rührte zu viel Zucker in ihre zweite Tasse Kaffee, und je länger sie wach war, desto distanzierter wirkte sie. Er verstand es nicht.

»Ist irgendwas los?«, fragte er.

»Nein … ja … Ich weiß nicht. Vielleicht.«

»Bin ich der Grund?«

Sie betrachtete ihn über den Rand ihrer Tasse hinweg, die blassblauen Augen vorsichtig. Dann nickte sie. »Wahrscheinlich.«

Er versuchte, sich hineinzutasten. Aber er fühlte sich so jung, so unerfahren, so ungeschickt. Er wollte sie nicht verletzten. Er wollte auch sich selbst nicht verletzen.

»Du … äh … musstest nicht … weißt du?«

»Ja, verdammt. Das weiß ich. Das ist das Problem. Ich wusste es, als ich es gemacht habe, und es war mir egal. Ich soll sowas nicht tun. Aber du wirktest so … Ich weiß nicht. Du hast mich gebraucht, hast jemanden gebraucht, und da habe ich mich wohl einfach selbst ernannt.«

Sie hielt inne, trank einen Schluck Kaffee und lächelte schwach. »Nicht, dass es sonderlich unangenehm gewesen wäre oder so. Tatsächlich hat es mir gefallen. Und du schienst auch ziemlich glücklich damit zu sein.« Sie beäugte ihn sittsam.

»Hey«, sagte sie. »Hatte ich schon erwähnt, dass du süß bist, wenn du rot wirst?«

Er schüttelte den Kopf. Sie war einfach zu schnell für ihn, insbesondere wenn er sich in diesem Zustand befand – was für ein Zustand das nun auch immer sein mochte. Ganz fern in einem Winkel seines Kopfes flüsterte ein feines Stimmchen, er hätte gerade ein ewiges Geheimnis entdeckt, aber das Wissen darum würde ihm, einem männlichen Geschöpf, absolut nichts helfen.

Nicht mehr, als wenn ein Stier im Schlachthaus gescheit genug wäre, den Zweck eines Hammers zu begreifen. Der Schlag würde dadurch weder schwächer noch weniger tödlich.

»Vielleicht«, bot er an, »wäre es besser, wenn ich mich auf die Socken machte. Weißt du.«

Doch sie schüttelte den Kopf. »Nachdem ich mir all die Mühe gemacht habe? Dir die Blüte meiner … äh, Blüte? Nichts da, Jim Smith, ich hab jetzt was in dich investiert. Also will ich dich auch in meiner Nähe behalten. Außerdem gibt es da jemanden, den du kennen lernen sollst.«

»Hä? Wen denn?« Er war sich nicht sicher, ob er überhaupt jemanden kennen lernen wollte. Tatsächlich ließ der Gedanke, dieses winzige Kämmerchen zu verlassen, seinen Magen in eine krampfartige Bewegung verfallen.

»Nur so einen Typ«, sagte sie. »Keine Sorge. Du wirst bestimmt viele Gemeinsamkeiten mit ihm entdecken.«

3 »Lucas Morninglory, Sohn. Wette, so 'nen Namen vergisst du nie wieder, hm?« Er hatte einen Mund wie eine Schaufel voll gelblich fauliger Zähne, großer Zähne, und Augen derselben Färbung. Aber Gelbsucht schien ihm zu stehen; abgesehen von dem merkwürdig goldenen Farbton seiner Zähne, seiner Haut und seiner Augen wirkte er durchaus gesund. Allerdings auch alt. Sehr alt.

»Ist mir ein Vergnügen, Mr. Morninglory«, sagte Jim. Er streckte ihm die Hand entgegen, die sofort von Fingern wie lederumhüllten Kabeln umschlossen wurde. »Au!«

»Lucas«, sagte Cat. »Der gehört mir. Mach ihn mir nicht kaputt, okay?«

»Dir?« Die Iris in Lucas' Augen war klein, hart und braun; Rosinen in Buttercreme. Scharf. »Stimmt das Junge? Du gehörst Cat?«

Jim zuckte die Achseln. Er hatte keine Ahnung, was hier vor sich ging, doch er nahm an, wenn er den Mund lange genug geschlossen hielt, würde einer dieser Verrückten ihn schon in das Geheimnis einweihen. Außerdem war der Gedanke, Cat zu gehören, ja nicht gänzlich schlecht. Wenn er schon jemandem gehören musste.

Die ausgefransten Ränder von Unwetterwolken hatten sich über das ferne Gebirge gearbeitet, und jetzt kam Wind auf. Oben stimmten ein paar zerfetzte Persennings einen raschelnden Beat an, und ein paar windverwehte Regentropfen malten Spritzer auf den alten Betonweg, auf dem sie standen.

»Das wird ein ganz übler«, merkte Lucas mit einem Schnalzlaut an. »Meine Ellbogengelenke machen jetzt schon Theater.«

Jim nickte. Wenn Cat es so wollte, war er absolut bereit, hier zu stehen und notfalls tagelang diesem abgestandenen Partygefasel über das Wetter zu lauschen.

Doch Lucas blinzelte ihm mit einem wachen Blick zu und klatschte sich dann plötzlich mit den beiden faltigen Händen auf die Schenkel seiner dreckigen Jeans. »Genug höfliches Geplauder, hm, Sohn? Cat sagte, du musst was rausbekommen. Also, bist du bereit für eine Fahrt?«

»Ja, ich denke schon ...« Eine Fahrt? Was, zum Teufel, hatte Cat diesem alten, schrumpligen Kauz bloß erzählt?

»Wir werden sehen«, sagte Morninglory.

Jim warf Cat einen Blick zu. Sie nickte. »Lucas ist der beste Hacker in der ganzen Prolo-Kultur. Zumindest hier auf Wolfbane.«

»Überall, Girlie«, kicherte Lucas. »Überall, vergiss das nicht.«

Sie nickte nur. »Wie du schon sagtest, wir werden sehen.«

4 »Hier ist die Gang«, krächzte Morninglory. Seine Stimme war hoch und brüchig, eine Altmännerstimme. Und doch bewegte er sich flink und sicher, mit jugendlichem Schwung. Allmählich fragte Jim sich, was für eine biologische Restrukturierung er sich wohl hatte angedeihen lassen. Anscheinend hatte er da ordentlich was getan.

Morninglory hatte sie in ein Gebäude geführt, anscheinend irgendeine aufgelassene Fabrik; im nachmittäglichen Schummerlicht ragten die riesigen, verrosteten Strukturen kaputter Maschinen hoch hinauf. Draußen zischten plötzlich Blitze herunter, mehrere lange Blitzschläge, und dann das antwortende Donnergrollen. Ein feuchter Windstoß peitschte durch die auf Klappe gestellten trüben Skylights.

Die Gang bestand aus drei weiteren Mitgliedern, zwei Frauen, beide unbestimmten Alters, und ein sehr junger Jugendlicher, dessen knochiger Schädel eierglatt geschoren war. Er schaute von dem riesigen, zusammengeschusterten Turm elektronischer Kästen auf, die ihn umgaben, und grinste Morninglory an. Die älteren Frauen schienen beide damit beschäftigt, ihn flaschenweise mit Limonade, händeweise mit Computerspeicherchips und tütenweise mit Kartoffelchips zu versorgen.

»Der Kahlschädel heißt Chip und die beiden Damen Frick und Frack.« Morninglory verbeugte sich vor dem Trio, und Chip grüßte mit einem Nicken. Bei dieser Kopfbewegung bemerkte Jim eine Kaskade dünner Kabel, die aus Anschlüssen hinter seinen Ohren zu den Geräten um ihn herum führten; sechs, sieben, nein, zehn getrennte Leitungen. Noch nie hatte Jim von einer so riesigen Zahl direkter Computer-Gehirn-Verbindungen gehört. Der Junge sah durchaus wie ein Mensch aus, aber Jim kamen einige Zweifel. Wie konnte man in einen solch nahen, intimen Kontakt mit den Geräten treten, ohne dass es Auswirkungen hatte? Was die beiden Frauen anbelangte, so nahmen die keinerlei Notiz von den Neuankömmlingen – eigentlich verhielten sie sich viel maschinenmäßiger als Chip.

»Chip ist mein Tempoteufel«, verkündete Morninglory fröhlich. »Für die Sachen, die ich so mache, braucht man die Reflexe eines Kindes.«

Jim ließ den Blick zwischen den beiden hin und her wandern. Morninglory sah aus wie ein menschliches Wrack. Wenn überhaupt einer wie ein Hacker wirkte, dann Chip. Das sagte Jim auch.

»Oh, Chip ist viel schneller als ich«, stimmte Morninglory zu. »Aber ich weiß viel mehr als er, verstehste. Ich sag ihm, was er tun soll, und dann tut er es, schneller und besser als ich es könnte. Aber er braucht mich, sozusagen um ihn zu fahren. Stell dir Chipper wie einen Flitzer von Gravwagen vor. Mit dem kannst du fünfhundert Meilen pro Stunde schaffen, aber ohne Fahrer hast du nichts als einen Unfall in Warteposition.«

Chip grinste. Jim fiel auf, dass seine Zähne pures Gold zu sein schienen. »Stimmt nicht, alter Mann. Vielleicht weißt du ein bisschen mehr als ich – das solltest du auch, schließlich bist du hundert Jahre älter als ich – aber es ist eine Partnerschaft, kapiert. Ich bin nicht dein Wagen.«

Morninglory winkte lässig ab. »Beachtet ihn gar nicht, Leute. Er ist ganz wirr von all diesen Drähten im Gehirn.«

»Ich wirr dir gleich eins, du alter Meckersack«, knurrte Chip.

»Aber er ist wirklich gut. Zusammen sind wir die Besten. Das glaub mir.«

Jim nickte. »Und was soll ich tun?«

»Nichts«, erklärte Morninglory. »Na ja, ich möchte, dass du dich in dieses Gerät hier einstöpselst – wir benutzen einfach deine Standard Virtual-Reality-Schnittstelle – so kann ich mir ein Bild davon machen, was wir eigentlich suchen. Okay?«

Jim nickte mit einem leichten Gefühl des Unbehagens. Er wusste, was Morninglory vorhatte. Jim würde ein Computer-Nachbildungsprogramm aufrufen und dann alles erstehen lassen, woran er sich aus jener Nacht erinnern konnte – durch seine direkte Virtual-Reality-Schnittstelle. Wenn das Bild der Nacht einmal da war, würden Morninglory und Chip das Ergebnis in wer weiß welche geheimnisvollen Programme einspeisen und mit etwas Glück vielleicht herausfinden können, wer – und was – Jim und seine Familie angegriffen hatte.

Vielleicht sogar Mom finden …

Er holte tief Luft und trat vor. »Habt ihr einen Stecker für mich?« Er warf einen Blick auf Cat, als Morninglory ihm das kleine Verbindungsteil reichte. Cat nickte und zwinkerte ihm zu. Jim grinste. »Okay«, sagte er. »Dann mal los!«

5

Wie oft auch immer Jim sich in den Cyberspace »einstöpselte« und eine direkte Verbindung zwischen seinen eigenen Gedanken und dem Siliziumherz eines Computernetzwerks herstellte, es war und blieb ein eigenartiges Gefühl.

Als Erstes eine schwache, kribbelnde Empfindung an der Gehirnbasis, dann ein Moment absoluter Dunkelheit, während der Computer und sein Gehirn darum feilschten, wer das Sagen hatte. Dann ging der Moment der Blindheit vorüber und er hatte das komische Gefühl, doppelt zu sehen. Er konnte die reale Welt durchaus erkennen, aber wie durch eine Glasscheibe – klar, aber es war etwas dazwischen. Das war das Gerät, und das Pseudoglas war der Bildschirm, auf den der Computer das jeweilige Bild projizierte.

Je nach Jims Bedürfnissen konnte die Verbindung so fein sein, dass er sich des Computers kaum bewusst war, oder aber so vollkommen, dass er die virtuelle Welt mit absoluter Klarheit roch, schmeckte, hörte, fühlte und sah, obwohl sie doch nur in einer Übereinkunft zwischen seinem Gehirn und dem Computer existierte.

Unheimlich. Aber er war völlig daran gewöhnt. Der Stecker zwischen seinen Fingerspitzen fühlte sich kühl an, als er ihn in die Buchse hinter seinem Ohr steckte. Er sah, dass Morninglory bei sich selbst drei Kabel einstöpselte. Chip war bereits mit High-Tech-Kabeln geschmückt wie ein elektrisch beleuchteter Weihnachtsbaum.

»Okay …«, sagte Morninglory. »Los geht's!«

Die reale Welt schlingerte mit einem Ruck ins Dunkel.

Jim schwebte durch die dunkle Leere, aber diesmal war es nicht beängstigend. Eine leise Stimme flüsterte ihm ins Ohr. »Okay, jetzt leg mit dem Erinnern los. Ich schnapp es mir, wie es vorbeikommt, und nehme das als Ausgangssubstanz. Wir haben einen unbegrenzten Vorrat an Schablonenstücken.«

Jim nickte – noch so ein komisches Gefühl, weil er seinen physischen Körper nicht mehr spüren konnte. Wie konnte man mit einem Kopf nicken, den man gar nicht hatte?

Er versuchte sich in allen ihm möglichen Einzelheiten an die Nacht zu erinnern, in der seine Welt in Stücke gebrochen war. Als die ersten, entsetzlichen Bilder in seinem Kopf auftauchten, krümmte er sich zusammen.

Ihre emotionale Hitze war noch immer sengend, und seine Anstrengung, diese Bilder zu halten, war wohl das Schwierigste, was er bisher je versucht hatte. Dennoch machte er weiter, bis er den Moment erreichte, den er am liebsten gänzlich ausgewischt hätte – der Augenblick, als sein Vater in seinen Armen starb, noch immer das leichte Abschiedslächeln auf den Lippen.

»Ich liebe dich …«

»Halt es so fest«, flüsterte eine Stimme. »Du verstärkst zu sehr. Lass mich jetzt übernehmen …«

Und irgendwie war jetzt Morninglory da, und die Decke seiner Persönlichkeit schob sich gnädig zwischen Jim und seine Erinnerungen, glättete und filterte sie.

»Schau mal, du hast eine Menge gesehen, woran du dich nicht erinnerst. Periphere Bewegungen, Blitze, Momentaufnahmen. Wie zum Beispiel … genau da.«

Jim sah ein Gesicht in der Dunkelheit. Ein sonderbares, helmbedecktes Gesicht, dessen hochgeklappter Gesichtsschutz bleiche Haut erkennen ließ, Augen wie Aschetümpel und blutroten Lippenstift.

»Fies«, kommentierte Morninglory. »Erinnerst du dich an sie?«

»Nein«, antwortete Jim.

»Doch, eigentlich schon. Okay, ich möchte, dass du dich jetzt entspannst. Ich habe wohl alles Brauchbare zusammen. Jetzt kommt der schwierige Teil.«

Eine Weile herrschte absolute Stille. Dann hörte Jim immer lauter seinen eigenen Pulsschlag in den Ohren pochen.

Klick!

»Oh«, brummelte Morninglory. »Hab ganz vergessen zu fragen. Wie soll ich es mit dir machen? Filter, oder willst du auf der Geräteebene zuschauen?«

Jim überlegte. Falls er versuchte, Chip und Morninglory auf der Geräteebene beim Hacken zuzuschauen, würde er nur die unverständlichen Energieschübe sehen, die das digitale Denken, die Sprache der Computer ausmachten. Ein Filter wäre da viel besser.

»Filter«, sagte er.

»Okay. Irgendwelche Vorlieben?«

Jim hob die nicht vorhandenen Schultern. Irgendwie nahm Morninglory die Bewegung trotzdem wahr. »Ich hab da was Feines. Ich nenne ihn Super-City, okay?«

»Klar«, antwortete Jim.

6 »So'n bisschen wie diese Flugträume, hm?«

Jim nickte. Er konnte seinen Körper wieder sehen, fühlte sich dabei aber wie so eine Art mythischer Superheld. Er flog über eine weite Ebene, die mit vielfarbig schimmernden Strukturblöcken voll gestopft war. In deren Zwischenräumen schossen Lichtbündel dahin, die gefilterte Darstellung der Datenströme. Hier und dort ragten wuchtige, gewundene Gebilde hoch über den Rest hinaus. Die flackernden Ränder dieser Gebilde entlang bewegten sich blinkend und kriechend Streifen und Pfade von Licht.

»Was ist das denn?«, fragte Jim.

Sofort spürte er, dass er auf das nächstgelegene Gebilde zuschoss. Er warf einen Blick zur Seite und sah, dass er von zwei weiteren Gestalten begleitet wurde. Die eine erinnerte an Bilder des alten Jahwe, des alten Gottes mit fließendem Gewand, langem weißem Haar, dem eindrucksvollen Bart und allem drum und dran. Mit der Rechten hielt die Gestalt einen lebenden Donnerkeil umklammert, einen nackten Stab knisternd sprühender Elektrizität. Hinter dieser erstaunlichen Figur flog ein junger Mann – dunkelhaarig, hautenge Uniform mit dem großen Buchstaben S auf der Brust und in einem knallroten Umhang, der hinter ihm herflatterte.

Jim lachte. »Ganz schön aufgemotzt«, sagte er.

Jahwe kicherte. »Das hält uns bei Laune.«

Die kleine Gruppe flog dicht an das hoch aufragende Gebilde heran, hielt aber dann ein paar Meter Abstand. »Geh nicht näher heran«, sagte Morninglory. »Dieses Baby ist so ungefähr auf sechserlei verschiedene Arten abgeschirmt.«

Jim bekam eine Gänsehaut. »Wo sind wir eigentlich genau?«

»Haupt-Cyberspace Wolfbanes. Das World Web«, antwortete Morninglory. »Im Moment befinden wir uns in einer verbotenen Zone. Regierungsdatenbanken, Militärisches, Korporationen, die verdammt fies drauf wären, wenn sie wüssten, dass wir hier sind.«

Jim spürte einen Stich. »Was genau heißt ›fies drauf‹?«

»Killerprogramme. Gehirnbomben und Neuralzerstörer«, antwortete Morninglory. »Aber keine Sorge. Wir haben das schon öfter gemacht.«

»Na wunderbar«, sagte Jim.

»Na ja, du hast doch gesagt, du möchtest zuschauen – Hoppla, sieh mal da.«

Etwas Bleiches von unbestimmbarer Gestalt war vor ihnen zur Oberfläche der Datenmasse aufgestiegen. Es wirkte unbestimmt und geisterhaft, schien sich ihrer Anwesenheit aber bewusst zu sein.

»Hmm. Anscheinend sind wir bemerkt worden. Okay, Chipper. Du bist dran.«

Der Junge schwebte voraus, bis er in direkter Konfrontation mit dem noch immer wachsenden weißen Klumpen war. Der Klumpen bildete Pseudopodien aus, eine ständig zunehmende Zahl von immer länger werdenden Fortsätzen, die sich in alle Richtungen ausstreckten.

»Dumme Programme, Plaudertaschen. Aber lass dich nicht von ihnen berühren. Sie lassen nicht mehr los und rufen noch viel widerlicheres Zeugs zur Hilfe.«

»Ach«, sagte Jim. »Was ist das hier für eine Datenmasse?«

Leises Gelächter. »Combined Intelligence Agencies«, antwortete Morninglory. »Die Geheimdienste reagieren ein bisschen empfindlich auf Eindringlinge.«

Jim schluckte.

Jetzt streckt Chip dem Ding die geöffneten Handflächen entgegen. Sein roter Mantel blähte sich hinter ihm, flatterte in einem nicht spürbaren Wind. Plötzlich sprangen aus seinen Handflächen Lanzen strahlend grünen Lichts den herannahenden weißen Pseudopodien entgegen. Wo die Lichtlanzen ihnen begegneten, zuckten scharfe, weiße Blitze auf, und ein sengender Geruch wie nach einem Blitzschlag breitete sich aus.

Jim wusste, dass das nicht die Realität war, sondern nur eine Funktion des Filters, den Morninglory auf die eigentlichen Vorgänge gesetzt hatte, aber dennoch fühlte das Geschehen sich so lebendig und echt an wie alles, was er nur je erlebt hatte.

»Wow«, keuchte Jim.

»Chip verwendet ein Cracker-Programm. Schaltet diese Alarmdinger aus und öffnet uns den Weg.«

Tatsächlich schrumpfte die geisterhafte, weiße Gestalt zusammen, wurde trübe und dunkel und löste sich dann vollständig auf. Nach einer Weile war sie gänzlich verschwunden.

»Nicht schlecht«, kommentierte Morninglory. Wo die weiße Gestalt gewesen war, hatte sich nun eine pulsierende, blaue Öffnung in der Haut der Datenmasse aufgetan. »Die Tür ist auf, Leute. Sollen wir reingehen und nachschauen, was die so im Schrank haben?«

Jim spürte, wie er in den bestgehüteten – und lebensgefährlichen – Datenraum Wolfbanes gefegt wurde.

7 In gewisser Weise war es enttäuschend. Er hatte sich schon früher durch verbotene Datenbanken jongliert, wenn auch niemals irgendetwas in dieser Größenordnung. Aber der Einbruch in die Datenbank seiner Schule war ein Knüller gewesen, als er in den verbotenen Notendateien herumgekramt und sogar einen schnellen Blick auf die persönlichen Dateien der Lehrer riskiert hatte. Der alte Doctor Forzwill zum Beispiel … Jim schüttelte seinen nicht vorhandenen Kopf. Er schweifte ab, war unkonzentriert. Das war potentiell gefährlich, nicht nur für ihn, sondern auch für Lucas und Chip. Er riss sich zusammen und sagte sich: *Konzentration!*

Nur gut. Es sah so aus, als hätten die Dinge sich beschleunigt. Nachdem sie einmal durch das schwer bewachte Tor gedrungen waren, betraten sie eine andere Art von Raum. Er wirkte tatsächlich fast wie der Weltraum, ein Meer winziger, flackernder Sterne, die sich endlos vor ihnen ausstreckten.

Er sah sich um und konnte weder Morninglory noch Chip entdecken, wusste aber, dass sie noch immer da waren. »Wie steht's?«, fragte er.

Eine körperlose Stimme antwortete: »Hmm. Sehr interessant … und jetzt sei still, Junge. Wir haben zu tun.«

Das ganze falsche Universum begann zu blinken, während sie von Stern zu Stern zu flitzen schienen, aber schneller als jedes Raumschiff jemals die echte Raumzeit würde überwinden können. Eine ganze Weile ließ Jim sich einfach mit dem Ehrfurcht gebietenden Strom treiben, immer in Morninglorys Kielwasser, den virtuellen Mund und die virtuellen Augen vor Erstaunen über dieses monumentale Panorama unbegrenzten Datenraums weit aufgerissen.

»Oh, verdammt«, knurrte Morninglory.

Ein Schauder huschte Jim über den Rücken, ein

Schauder, der gar nicht virtuell wirkte. »Verdammt? Was meinst du mit verdammt? Stimmt irgendwas nicht?«

Morninglory antwortete nicht, was an sich schon beunruhigend war, doch dann wurde ganz schnell offensichtlich, warum er nicht geantwortet hatte – und eine Antwort auch nicht nötig war.

Weit voraus in der verschwommenen Ferne begann ein Sternenhaufen zu pulsieren, und die präzisen Konstellationen veränderten ihr Muster. Jetzt explodierte jeder der pulsierenden weißen Punkte lautlos und erschuf eine unendliche Zahl neuer Sterne. Näherer Sterne. Diese wiederholten den Vorgang, bis die Gruppe sich einem funkelnden Wall puren Lichts näherte.

»Ich glaube, wir sollten uns mal verabschieden«, sagte Morninglory.

Und tatsächlich legten sie einen sauberen Rückzug hin und die Wand vor ihnen wurde blasser, bis Jim sich wieder etwas entspannte. Nun konnte es nicht mehr lange dauern, bis sie den CIA-Datenraum verlassen hatten und in relativer Sicherheit waren.

»Morninglory, ich brauch hier mal Hilfe«, ertönte angespannt Chips leise Stimme. »Ein Zerstörer hat mich im Griff, und es fängt an zu brennen.«

Gerade, als er herauszubekommen versuchte, was *das* nun wieder bedeutete, verlor Jim die Sicht und trieb plötzlich hilflos und abgeschnitten allein in der schwarzen Leere.

8

Die Alarmsirenen heulten nun schon eine ganze Weile, sowohl auf Wolfbane als auch, via Überlichtgeschwindigkeits-Konnektoren, auf der fernen Erde selbst.

Die Abwehr eines Angriffs war im Allgemeinen die Aufgabe von Maschinen oder zumindest der Software, die auf ihnen lief. Die Abläufe waren so schnell, dass das Eingreifen von Menschen nicht sinnvoll war – was merkwürdig wirken könnte, da ja auch der Sicherheitsdurchbruch von Menschen verursacht wurde. Der Unterschied war jedoch einfach zu erklären – die Angreifer befanden sich im Vorteil. Sie *wussten*, wohinter sie her waren, die Verteidiger dagegen nicht, und so mussten diese sich an allen Fronten gleichzeitig wehren. Da half nur rohe Gewalt, und das schafften Killerprogramme wie die Gehirnbomben, die Neuralzerstörer weit besser.

Es liegt in der Natur eines Cyber-Angriffs, dass beide Seiten bis zu einem gewissen Grad ihre verwundbaren Partien entblößen müssen: Bei den Verteidigern ist die Angriffsfläche natürlich das, was sie verteidigen – ihre geheimen Datenschätze. Die Angreifer jedoch müssen, um sich überhaupt im Cyberspace bewegen zu können, geistig in ihn eintreten, das heißt, ihr Gehirn den Funktionen der Computernetze öffnen. Und dabei ist selbstverständlich der Hinweg derselbe wie der Rückweg, oder einfacher gesagt: Kumpel, die Straße hat eine Gegenspur.

Und auf der konnten Neuralzerstörer kommen.

Einer war gerade die von Chip und Morninglory errichtete Schnellstraße entlanggerollt, hatte alle Verkehrssperren durchbrochen und war direkt in Chips Gehirn gerast, wo er genau das tat, wozu er geschaffen war: Er löschte Daten.

Der menschliche Geist ist so sehr ein Computer wie jedes von Menschen produzierte Gerät, und da Computer inzwischen meist mit organisch wachsendem Material gezüchtet und nicht mehr gebaut wurden, waren sie auch von der physischen Struktur her gar nicht mehr so unterschiedlich, wenn die Komplexität des Gehirns auch wesentlich größer war. Doch die Zerstörer pfiffen auf Komplexität – ein Barbar zerstört das Werk des Archimedes mit demselben Aufwand, mit dem man ein paar irdene Schüsseln zerschlägt. Zerstören ist immer leicht.

Chip *schrie*.

Der Schrei war so laut, dass er die von Morninglory um Jims Wahrnehmung errichteten Barrieren durchbrach, mit dem der Alte ihm den Anblick seines Kampfes um ihrer aller Leben hatte ersparen wollen.

Aber Chip, bei dem ganze Erinnerungsblöcke durch den brutalen Angriff des Zerstörers buchstäblich zu Nichts zerfielen, zerschmetterte diese Sicherheitswälle mit seiner Qual und ließ Jim unsanft in das Chaos des Kampfs stürzen.

Es war ein schrecklicher und schrecklich verwirrender Anblick.

Das Erste, was Jim sah, nachdem das Dunkel sich gelichtet hatte, war ein scheinbar endloser Strom vielfarbiger Bänder, die sich wie Schlangenspiralen um zwei fast schon mumifiziert wirkende Gestalten schlangen. Die eine schrie; die andere kämpfte noch, und Blitzschläge zischten durch die sich immer dichter zusammenballende Bänderwolke, in deren geistlose, erstickende Struktur sie große Löcher rissen. Doch selbst Jim konnte erkennen, dass die Schlacht verloren war. Was für ein Zerstörungswerk die Blitze auch anrichten mochten, es wanden sich immer neue Bänder heran, glatt und böse, um die Wunden zu schließen und den Blitzewerfer gänzlich zu ersticken.

Und Chip schrie immer noch.

Das einzig Gute, was Jim erkennen konnte, war, dass die CIA-Killerbänder ihn selbst aus irgendeinem Grund nicht angriffen. Er nahm an, dass Morninglory seine Anwesenheit maskiert hatte, doch jetzt, wo er den Zerstörer selbst sehen konnte, konnte er sich nicht mehr auf die Wirkung dieser Schutzmaßnahme verlassen. Wenn er das Ding sehen konnte, dann konnte das Ding wahrscheinlich auch ihn sehen.

Im Moment war er jedoch noch frei. Und er wusste genau, was zu tun war.

Er schloss die Augen, stellte sich seinen realen Körper vor, griff hoch und riss den Cyberanschluss aus dem Sockel in seinem Schädel. Hinter seinen Augen explodierte ein weißer Funkenregen. Einen Moment lang schien eine Vision von Cats besorgtem Gesicht vor ihm zu schweben, dann packten ihn die pseudoepileptischen Anfälle, von denen ein ungeplanter virtueller Verbindungsabbruch immer begleitet wurde, schlangen ihn in Eisenbänder und zerrten ihn in die Dunkelheit hinab.

9

»Jim! Jim, wach *auf!*«

Etwas schlug ihn heftig, und er versuchte sich wegzurollen. Nutzlos. Es schlug ihn wieder, schüttelte ihn. Schwere Schläge. Etwas flackerte in der Ferne, ein Moment des Lichts.

Wamm! Noch ein Schlag, aber irgendwie erfrischend. Er hämmerte diese komische Lähmung weg, die ihn ergriffen hatte. Jetzt nahm das Licht zu, verschwommenes Grau, flauschige Baumwolle, heller …

»Cat!«

Sie holte gerade aus, um ihn erneut zu ohrfeigen, und konnte den Schlag gerade noch stoppen. »Was ist? Was läuft da verkehrt? Was ist denn los?«, fragte sie.

Doch er krabbelte schon über sie hinweg zu den Stühlen, wo Morninglory und Chip friedlich saßen, mit bleicher Haut und leicht zuckenden Augenlidern. Als er sich auf sie stürzte, schossen Frick und Frack heran, um ihn aufzuhalten.

»Moment mal«, sagte Frick.

»Das dürfen Sie nicht«, stimmte Frack ein.

Doch er barst durch sie durch wie ein Rugbystürmer, der alle Blockaden aus dem Weg räumt, und warf sich über Chips zierlichen Körper. Im null Komma nichts hatte er alle Stecker aus seinem Schädel gerissen. Sofort begann der Junge, konvulsivisch zu zucken. Frack schrie auf, während Frick eine Betäubungspistole unter ihrer Bluse hervorzog und auf ihn richtete. Jim hatte gerade die Hand an Morninglorys Steckern, da bohrte der Betäubungsbolzen sich in seine Haut und knipste ihn aus wie eine Glühbirne.

Siebtes Kapitel

1 »Es hat etwas mit den Prolos zu tun«, sagte Morninglory.

Cat beugte sich über ihn und berührte seine Stirn. Frack, die noch immer Wache hielt, fuhr bei der Bewegung auf. Cat warf ihr einen Blick zu. »Ich tu ihm schon nichts«, sagte sie.

»Wo ist der Junge, dieser Jim-Bursche?«, fragte Morninglory.

»Er ruht sich aus. Frack hat ihm eine Kugel verpasst, als er die Stecker aus deinem Schädel zog. Da war er mit Chip schon fertig.«

Morninglory sah noch abgezehrter aus als vorher. Große, violette Blutergüsse entstellten seine Stirn und seinen Schädel, soweit er nicht mit Verbänden umhüllt war. Der Goldton seiner Haut war verblasst, und seine Augen sahen jetzt aus wie blutiges Eigelb. Er zitterte.

»Der Junge hat uns das Leben gerettet, weißt du. Ein Neuralzerstörer hatte sowohl mich als auch Chip voll im Griff. Wir hätten ihn nicht durchbrechen können. Da hat der Junge das Richtige getan, das einzig Mögliche.«

Cat schüttelte den Kopf. »Über den reden wir später. Aber wie sind sie an euch rangekommen? Ich dachte, ihr wärt die Besten.«

Morninglory verzog das Gesicht. »Sagen wir, wir gehören zu den Besten, und lassen wir es dabei. Verstehst du, ich habe versucht, Jims Material als Schlüssel zu benutzen, und es hat funktioniert. Aber verdammt zu gut funktioniert, weil es einen Alarm ausgelöst hat, und zwar nicht nur hier, sondern auch weit entfernt auf Terra. Das war keine normale Killer-Software, die da hinter Chip und mir her war. Das war Mindslaver-Zeugs, unter Beteiligung versklavter Gehirne auf der Erde programmiert und mit einer Überlichtgeschwindigkeits-Schnittstelle hierher übertragen.«

Cat starrte ihn an. »Das soll wohl ein Scherz sein, oder?«

Er schüttelte den Kopf.

Sie fuhr fort. »Morninglory, willst du mir damit sagen, dass jemand von der Erde aus Echtzeit-Hacker-Killerprogramme über eine Überlichtgeschwindigkeits-Verbindung hat laufen lassen? Mein Gott, für dieses Geld könnte man einen vollen Tag am vereinigten Wolfbane Megaprozessor mieten. Zum Teufel, man könnte gleich den ganzen Prozessor kaufen.«

»Ich weiß«, sagte er.

»Was ist denn da los?«

»Jim. Es geht um ihn. Er ist in irgendwas Größeres eingeklinkt. Größer als wir dachten.«

»Du sagtest, es hat mit den Prolos zu tun. Und Mindslaver-Software. Können wir mit dieser Größenordnung umgehen?«

Er zuckte die Achseln. »Vielleicht ...«

Sie blickte auf den alten Mann hinunter. »Er ist ein netter Junge, weißt du. Ich glaube, das werde ich mir ganz schön übel nehmen.«

Morninglory wandte ihr seinen gelbsüchtigen Blick zu. Seine Lippen bewegten sich, und einen Moment lang sah sie sein Lächeln durchblitzen. »Du bist auch nur ein Kind, Cat.«

Sie schaute weg. »Ich bin ein altes Kind, Morninglory. Richtig alt.«

2 »Äh … welche von beiden sind Sie? Frick oder Frack?«

Die bei Jim Wache Sitzende schnaufte, legte die elektronische Zeitschrift aus der Hand, in der sie geblättert hatte, und stand auf. Ihre fetten Schenkel wabbelten.

»Frick«, sagte sie.

»Haben Sie mich betäubt?«

Sie schüttelte den Kopf. »Frack«, erwiderte sie. »Aber so heißen wir eigentlich gar nicht, wissen Sie.«

»Wo ist Cat?«

»Sie ist bei Morninglory. Wollen Sie mit ihr sprechen?«

»Ja, bitte …«

Frick schwabbelte aus dem Raum.

3 »Alle konnten entkommen?«, fragte er Cat, nachdem sie Frick hinausgescheucht hatte.

»Nettes Plätzchen«, meinte Cat und sah sich um. Das Zimmer hatte etwa die Größe von drei oder vier zusammengeklebten großen Kleiderschränken. Wände aus recyceltem Fiberglas, zerkratzt und grau. Das einzige Fenster war so verdreckt, dass man kaum sagen konnte, ob es draußen nun Tag oder Nacht war. Der Geruch nach altem Curry durchdrang jede sichtbare Oberfläche.

»Ob alle entkommen sind? Ja, mehr oder weniger. Morninglory ist okay. Er versucht gerade herauszufinden, was euch da eigentlich erwischt hat.«

»Wie steht's mit Chip?«

Cat zuckte die Achseln. »Er hatte die meisten Verbindungen, also hat er auch den Hauptangriff abbekommen. Er liegt im Koma. Morninglory hat ein paar Techniker, die neues Gehirngewebe für ihn züchten. Er sagt, der kommt schon wieder in Ordnung.«

Jim spürte, wie sich ihm ganz langsam der Magen

umdrehte. In den letzten Tagen hatte er eine Menge Schreckliches gesehen, aber der Gedanke an Chip – *Gehirnverbrennungen.* Echtes Gehirngewebe, das von den Zerstörern vernichtet worden war. Wie nahe war er selbst diesem Schicksal gewesen? Er hatte ein juckendes Gefühl im Schritt, als würde da etwas zusammenschnurren, und hielt unwillkürlich die Hand schützend davor.

Cat entging die Bewegung nicht. »Ach? So viel besser fühlst du dich schon?«

Er schaffte ein mattes Lächeln. »Später, okay? Ich bin … noch nicht ganz so weit.«

Schweigen, eine ganze Weile. Er seufzte leise. »Zeitverschwendung, hm? Beinahe wären wir meinetwegen alle ums Leben gekommen, und rausgekommen ist dabei auch nichts, stimmt's? Jesus, ich vermassele aber auch alles …«

»Na ja, da will ich ja nichts gegen sagen, aber was den Rest angeht – nein, wir haben eine Menge Material bekommen. Morninglory analysiert es gerade. Hör mal, Jim, Zufall ist für mich eigentlich Zufall, aber falls es doch irgend so eine dea ex machina gibt, die den Laden schmeißt, dann hatte die bei unserem Zusammentreffen gewiss die Hand im Spiel. Scheint so, als wäre das Problem, an dem ich arbeite, ganz wild auf alles, was mit dir zu tun hat.«

Er stemmte sich auf die Ellbogen, zuckte zusammen und ließ sich wieder sinken. »Wie denn das? Äh … und was machst du eigentlich genau, Cat? Irgendwie sind wir nie dazu gekommen, uns darüber zu unterhalten.«

»Oh, du warst doch nahe daran. Spionin tut es in Ermangelung einer besseren Stellenbeschreibung. Genauer gesagt, ich bin hinter was her.«

»Und sagst du mir jetzt, was das ist?«

»Mhm. Meine Eltern sind an der Prolo-Psychose gestorben. Und Morninglory zufolge bist du auf hunderterterlei verschiedene Arten mit diesem Thema verbunden. Oh, du bist auch noch der Star einer weiteren Daten-Show. Möchtest du raten?«

Jim spürte, wie ihm der Mund aufklappte. Was sie gerade gesagt hatte, gab ihm ein Gefühl, als wäre sein Gehirn mit dunklem Schaum gefüllt. Am liebsten hätte er den Mund aufgemacht und mit einer dieser künstlichen Roboterstimmen unaufhörlich wiederholt: Eingabe kann nicht bearbeitet werden. Eingabe kann nicht bearbeitet werden.

»Nicht die geringste Idee«, sagte er endlich.

»Mindslaver-Technik. Du bist auch kreuz und quer mit Mindslaver-Material verbunden.«

4 Commander Steele nahm den Anruf auf ihrem Lauftrainer im Rehab-Zentrum des Schiffs entgegen. Der kleine Digitalmonitor zeigte bereits zweiundzwanzig Meilen an. Blieben also nur noch achtzehn. Über ihrem Kopf verbreiteten die Leuchtröhren einen antiseptischen, gleichmäßigen Schein. Sie fühlte sich wie ein Käfer, der im Dauerlauf mitten durch eine Theaterszene joggt. Schlimmer noch, sie fühlte sich dämlich. Wie sie sich da im Fußgängertempo voranbewegte, während das Schiff, das sie beförderte, ein überlichtschnelles Loch in die Raumzeit brannte.

»Steele. Was ist?«

»Ihr habt durchaus mit einem gewissen Erfolg gearbeitet.«

»Ach. Hallo, da drüben. Der Meinung bin ich aber nicht.«

»Natürlich nicht«, fuhr die Stimme fort. Der Anblick, wie Steele stetig voranschritt und dabei in die Richtung ihrer rechten Schulter sprach, wo nicht das Geringste zu sehen war, war schon merkwürdig. Die körperlose Stimme war übrigens auch nur von ihr selbst zu hören.

»Sie haben Carl Saganovich getötet. Das ist immerhin was.«

»Er nannte sich Carl Endicott.«

»Ich habe Ihren Bericht gelesen. Haben Sie die Frau?«

»Mhm. Wollen Sie sie haben?«

»Immerhin so dringend, dass ich Ihr Schiff statt einer direkten Landung auf Terra zum Kampfsatelliten dirigiert habe.«

»So wertvoll ist sie?«

»Ich weiß es nicht. Aber das ist sicherer, und für Sie läuft die Rückkehr schneller.«

Steele verlangsamte ihr Tempo ein wenig. Ihre Pulszahl war über achtzig gestiegen. Sie wurde alt, verdammt. »Für mich? Wohin soll ich gehen?«

»Direkt dahin zurück, wo Sie herkommen. Wir haben einen Hinweis auf den Jungen. Wir hätten ihn fast gehabt, haben ihn aber knapp verfehlt.«

»Ich habe mein A-Team verloren«, sagte sie.

Er kicherte. »Steele, kein Grund zur Sorge. Diesmal schicke ich Sie mit der ganzen Armee zurück.«

5 Es dauerte fast zehn Tage, aber nun fuhr Morninglory in einem motorisierten Rollstuhl herum, der über ein Kabel vom Schädelanschluss des Menschen zum Gehirn des Stuhls auf Morninglorys Kommandos reagierte. Die drei befanden sich gerade draußen, auf dem Außenhof aus rissigem Beton, der um die Fabrik herumlief. Der Beton roch nach eingetrocknetem Öl und sonnengebackenem Asphalt. Mit einem Surren rollte Morninglorys Rollstuhl neben ihnen her, während sie unter der rötlich schimmernden Sonne dahinschlenderten.

»Zunächst einmal, was weißt du über die Prolo-Psychose?«, fragte Cat.

Morninglory wirkte nahezu wiederhergestellt, und

die fast verblassten Blutergüsse verschwanden praktisch unter seinem üblichen goldschimmernden Teint. Cat wirkte geschmeidig und wohl genährt, und es sah ganz so aus, als würde Jim den üblen Fall von Nervenzucken, der ihm von seinem ersten ernsthaften Hackerangriff geblieben war, wahrscheinlich überwinden.

»Prolo-Psychose?« Jim zuckte die Achseln. »Ein massenpsychologisches Phänomen. Passiert nur auf der Erde. Ein Haufen Prolos werden alle auf einmal total verrückt. Üblicherweise mit sehr viel Gewalt verbunden.«

Sie nickte. »Lassen wir einmal die offensichtlichen Lücken in dieser Analyse beiseite, so gibt es darin auch eine Reihe von faktischen Fehlern. Zunächst einmal hat es auch hier, in den Prolo-Gemeinden Wolfbanes, solche Vorkommnisse gegeben. Zweitens ist die Gewalt nicht nur das Übliche, wie du es ausdrückst. Sie ist *immer* vorhanden. Ohne Gewalt ist es keine Psychose. Ein Zirkelschluss, ich weiß, aber auf dieser Grundlage arbeiten wir.«

Jim schüttelte den Kopf. »Das versteh ich nicht, Cat. Wie könnte ich damit irgendwas zu tun haben? Ich weiß nicht einmal genug darüber, um mich dazu äußern zu können. Und du bist die erste Prolo, die ich je kennen gelernt habe.«

Morninglory kicherte. »Ich schätze, das macht mich zum zweiten Beispiel. Was hältst du bisher so von uns, Jimbo?«

»Ich weiß nicht recht. Irgendwas sagt mir, dass nicht alle Prolos so sind wie ihr beide. Oder wie Chip.«

Cat hielt inne und betrachtete ihn nachdenklich. »Weißt du, das ist eine interessante Bemerkung, und zwar, weil sie mehr über dich aussagt als über uns. Oder die Prolos.«

»Hm? Was meinst du damit?« Jim hatte plötzlich so

ein Gefühl in der Magengrube, als hätte er sich gerade fürchterlich blamiert. Schlimmer aber, er hatte keine Ahnung, was er eigentlich getan hatte.

»Also, du denkst, wir sind keine normalen Prolos. Ich nehme mal an, weil wir genauso schlau wirken wie du oder kompliziertes High-Tech-Zeugs machen wie Morninglory hier. Weil wir nicht einfach nur mit Kabeln im Kopf rumliegen oder uns durch den einen oder anderen Raubüberfall etwas Geld dazuverdienen.«

Er zuckte zusammen. Zwar hatte er seine Ansichten über die Prolos nie einer näheren Überprüfung unterzogen, doch was sie gerade beschrieben hatte, kam den verschwommenen Vorstellungen, die er irgendwie hatte, unangenehm nahe. Und so unverfroren dargestellt, wie sie es gerade getan hatte, wirkten diese nebelhaften Ansichten schrecklich unreif. Schlimmer noch, sie klangen wie ein Abgrund von Bigotterie.

»Ich … äh … na ja, vielleicht lag ich da ja ein bisschen daneben …«

»Ach, sei doch nicht dumm. Was sollte ein Junge wie du denn sonst für Vorstellungen haben? Ich meine, als Bürger aufgewachsen, gebildet, dazu ausgebildet, sinnvolle Arbeit zu tun … warum solltest du da in den Prolos etwas anderes sehen als eine Finanzlast für die Gesellschaft? Und zudem noch eine unnütze?«

Ihre Verwendung des Wortes ›Junge‹ tat weh. Er versuchte, darüber hinwegzugehen – wie viel Schmerz hatte er unwissentlich gerade selbst mit seinen Worten erzeugt. Ihre Eltern waren Prolos gewesen, und sie waren bei einem Proloaufruhr *umgekommen.*

»Hör mal, Cat.«

Morninglory hatte ihnen mit halbem Ohr zugehört, während er gleichzeitig etwas Geheimnisvolles beobachtete, das sich im Holo-Sehfeld seines Rollstuhls aufbaute.

»Prolos sind im Allgemeinen tatsächlich nutzlos«,

warf er ein. »Das ist ja gerade das Problem. Das sollte ich wissen. Ich bin einer von ihnen.«

Er warf Cat einen Blick zu. »Ach, jetzt sei mal still, Mädel. Es stimmt, und du weißt es. Einfach genug. Während der ganzen Menschheitsgeschichte bestand das Problem darin, dass es nicht genug Menschen gab. Nicht genug, um die Felder zu pflügen, die Tiere zu jagen, die Städte zu erbauen, die Maschinen zu bedienen. Und dann, praktisch über Nacht, gab es zu viele davon. Zu viele Hände und nicht genug Arbeit. Wir hatten eine Linie überschritten. Was war also zu tun?«

Er zuckte die Achseln. »Mehr und mehr Geld landete in immer weniger Taschen, weil nur eine Minderheit noch Arbeit verrichten konnte, die von Maschinen nicht besser zu erledigen war. Bis schließlich die Leute mit dem Geld beschlossen, es zu verteilen. Schließlich gab es so viel davon.«

»Ja, natürlich«, ereiferte sich Cat. »Man konnte die Menschen doch nicht einfach verhungern lassen.«

»Glaub nicht, dass das nicht in Erwägung gezogen wurde. Schau nochmals in deinen Geschichts-Holos nach und pass diesmal besser auf.«

Sie kamen zu dem verrotteten Zaun, der den ganzen Komplex umgab. Oben entlang hingen schlaffe Stränge rostigen Stacheldrahts. Jim schaute abwägend hinauf.

»Was würdet ihr tun, wenn ihr diesen Ort hier verteidigen müsstet?«, fragte er. »Dieser Zaun sieht so aus, als würde er nicht einmal eine Mücke aufhalten.«

Morninglory nickte. »Also, zunächst einmal, warum sollten wir uns hier überhaupt verteidigen müssen? Das macht doch eigentlich keinen Sinn. Die Einzigen, die uns hier möglicherweise angreifen könnten, sind gewisse – Regierungskreise. Oder irgendwelche Außerirdische mit Todessehnsucht. So oder so würde es in diesen Fällen wohl nicht einmal etwas ausrichten, wenn dort vorn auf dem Beton ein Kampfkreuzer der Konföderation parkte.«

Er lehnte sich im Rollstuhl zurück und ließ den Blick in beide Richtungen den Zaun entlangwandern. »Nein, du hast Recht, dieses alte Dings würde *wirklich* nicht einmal eine Mücke aufhalten.« Dann kicherte er wieder und schlug sich auf die Schenkel. »Wirklich nicht, Jimbo, aber ich bin auch nicht völlig verrückt. Und auch kein Pazifist. Ich hab da noch ein paar Tricks im Ärmel. Da wir ja wahrscheinlich nicht gerade mit Mücken zu tun haben werden.

Und da fällt mir ein, Chiper ist jetzt aus dem Behandlungstank, und den Computeranzeigen zufolge ist er so gut wie neu. Was haltet ihr davon, dass wir hingehen und ihn Willkommen heißen? In gewisser Hinsicht ist er der beste meiner Tricks. Mein Mückenkiller.«

6 Steele war mit der Verfassung ihres Knies nicht völlig zufrieden. Das Humpeln war beinahe verschwunden. Aber aus der Hocke konnte sie gerade einmal ein Zwei-Zentner-Gewicht heben. Das würde ihr nicht viel nützen, wenn sie einen zusammengeschossenen Mitkämpfer in voller Schutzmontur von hier nach dort schleppen musste.

Nun ja, mit etwas Glück würde das auch nicht nötig sein. Diesmal hatte sie ein Kampfteam der Doppel-A-Klasse bei sich, schließlich hatte man ihr die ganze Armee versprochen.

Jetzt saß sie im Gefechtsstand einer Kampfkapsel der Weltraum-Kavallerie und glitt über ein in verschwommene Schatten getauchtes Gebiet am Stadtrand hinweg. Über ihr kullerte ein Mondenpaar wie zwei Würfel über eine Milchstraße, deren Muster sich von dem, was die Menschheit seit jeher gekannt hatte, eigenartig unterschied.

»Da unten ist gar nichts«, brummelte der Techniker hinter ihr. »Die paar Lichter, die wir sehen, sind automatisch, gehen bei Dämmerung an, um Plünderer abzuschrecken. Die alte Fabrik ist seit Jahren geschlossen, gehört irgend so einer Bank.«

»Ach, ja? Und warum hat dann jemand von dort unten aus einen extrem komplizierten, extrem wirksamen und beinahe erfolgreichen Hackerangriff auf die Hauptdatenbank der Combined Intelligence Agency unternommen?«

Der Techniker zuckte die Achseln. »Sie sind der Chef, und was Sie sagen, gilt. Aber ich sehe keinerlei Anhaltspunkte.«

Steele warf mit grimmigem Gesicht einen Blick aus dem Fenster. »Das werden Sie aber«, sagte sie. Und dann zum Piloten: »Bringen Sie uns runter!«

7

Die Vorfahren der Menschen lebten in den Bäumen und stiegen erst nach Äonen von dort herunter, als dies relativ ungefährlich geworden war; nie aber überwand der Mensch seine ursprünglichen Schlafgewohnheiten. Und so erreicht der menschliche Körper sein niedrigstes Tagesniveau etwas sechs Stunden nach dem Einschlafen. Die Ärzte nennen das die Ausknips-Zeit, weil sich gerade dann besonders viele Herzanfälle ereignen oder Patienten, die schon im Sterben liegen, sich gerade diesen Zeitpunkt zum Loslassen aussuchen.

In einer von Uhren geprägten industriellen oder technischen Gesellschaft liegt diese Zeitspanne extremer menschlicher Verwundbarkeit etwa um vier Uhr morgens. In den Kreisen, wo man sich dieser Tatsache angemessen bewusst ist, insbesondere unter gewissen hoch qualifizierten Offizieren der Zivilpolizei oder bei den noch stärker abgeschotteten Planern von Militäroperationen, macht man sich dieses Wissen gerne zu Nutzen.

Morgens um vier Uhr eins krachte die erste Ladung AZ-AP – Allzweck, Antipersonen – durch eines der milchig angelaufenen Glasfelder im Dach der alten Fabrik, fiel zu Boden und explodierte mit einer Wolke bläulichgrünen Gases ins Innere des verschatteten Bauwerks hinein.

Danach war der Teufel los.

8 *In der Physik ein vollständig ionisiertes Gas, in dem sich positiv und negativ geladene Teilchen ungefähr die Waage halten.* Dies ist die Definition des Plasmas. Plasma tritt in verschiedenen natürlichen Formen auf, darunter Kugelblitze, die Materie im Innern von Sternen und die Ränder von Atomexplosionen. Kurz nach Anbruch des dritten Millenniums fanden einige hochkarätige Rüstungsforscher heraus, wie man Plasmastrahlen erzeugt und verschießt.

Im Laufe der Jahre verfeinerten sie diese Technik, bis sie imstande waren, kleine, fliegende Plasmageneratoren herzustellen, die sich als mobile Artillerie einsetzen ließen. Diese von zwei Mann bedienten Waffenplattformen, die äußerlich ein wenig an plumpe Schneemobile erinnerten, erhielten den populären Kosenamen Summsägen. Sie konnten ganz einfach und geistlos ungeheure Zerstörung bewirken. Stellen Sie sich vor, man konzentrierte einen Teil der im alten Nippon über Hiroschima abgeworfenen Atombombe in einen einzigen Strahl von etwa einem Zoll Durchmesser. Und nun stellen Sie sich vor, dieser Strahl berührt irgendein leicht entflammbares Material – wie zum Beispiel Kristallglas. Oder Granit. Oder spezialgehärteten Molystahl. Oder Diamanten …

Vor dem Plasmakuss sind all diese Substanzen kaum

weniger entflammbar als Tempotaschentücher oder Kohlenwasserstoff-Treibstoff mit hoher Oktanzahl. Morgens um vier Uhr zwei flog über jeder Seite der Fabrik eine Summsäge und verrichtete ein erstaunliches Zerstörungswerk.

»Jim! Wo, zum Teufel, bist du, Junge? Die Luke runter, die da, direkt da mit der Stahltür.«

Morninglory ließ seinen Rollstuhl in einem engen Kreis herumwirbeln und versuchte, den ohrenbetäubend monströsen Kampflärm zu überschreien. Hier, im Zentrum des Fabrikgebäudes, war die Luft von Rauch, Chemikalien und plötzlichen Explosionen überhitzter Luft erfüllt. Mit brennenden Augen wartete Jim, dass Cat endlich kam. Er stand bei der geöffneten Luke zu seinen Füßen und ignorierte Morninglorys aufgeregte Befehle.

»Erst, wenn sie hier ist, Morninglory.«

»Du Idiot. So viel wir wissen, könnte sie *tot* sein. Gottverdammte Schweine! Wo, zum Teufel, sind die hergekommen?« Er starrte Jim an. »Vergiss, was ich da gesagt habe. Ich habe das nicht wirklich so gemeint.«

Oh, doch, das hast du wohl, dachte Jim. Sie wären überhaupt nicht hier, hättest du nicht eine Reihe von Alarmreaktionen ausgelöst und dich dabei selbst fast umgebracht. Und das wäre nicht passiert, wäre ich nicht vorbeigekommen. Und da hast du genau Recht, Morninglory. Ich bin ein richtiger Jonas. Was ich auch berühre, es stirbt!

Als die ersten Explosionen das alte Gebäude erschüttert und Jim aus dem Bett geworfen hatten, hatte er als Allererstes nach seiner S&R .75 gegriffen, die derzeit nie außer Reichweite war. In diesem Fall hatte sie unter seinem Kopfkissen gelegen und ihm eine etwas höckerige, aber sichere Schlaflage verpasst.

Mit fliegendem Haar, die untere Gesichtshälfte von einer Atemmaske bedeckt, die gleichzeitig als Mikrophon fungierte, ritt Morninglory seinen Rollstuhl wie einen

Mustang, während er seine Leute in die tiefere Sicherheit – wie er zumindest hoffte – der unterirdischen Schutzräume unter dem Fabrikboden dirigierte.

»Chipper«, brüllte er. »Chip, bist du da!«

Jim hörte die Antwort der körperlosen Stimme: »Hier, Boss. Ich bin schon unten und arbeite daran. Bin sogar fast schon fertig. Willst du mir nicht helfen kommen?«

»Gleich«, schnarrte Morninglory. »Jim, ich hatte dir gesagt, du sollst deinen Arsch da runterbewegen.«

»Nein, Morninglory, wie schon gesagt, nicht bevor Cat hier ist.«

Morninglory starrte auf die Waffe in Jims rechter Hand. »Kannst du mit diesem Ding umgehen?«

Jim nickte. »Mhm.«

»Gut. Wenn du schon darauf bestehst, tatenlos hier rumzustehen, würdest du dann bitte diese beiden Soldaten erledigen, die gerade mit ihren großen, abscheulichen Gewehren durch den Korridor auf uns zugerannt kommen?«

»Oh – Jesus.« Jim duckte sich, wirbelte herum, und der blendend blaue Laserstrahl, der sonst seinen Kopf säuberlich vom Hals getrennt hätte, zischte harmlos über ihn hinweg. Nun kamen zehn Jahre der Gewohnheit zu ihrem Recht; Jim brachte die Kimme seiner Waffe in eine Linie mit der gewappneten Brust des ersten Kämpfers.

Seine innere Stimme redete drauflos: *Nicht schwanken, konzentriere dich aufs Korn, nicht auf die Kimme, nimm das Ziel aufs Korn, so ist es gut, jetzt langsam drüüücken …*

Er merkte gar nicht, dass er den Abzug betätigt hatte, bis er die fürchterliche Wirkung eines S&R .75-Geschosses erblickte, das sein Ziel frontal erwischt hat. Die Schutzkleidung des ersten Soldaten war ziemlich gut. Sie verlangsamte den Eintritt des Geschosses um einen beachtlichen Sekundenbruchteil. Grund dafür war die Flexibilität der Schutzkleidung, zumindest wenn man sie hart genug traf. Und so stieß eine vom Geschoss getroffene faustgroße Partie der Schutzkleidung ein überfaustgroßes Loch in Brust und Brustkasten darunter. Dieser Zustand währte jedoch nur einen Moment. Dann wandelte der Gefechtskopf aus abgereichertem Uran die Geschwindigkeitsenergie in Hitze um, wurde ein eigenständiger kleiner Plasmastrahl und verwandelte alles, was sich in drei Meter Entfernung vor ihm befand in Dampf – einschließlich des zweiten Soldaten. Jim sah nichts als einen blendend hellen Lichtstrahl und mitten darin zwei verschwommene Gestalten, die von der Explosion nach hinten gerissen wurden wie von monströsen Gummibändern, die einem ganzen Panzerwagen das Bungee-Springen erlaubt hätten. Ganz in die spektakuläre Wirkung versunken war Jim momentan gar nicht bewusst, dass er gerade zwei Menschen ums Leben gebracht hatte.

»Guter Schuss«, brüllte Morninglory. »Sie zu, dass du hier drüben noch mal das Gleiche machst. Schnell jetzt, da kommt auch deine Freundin.«

Jim wirbelte zu Morninglory herum und erblickte Cat in etwa zehn Metern Entfernung. Sie wandte sich um, kniete nieder und ließ ein paar Schüsse des kleinen Granatwerfers los, den sie immer bei sich trug. Jim sah einen der Schüsse vom Helmvisier des Soldaten abprallen, doch der Treffer hatte keine Wirkung. Der Soldat legte gerade sein eigenes Gewehr an, als Jim ihn in die Gesetze der Physik einführte, wie eine S&R .75 sie interpretiert, und seinen Kopf einschließlich eines Großteils seines Oberkörpers gegen die Wand der Fabrik pustete.

»Hierher«, schrie Jim. Seine Stimme kam rau heraus, und er merkte, dass er wohl schon eine ganze Weile aus voller Lunge brüllte. Komisch. Das war ihm überhaupt nicht aufgefallen.

Cat kam mit federnden Schritten heran und schaffte es, sogar mitten in diesem Chaos gelassen zu wirken.

»Da runter?«

»Ja. Los rein! Ich bringe Morninglory nach.«

»Das lässt du schön bleiben«, keuchte der. »Jetzt hört mal her, ihr beiden Kinder. Wir haben keine Zeit. Ihr beide nehmt mich jetzt einfach und schmeißt mich dieses Loch runter. Dann kommt ihr nach und zieht das verdammte Ding hinter euch her. Okay, und jetzt los!«

»Aber was, wenn …?« Jims Protest ging ins Leere, denn Cat war schon herangesprungen und hatte eines von Morninglorys mageren Schulterblättern ergriffen.

»Hilf mir mal da.«

Er packte die andere Seite, und sie hievten den alten Mann direkt durch die Luke. Das pochende Vibrationsgeräusch einer der Summsägen steigerte sich plötzlich zum Crescendo, und durch die Decke hoch oben brach eine blendende Lichtexplosion herein. Die Stahlträger zerschmolzen einfach, und das Dach brach herunter.

»Nach dir«, meinte Cat reizend.

»Zum Teufel«, erwiderte Jim. Er schaute an sich hinab und sah Blut an seinen Händen. Das hinderte ihn nicht, sich durch die Luke zu stürzen.

Die Schutzräume waren kaum mehr als ein Labyrinth roh aus der sumpfigen Erde unter dem Fabrikfundament herausgegrabener Gänge, mit bröckelnden Betonplatten verstärkt.

Sie fanden Morninglory am Grund des Schachtes, mitten in einem Tunnel, wie er versuchte, seinen Rollstuhl aufzurichten. Cat stellte ihn auf die Räder. Es war schwer, etwas zu erkennen; das von einigen weit auseinander liegenden Leuchtröhren verbreitete Licht konnte kaum den Nebel aufgewirbelten Staubs durchdringen; und jede Explosion oben ließ die Erde darunter erbeben und schleuderte Wolken pulverisierten Zements in die Luft.

»Da lang«, warf Morninglory ihnen über die Schulter hinweg zu, während er den Gang entlang davonschoss.

Sie folgten ihm im Galopp, bis Morninglory wie die im Kaninchenloch verschwindende Alice scharf rechts einbog und verschwand.

9 Die Gestalten sahen unheimlich aus, wie sie sich, Insekten gleich, ihren Weg durch Staub und Trümmer suchten. Der größte Teil des Dachs oben war verschwunden, und nur eine der Wände hatte noch die volle Höhe, wobei auch hier die meisten Fenster nur noch klaffende Löcher waren. Das erste rosarote Licht des Tagesanbruchs gab der ganzen surrealistischen Szenerie die Farben einer Gartenparty. Steele, in einen kräfteverstärkenden Cyborg-Anzug gehüllt, bewegte sich mit vorsichtigen Schritten durch die Zerstörung.

Ihr Cyborg-Anzug war genau genommen keine Schutzkleidung. Zwar besaß er auch einige Schutzeigenschaften, doch im Wesentlichen bildete er ein Außenskelett aus einer Molystahl-Legierung, das Steele umhüllte wie der Panzer den Krebs. Sobald sie eine direkte Nervenverbindung zu den vielen kleinen panzergeschützten Gehirnen hatte, die den Anzug kontrollierten, funktionierte er wie eine Erweiterung ihrer eigenen Nerven, Knochen und Muskeln. Nur, dass sie damit etwa hundertfünfzigmal stärker war als sonst und Waffen mit sich führte, die fast an die Ausrüstung eines kleinen militärischen Gravfahrzeugs heranreichten. Ihr rechter Zeigefinger zum Beispiel war ein mächtiger Kampf-Laser. Um etwas zu zerstören, musste sie nur darauf zeigen.

»Nicht gerade viele Leichen«, bemerkte sie.

Ihr stellvertretender Kommandant, eine Schwarze namens Margot, die aber in der Mannschaft eher als die Eiserne Maggie bekannt war, ließ einen Moment lang den Blick in die Ferne wandern, während die letzten Gefallenenmeldungen ihr über eine Schnittstelle direkt ins Gehirn geschickt wurden.

»Bisher sind es … zwei von denen. Und sieben von uns.«

Steele zuckte zusammen. Sie hasste es, Leute zu verlieren. Das nahm sie persönlich, was sich auf die Verursacher dieser Verluste in der Regel tödlich auswirkte. Sie hatte nicht die Absicht, die gegenwärtige Operation irgendwie anders ausgehen zu lassen. Aber dennoch war es bestürzend.

»Ich hab diesem Idioten von Piloten gesagt, dass hier unten was ist. Und ich hatte Recht. Es war gut genug, es um vier Uhr morgens mit einem vollen Frontalangriff eines taktischen Doppel-A-Teams aufzunehmen, die Sache zu überstehen und auch noch für jeden eigenen Gefallenen mehr als zwei der unseren auszulöschen. Was sagt Ihre Analyse dazu, Captain?«

Einer der beiden sie begleitenden Soldaten wirbelte plötzlich mit der übernatürlichen Geschwindigkeit hochgepushter Cyborg-Reflexe herum und feuerte ein paar Antipersonen-Granaten aus dem in seinen linken Ellbogen eingebauten Granatenwerfer ab. In etwa vier Metern Entfernung schossen plötzlich Flammen hoch. Die Schockwelle setzte ihre Gyroskopstabilisatoren in summende Bewegung, um sie im Gleichgewicht zu halten.

»Was, zum Teufel?«, fragte Steele.

»Ich dachte, ich hätte was gesehen«, antwortete der Soldat dümmlich.

Sie starrte ihn an, bis seine Wangen glühend rot anliefen, und wandte sich dann ab. »Captain, was sagen die Kampfcomputer? Wir haben zwei Leichen, die nicht zu den unseren gehören. Wo ist der Rest?«

Die Eiserne Maggie lauschte mit schief gelegtem Kopf. Ihr Blick ging ins Leere, bis sie sich mit einem plötzlichen Kopfschütteln wieder ins Hier einklinkte.

»Der oben kreisende Flottenträger hat gerade eine Langwellen-Radaraufzeichnung dieses Gebiets hier abgeschlossen. Unter dem Fabrikboden befindet sich ein Netz von Gängen. Es ist recht umfangreich. Ich transferiere jetzt die Karten zu Ihrer Kampf-Achse.«

Steele nickte und wartete ab, bis ihr persönliches Zugangsgerät piepste. Sie befahl dem Gerät, sofort eine Holo-Karte zu generieren. Gleich darauf hing die Karte unheimlich schwankend in der staubigen Luft.

»Okay, es sieht so aus, als befänden wir uns dicht bei einem der Eingänge.« Sie hielt inne, drehte sich nach rechts und nickte dann. »Der Haufen da drüben. Den müssen wir wegschaffen. Okay, Captain?«

Die Eiserne Maggie salutierte lässig. »Köpfe in Deckung«, rief sie. Steele und die beiden Begleiter kauerten sich abgewandt nieder. Einen Moment später kam eine der Summsägen heruntergezischt, verharrte schwebend und schoss einen Plasmastrahl ab. Der Berg aus zerborstenem Beton, verbogenem Stahl und geschmolzenem Glas verschwand mit einem dröhnenden Schlag aus Licht und Donner und hinterließ eine sieben Meter tiefe Grube mit glattem, glasartigem Rand. Die Hitze des Plasmastrahls hatte Stein, Sand und Metall zu einem dicken Glasüberzug verschmolzen. Um diese Grube herum klafften an drei Stellen dunkle Löcher auf: Die jetzt dem Licht ausgesetzten Tunnelgänge.

»Okay, Leute«, sagte Steele. »Dann mal los!«

10

»Wohin ist er verschwunden?«

Massenhaft Leute rasten sehr aufgeregt vorbei, ohne ihnen die geringste Aufmerksamkeit zu schenken.

»Hey!«

»Vergiss es, Jim. Die sind nicht wegen uns so außer sich. Hmm. Er muss hier irgendwo sein.« Sie drehte sich um und untersuchte die Wände.

Auch Jim sah genau hin, konnte aber nichts Ungewöhnliches entdecken. Nur die Betonplatten, von einem Patchwork gitterförmiger Stahlverstärkungen durchzogen. Nicht der geringste Hinweis, bis sich plötzlich ein magerer Arm *aus* der Wand herausreckte und Cat beim Handgelenk packte.

»Was zum …?« Jim hatte die Pistole gezückt, doch Cat winkte schon ab.

»Nein, komm schon«, sagte sie halb lachend. Die körperlose Hand zog sie mit einem Ruck vorwärts, und sie verschwand. Jim zuckte die Achseln, merkte sich die Stelle, holte tief Luft und … trat in einen kleinen, hell erleuchteten Raum, der mit vielen eifrig beschäftigten Menschen voll gestopft war.

»Willkommen in der Kampfzentrale«, sagte Morninglory, der sich gerade in einem Becken niederließ, wo Techniker ihn mit *Hunderten* von Verbindungen verkabelten. Neben ihm war Chips von einem ähnlichen Becken gerahmtes bleiches Gesicht hinter seiner eigenen Girlande von Kabeln fast verschwunden. Seit dem Hacker-Unfall sah Jim Chip jetzt zum ersten Mal. Wenn der Junge wirklich voll genesen war, dann war das die ungesündeste Genesung, die Jim je gesehen hatte.

»Hier ist der Deal«, sagte Morninglory. »Ihr zwei kriegt ein Rausticket ohne Rückfahrschein. Cherry, da drüben …« – er deutete mit einem Nicken zu einer kleinen, affenähnlichen Gestalt hinüber, die sich als junge Frau mit fröhlichem, nussbraunem Gesicht, einem Tausend-Watt-Lächeln und Reflexen wie eine Kobra entpuppte –, »Cherry wird euch hier rausführen. Viele von diesen Gängen hier sind abgeschirmt. Die da draußen werden sie schlussendlich finden, aber nicht sofort – und diese Gänge haben Verbindung zum U-Bahn-System Wolfbanes. Wenn ihr erst einmal aus dem Hauptkampfgebiet raus seid, sollte euch nichts mehr passieren können.«

Ein Funkenregen brach aus Chips Becken heraus. Sein dünner Körper bog sich und entspannte sich dann wieder. Seine Augen waren geschlossen, die Lippen in einem zähnebleckenden Knurren zurückgezogen.

»Hey, ich geh überhaupt nirgendwo hin«, wehrte sich Jim. Allmählich dämmerte es ihm, dass er da oben mindestens drei Menschen getötet hatte – und zumindest teilweise, um diesen reizbaren alten Mann zu beschützen, der jetzt in einem Becken festgeschnallt war, das allzu sehr wie ein Sarg aussah. Während die Techniker an Morninglory arbeiteten, erblickte Jim einen größer werdenden roten Fleck links oben an dessen Brust.

»Du bist verwundet!«

»Mhm. Hab jetzt keine Zeit, mich darum zu kümmern. Und ich möchte, dass du mit diesem Unsinn aufhörst. Ich brauche deine Hilfe nicht. Von dir will ich, dass du mit Cat hier verschwindest – bevor diese Schweine das ganze Ding über unseren Köpfen zusammenkrachen lassen.«

Cat trat näher an Jim heran. »Er hat Recht, Jim. Morninglory kommt schon zurecht. Er und Chip können sich um sich selbst kümmern. Das tun sie schon lange genug.«

Cherry kam und schlug ihm hart auf die Schulter. »Hör auf sie, Typ. Sie weiß Bescheid und du nicht. Also, kommst du mit oder nicht?«

Jim schaute zwischen den beiden jetzt stumm in ihren Becken ruhenden Gestalten hin und her. Er hatte eine Ahnung, was hier los war. Morninglory und Chip waren dabei, alles, was sie hatten, in eine Cyberkrieg-Version von Custers letztem Gefecht zu stecken – und während sie in der virtuellen Welt kämpften, wollten sie sich nicht um ihre Körper sorgen müssen. Also würden die Becken diese Funktionen übernehmen, sodass die beiden sich mit dem Eigentlichen befassen konnten.

Ja, sie sehen aus, als wüssten sie, was sie tun, dachte Jim. *Und ich weiß es auch. Sie begehen Selbstmord, weil nämlich irgendwo da oben direkt über unseren Köpfen ein riesiger Kampfkreuzer der Konföderation kreist, und wenn sie denen da oben zu lästig werden, dann wird dieses ganze Gebiet hier einfach komplett ausradiert.*

Er konnte es sich sogar bildlich vorstellen: Die langen, tastenden Finger einer weltraumgestützten phasenverschobenen Laserphalanx, die beinahe unsichtbar nach unten schossen, um den Boden wie ein Mixer aus Blitzschlägen umzurühren.

»Ich möchte hier nicht weg …«, sagte er.

»Und mir ist es egal, was du möchtest«, entgegnete Cat plötzlich. »Ich will nur wissen, was du tust. Kommst du jetzt oder nicht? Ich selbst, ich bin hier weg.« Und ohne sich umzusehen ging sie an ihm vorbei.

Er stand da, völlig zerrissen. Alles, was er in den letzten Wochen getan hatte, jeder Mensch, den er berührt hatte, hatte sich in bitteren Staub verwandelt. Eine Person war vermisst, einige waren tot, und es würde noch mehr Tote geben. Es war auch kein Trost, dass der Schaden zum größten Teil jene betroffen hatte, die ihn verteidigten oder ihm selbst jetzt noch zu helfen versuchten, nachdem er ein solches Unheil über sie gebracht hatte.

Ich kann nicht schon wieder weglaufen, dachte er verzweifelt. *Das kann ich einfach nicht!*

Morninglory hob leicht den Kopf. Seine dunkel umrandeten Augen richteten sich auf Jims Gesicht. »Geh schon, Junge«, sagte er. »Ich weiß, was du denkst, aber geh trotzdem. Du hast einige Dinge zu erledigen, und hier wirst du sie nicht erledigen können.«

Jim hob abwehrend die Hand, doch der alte Mann fuhr fort, die Stimme steinern wie ein Grab. »Hör mir zu! Hier kannst du nur sterben und dich nicht einmal dafür rächen. Darum, mach weiter, verschwinde von hier und tu, was du zu tun hast. Überlass mir den Rest. Ich werde ihnen einen Schlag verpassen, den sie nicht so schnell vergessen werden.«

Er hielt inne, leckte sich die Lippen und nickte. »Jim«, sagte er sanft. »Hier geht es nicht wirklich um dich. Mein Krieg ist älter als du. Ich wusste immer schon, dass es so enden würde. Warum, meinst du wohl, habe ich hier alles so arrangiert? Ich kämpfe für die Prolos, und ich tue es auf jede mir mögliche Weise. Selbst wenn es auf das hinausläuft, was die Japaner *Kamikaze* nennen. Nimm das, was mir zustößt, also nicht auf deine Schultern; das ist nicht deine Bürde. Wir haben immer das Recht, uns zu entscheiden, Jim. Genau das ist die eigentliche Bedeutung von freiem Willen. Denk immer daran, dass man aus einem freien Menschen *keinen* Sklaven machen kann ... man kann ihn nur umbringen.«

Sein Blick wurde noch durchdringender. »Ich *werde* ihnen eine schreckliche Wunde zufügen, Sohn. Darauf kannst du wetten. Das ist ein Versprechen.«

»Aber ...«

»Kein Aber, Junge. Du willst etwas für mich tun? Dann führe den Kampf weiter. Cat wird dir zeigen wie. Gib mir *dieses* Versprechen, Jim, und was auch immer geschieht, ich werde sanft ruhen.«

Ein Versprechen am Totenbett, dachte Jim, als der alte Mann niedersank und seine Augen sich flatternd schlossen. Doch er nickte. »Ich verspreche es, Morninglory.«

Er meinte, ein leises Zucken der Zustimmung zu sehen, ein Zeichen, dass das Versprechen angenommen war, und er wusste, dass er sich eine große Verpflichtung auferlegt hatte. Eine, die er nicht brechen konnte. Ein am *Totenbett* gegebenes Versprechen.

Es jagte ihm Angst ein.

Jetzt versammelten sich die Techniker und schlossen die gepanzerten Beckendeckel – was immer hier geschehen würde, Morninglory und Chip würden es als Letzte zu spüren bekommen. Diese Schilde würden nicht für immer halten, aber vielleicht lange genug.

Die Techniker hatten keinen solchen letzten Schutz, und sie wussten es. Dennoch machte keiner von ihnen Anstalten zur Flucht. Einige umarmten sich, andere gaben sich die Hände oder küssten sich sogar, aber das war auch alles. Dann waren sie wieder an der Arbeit, kauerten vor ihren Konsolen, Achsen und Holovids, machten sich für den hoffnungslosen Angriff bereit.

Jim spürte, dass seine Augen warm und feucht wurden. »Kommst du jetzt oder nicht?«, fragte Cat wieder, aber sanft.

»Ja«, antwortete Jim, »ich komme.«

Er drehte sich um und folgte ihr, doch in diesem Moment gab er sich selbst ein stummes Versprechen: *Niemals wieder!*

Und wieder fand ein großer Baustein seiner inneren Struktur krachend seinen Platz, eingepasst ins Fundament dessen, was aus ihm werden würde. Niemals wieder würde er Freunde in Gefahr verlassen. Es war das Versprechen eines Jungen, und er würde es nicht immer halten. Aber so lange er lebte, würde Jim es niemals vergessen.

»Gehen wir«, sagte er, und sie gingen.

11

Der Raumkreuzer der Konföderierten Flotte, *RKF Henry Templeton,* voll besetzt mit 1680 Mann, schwebte weiß und reglos in 420 Meilen Höhe genau über der aufgegebenen Fabrik, wo sich gerade die Deckel über Morninglory und Chip schlossen.

Captain Jock Sturbridge saß auf der höchsten Ebene der Brücke im Sessel, von wo aus er alles im Blickfeld hatte. In den Tagen der alten Salzwasser-Marineflotten war die Brücke das Auge des Schiffes gewesen und hatte sogar mitten in der freien Meeresluft gelegen. Jetzt sahen die Dinge natürlich anders aus; die Brücke, die dem KKK, dem Kampf-Kommando- und Kontroll-Raum gegenüber lag, war wie dieser tief in den Eingeweiden des Schiffes vergraben, von vielen Schichten schwerster Panzerung umhüllt. Dennoch waren die Szenen auf den riesigen Bildschirmen, die alle Wände der Brücke überspannten, so vollkommen klar bis zum kleinsten Detail, dass Captain Sturbridge sich manchmal in Erinnerung rufen musste, dass er nicht aus weit geöffneten Fenstern schaute.

Derzeit gab der eine Bildschirm den Blick längs des riesigen, schalenförmigen oberen Rumpfs der *Hank Tee* wieder, wie sie von der Besatzung liebevoll genannt wurde. Ein weiterer Bildschirm zeigte die computervergrößerte Echtzeit-Sicht auf das Fabrikgelände wie aus einer Höhe von drei oder vier Meilen gesehen. Für noch präzisere Details konnte Sturbridge durch Berührung jedes beliebigen Ausschnitts auf dem kleineren Kontrollbildschirm seiner eigenen Konsole den entsprechenden Ausschnitt des Wandbildschirms vergrößern.

Auf mehreren tiefer gestaffelten Ebenen breiteten sich wie Theaterränge Konsolen vor ihm aus, von denen jede eine bestimmte Funktion des Schiffes kontrollierte und jeweils mit dem entsprechenden Offizier vom Dienst bemannt war: Stellvertretender Kommandant, Antrieb und Steuerung, Kommando und Kontrolle, Waffen, Navigation und all die anderen Abteilungen, die nötig waren, um den Raumkreuzer vor Effizienz vibrieren zu lassen.

All das kam, wenn auch von den Abteilungskommandanten oder ihren Stellvertretern, von zusammengeschalteten Computern und schließlich dem stellvertretenden Kommandanten gefiltert, schlussendlich in Sturbridges Konsole, wo er die Entscheidungen traf, die nur er selbst treffen konnte.

Jetzt studierte er die Daten, die über die verschiedenen

Bildschirme, über Ohrmikrophone und seinen Kommandantensessel-Cyberanschluss auf ihn einströmten und traf eine dieser Entscheidungen.

»Commander Steele fordert Stand-by-Unterstützung an. Ein kleines Problem mit abgeschirmten und gepanzerten unterirdischen Gängen, wie es scheint. Artillerie-Offizier?«

Eine schicke Frau mit gold getöntem Teint zwei Ebenen unterhalb der seinen nickte. Ihr Gesicht tauchte auf seiner Konsole auf. »Bereiten Sie ein Beschussmuster vor, mit dem die von Commander Steele genannten Ziele zu erreichen sind.«

Artillerie-Lieutenant Sylvia Chen antwortete »Aye, aye, Sir«, und gab das Kommando an eine Reihe eifriger Computer und ihre Raumfahrttechniker im KKK hinter der Brücke weiter. Einen Moment später huschten neue Zielinstruktionen für die riesige Phasenverschobene Laserphalanx der *Hank Tee* über den Bildschirm.

Vor ihren inneren Augen konnte Lieutenant Chen sehen, wie die riesigen Schusswaffen sich um Bruchteile eines Millimeters verschoben und so das Beschussmuster änderten. Phasenverschobene Laserphalanxen waren der letzte Schrei in der Raumschiffbewaffnung: Ein einzelner Laser, wie groß auch immer, konnte seine Spitzenleistung nur für einen Sekundenbruchteil aufrecht erhalten. Ließ man ihn länger mit voller Leistung arbeiten, begannen empfindliche Teile der großen Schusswaffe zu schmelzen. Verband man jedoch zehn oder zwanzig Laserwaffen zu einer Repetierreihe, etwa in der Art der altmodischen Gatling- oder Kettengewehre, konnte man einen mehr oder weniger kontinuierlichen Strahl erzeugen, der mit einer für eine einzelne Waffe unerreichbaren Leistung arbeitete.

Die *Hank Tee* besaß zwei Phasenverschobene Laserphalanxen. Gegebenenfalls konnte sie damit innerhalb weniger Mikrosekunden ganze Städte in kochenden

Brei verwandeln. Die Strahlen konnten aber auch mittels elektronischer Mikrodirektion so weit verfeinert werden, dass sie aus einer Entfernung von mehreren hundert Meilen Löcher von weniger als einem Meter Durchmesser schossen.

»Alle Batterien schussbereit, Captain«, erstattete Artillerist Chen Bericht.

»Stand-by«, antwortete Sturbridge.

Auf einem dritten Bildschirm beobachtete er ein unruhiges, unscharfes Bild gepanzerter, skelettähnlicher Gestalten, die durch Staubnebel und Dunkelheit stapften. Der Ton war gut, wenn auch chaotisch; Steele, die Befehle und Warnungen blaffte, zwei Scouts voran mit ihrem eigenen Wortschwall, das alles unterbrochen vom gelegentlichen Donnerschlag oder vibrierenden Sägegeräusch der Waffen des Kommandos.

»Wir decken das Tunnelnetzwerk weiter auf«, berichtete der Nachrichtenoffizier. Sturbridge gab dem NO eine kurze Rückmeldung: »Bleiben Sie dran und erstatten Sie Commander Steele fortwährend Report.« Das vielleicht Wichtigste, was die *Hank Tee* derzeit leistete, war die Echtzeit-Tiefenradarkartierung des feindlichen Lagers. Sekunde um Sekunde wurden weitere Abschirmungen geknackt und ein immer größerer Teil des Labyrinths freigelegt, sowohl für den Raumkreuzer als auch für Steele, die selbst die Tunnelgänge entlangeilte.

»Ja, Sir«, antwortete der NO. »Und wir bekommen gerade einen Teil ...«

Plötzlich brach seine Stimme ab. Sturbridge hob den Kopf und sah über seine eigene Konsole hinweg. »Nachrichtenoffizier«, sagte er, »was ist los? Erstatten Sie Bericht ...«

Der NO, ein in zwanzigjähriger Dienstzeit ergrauter Veteran, stand plötzlich von seiner Konsole auf und riss verzweifelt an seiner Vollhelm-Virtual-Reality-Verbindung. Seine Schreie übertönten das Losheulen der A-Klasse-Notwarnsirenen.

Überall blinkten rote Lichter. Sturbridge sah auf seinen eigenen Konsolenbildschirm hinunter, und einen Augenblick lang sah er etwas, das nicht den geringsten Sinn ergab: Jeder Einzelne seiner Miniaturbildschirme, die jeweils den Output eines kompletten, abgeschlossenen Schiffsteils darstellten, zeigte dasselbe.

Das Gesicht eines jungen Mannes, gewiss nicht älter als zwölf. Der wie ein Teufel grinste.

Dann war das Gesicht in Sturbridges *Schädel,* und der Captain versuchte, ebenfalls zu schreien. Doch das gelang ihm nicht mehr. Jede Kontrolle war ihm entglitten.

12

Cherry führte sie im gestreckten Galopp durchs Chaos der Tunnelgänge. Nach einer Zeit, die ihnen wie Stunden vorkam, in Wirklichkeit aber nur zehn Minuten maß, brachte die zierliche Frau sie zu etwas, das wie ein uralter, rostversiegelter Kanaldeckel aussah. Vorne auf der runden Platte befand sich eine große, verrostete Kurbel. Das Ganze sah aus, als hätte das Ding generationenlang keiner angerührt, doch als Cherry herantrat, die Kurbel in beide Hände nahm und drehte, lief die wie geschmiert.

Einen Moment später hatte sie die Luke geöffnet. Klares, sauberes Licht drang herein.

»Das hier führt zu einem Serviceschacht des öffentlichen U-Bahn-Systems. Los mit euch, bewegt eure Ärsche da raus.«

Sie hielt die Luke hoch, während erst Cat und dann Jim hindurchkletterten. Sobald Jim auf der anderen Seite ankam, blieb er stehen und griff hinter sich, um die Luke für Cherry offen zu halten, doch die Klappe schwang ihm schon ins Gesicht.

»Hey!«

»Ich komme nicht mit«, erklärte Cherry. »Was hattest du denn erwartet? Und jetzt pass auf deine Pfoten auf.«

Mit einem dumpfen, metallischen Schlag fiel die Luke zu. Jim hörte das leise Kreischen von Metall auf Metall, mit dem Cherry sie in ihre alte Position manövrierte, dann nichts mehr. Langsam drehte er sich um und merkte, dass Cat ihn ansah.

»Ich weiß«, sagte sie sanft.

Sein Gesicht fühlte sich heiß und starr an. Er wollte etwas fühlen, etwas nach außen durchdringen lassen, aber es gelang ihm nicht. Seine Scham und sein Elend waren einfach zu groß.

»Gehn wir«, sagte er endlich. Sie nickte. Sie traten ins helle Leuchtröhrenlicht der Servicegänge und waren verschwunden.

13 Steele erblickte es auch, das Gesicht. Auf ihrem Helmbildschirm blitzte es für einen Sekundenbruchteil auf; der grinsende Junge, die Augen wie Glutstücke in der Asche. Die grässliche Vision schob sich über die Echtzeit-Kartierungsbilder, die die *Hank Tee* nach unten durchgegeben hatte. Steele wusste, dass etwas gründlich schief gelaufen war.

»Landungsteam-Leiter an Mutterschiff, bitte kommen. LTL an Mutter, hören Sie uns?«

Keine Antwort.

Sie erstarrte, nur ihr Kopf bewegte sich noch. Dann wechselte sie zur lokalen Kommando- und Kontrollfunktion über und hängte sich an eine der Summsägen.

»Ich brauche ein Loch, und zwar sofort«, sagte sie und gab die Koordinaten durch. Anschließend tappte sie ungeduldig mit dem rechten Fuß und flüsterte: »Los … *los!*«

Etwa drei Meter vor ihr schnitt der Plasmastrahl durch die Decke. Nachdem der schlimmste Staub sich gelegt hatte, konnte sie die Öffnung zum Himmel erkennen und nahm den Ausweg wahr.

»Liftpacks – Feuer!«, befahl sie.

Sie schossen aus dem Loch im Boden wie Korken aus einer Sektflasche, eine Hand voll winziger Gestalten, die im hohen Bogen davonzischten, raus und dann so schnell wie möglich weg.

Aus den Augenwinkeln erblickte Steele einen schwarzen Punkt am Himmel, der größer wurde.

Auf ihrem Bildschirm tauchte plötzlich ein alter Mann auf, kichernd. Ihre Ohrhörer knisterten. Durch das statische Rauschen konnte sie es kaum hören, aber es klang wie »Hab euch«.

Die Welt erbebte.

14 Die Lichter in der U-Bahn flackerten und gingen dann aus. Langsam sank die Wagenreihe von ihren unsichtbaren Antigrav-Schienen herunter und landete auf dem Untergrund.

Wie von einer großen Hand wurde der Wagen lautlos hochgehoben, ein paarmal durchgeschüttelt und wieder abgesetzt. Gleich darauf erfüllte ein dumpfes Dröhnen die Luft.

»Was war das?«, flüsterte Cat.

»Morninglorys Rache«, erwiderte Jim.

Achtes Kapitel

1 Sie brauchten eine halbe Stunde zu Fuß quer durch die Stadt, nachdem sie die funktionsunfähige U-Bahn verlassen hatten. Wie ein riesenhafter alter Mann mit gebeugtem Rücken stieg eine Säule flammenzerfetzten Rauchs von der Stelle auf, wo die Fabrik gestanden hatte, und beugte sich zum Horizont hinüber.

Cat zitterte beim Gehen. Jim fühlte sich nur wie betäubt.

»Was mag er angestellt haben?«, fragte Cat.

»Ich glaube, er hat sich den Raumkreuzer direkt auf den Kopf fallen lassen«, antwortete Jim. »Es hat sich eher wie ein Erdbeben als wie eine Explosion angefühlt. Genau so, als wäre ein Raumkreuzer abgestürzt.«

Er versuchte, es sich vorzustellen. Er kannte die offiziellen Angaben über die Schiffe der Konföderationsflotte. Dieses Raumgefährt war mit mehr als tausend Mann besetzt gewesen. Und wie viele weitere Menschen steckten in dem unter der Fabrik verborgenen Labyrinth? Auch Cherry war zurückgegangen …

Er sah, das Morninglorys Zorn furchtbar gewesen war. Und in diesem Moment verstand Jim, welcher Segen die letzten Worte des alten Mannes für ihn bedeuteten: Morninglory hatte die Schuld – die buchstäblich unerträgliche Schuld – für all diese verlorenen Menschenleben von Jims Schultern genommen und sie energisch auf seine eigenen geladen.

Freier Wille, hatte Morninglory gesagt. *Mein Kampf ist älter als dein ganzes Leben …*

Und ich, dachte Jim, *werde diesen Kampf weiterführen.*

Das habe ich versprochen. Aber was bedeutete das. Es bedeutete, dass vielleicht genau Morninglorys Entscheidung auch von ihm verlangt werden würde. Die Wahl zu treffen, Menschenleben – selbst sein eigenes – mit beiden Händen zu ernten.

Bin ich dazu fähig? Kann ich solche Entscheidungen ertragen?

Er schauderte. Seine Eingeweide verkrampften sich vor Übelkeit, als ihm zum ersten Mal im Leben bewusst wurde, welche Entscheidungen der Kapitän eines Raumschiffs eventuell würde treffen müssen. Entscheidungen über Leben und Tod.

Was hatte der Kapitän des Raumkreuzers gedacht, als sein Schiff wie ein Stein nach unten stürzte, während er vergeblich mit Kontrollgeräten rang, die nicht mehr reagierten? Hatte er seinen Tod herannahen sehen, seinen Tod und den Tod seiner Mannschaft?

Ja, natürlich. Jim spürte, wie sich in seiner Brust langsam ein eiskalter Klumpen zusammenballte. Das war kein Spiel. Mit dem Spielen war es vorbei. All das war zu schrecklich, zu blutig und zu echt. »Cat?«, sagte er.

»Was?« Sie wirkte beschäftigt. Sie hatten das Zentrum der Stadt passiert und gingen nun eilig auf den Raumhafen jenseits des Stadtrandes zu. Inzwischen ragte der Landefeld-Kontrollturm über ihnen auf, eine zwanzig Stockwerke hohe Nadel, von wo aus alle interstellaren Flüge von und nach Wolfbane abgewickelt wurden.

Katastrophenlärm schwirrte in der Luft: Sirenen, ferne Schreie, Alarmanlagen, die wie das raue Lärmen elektronischer Vögel klangen. Geier zum Beispiel. Die Grav-Straßen waren von unglücklich herumstehenden Wagen mit rot blinkenden Lichtern verstopft, während am Himmel riesige Raumgefährte schwerfällig auf die Rauchsäule zuschwebten.

Hier, auf den Fußgängerwegen, war alles grün, kühl und friedvoll. Dennoch hielten sie beim Gehen Abstand, wenn er auch ihre körperliche Nähe spüren konnte und sich dadurch beruhigt fühlte. Doch irgendeine Wand stand jetzt zwischen ihnen, und er verstand nicht, wie die so schnell hatte entstehen können. Trauer? Reue? Einfach die Erinnerung an Dinge, die so schrecklich waren, dass Menschen sie nicht miteinander teilen konnten?

»Möchtest du reden?«, fragte er.

Sie schüttelte den Kopf. Vor ihnen tauchte eine hübsche Steinbank in einem Beet dunkelvioletter Blumen auf. »Komm, setzen wir uns«, sagte er.

»Wir haben keine Zeit ...«

»Cat, wir müssen uns die Zeit nehmen. Ich habe keine Ahnung, was wir als Nächstes tun sollen. Du etwa?«

Sie hielt inne und wandte sich ihm zu. Ihr Gesicht schien bar aller Emotionen, ihre Augen waren stumpf. Sie hatte etwas Lebloses, und er fragte sich, ob er wohl einen ähnlichen Eindruck erweckte. Emotionale Überfrachtung.

»Sie sind tot, Cat. Sie alle. Morninglory, Chip, Cherry und alle anderen. Und die Leute im Kreuzer ebenfalls.« Er suchte nach Worten. »Das nennt man wohl das Schuldgefühl des Überlebenden ...«

»Halt mir jetzt keinen Vortrag, Jim!«

Er zuckte zurück. »Ich wollte nicht ...«

Sie seufzte tief. »Schau. Vergiss es. Vergiss es einfach. Du verstehst es nicht wirklich, oder?«

Er wollte sie nicht verletzen – nicht sie! – aber jetzt verlor er den Halt. Zorn brannte in seinem Innern, suchte einen Weg nach draußen. Er spürte das Blubbern unzusammenhängender Worte in seiner Kehle und zwang sie zurück. Den Luxus kindischer Wutanfälle konnte er sich nicht mehr erlauben. Sie war seine einzige Verbindung zu ...

Da hielt er inne. Verbindung wozu? Er hatte keine Ahnung. Sein Vater war tot, seine Mutter verschwunden, der Tod Hunderter von Menschen stand noch immer lebhaft vor seinen inneren Augen, und … er *wusste* es nicht!

»Cat, bitte … komm, setzen wir uns. Vielleicht musst du nicht darüber reden, aber ich. Ich muss unbedingt reden.«

Sie nickte steif. »In Ordnung …«

2 Steele hatte die auf dem Schiff gehört, hatte sie schreien gehört, bis sie unten waren. Der Aufprall war erfolgt, als sie und ihr Team noch in der Luft schwebten, und hatte sie wie Federn verstreut, wie trockene Blätter im Sturm.

Etwa zwei Meilen von der Absturzstelle entfernt brach sie durch das Blätterdach eines kleinen Parks und landete hart. Einen Moment lang verlor sie das Bewusstsein, kam dann aber mit einem Kopfschütteln wieder zu sich und spürte einen dumpfen Schmerz, der von der unteren Lendenwirbelsäule ausstrahlte.

»Bericht«, flüsterte sie, die Kehle plötzlich trocken und wie zugeschnürt. Das Ausmaß des Schreckens war noch nicht in ihr Bewusstsein gedrungen, doch sie spürte es irgendwo da unten, wo es nur darauf wartete, wie verstecktes Sumpfgas hochzublubbern.

Einen ewigen Moment lang kam keine Antwort, und vor Angst war ihre Stimmbox wie zugeschlossen. Sie leckte sich die Lippen. »Bericht …?«

Der Hauptkommunikationskanal, in dem es vor Momenten noch von professionellen, geschäftsmäßigen Stimmen geschwirrt hatte, hallte jetzt von einer elektronischen Leere wider, bedeutungsloses Knacken und statisches Knistern. Dann die Stimme der Eisernen Maggie: »… irgendwo unten in der Vorstadt. Mein Satellitennavigator funktioniert nicht. Ich weiß nicht, wo ich bin. Und auch nicht, wo Sie sind …« Sie hielt inne. Steele lauschte ihrem harten Keuchen. »Commander, was, zum Teufel, ist passiert?«

»Sie haben irgendwie den Raumkreuzer erledigt. Ihn direkt auf die Fabrik stürzen lassen.« Steele hatte noch immer nicht verarbeitet, was das alles bedeutete. War außer ihnen beiden keiner mehr übrig? Nur sie selbst und Margot? Aber wie war das möglich?

Sie schüttelte den Kopf. Dieser verdammte Junge. Die ganze Sache war wie verhext. Wie ein Fluch auf Carl Endicott und allen, die ihn berührten!

Doch unter der lodernden Flamme ihres Zorns lag eine Frage: Lastete sein Fluch jetzt auf ihr? Einst hatte sie ihn geliebt und dann, wegen der fiesen Schlampe, gehasst, aber das schien nicht genug. Nicht für diese Vendetta, die so viele Jahre zurückreichte. Aber Carl war inzwischen tot. Das sollte die Sache doch wohl beenden?

Sie dachte an den Jungen. Sein Sohn? Der Sohn der *anderen?* Delta würde es wissen. Vielleicht. Oder Carl Endicott, aber der war nicht mehr.

Doch sie wusste: Die Verbindung blieb bestehen. Das Netz, in dem sie gefangen war, sie und all die anderen, dieses Netz hatte auch den Jungen in seinen Maschen.

Die Sache war noch nicht erledigt.

3 Sie saß auf der einen Kante der weißen Steinbank, das Gesicht abgewandt. Er saß auf der anderen Seite, die Hände im Schoß gefaltet, und sah zu Boden. Er hatte vor kranker, fiebriger Energie gebebt, doch jetzt, beim Hinsetzen, versickerte das Gift dieser Intensität und ließ ihn kalt und leer zurück. Er wartete ab, dass sie etwas sagte, doch sie war besser im Warten als er, und so brach er schließlich das freudlose Schweigen. »Was machen wir jetzt, Cat? Du musst es mir sagen. Ich weiß es nicht.«

Er sah, wie ihre Lippen sich bewegten, aber es kam kein Wort heraus. Sie sah ihn noch immer nicht an. Wieder versuchte sie es. »Ich … vielleicht machst du gar nichts, Jim. Vielleicht ist es für dich erledigt.«

Er berührte sie an der Schulter. »Cat? Wie kann es für mich erledigt sein? Schau mich an. Bitte.«

Langsam wandte sie sich ihm zu. Ihre Haut war so bleich wie edler Marmor und ebenso kalt.

Er suchte nach den richtigen Worten. »Mir ist nichts geblieben, Cat. Ich … ich bin erst sechzehn. Ich dachte, ich wüsste eine Menge. Aber ich weiß überhaupt nichts. Was soll ich tun?«

»Nichts ist …« Sie schüttelte den Kopf. »Jim, du hast gesehen, was gerade passiert ist. Wahrscheinlich kannst du dir nichts Entsetzlicheres vorstellen. Ich aber schon. Ich habe gesehen, wie ebenso viele Menschen in kaum einer halben Stunde gestorben sind, und das war erst der Anfang. Morninglory war … mir wichtig. Aber es gibt noch andere wichtige Menschen, nicht nur für mich, sondern für Millionen andere. Die Prolos, Jim. Für mich sind sie das Wichtigste, sie alle zusammen. Das war es, was Morninglory seine Sache genannt hat. Aber es ist auch die meine. Verstehst du denn nicht?«

Er versuchte es, aber er verstand es nicht. Er wusste nicht genug. Und sie erklärte es ihm einfach nicht. Langsam schüttelte er den Kopf. »Kannst du mir helfen, es zu verstehen? Mehr will ich nicht, nur ein bisschen Hilfe?«

Ein wenig Leben war in ihr Gesicht zurückgekehrt. Ihr Augen wirkten nicht mehr ganz so leer und blicklos. Sie sah auf seine Hand auf ihrer Schulter nieder und legte sanft die Finger darauf. Ihre Fingerspitzen fühlten sich kühl und trocken an.

»Es ist nicht dein Kampf, Jim. Wie könnte er das sein? Es ist kein Kampf, den man aufnimmt. Es ist ein Krieg, in den man hineingeboren wird, und du bist nicht hineingeboren worden. Das ist alles. Ich habe kein Recht, zu …«

Er hob die Finger und berührte ihre Lippen, damit sie schwieg. »Du hast kein Recht? Erinnerst du dich nicht an das, was Morninglory vor kurzem gesagt hat? Dass wir alle entscheiden können? Dass wir einen freien Willen haben?«

Sie sah ihn abwartend an.

Er nickte. Es fühlte sich plötzlich richtig an. »Ich kann mich entscheiden, Cat. Vielleicht bin ich nicht Morninglory, bin nicht so weise und tapfer, wie er es war, aber das bedeutet nicht, dass ich keine Wahl treffen kann. Und so treffe ich sie. Erinnerst du dich daran, was er gefunden hat? Was wir beim Hacken in dieser Datenbank gefunden haben? Cat, es gibt eine *Verbindung.* Das zumindest war seine Meinung, und meine ist es auch. Irgendwie ist das, was mir zugestoßen ist, mit all dem verbunden, was du tust.«

»Jim …«

»Nein, *hör mir zu.* Gewiss, der Beweis dafür ist verloren, aber … Warum schüttelst du den Kopf?«

Sie ließ sich den Rucksack von den Schultern gleiten. »Oh, er ist nicht verloren. Wir hatten nie die Gelegenheit, alles richtig zu analysieren, aber ich habe das Material da. Alles, Chip um Chip. Das war mein nächster Auftrag. Das Material zur Erde zu bringen. Sie werden wissen, was damit zu tun ist.«

Er spürte eine Woge der Erleichterung. »Du hast das Material gerettet?«

»Gewiss.«

»Dann ist das unser Ziel«, sagte er, die Gedanken voll wogender Gewissheit. »Wir fliegen zur Erde!«

Jetzt lächelte sie zum ersten Mal. Schwach. »Vielleicht hast du Recht.«

Sie packte sich den Rucksack wieder auf die Schultern. »Aber nicht zusammen«, erklärt sie.

»Hm? Wovon redest du?«

Irgendetwas hatte sie umgestimmt, hatte sie eine Entscheidung treffen lassen. Jetzt waren ihren Züge wieder wärmer, und ein Hauch der vertrauten Lebensglut war zurückgekehrt. »Du willst eine Entscheidung treffen, hast du gesagt? Nun, wenn du dich dafür entscheidest, das zu tun, was ich tue, dann wird das nicht einfach sein. Verstehst du?«

»Ich … ich denke schon.«

»Ich habe eine Möglichkeit für den Rückflug. Ich sage dir nicht, wie sie aussieht, aus nahe liegenden Gründen.«

Verletzt nuschelte er: »Weil du mir nicht vertraust. Nun, wahrscheinlich verstehe ich …«

»Nein. Ich vertraue niemandem. Du meinst, du könntest ein Geheimnis für dich bewahren, aber das kannst du nicht. Jim, ich könnte es auch nicht. Kein Mensch kann ihren Drogen und Techniken widerstehen.« Nachdenklich hielt sie inne. »Ich kehre zur Erde zurück, und wenn du auch dorthin willst, dann tu es. Tu es, aber sag mir nicht wie, weil ich das ebenso wenig wissen möchte. Einverstanden?«

Der laue Wind trug den Atem ferner Feuer heran. Hier wirkte es friedlich, aber das war es nicht. Er konnte sich die ganze in ihren Grundfesten erschütterte Stadt vorstellen wie einen aufgestöberten Ameisenhaufen. In diesem Gewimmel mussten Sucher sein. Menschen, die andere Menschen suchten. Auch sie? Sie *beide?*

»Ich verstehe«, sagte er.

Sie blickte ihn mehrere Herzschläge lang an, beugte sich dann vor und streifte leicht mit den Lippen über seine Wange.

»Gut. Ich hoffe, du schaffst es.« Sie stand auf. »Ich wünschte, ich könnte mehr für dich tun, Jim. Du bist ein netter Junge. Unter anderen Umständen …«

»Aber sie sind nicht anders«, sagte er. »Also arbeiten wir mit dem, was wir haben. Okay?«

»Auf Terra«, sagte sie, »gibt es einen Ort, eine Bar. Vor dem Haupttor von TerraPort, im dortigen Prolo-Viertel. Sie heißt Shawn Fan. Geh zum Barkeeper. Nenne ihm meinen Namen. Dann wird dich jemand abholen.«

Er nickte. »Nun, also …«

»Jim? Sei vorsichtig.«

»Ja, gewiss.«

Und dann nahm er sie in die Arme und presste sie an sich. Erst als sie den gewundenen Pfad entlang verschwunden war, wurde ihm klar, dass das Feuchte auf ihren Wangen Tränen gewesen waren.

4 Im Vergleich zur Ehrfurcht gebietenden Ausdehnung von TerraPort war WolfPort, der Raumhafen Wolfbanes, zwar nur ein Pfützchen, aber für sich genommen stellte er dennoch einen riesigen, eindrucksvollen Komplex dar. All das wurde Jim wieder in Erinnerung gerufen, während er im Schatten jenes gewissen unternehmerischen Treibens dastand, das sich um große Transportzentren herum unvermeidlich entwickelte. In diesem Fall erstreckte sich Spacetown, wie das Viertel hieß, direkt bis zum hohen Zaun, der die Grenze WolfPorts bezeichnete.

Jim stand gegen die vordere Wand einer Spelunke gelehnt, deren Fenster so dreckig waren, dass sie auch aus massivem Beton hätten sein können. Quer über die Front hüpften holographische Bilder nackter Frauen. Jim beobachtete sie aus den Augenwinkeln und amüsierte sich mit der Überlegung, wie irgendein Geschöpf, das oben herum so üppig gebaut war wie diese Damen, auch nur gehen konnte, geschweige denn nach Art dieser Bilder tanzen.

Er hatte sich überlegt, ob er nicht hineingehen sollte, sich aber dagegen entschieden. Da drinnen sah es einladend schummrig aus, aber er war noch nie an einem solchen Ort gewesen. Warum sollte er ein Risiko eingehen?

Die Männer und Frauen, die hier vorbeikamen, schenkten ihm keine Aufmerksamkeit: Sie hatten ihre eigenen Ziele, manche in der Bar – FLASHDANCE FLASHDANCE FLASHDANCE –, manche in dem heruntergekommenen Nachbargebäude, das mit ZIMMER, ZEHN CRED PRO STUNDE warb.

Warum sollte jemand ein Hotelzimmer für eine einzige Stunde suchen? Jim war sich sicher, dass ihm da irgendwas entging, wusste aber nicht recht, was das war. Er hatte auch nicht die Absicht, danach zu fragen. Er hatte sein Spiegelbild in einem der verschmierten Barfenster gesehen und war erleichtert gewesen. Er sah so abgerissen aus, dass ihn hier wohl keiner für einen Fremdkörper hielt. Wie ein Prolo auszusehen bedeutete eine gewisse Sicherheit. Prolos waren irgendwie überall, wie Verkehrszeichen oder Ziersträucher, und keiner schenkte ihnen die geringste Aufmerksamkeit. Und das war gut so: Aufmerksamkeit war wirklich das Letzte, was er brauchte.

Er ging zur Ecke des Gebäudes und hielt sich dabei im Schatten der tief gezogenen Dachtraufe, die über das Fenster herunterreichte. Zu seiner Linken brach einen halben Block weiter beim Objekt seines Interesses plötzlich reges Leben aus. Er schirmte die Augen mit der Hand ab und beobachtete, wie zwei große, stahlgraue Lastwagen heranglitten und vor dem hohen, in den Zaun eingelassenen Tor zum Stehen kamen.

Vor dem Zaun, am Rande der Grav-Straße, stand ein bunkerähnliches Wachhaus. Nachdem die Lastwagen angehalten hatten, kam ein Wächter in Halbkörper-Schutzkleidung mit einer schweren Maschinenpistole im Gürtel heraus und ging langsam auf das erste Fahrzeug zu. In der Fahrerkabine glitt ein Fenster auf, und ein Gesicht war zu sehen und Hände, die ein Plastikkärtchen aushändigten. Der Wächter zog das Kärtchen durch den Schlitz eines Lesegeräts und überprüfte das Ergebnis. Er gab die Karte zurück und salutierte spöttisch. Gleichzeitig schwangen die schweren Torflügel auf. Einen Moment später glitten die beiden Lastwagen hindurch und verschwanden hinter dem sich wieder schließenden Tor.

Sauber, einfach, effizient. Es kam Jim so vor, als wäre die Wachsamkeit an diesem Eingangspunkt nicht sonderlich groß. Der Wächter hatte sich nicht die Mühe gemacht, den Lastwagen zu durchsuchen. Vielleicht war der Alarm noch nicht bis zu dieser Ebene vorgedrungen. Aber bald war es wahrscheinlich so weit. Sobald der Schock über die Katastrophe ein wenig nachgelassen hatte. Irgendwann würde den Behörden der Gedanke kommen, dass der eine oder andere diesem Inferno entkommen sein mochte, und dann würde man Maßnahmen ergreifen.

Dieses Frachttor war jedenfalls besser als ein Passagiereingang. Dort mussten Reisende ihren Ausweis vorzeigen – und das konnte er nicht.

Viel Zeit bleibt mir nicht, dachte er, *aber vielleicht genug.* Er ging los – nicht direkt auf das Tor zu, sondern in die allgemeine Richtung des viel befahrenen Labyrinths von Gravstraßen, die zum Eingang führten. Diese Lastwagen mussten wohl hier oder da einmal ihre Fahrt verlangsamen oder sogar anhalten, während die automatische Fahrbahnkontrolle den Verkehr durch die Engstellen vor den Toren schleuste. Und mit ein bisschen Glück, könnte er vielleicht …

5 Es stellte sich als sogar noch leichter heraus, als er gehofft hatte. Ein riesiger, überfrachteter Laster verlangsamte seine Fahrt, fuhr zum Straßenrand und sank in einer Nothaltebucht gewichtig zu Boden. Der

Fahrer stieg aus, schaute sich nervös um und rannte dann über die Straße zu einem kleinen Lebensmittelladen an der Ecke. Das war gut so, als Jim aber zur Rückseite des Lasters flitzte, sah er etwas noch Besseres: Der Türgriff zeigte nach unten auf Unverschlossen, und darüber blinkte Willkommen verheißend ein kleines, grünes Lämpchen. Jim holte tief Atem, zerrte den Griff auf und sprang hinein.

Es war dunkel und roch nach altem Leder, abgestandenem Zigarettenrauch, fettigen Brathähnchen und – irgendwas Komischem …

Verzweifelt kroch er vorwärts. Es gab keine Fenster, und nachdem er die Tür einmal zugezogen hatte, befand er sich in völliger Dunkelheit. Er tastete sich weiter – und machte sich schließlich ein kleines Nest unter etwas, das sich wie ein Stapel steifer, felliger Decken anfühlte. Er hoffte, dass die Frachträume nicht mit Infrarotkameras untersucht wurden – und dass es auch keine Alarmsensoren gab.

Aber was nutzten die Sorgen? Es würde entweder hinhauen oder eben nicht. Und so rollte er sich so eng zusammen, wie er nur konnte, und wartete ab. Kurz darauf spürte er, wie der Laster sanft ruckelte und hörte, wie die Fahrertür zuschlug. Das Fahrzeug hob ab.

Nächster Halt: Das Tor.

In der Dunkelheit ertönte ein leises Schnaufen. Sein Herzschlag wechselte mit einem fiesen, kleinen Ruck die Gangart. *Irgendwas war mit ihm zusammen hier drin …*

6

Für den Rest der Fahrt war er vor Schreck wie gelähmt und bemerkte es nicht einmal, als der Laster beim Tor rumpelnd zum Stehen kam. Schwach vernahm er gedämpfte Stimmen und das plötzliche Aufbellen rauen Gelächters. Wirklich aber lauschte er nur auf das leise Geraschel, auf ein Geräusch wie vielfaches Magenknurren, mehrere weitere scharfe, schnaubende Laute, und einmal ein leises, quäkendes Wimmern.

Stundenlang schien das so weiterzugehen, während er merkte, dass das, was er für Ledergeruch gehalten hatte, etwas Wärmeres und Lebendigeres war: Die Ausdünstung des Unbekannten, das da mit ihm zusammen hier eingeschlossen war.

Der plötzliche Lichteinbruch vom hinteren Ende des Frachtraums erschreckte ihn erneut, und er keuchte auf. Lärm flutete herein: Maschinengedonner, raue Schreie, gebellte Kommandos.

Geschnappt! dachte er.

Aber so war es nicht. Die Hintertür stand jetzt weit offen. Aus seinem Versteck konnte er gerade noch das Gesicht des Fahrers erkennen, als der sich vorbeugte und eine Rampe vom Frachtboden hochzerrte.

»Los, los, ihr widerlichen Furzer! Raus hier mit euren Zottelärschen!«

Schafe. Er hatte sich in einem Laster voller Schafe versteckt! Und ja doch, unter einem Stapel Schaffellen hatte er sich verkrochen, und Mann, wie die stanken!

Er passte den perfekten Moment ab und verschwand nach draußen, während der Fahrer sich mit einem knappen Dutzend drängelnder, blökender Tiere abmühte. Schnell entfernte er sich von dem Fahrzeug, wobei ihm zum ersten Mal die Aufschrift auf der Seite auffiel: KELVEYS INTERSTELLARER ZIRKUS.

Schafe? In einem Zirkus?

Sein Pulsschlag verlangsamte sich, als ihm bewusst wurde, dass er es geschafft hatte. Er befand sich im Hafen. Aber wo? Er blieb stehen und drehte sich einmal langsam um sich selbst, wobei er so viel wie möglich in sich aufnahm.

Die Decke spannte sich mindestens dreißig Meter über seinem Kopf, verschwand fast im glänzenden Nebel der Deckenleuchten, die den großen Komplex mit einem Lichtschleier durchfluteten. Der Raum hallte von allem möglichen Lärm wider: Von Menschen, Maschinen und elektronischen Geräten. Er stand an der Kreuzung zweier Korridore, die sich in alle Richtungen so weit erstreckten, dass er das Ende nicht sehen konnte. Die Wände jedes Korridors bestanden aus endlosen Gestellreihen mit Kisten, Kästen und spezialverstärkten Raumfahrtcontainern. Von oben tauchten lange Kräne mit insektenhafter Anmut herunter, holten etwas heraus, suchten etwas oder brachten neue Güter. Vollautomatische Frachtkarren rasten voll beladen die Mitte der Korridore entlang.

Nun schön: Die Frachthallen. Er rieb sich mit dem Finger über den Nasenflügel. War das der richtige Ort für ihn? Im Moment fiel ihm eigentlich gar nichts ein. Aber war dies vielleicht doch der Ausweg?

Er dachte nach. Sich in den Passagierkabinen eines Raumschiffs zu verstecken war gänzlich unmöglich. In den öffentlich zugänglichen Bereichen würde er nicht lange verborgen bleiben, selbst wenn es ihm irgendwie gelingen sollte, an Flugscheinkontrolleuren, Schiffspersonal und automatischen Sensoren vorbeizukommen. Und wenn man ihn an Bord fand, war jeder Fluchtweg abgeschnitten. Wer immer ihn suchte, hätte ihn dort auf dem Präsentierteller.

Etwas Unangenehmes wehte ihm in die Nase. Er hob die Hand und schnüffelte daran. Igitt. Er stank. Er hätte nie gedacht, dass Schafe derart widerlich rochen. Schließlich waren sie weiß und flauschig.

Einen Moment lang dachte er über Schafe nach. Ein interstellarer Zirkus. Schafe. Also, wie würde man wohl Schafe von einem Stern zum anderen transportieren? Nun, ein ausgewachsenes Schaf wog ungefähr so viel wie er …

Ein Grinsen breitete sich auf seinem Gesicht aus.

Bäh.

7 Cat fuhr mit der U-Bahn direkt ins Herz von Wolf-Port, stieg aus und ging durch die Passagierkontrollstation. Sie schwenkte ihren Personalausweischip unbestimmt in Richtung Lesegrät, das Gesicht ausdruckslos, gelangweilt …

Der Chip mit seiner eingearbeiteten falschen Identität sollte funktionieren. Morninglory hatte ihn gemacht, und er war der Beste. Dann fiel ihr ein, dass es tatsächlich »war« heißen musste, und wieder spürte sie eine überwältigende Woge der Trauer. Würde es jemals aufhören? Oder würden die geheimnisvollen Feinde der Proloklasse ihre sinnlose Schlächterei auf ewig fortsetzen?

Morninglory war der Halbbruder ihres Vaters gewesen, ihr Onkel. Das hatte sie Jim nicht erzählt. Sie empfand ihren Schmerz als zu heftig zum Teilen; als würde sie Morninglorys Andenken Unrecht tun, wenn sie ihren Kummer wie ein billiges Gefühlsfähnchen vor sich herschwenkte.

Außerdem hätte Morninglory das nicht gut geheißen. Er hätte gewollt, dass sie sich genau so verhielt, wie sie es jetzt tat: Den Kampf weitertragen. Er hatte die geheime Datenbank geknackt, und sie trug die Frucht seines Diebstahls in einer Hand voll kaum samengroßer Chips. Und Samenkörner waren es auch, oder so hoffte sie zumindest: Samenkörner, die, wenn sie richtig gesät und gepflegt wurden, zu einer Waffe heranwachsen mochten, mit der ihre und Morninglorys Feinde sich schlagen ließen.

Unangefochten durchschritt sie den Fluggasteingang. Ein paar Minuten später wurde sie von Hochgeschwindigkeitsrolltreppen davongetragen und betrat die *Terra Boy* durch die Economy Class. Sie brauchte eine Weile, um ihre winzige Kabine zu finden, und erst als sie hinter der sicher verriegelten Tür war, ließ sie ihrer Trauer endlich die Zügel schießen.

Eine Weile später nahm sie die Hand voll Chips heraus und sah sie an. So winzig, so scheinbar harmlos. Doch sie wusste mehr über ihren Inhalt, als sie zu erkennen gegeben hatte.

Jim so auf eigene Faust loszuschicken, wie sie es getan hatte, war ein Glücksspiel. Aber ihr war keine andere Wahl geblieben. Zusammen hätten sie keine Chance gehabt. Er würde sich aber zu helfen wissen. Hoffentlich würde er eine Möglichkeit finden. Nicht um seinetwillen, sondern um der Hoffnungen ihres Volkes willen.

Er schien eine Art Schlüssel zu sein. Die Chips waren das Entscheidende, sagte sie sich, das Allerwichtigste. Aber Jim war auch wichtig. Sie konnte sich jedoch noch nicht recht eingestehen, dass er ihr selbst wichtig war.

Und weder sie noch sonst irgendjemand verstand zu diesem Zeitpunkt, dass Jim zwar tatsächlich ein Schlüssel war, dass in seinem Innern aber gleichzeitig auch das Schloss dazu steckte; ein Schloss, das weit Wichtigeres behütete, als irgendjemand sich je hätte träumen lassen. Hätte sie das gewusst, hätten die Dinge sich vielleicht ganz anders entwickelt.

8

Nie hätte er erwartet, sich irgendwann einmal mit diesem Problem befassen zu müssen: Wie tötet man ein Schaf? Denn obwohl der Gedanke ihn abstieß, sah er keine andere Möglichkeit.

Das Problem war einfach genug. Er hatte inzwischen gemerkt, dass niemand den in den Frachträumen arbeitenden Leuten irgendwelche Aufmerksamkeit schenkte. Sie waren schließlich drinnen, oder? Die Sicherheitsmaßnahmen waren dazu bestimmt, Unberechtigte draußen zu halten, nicht aber, die Menschen, die sich drinnen befanden, zu kontrollieren.

So fühlte er sich in direkter Nähe des provisorischen

Geheges, in dem sich jetzt elf verstimmte Zotteltiere aufhielten, relativ sicher. Hinter dem Gehege standen ordentlich entlang eines Förderbandes aufgereiht elf selbst wartende Container. Wenn aber einer dieser Container sein Fahrschein zur Erde sein sollte, musste eines dieser Schafe verschwinden. Und zwar schnell.

Über dieses Dilemma nachgrübelnd stand er bei den Schafen. Währenddessen kamen zwei Lagerarbeiter heran; der eine brummelte etwas vor sich hin und zeigte auf den Schafpferch. Der andere lachte laut heraus. Dann machten sie sich an die Arbeit.

Jim legte es sich wie Blei auf den Magen, als er zusah, wie sie fachmännisch jeden dieser gereizten, zappelnden Brocken vierbeinigen Eigensinns schnappten und in einen Container zwängten. Es ging schnell, obgleich sie offensichtlich bei jedem Tier irgendetwas installierten, sobald es im Container war. Den Schafen gefiel dieser Vorgang überhaupt nicht, und sie ließen ihr Missfallen deutlich erkennen.

Und jetzt?, fragte sich Jim. Irgendeines dieser Schafe belegte sein Privatabteil. Er starrte die rätselhaften Container an, als hoffe er, auf ihren glänzenden Seiten die Lösung angeschrieben zu finden, und als die Antwort ihm dann schließlich dämmerte, war sie so einfach, dass er sich nur fragen konnte, warum sie ihm nicht gleich eingefallen war.

Er überprüfte die Umgebung und erblickte niemanden in der Nähe. Dann trat er zu einem der Container, öffnete die Verschlüsse und hievte den wütend zappelnden Wollklumpen auf den Boden.

»Lauf weg, Junge. Hopp«, sagte er.

Das Schaf beäugte ihn misstrauisch. Schließlich ging Jim darum herum und trat das Tier so fest er konnte direkt ins Hinterteil. Das Schaf stieß ein scharfes Blöken aus und trottete den Korridor entlang. Jim schaute zu, bis es in der Ferne verschwand. Dann stieg er in den wickelt. Seine Welt war klein, eng, beschränkt. Es verstand nicht, was mit ihm geschah. Unangenehme Dinge – Dinge die weh taten – berührten es, drangen in es ein. Das Baby spürte ein plötzliches Strömen in sich selbst. Es verstand nicht …

Ein Gesicht. Ein Frauengesicht. Es kannte den Unterschied zwischen Mann und Frau nicht und scherte sich nicht darum. Aber dies hier war eine spezielle Frau, ein spezielles Gesicht. Es hatte einen Namen.

Mama …

Mama *tat* etwas mit ihm. Das Baby verstand auch dies nicht, aber es gefiel ihm nicht. Das Gefühl war fast ein bisschen wie gestillt werden, denn allmählich fühlte der Bauch sich voll an. Dann mehr als voll. Dann zum Bersten.

Das Baby weinte lauter, und *Mamas* Gesicht kam zurück. Beruhigende, bedeutungslose Laute. Worte ohne Gestalt. Allmählich ließ das Gefühl des Vollgestopftseins nach. Das Baby fühlte sich wund in der Kehle.

Irgendwas drinnen, irgendwas in der dunklen Tiefe. Das Baby schloss die Augen, schwamm tiefer und tiefer in die Dunkelheit. In sich selbst hinein.

Später …

»Eieiei dudu, Baby, dudu, Bubi. Jimmy-Bubi, Jimmy-Baby.«

Die Worte bedeuteten nichts. Das Gesicht verschwommen, vertraut. Daddy …

Und mehr Gesichter. Eines wie ein Ei, haarlos, mit hohen, gewölbten Augenbrauen. Vertraut. Die Form vertraut. Mehr Worte. *Mamas* Gesicht, Daddys Gesicht, das andere Gesicht.

Gesichter, Formen, Klänge.

Wieder hinunter, in die Geheimnisse. In das *Innere.*

SCHMERZ!

11 … Schmerz.

Der Lärm rüttelte ihn aus den tiefen Halluzinationen, aus den tiefen Träumen, und wie ein Taucher, der aus dem Wasser eines Schwimmbeckens in Licht und Lärm auftaucht, brach er in sein Bewusstsein durch.

»Was, zum Teufel …?«

Grobe Hände packten ihn, schüttelten ihn. Er kämpfte blindlings dagegen an, mit um sich schlagenden Fäusten. Jemand knurrte.

»… *raus* da!«

Schmerz in den unteren Regionen, als die Auffangrohre weggerissen wurden. Er spürte, wie er hochgehoben wurde und das Licht ihn quälend durch die geschlossenen Lider blendete. Schmerz durchbohrte ihn wie ein Keil, als er hart auf Hüftknochen und Ellbogen landete.

»Es ist ein Kind, ein Kind, verdammt!«

Er versuchte, sich zu einer Kugel zusammenzurollen, zur weichen, warmen Kugel seiner Träume, doch der Lärm, die Gerüche, das Licht, das ganze Drum und Dran der *Sinneswelt* rauschte Woge um Woge über ihn hinweg.

»Lasst mich *los* …« Diese Stimme kannte er doch. Er brauchte einen Moment, bis ihm klar war woher. Es war seine eigene Stimme, die sich durch seine verstopfte Kehle quälte. Er schüttelte den Kopf. Jetzt fing es in Händen und Füßen an zu kribbeln. Nach einer Weile fühlte es sich so an, als würden seine Gliedmaßen in kochendes Wasser getaucht, und er schrie.

»Junge, mach die Augen auf!«

Er schüttelte den Kopf.

Finger umklammerten seinen Kiefer. Er versuchte zu beißen. Umsonst. »Hey, verdammt!«

Dann gingen die Finger weg und ließen einen Schmerz zurück. Etwas krachte seitlich gegen seinen

Kopf. Sterne explodierten in seinem Schädel, und seine Augen sprangen gegen seinen Willen auf.

Das Licht drang ein, sengend wie die Sonne.

Unbestimmt wurde ihm bewusst, dass irgendwas nicht in Ordnung war. Er musste etwas tun, musste …

Weglaufen.

»Er kommt zu sich«, brummelte eine andere Stimme leise und verärgert. »Jesus, guck ihn dir an.«

Ein Teil von Jim steckte noch immer in dem langen, tiefen Traum, doch der Rest setzte die Teilchen allmählich zusammen. Mein Gott, er hatte es geschafft! Das hier musste die Erde sein! Und völlig entmutigt verstand er plötzlich auch den Rest.

Geschnappt!

»Lasst mich in Ruhe …« Er blinzelte. Allmählich, als würde eine Computergraphik sich langsam in seinem Sichtfeld aufbauen, erkannte er zwei Gestalten, die sich aus dem blendenden Licht heraus allmählich verdichteten.

Zwei Männer, der eine hoch gewachsen, der andere klein, beide stämmig. Zerknitterte grüne Overalls, dunkle Flecken in den Achselhöhlen und auf dem Bauch. Sie starrten ihn an.

»Kid?«, sagte der Kleine. »Was, zum Teufel, denkst du dir eigentlich, was du hier treibst?«

Jim wandte das Gesicht ab. Dann biss er sich kräftig auf die Zunge und spürte, wie sein Mund sich mit warmer, nach Kupfer schmeckender Flüssigkeit füllte. Er drehte sich wieder zu den beiden hin und sah sie an.

»Junge …?«

Er rülpste einen Mund voll Blut hervor und ließ es über Kinn und Brust laufen.

»O Gottchen!«, sagte der Große. »Wir brauchen einen Arzt!«

Er drehte sich um und rannte los. Als der Kleinere ihm hinterherrannte, schnappte Jim seinen Rucksack, kam taumelnd auf die Füße und rannte so schnell er konnte in die andere Richtung davon.

»Hey, du, warte mal …«

Er torkelte um die Ecke ins Chaos der TerraPort Lagerhallen davon und war verschwunden.

Neuntes Kapitel

1 Einsam, hungrig und ständig in Angst und Schrecken ging Jim durch die Hallen, stundenlang, so kam es ihm vor. Es war unheimlich. Er hatte die Frachthallen auf Wolfbane für riesig gehalten: Jetzt merkte er, dass man sie in ihrer ganzen Riesigkeit komplett in einer verschwindend kleinen Ecke dieser Hallen absetzen könnte. Noch beunruhigender aber war die Menschenleere dieses erstaunlichen Orts.

Auch hier gab es endlos lange Korridore und dahineilende Transportmaschinen. Doch anders als in den Frachthallen Wolfbanes waren hier fast keine Menschen. Manchmal erblickte er in der nebligen Ferne eine einzelne Gestalt, die vielleicht einen kleinen Computer in der Hand hielt oder einfach so dahinschritt. Die Arbeit aber wurde von Maschinen verrichtet, kühl, lautlos, effizient.

Auf Wolfbane hätten hier Tausende von Menschen gearbeitet. Hier waren es nur eine Hand voll. Mit plötzlichem Schrecken wurde ihm klar, was für ein Glücksfall seine Reise im Schafcontainer gewesen war: Zweifellos hatte nur diese lebende Fracht die Schauerleute veranlasst, die Container zu öffnen. Andernfalls wäre er vielleicht drinnen geblieben, in seinen Träumen gefangen, bis er schließlich verdurstet wäre.

Der Gedanke ließ ihn schaudern, doch dann schob er ihn beiseite. Er hatte genug andere Sorgen – und die erste war die naheliegendste. Wie sollte er hier rauskommen, ohne geschnappt zu werden?

Er fragte sich, ob seine beiden Retter wohl Alarm schlagen würden. Eigentlich glaubte er das kaum – sie hatten gewirkt wie die einfachste Art von Arbeitern, die Ärger wenn möglich aus dem Weg gingen – aber es machte keinen Sinn, ein Risiko einzugehen. Je schneller er aus TerraPort herauskam, desto besser. Aber wie? Er umrundete eine weitere namenlose Ecke und befand sich am Rande eines großen freien Platzes. Die Decke war so hoch oben, dass man sie kaum erkennen konnte. Komplizierte Metallträger, Roboterkräne, die nach unten tauchten wie Enten nach Futter, Lichter wie Miniatursonnen. Der ganze Raum von hartem, blauweißem Licht erhellt, Schatten wie Rasierklingen.

Hinter dem freien Platz, auf dem lose Frachtstücke herumlagen, ragte eine breite, etwa zwanzig Stockwerke hohe Metallmauer empor. Hunderte dunkler, höhlenähnlicher Öffnungen punktierten die riesige Mauerfront. Während er zuschaute, fuhr ein kleiner Zug mit Flüssigkeitscontainern auf einer Stahlschiene in eine der Öffnungen hinein und verschwand. Bei näherer Betrachtung erkannte Jim eine Menge Bewegung: Viele solcher Züge und da und dort große, schlangenähnliche Rohre, die leicht vibrierten.

Von seinem Beobachtungspunkt sah es aus wie eine Spielzeugeisenbahn, doch dann bemerkte er plötzlich, wogegen er sich eigentlich lehnte: Ein Flüssigkeitscontainer, der denen der fernen Züge ähnelte. Der Container war jedoch zehn Meter hoch und dreißig Meter lang.

Hier war alles *riesig*. Plötzlich fühlte er sich wie in einem dieser Märchen, wo der Held in ein Reich von Riesen gerät. Der Gedanke brachte ihn zum Lächeln, seinem Ziel aber kein bisschen näher.

Über ihm hing ein ekelhafter, aber vertrauter Gestank in der Luft. Mit gerümpfter Nase versuchte er, sich zu erinnern. Oh, ja. Die Installation, an die er sich im Schafcontainer angeschlossen hatte. Die war für Schafe gemacht gewesen und hatte bei ihm nicht so gut abgedichtet, wie nötig gewesen wäre. Der Gestank seiner eigenen

Ausscheidungen hatte seine unbewussten Träume durchzogen, und jetzt roch er etwas ganz Ähnliches.

Es war kein angenehmer Geruch und auch kein angenehmer Gedanke, aber er zerrte und zupfte ständig an ihm, als versuchte er, ihm etwas klar zu machen. Etwas Notwendiges ... menschliche Ausscheidungen.

Scheiße.

Bei ihrer Reise zu den Sternen mussten sich auf den Schiffen Tonnen von Ausscheidungen ansammeln, und wie alles Organische war Scheiße und Pisse viel zu wertvoll zum Wegwerfen. Nein, die brachte man zur Wiederverwertung auf den Planeten zurück.

Er warf einen Blick rundum und wandte sich dann dem Container neben sich zu. Eine Metallleiter aus einer Reihe in die Containerwand eingelassener Sprossen führte außen an ihm empor. Er hob seinen Rucksack auf die Schultern, holte tief Atem und kletterte los.

Oben auf der abgeflachten Behältermitte fand er eine Reihe runder Metallluken vor. Hier oben war der Gestank sehr stark. Er musste durch den Mund atmen. Als er die Klammern einer der Luken löste, hätte ihn der Gestank beinahe umgehauen. Er spähte hinein.

Zwischen dem Behälterdeckel und der dunklen, schleimigen Oberfläche gab es einen guten Meter Raum. Mit einer Grimasse bückte er sich und streckte den Kopf in den Behälter. Öffnete absichtlich die Nase weit und zog den Atem ein.

Der Geruch war nahezu unerträglich, doch Sauerstoff war vorhanden. Genug, um ihn am Leben zu erhalten? Er wusste es nicht.

Er zog den Kopf heraus und ließ sich die Sache durch den Kopf gehen. An der Innenseite der Luke führte eine weitere Leiter in den Behälter hinein. Er konnte sich daran festhalten und sich so aus dem schlimmsten Dreck heraushalten – falls der Behälter nicht zu sehr gerüttelt wurde. Einen Hauptvorteil konnte er sehen: Niemand würde das Behälterinnere sonderlich gründlich inspizieren. Wer wäre schließlich so verrückt, sich in einem Behälter voll Scheiße zu verstecken?

Ein scharfes, metallisches Krachen riss ihn aus seiner Träumerei. Er spähte über die Behälterreihe hinweg. Drei Behälter weiter führte einer der Deckenkräne gerade seine stählernen Greifer in passende Sockel ein und hob den Behälter an. Der schwang durch die Luft davon.

Jim stand auf und füllte seine Lungen mit einem langen, tiefen Atemzug relativ sauberer Luft. Dann kletterte er in den Behälter hinunter und klappte den Lukendeckel über sich zu.

Hier hatte er nicht unter Sensorischer Deprivation zu leiden. Seine Nase war sensorisch mehr als ausgelastet.

2 »Kid, ich sag dir das nicht gern, aber du riechst wie Kacke. Und das mein ich nicht als Redewendung. Du stinkst wirklich.«

Jim schaute auf seine Jeans hinunter. Die waren von den Oberschenkeln abwärts mit einer braunen, bröckelnden Kruste überzogen. Die Sonne hatte die Hose getrocknet, die Spuren aber nicht beseitigen können. Der Tank hatte geschwankt. Sogar ziemlich stark.

Er saß neben einer kümmerlichen Palme in einem winzigen Park. Das Gras war hier so abgetreten, dass nur noch eine dünne Schicht staubiger Erde mit Flecken grünlichgrauen Unkrauts blieben.

Dieser Ort war absolut hässlich und hätte einen sogar ängstigen können, doch Jim kam er vor wie ein kleines Scheibchen vom Paradies. Das hatte er gefunden, nachdem er aus dem Behälter geklettert war und sich in einer unvorstellbaren, von gluckernden Geräuschen erfüllten Lagerhalle wiedergefunden hatte. Als er sie verließ, betrat er eine brandneue Welt.

Die Sonne stand hoch am Himmel und brannte heißer, greller und weißer als das Licht Wolfbanes. Einen Moment lang dachte er besorgt über Strahlungsverbrennung nach. Dann fiel ihm ein, dass er als Mensch einen Körper hatte, der eigentlich für diesen Planeten geschaffen war und nicht für Wolfbane. Diese Sonne würde ihn also nicht umbringen.

Der Gedanke war so dumm, dass er in Gelächter ausbrach. Sich nach allem, was vorgefallen war, ausgerechnet über Sonnenbrand Sorgen zu machen. Je mehr er darüber nachdachte, desto mehr musste er lachen. Und offensichtlich fand der schlacksige Typ, der rüberkam und sich neben ihm niederließ, nichts sonderlich Ungewöhnliches an einem mit getrockneter Scheiße bedeckten Jungen, der bei einer Palme hockte und sich ohne erkennbaren Anlass die Seele aus dem Leib lachte, denn nachdem er seine Bemerkung zu Jims Körpergeruch gemacht hatte, fuhr er fort: »Biste neu hier?«

Jim brauchte einen Moment, bis er merkte, dass jemand mit ihm sprach. Er drehte sich um. Sein Sonnenanbeterkollege war vollständig kahl, die rechte Gesichtsseite von einer üblen Narbe gezeichnet, und er trug eine illegale Kabelkopfausrüstung offen am Oberarm festgeschnallt. Noch vor einem Monat hätte Jim vor so einer Gestalt einfach so schnell wie möglich Reißaus genommen, doch jetzt empfand er nichts als Dankbarkeit über den Klang einer menschlichen Stimme.

»Mhm, neu«, stimmte er zu.

Der Mann hatte komische Augen, mal grün, mal braun, mal blau, je nachdem, wie er den Kopf zum Licht drehte.

Hasel, dachte Jim. *Diese Farbe heißt haselnussbraun.*

»Ja, du bist neu, merkt man. Wolfbane, stimmt's? Du hast den Akzent ...« Er hielt inne. »Wusste nicht, dass es auf Wolfbane auch Prolos gibt.«

Jim beäugte ihn misstrauisch. Nun, das war zumindest schon mal was. Dieser Mann, offensichtlich ein terranischer Prolo, hielt ihn für einen aus der Bruderschaft. Und das war wahrscheinlich gut so. Auf Wolfbane waren Prolos ein relativ neues Phänomen, und viele gab es noch nicht. Hier dagegen bildeten die Prolos dem Mythos zufolge einen unendlichen Schwarm. Umso besser konnte man sich darin verstecken.

Jim nickte. »Jetzt gibt es einen weniger.«

Der Mann kicherte und hielt ihm dann eine dreckige Hand hin. »Lass dir die Pfote drücken, Junge. Obgleich ich mir nicht vorstellen kann, warum du einen so schönen, sauberen Planeten, wie man vom Wolf immer sagt, verlassen hast, um den ganzen weiten Weg zu dieser Hölle von Erde hier zu kommen. Äh … ich heiße übrigens Jackie.«

Jim ergriff seine Hand. »Jim«, antwortete er.

»Netten Anschluss hast du da«, bemerkte Jackie. »Sieht nicht nach Staatlaus aus.«

»Hä?«

»Staatlaus. Staatliche Ausgabe. Sieht wie eine Einzelanfertigung aus. Reiche-Leute-Zeugs. Bist du eigentlich wirklich ein Prolo?«

Jim zuckte die Achseln. »War ich nicht immer. Du verstehst schon. Die Dinge … ändern sich.«

Irgendwie war das die richtige Antwort. Zumindest schien sie Jackie sehr zu gefallen, denn er streckte die Hand aus und schlug Jim auf den Rücken. »Ja, genau so *ist* es, nicht wahr? Am einen Tag geht es dir noch richtig gut, dir oder deiner Familie, und dann kommt so ein verdammter Roboter oder Computer und macht dich überflüssig. Wumm! Und dann gehörst du zu uns.«

Jim nickte. Plötzlich dachte er an die enorme, hallende Leere des Frachtlagers von TerraPort. Zweifellos hatte es dort einmal nur so von Arbeitern gewimmelt, genau wie auf Wolfbane. Aber jetzt waren die Arbeiter verschwunden. Vielleicht saßen sie jetzt auch unter verkümmerten Palmen, überall auf Terra.

»Tut mir Leid, der Gestank«, sagte Jim.

»Hab schon Schlimmeres gerochen. Aber es gibt öffentliche Badeanstalten, du weißt schon. Oder vielleicht weißt du es auch nicht. Bist du gerade erst angekommen?«

Jim nickte. »Na ja. Ich weiß nicht, in was du dich reinmanövriert hast ...« – Jackie lachte gackernd –, »aber ich bin gewiss keiner, der über sowas urteilt. Mit einem Cred-Groschen bist du dabei.«

Jims Hand wanderte reflexartig zu seinem Rucksack, wo sein kleiner Bargeldschatz verborgen war. Jackie folgte der Bewegung aufmerksam mit den Augen. Plötzlich wusste Jim, dass es ein guter Gedanke wäre, den Abstand zwischen sich und dem Mann ein bisschen zu vergrößern.

»Jackie?«

»Was ist?«

»Hast du mal von 'nem Lokal gehört, das Shawn Fan heißt? 'ne Bar?«

Jackie starrte ihn komisch an. »Also, warum solltest du denn dahin gehen wollen?«

»Ich treffe mich da mit jemandem«, antwortete Jim.

Jackie zog sich von ihm zurück, als wäre er mit einem Mal irgendwie großartiger geworden. »Also, wenn du da hin willst, zeig ich dir's. Aber du musst da auch erwähnen, dass ich dich hingebracht hab, okay?«

Jim hatte keine Ahnung, wovon Jackie eigentlich redete, nickte aber. Jackie strahlte. »Willste erst zu 'ner Badeanstalt? Dich 'n bisschen sauber machen?«

Zum ersten Mal seit seiner Trennung von Cat spürte Jim Hoffnung in sich aufkeimen. Vielleicht würde doch alles zum Schluss noch hinhauen.

»Ja«, sagte Jim. »Das wäre großartig.«

3 Der Mann mit dem kahlen, runden Kopf saß hinter seinem großen Schreibtisch, die Gesichtszüge vom hellen Licht überstrahlt, das durch das Fenster hinter ihm einfiel. Er trug einen dunklen Anzug und ein weißes Hemd mit Stehkragen. Seine Hände mit den Wurstfingern ruhten unbewegt auf der glänzenden Schreibtischplatte. Seine Stimme war tief, ein von einem klangvollen, warmen Timbre erfüllter volltönender Bariton.

»Steele, ich wünschte wirklich, Sie hätten diesen elenden kleinen Hurensohn in die Hände bekommen. Ihre Leistung kommt mir ziemlich enttäuschend vor.«

Commander Steele hatte in einem geräumigen schwarzen Ledersessel vor dem Schreibtisch gesessen. Nun stemmte sie sich mühsam hoch, stöhnend.

»Ihr Rücken?«, erkundigte sich der Mann höflich.

»Der kommt in Ordnung«, schnarrte sie. »Ich bin eine Enttäuschung? Hören Sie, der Einsatz erfolgte gemäß Ihrem Auftrag. Die Planung stammt von Ihnen. Hatten Sie etwa die Absicht, einen Kreuzer der Kon-Flotte zu verlieren? Ich meine, mein Gott …«

»Ja«, stimmte der Mann zu. »Das war eine Tragödie.« So wie er es sagte, hatte Steele nicht den Eindruck, als empfinde er den Absturz der *Hank Tee* auch nur im Geringsten als Tragödie. »Aber Sie wissen ja, wie es ist. Man kann nicht alles vorhersehen.«

Steele schüttelte den Kopf. »Wenn überhaupt jemand alles vorhersehen kann, dann sollten Sie das sein. Verdammt, ich habe fast mein ganzes Team verloren. Zum zweiten Mal!«

»Steele, Steele. So böse? Sowas kommt eben vor.«

»Nicht bei mir«, knurrte Steele. »Auf jeden Fall bin ich fertig, stimmt's? Ich bin raus. Der Junge ist Toast. Verbrannter Toast. Dann kann ich also wieder zu meiner üblichen schmutzigen Arbeit zurückkehren, einfach nur gewöhnlicher Mord, Vergewaltigung und Plünderei, richtig?«

»Also …«, sagte der Mann. »Genau genommen, nein.« Er verabreichte einem großen Holobildschirm einen Klaps mit der Hand. Langsam baute sich die Gestalt einer Jugendlichen auf. Sie saß verzweifelt in einer ansonsten völlig leeren Zelle und starrte auf ihre Füße.

»Schauen Sie, was ich gefunden habe«, sagte der Mann mit dem Kanonenkugel-Kopf. »Sie heißt Cat.«

4 Shawn Fan. Jim starrte zu dem verwitterten, unglaublich alten Holzschild hinauf, das über der Bartür leise in den Angeln quietschte. Jackie neben ihm schnüffelte. »Hast gute Arbeit geleistet, Jimmyjunge. Kann dich kaum mehr riechen.«

Jim grinste. »Ja. Danke, Jackie.«

»Du denkst dran. Du sagst ihnen, dass ich dich gebracht hab, okay? Das hast du versprochen …«

»Mach ich, Jackie. Ich denk dran. Kommst du denn nicht mit rein?«

Jackie wich zurück. »Ich? *Da* rein?« Er kicherte unbehaglich. »Oh, nein, das glaube ich nicht. Geh du mal. Du kommst schon zurecht.«

Mit einem letzten, nervösen Lächeln, nickte Jackie einmal kurz, machte kehrt und huschte davon. Jim betrachtete das Schild. Jackie war ein bisschen komisch, das stimmte, aber etwas an diesem Ort jagte ihm Angst ein.

Er dachte darüber nach und richtete sich dann auf. Shawn Fan, vor dem Haupttor von TerraPort. Geh da hin und nenn' dem Barkeeper meinen Namen. Dann kommt jemand und …

Jim machte die Schultern breit, schluckte seine Bedenken hinunter und trat durch die Tür in die düstere Kühle dahinter.

»Was willst du?«, fragte der Barkeeper.

»Limonade. Kirschlimonade … bitte?«, antwortete

Jim. Unbehaglich dachte er, dass das Benehmen, das seine Eltern ihm als Kind beigebracht hatten, hier vielleicht nicht ganz dem Verhaltenscodex entsprach. Die Bestätigung erhielt er postwendend, als der Barkeeper, ein Mann durchschnittlicher Größe und mittleren Alters mit fettigem schwarzem Haar über einem vor Tätowierungen fast gänzlich unkenntlichen Gesicht sagte: »Kid, mach dass du hier rauskommst, bevor ich dich rausschmeißen muss.« Er hielt einen Moment lang inne, starrte ihn wütend an und fuhr dann fort: »Los, verzieh dich! Übrigens stinkst du.«

Hm. Offensichtlich war er in der Badeanstalt doch nicht so erfolgreich gewesen wie erhofft. Er glitt vom Barhocker herunter, ohne auch nur einen Gedanken an die Tatsache zu verschwenden, dass dieses Möbelstück für Freizeitbedürfnisse über vier Jahrhunderte hinweg praktisch unverändert geblieben war. Er dachte auch nicht darüber nach, dass diese drittklassige Spelunke tatsächlich von einem menschlichen Barkeeper geführt wurde. In einem gleichrangigen Restaurant wären keine menschlichen Kellner anzutreffen gewesen, nur Robotersysteme. Natürlich konnte er sich nicht einmal ansatzweise vorstellen, welches Chaos an einem Ort ausbrechen konnte, wo Menschen, die ohnehin zu Gewalt neigten, Alkohol und Drogen konsumierten. Wenn er es sich aber nicht vorstellen konnte, dann ein Roboter-System erst recht nicht. In manchen Nischen wusste sich eben keiner so gut zu helfen wie ein Mensch.

»Ich … äh … Entschuldigung. Jemand hat mir gesagt, ich soll hier herkommen. Vielleicht kennen Sie sie? Heißt Cat …«

Der Barkeeper, der gerade die fettige Theke mit einem fettigen Wischlappen bearbeitete, hielt inne. »Wie war das?«, flüsterte er und beugte sich näher heran. »Nein, sag es nicht noch mal. Ich hab's beim ersten Mal gehört. Wie kommst du an diesen Namen, Kid?«

Jim zuckte die Achseln. Er schien ja etwas zu erreichen, wenn ihm auch nicht klar war, was eigentlich. Immerhin war Cats Name hier bekannt.

»Ich hab sie kennen gelernt. Woanders. Wolfbane.«

»Was sagst du da? Wolfbane …?« Der Barkeeper sah ihn von der Seite an. »Ich sag dir was. Du gehst in diese Ecke da drüben, hockst dich hin und tust so, als wärst du nicht da. Okay? Ich muss mal telefonieren …«

Jim nickte. »Kann ich …?«

»Hier gibt es keine Limonade, Kid. Es sei denn, du willst sie mit hochprozentigem Fusel aufpeppen. Kapiert?«

»Mhm.«

»Gut. Setz dich!«

Jim ging zum Tisch und setzte sich hin. In der Ecke war es dunkel. Er kauerte sich in der Nische zusammen, bis nur noch sein Kopf über die Tischplatte hinausragte. Sicher, das wirkte auf eine melodramatische Art dämlich. Er war nie an einem vergleichbaren Ort gewesen, doch es sah nicht so aus, als ob die Polizei ihn sonderlich streng überwachte. Dennoch wirkte die Atmosphäre gespannt und von Misstrauen erfüllt, vom Verhalten des Barkeepers bis zum Mantel verstohlener Wachsamkeit um die wenigen anderen Gäste, die schweigsam über ihren Glashumpen hockten und diese zu bewachen schienen wie verwilderte Haushunde einen Fleischbrocken.

Beeil dich und warte, dachte Jim. *Den größten Teil meiner Zeit verbringe ich mit Warten auf mir völlig Unbekanntes. Ohne zu wissen, ob es gut oder schlecht sein wird. Ob jemand mir hilft oder jemand mich umbringt.*

Er fühlte sich hilflos. Wieder einmal, verdammt …

Darüber grübelte er noch immer nach, als sie ihn abholen kamen. Zwei Männer, der eine dick, der andere dünn, ansonsten aber nicht zu unterscheiden. Beide wirkten wie harte, schlagkräftige Kerle, die daran gewöhnt waren, ihren Forderungen mit den Fäusten Nachdruck zu verleihen. Wenn nicht Schlimmeres.

Sie kamen durch die Vordertür herein und direkt an Jims Tisch. »Du da. Steh auf!«, sagte Dick.

Dünn warf einen Blick zur Theke. »Danke, Max. Wir übernehmen.«

Der Barkeeper nickte und sah dann auf seine endlos währende Wischarbeit hinunter. Jim hatte die Vorstellung, dass Max nicht wieder aufschauen würde, nicht einmal, falls Dick und Dünn beschließen sollten, ihn auf dem Tisch in Stücke zu zerhacken.

»Wohin gehen wir?«, fragte Jim, als sie ihn zwischen sich zur Tür hin abführten.

»Klappe«, sagte Dünn.

»Genau«, fügte Dick hinzu.

5 »Du behauptest also, du seist mit Cat auf Wolfbane gewesen ...«, sagte der eiskalte Killer mit Namen Jonathan.

Sie saßen einander an einem einfachen Holztisch in einem kleinen, unauffälligen Raum gegenüber. Dieselbe Beschreibung – klein, unauffällig – hätte man auch für Jonathan verwenden können, dachte Jim. Mit dem kurzen, sandblonden Haar, dem unsportlichen Körper und den von keinerlei körperlicher Arbeit gezeichneten langen, bleichen Fingern sah er aus wie irgendein kleiner Beamter.

Seine Augen waren wässrig und blau, und es widerstrebte ihm, etwas direkt anzusehen. Wann immer Jim versuchte, seinen Blick einzufangen, schossen diese Augen davon, als fürchteten sie sich vor dem Kontakt mit einem anderen Menschen. Selbst seine Stimme war blutleer, leise und fast wie lispelnd; er war akustisch so schwer zu verstehen, dass Jim sich vorbeugen musste, um das, was Jonathan ihm sagte, auch wirklich mitzubekommen.

Klein, schwach, leise, ausweichend: Was an Jonathan, fragte sich Jim, machte ihn dann nur so absolut entsetzlich? Während er angestrengt auf Jonathans Worte lauschte, überlegte er, dass es wohl etwas mit seiner Empfindung bei Jonathans schlaffem Händedruck zu tun haben musste. Jim hatte die sich wie ein Stück totes Fleisch anfühlende Hand sofort wieder fallen lassen, während sich ihm im Nacken buchstäblich die Haare sträubten. Er hatte der Versuchung widerstanden dort nachzufühlen, weil er wusste, dass er auf Gänsehaut stoßen würde. Und jeder Instinkt, den er besaß, rief ihm zu: *Lauf weg! Versteck dich! Lauf sofort weg!*

Jonathan gestand ihm dieses Gefühl sogar in gewisser Weise zu; als Jim aufkeuchend die Hand seines Gegenübers fallen ließ, lächelte dieser schwach, als wollte er sagen: »Ach, ja, ich verstehe schon. Alle sagen mir, dass es schrecklich ist. Das passiert andauernd.«

Irgendetwas Monströses war an diesem kleinen, harmlos wirkenden Typen. Das Monströse war so eindeutig, so offensichtlich, dass Jim sich fragte, wie andere Menschen es überhaupt in seiner Nähe aushielten. Vielleicht war sein Zimmer deshalb so gesichtslos, so rein zweckbestimmt. Nur der Tisch und die beiden Stühle sowie ein Bord mit Digitalbildschirmen an der Wand, sechs lautlos laufende Bildschirme, die Orte zeigten, die Jim nicht kannte, und Gesichter, die ihm so fremd und ununterscheidbar waren wie Eier.

»Erzähl mir von Cat ...«, fuhr Jonathan fort, sanft, eindringlich.

Jim war dankbar für die rätselhaften Bildschirme. Ihre Farben und schnellen Bildwechsel boten ihm einen Halt für die Augen, anders als Jonathans ausweichender, wässriger Blick.

Jim zuckte die Achseln. »Ich habe sie auf Wolfbane kennen gelernt. Sie ... hat mir viel geholfen.«

»Ach, wirklich? Was genau hat sie denn gemacht?«

Jim sah die Bildschirme an, während er seine Geschichte erzählte und mit dem unwahrscheinlichen Bericht seines Transits von Wolfbane zur Erde und in diesen kleinen Raum endete. Gerade, als er mit seiner Geschichte fertig war, bewegte sich etwas auf einem der Bildschirme und beanspruchte seine Aufmerksamkeit.

Jonathans rosige Lippen bebten; lautloses Gelächter rasselte in seiner Kehle. »In einem Becken voll Scheiße. Ausgezeichnet. Du stinkst, was soll's, das wäscht sich wieder ab. Aber keiner sucht in einem Topf voll Scheiße nach dem verlorenen Diamanten.«

Jim wandte den Blick vom Bildschirm, und der winzige Funke, der seine Aufmerksamkeit erregt hatte, verschwand von seinem geistigen Radar. »Bin ich das denn?«, fragte Jim. »Ein Diamant?«

Jonathan fixierte ihn mit einem einzigen scharfen Blick, bevor seine Aufmerksamkeit sich verflüchtigte und er wieder wegschaute. »Vielleicht. Das werde ich herausfinden. Da kannst du dir sicher sein.«

Jims Eingeweide krampften sich zusammen. »Was stimmt denn nicht?«

»Unter den Vermissten scheint auch Cat zu sein ...«

»Vermisst?« Jim wusste, dass ihm der Mund offen stand, aber er konnte es nicht ändern.

»Ja. Daher gebietet die Logik wohl, herauszufinden wer du wirklich bist. Oder genauer gesagt, *was* du bist. James. Endicott ... nicht wahr?«

6 »Es tut nicht weh«, sagte die Frau. Sie war klein und hatte das stahlgraue Haar zu einem ordentlichen Knoten aufgesteckt, trug ein formloses Blümchenkleid und einen mütterlichen Ausdruck im schlaff gewordenen Gesicht. Doch ihre dicklichen Hände steckten in Gummihandschuhen, und über dem Kleid hatte sie einen weißen Arztkittel, als befürchte sie Spritzer und Flecken.

Jim fühlte sich noch elender bei dem Gedanken, was da wohl auf sie draufspritzen könnte. Er kicherte schwach. »Das hat mein Arztprogramm auch immer gesagt.«

»Mm hmm …?«

»Es hat immer weh getan«, erklärte er.

»Jetzt mal tief Luft holen«, sagte sie, und genau in dem Moment, in dem er die Schultern hob, schlug sie ihm mit einem Subkutan-Spray auf den Arm. Einen Moment lang starrte er überrascht in ihr ausdrucksloses Gesicht, und das scharfe Zischen des Sprays hallte in seinen Ohren wider. Alles schwankte und verschwamm, dann verlor er die Besinnung.

Zehntes Kapitel

1 »Also, du bist der, der du zu sein behauptest. Oder zumindest zu sein *glaubst*«, sagte Jonathan.

Jim stand bei einem großen Fenster und sah hinaus. Er befand sich wohl mindestens im vierzigsten Stockwerk, aber dennoch verschwanden die Spitzen der Nachbargebäude weit oben in einem milchigen Dunst, der wie ein permanenter Nebel wirkte.

Zu seiner Linken schwang sich das antike Bauwerk der Golden Gate Bridge, inzwischen mit baufälligen Wohnanlagen zugebaut, schimmernd durch das trübe Licht. Er war also in San Francisco.

Der Gedanke, in all seiner Ahnungslosigkeit wenigstens zu wissen, wo er sich befand, verschaffte ihm einen gewissen Trost.

»Hm …? Was soll das heißen? Natürlich bin ich, wer ich bin. Wer sollte ich denn sonst sein?«

Jonathan trat von hinten an ihn heran. Er bewegte sich so lautlos wie ein Geist. Als er wieder das Wort ergriff, ließ seine Nähe Jim erschreckt auffahren. Wobei natürlich alles an Jonathan ihn fahrig machte.

»Ach, Jimmy, wie naiv du doch bist. Du könntest jeder beliebige Mensch der Welt sein. Du könntest glauben, dass du irgendein ganz bestimmter Mensch der Welt bist. Der menschliche Geist ist äußerst formbar … genau wie die menschliche DNS.«

Das ergab so wenig Sinn, dass Jim sich umdrehte und ihn anstarrte. »Wovon reden Sie überhaupt?«

Jonathan zuckte die Achseln. »Deine DNS zum Beispiel ist sehr … interessant.«

»Das ist mir scheißegal. Was ist mit Cat passiert? Was ist hier eigentlich *los,* Jonathan?«

»Also, nun, das ist eine knifflige Frage, stimmt's? Wir haben dich drei Tage lang auseinander genommen. Du bist eine regelrechte Fundgrube.«

»Jonathan ...«

»Oh, schon gut. Miss Cat wird ... äh ... vermisst, wie ich schon sagte. Gilt aber nicht länger als tot, falls dich das beruhigt.«

Jim stieß einen langen, erleichterten Seufzer aus. Er hatte ständig im Hinterkopf gehabt, dass sie irgendwie verschwunden war, und schlimmer noch, dass er daran schuld sein musste. Er schien irgendwie an allem Schuld zu haben, warum also nicht auch daran?

»Sagen Sie ...«, stieß er aufgeregt vor. »Wo ist sie?«

»Nun, also, das wissen wir nicht. Nicht genau. Aber zunächst, mein guter James, müssen wir uns wohl einmal ausführlich unterhalten. Ich meine, bist du nicht neugierig? Das solltest du nämlich sein, weißt du.«

Jonathan schlenderte davon. Das Zimmer war mit ein paar Sofas, einem Tisch, Stühlen und ein paar billigen Holodrucken ausgestattet. Es hätte ein preiswertes Hotelzimmer sein können. So gesichtslos und anonym fühlte es sich an. Schließlich hockte Jonathan sich auf eine der Sofalehnen. »Kommt es dir nicht merkwürdig vor, Jim, dass so viele Leute sich so um dich kümmern? Sich so sehr für dich ... *interessieren?*«

Jim kehrte sich wieder dem Fenster zu. Jonathans leises, beharrliches Lispeln hauchte ihm sogar noch mehr Unbehagen ein. »Natürlich«, antwortete er endlich. »Ich bin doch kein Idiot. Mein Dad hat mir gesagt ...«

»Hat dir wohl nicht genug gesagt, wie es scheint. Dein Dad war ein interessanter Mann, Jim. Er hatte eine Geschichte. Noch interessanter aber ist, dass wir dein Tiefengedächtnis zwar um und um gekehrt haben wie ein ungemachtes Bett und alles über Carl Endicott wissen, was du weißt, diese Geschichte aber noch immer nicht festmachen können. Der gute alte Carl war ein echtes Mysterium.«

Der Gedanke schien Jonathan glücklich zu machen.

»Sie hätten mich einfach fragen können.«

»Oh, das haben wir Jimbo. Jimmy, das haben wir. Tut dir der Kopf denn nicht weh?«

»Doch, tatsächlich.«

»Das geht vorüber. Achte nicht darauf. Jedenfalls, Zeit für eine kleine Geschichtslektion. Vielleicht eine Lektion über Geheimnisse, Big Jim.« Jonathan glitt von der Sofalehne herunter. Er hielt es nie lange an einer Stelle aus.

»Kennst du diesen Typ da, Jimmy?«

Ein ganz normaler Serien-Holobildschirm, der an einer Wand hing, sprang hustend an und zeigte eine Art Pressekonferenz. Bedeutend aussehende Amtsträger plapperten lautlos. Die Kamera schwenkte über die Gruppe hinweg und fuhr dann auf einen Mann zu, der hinter den anderen stand und kein Wort sagte.

Jim spürte einen Ruck des Wiedererkennens. »Ja … äh … nein.«

»Nun, ich bezweifle, dass du ihm kürzlich begegnet sein wirst, aber du erinnerst dich an ihn, oder?«

»Ich … ich habe ihn bei unserem letzten Gespräch gesehen. Er erschien auf einem der Bildschirme in Ihrem Büro. Deswegen erinnere ich mich wohl an ihn.«

»Nun, nicht genau. Bei einer Volluntersuchung der Gedächtnisinhalte werden unter anderem Vergleichsstudien durchgeführt. Wir haben eine Menge Bilder auf dich abgefeuert, und du hast da auf einiges reagiert, was dir normalerweise nicht mal ein Wimpernzucken hätte entlocken dürfen. Wie zum Beispiel … das hier.«

Ein weiteres Bild des Mannes war plötzlich zu sehen. Es war eindeutig derselbe Mann, aber viel jünger. Um seinen Kanonenkugel-Schädel zog sich ein schwarzer Haarsaum, und er war dünner, die Gesichtszüge schärfer.

Jim sah es verwundert an. »Es scheint, als müsste ich ihn kennen ...«, sagte er. »Aber ich kenne ihn nicht, nicht richtig. Es ist wie ein ... Déjà-vu. Aber ich bin ihm noch nie im Leben begegnet.«

»Er heißt Delta. Nun, so nennt er sich zumindest heutzutage. Er hat praktisch alle Hinweise auf seine Vergangenheit vernichtet. Um dieses Bild hier zu erhalten, sind ein Mann und eine Frau gestorben. Lässt das bei dir ... irgendwelche Glocken läuten?«

Jim schüttelte den Kopf. Aber er *kannte* ihn tatsächlich, oder doch nicht? Zumindest die jüngere Version. Aber wie eigentlich? Wieder setzte sich ein hämmernder Schmerz in seinem Kopf fest.

»Delta? Nein. Wie lautet sein richtiger Name?«

Jonathan seufzte. »Das wissen wir nicht. Das ist eines der bestgehüteten Geheimnisse in der ganzen Konföderation. Wir wissen aber, wer er ist.«

Jim sah ihn abwartend an.

»Delta führt die Combined Intelligence Agencies. Die CIA. Er ist da das größte Tier, das sie haben.« Jonathan hielt inne und fügte dann lässig hinzu: »Falls das eine Rolle spielt: Er ist mein Feind.«

Jim spürte, wie es in seinen Gedanken gefährlich knirschte. Das ergab auf schreckliche Art einen Sinn. Seit dem Moment, in dem seine Welt zerfallen war, hatte er sich wie ein Spielball großer unbekannter Mächte gefühlt. Alles war so schnell geschehen, dass er nie wirklich darüber nachgedacht hatte, aber zweifellos konnte nur eine Person, die über große Macht verfügte, all diese Katastrophen inszeniert haben.

»Delta ...«, sagte er langsam. Er schüttelte den Kopf. »Jonathan, ich kenne ihn nicht. Wirklich nicht.«

»Nun«, erwiderte Jonathan. »Das wird sich vielleicht ändern. Wie sich herausgestellt hat, will er dich nämlich kennen lernen.«

2 Das Verhör wurde von einer jungen Frau durchgeführt. Cat hielt sie für kaum älter als sich selbst und nahm an, dass das die übliche Vorgehensweise war. Möglichst ein Band zwischen Verhörtem und Verhörendem herstellen.

»Catherine«, sagte die Frau, »wir wissen, dass du die Chips weitergegeben hast, und wir wissen auch an wen. Du kannst mit Sicherheit davon ausgehen, dass wir diese Person finden werden, also brauchen wir dich eigentlich gar nicht, stimmt's? Aber es gibt ein paar Dinge, bei denen du uns helfen könntest.«

Cat schüttelte den Kopf, fest zu eigensinniger Verschwiegenheit entschlossen. Sie zweifelte nicht daran, dass man ihr Gedächtnis stundenlang ausgequetscht hatte – in ihrer Erinnerung gab es verdächtige schwarze Flecken –, aber sie war darauf trainiert, solchen Prozeduren zu widerstehen. In die physische Struktur ihres Gehirns waren Sicherungen und Unterbrecherschaltungen eingebaut, sodass ihre ganze geistige Struktur zusammenbrach, bevor sie etwas preisgab.

Die Techniken zur Einrichtung dieser Blockaden waren ungemein schmerzhaft, und sie hatte sich immer gefragt, ob das Ergebnis die Qualen wohl rechtfertigte. Angesichts ihrer freundlichen Peinigerin mit der sanften Stimme sagte sie sich jetzt, dass es den Preis wert gewesen war. Die Blockaden hatten der Gedächtnispresse widerstanden. Sie hielt die Spielkarten also noch in der Hand.

Aber wie hieß das Spiel? Was war der Einsatz? Und – am allerwichtigsten – wer waren die Spieler?

»Na, komm schon, Catherine. Gib mir einfach ein bisschen was. Eine Kleinigkeit ... vielleicht kann ich dir ja helfen. Warum fangen wir nicht bei deinem jungen Mann da an. Bei Jim Endicott? Was weißt du über Jim Endicott?«

3 »Jim, was sind die Prolos?«

Die Frage überraschte ihn, und er geriet ins Stammeln. »Äh ... also, ich schätze, man könnte sie eine ... Unterschicht nennen?«

Jonathan schüttelte den Kopf. »So würde man uns wohl nennen. Wir haben nicht gerade die beste Presse ... wobei, wohlgemerkt, da auch durchaus was Wahres dran ist. Wir sind alle gewalttätige, faule Kriminelle, süchtig nach Kabelkopferlebnissen. Den lieben langen Tag liegen wir als Arbeitslosengeldempfänger der Konföderation auf der Tasche, und die Kabel in den Anschlüssen hinter unseren Ohren pumpen den guten alten Freudensaft direkt in unsere Glückszentren. Irgendwas in der Art, stimmt's?«

Jim erinnerte sich mit einer gewissen Scham an seine Unterhaltung mit Morninglory. Scham, weil er genau so gedacht hatte – bis Morninglory, ein Prolo, einen der tapfersten Akte der Selbstaufopferung vollbracht hatte, den er sich je hätte vorstellen können.

»Ja, so habe ich früher wohl gedacht?«

»Du meinst, heute denkst du anders?« In Jonathans weichem Lispeln lag ein spöttischer Tonfall, und als Jim sich umwandte, um ihn anzuschauen, erkannte er denselben Spott in seinem Gesicht.

Das brachte ihn auf die Palme. »Hören Sie mal, ich dachte, Sie hätten mich gerade ablaufen lassen wie so ein Comic-Vid. Das haben Sie doch gesagt. Dann wissen Sie ja wohl, was ich empfinde? Oder etwa nicht?«

»Ach, Baby muss sich ärgern. Beruhig dich wieder, Jimmy. Es war nicht böse gemeint.« Jonathans gemeines Grinsen redete eine andere Sprache.

»Hören Sie auf, mich Jimmy zu nennen! Ich heiße Jim!«

»Boah! In Ordnung – Jim. Wir sind also einer Meinung, dass die Prolos nicht der Abschaum sind, als die du sie aufgrund deiner Erziehung betrachtet hast?«

»Morninglory …«

Jonathan nickte plötzlich ernst. »Ja, der alte Glory-Bursche. Nach dem, was du in Erinnerung hast, alle Achtung. Der hat denen aber ordentlich eins versetzt. Ich muss gestehen, ich hätte nicht gedacht, dass er dazu noch das Zeug hat. Hat, verdammt noch mal, einen kompletten Raumkreuzer runtergeholt. Alle Achtung.« Zum ersten Mal meinte Jim echtes Gefühl in Jonathans Blick aufschimmern zu sehen: stolz, triumphierend … bitter.

Diese Hunderte von Toten lasteten nicht in derselben Weise auf Jonathan wie auf Jim. Jim empfand Trauer, Entsetzen und Bedauern. Jonathan aber *weidete* sich am Opfertod von mehr als tausend Mann der Kon-Flotte.

»Die Prolos sind das unvermeidliche Produkt der Technisierung«, fuhr Jonathan schließlich fort. »Unsere Existenz ist keine Schande. Die Menschheit hat sich den Maschinen überantwortet. Keiner schien zu verstehen oder sich darum zu scheren, dass im Verlaufe dieses Prozesses der größte Teil der Menschheit überflüssig wurde. Ich schätze, wir haben noch Glück, dass sie uns nicht einfach alle umgebracht haben.« Er hielt inne, und wieder sah Jim den Abgrund unendlicher Bitterkeit in seinen Augen. »Aber vielleicht wäre das schlussendlich sogar das Beste gewesen.«

»Jonathan …«

»Erspare mir dein Mitleid, Jimbo.«

Jim ließ den Blick zu Jonathan hinübergleiten und wandte ihn dann wieder ab. Es war, als beobachtete er jemanden dabei, wie er einen Teil seiner eigenen Haut mit einem scharfen Messer abzog.

Jonathan hasste. Wusste man das, wusste man alles, was über Jonathan zu wissen war. Aber das hier brachte Jim nicht weiter. All diese wortreichen kleinen Spielchen. Prolos. *Wo war Cat?*

»Jonathan, Sie haben gesagt, Cat …«

»Vergiss Cat mal einen Moment lang, Jim. Hör mir stattdessen zu, okay. So ist es brav, Junge. Wir kehren zu Cat zurück, wenn ich es sage.«

Dann starrte Jonathan, einfach so, plötzlich ins Leere. Jim empfand es, als hätte Jonathan sich selbst abgeschaltet. Er … ging *weg,* und fast eine Minute lang blieb er auch *weg.* Es war das Unheimlichste, was Jim je erlebt hatte. Wenn er jetzt die Augen zumachte, würden ihm alle seine Sinne sagen, dass der Raum leer sei, ohne Leben.

Mit einem Stöhnen kam Jonathan zurück. »Was … ach. Jim, die Prolos gibt es überall. Inzwischen sogar auch auf Wolfbane. Erst gab es sie da nicht, weil es ein Pionierplanet war. ›Die neue Grenze unserer Zivilisation‹, hieß es damals. Aber inzwischen gibt es auch dort Maschinen, mehr und mehr Maschinen, und dementsprechend auch Prolos. Mehr und mehr *Prolos.* Willst du wissen, was ich mir so denke, Jim?«

Hier hielt er inne. Aber Jim war von seinem dahinplätschernden Gelispel wie eingeschläfert und antwortete nicht.

»Jim, bist du noch da? Hallo, Jimbo?«

»Entschuldigung, ich habe gerade nachgedacht.«

»Lass das. Pass auf, denn bei dem, was ich dir jetzt sage, geht es um Leben und Tod.« Wieder ließ er sein Schnappmessergrinsen hervorzucken. »Um dein Leben oder deinen Tod wahrscheinlich.«

Jim starrte ihn an.

»Etwas missbraucht uns, Jim. Missbraucht die Prolos. Das weiß ich – spüre ich – schon mein ganzes Leben lang. Ich weiß nicht wie, aber so viel Menschenfleisch, das muss einfach eine Ressource sein. Und in unserer Welt bleiben Ressourcen niemals ungenutzt. Zumindest niemals lange.«

Er seufzte, und Jim hatte das Gefühl, dass er wieder *weg* ging, aber diesmal nur für einen Moment.

»Also habe ich vor langer Zeit beschlossen, das herauszufinden. Wollte sehen, ob ich nicht die Hand auf das legen kann, was diese ganz bestimmte Ressource nutzt. Cat hat mir bei dieser Suche geholfen und Morninglory ebenfalls. Und noch viele andere. Und weißt du was? Eines war komisch ... wer auch immer mir half, landete auf Deltas Scheißliste. Kommt dir das nicht merkwürdig vor, Jim?«

»Ich habe keine Ahnung, wovon Sie überhaupt reden, Jonathan«, sagte Jim einfach.

Und das hatte er wirklich nicht. Er fühlte sich, als wäre er mit seinem Latein am Ende, in einem unzerreißbaren Netz grauenhafter Umstände gefangen, in diesem Durchgangszimmer mit einem Mann eingeschlossen, der ihm eine Heidenangst einjagte und ihn gleichzeitig zu Tode langweilte.

Was war Jonathan eigentlich? Gut oder böse? Falls sich solche Kategorien überhaupt auf ihn anwenden ließen.

»Jonathan, ich möchte über gar nichts mehr reden außer über Cat. Sagen Sie mir einfach, was passiert ist, okay? Die Prolos oder Sie oder alles andere sind mir Scheißegal. Mich interessiert nur Cat.«

Jonathan sog sanft an seiner Unterlippe und starrte ihn an. »Also, ehrlich bist du. Selbst wenn du dich nicht sehr für das Gesamtbild interessierst ...«

Plötzlich lächelte er. »Also, okay, Jim. Hier ist der Deal. Delta sagt, er hat Cat und will sie austauschen. Jetzt rate mal, gegen wen?«

Natürlich machte das keinen Sinn. Bisher hatte nichts einen Sinn ergeben. Aber er hatte versprochen, nie wieder einen Freund im Stich zu lassen. Und Cat war mehr als eine Freundin. Viel mehr.

»Rhetorische Frage, schätze ich?«

Jetzt wurde Jonathans Lächeln zu einer erschreckend hellen Leuchte, die aus seinem Pudding-Gesicht herausstrahlte. »Gute Antwort, Jim. Genau richtig! Er will dich!«

Dann, leiser: »Und ist das nicht einfach das *Interessanteste* von allem?«

4 Sie fesselten ihr die Handgelenke mit Kunststoffhandschellen, bevor sie sie in den riesigen, düsteren Raum brachten. Er erwartete sie am anderen Ende, ein schwarzer Scherenschnitt vor dem durch das Fenster hinter ihm einfallenden strahlend hellen Licht. Sie spürte das pausenlose Ticken und Summen verborgener Maschinen und roch ihn: Ein schweres, moschusartiges Parfüm, irgendwie Furcht einflößend. Der Saal war dazu geschaffen, ihn herauszustellen, ein Rahmen, der seine Macht illustrierte. Der Raum für eine gärende Egomanie.

Die Wachen waren gesichtslos und austauschbar. Sie führten sie bis zur Mitte des Raums und blieben dann stehen, nicht aufgrund irgendeines wahrnehmbaren Signals, sondern, wie sie spürte, langer Gewohnheit folgend. Die Wachen hatten schon viele hilflose Opfer zu dieser Stelle geleitet. Sie standen wartend da, Cats Oberarme im Klammergriff.

Allmählich kribbelten ihre Unterarme von diesem Druck und wurden taub, doch sie achtete nicht darauf und wartete schweigend ab.

»Hallo, Cat«, sagte er.

Tief, warm, geradezu sonor. Die Stimme eines Politikers. Beruhigend, väterlich. Alles andere als vertrauenswürdig.

»Sie haben mich entführt«, sagte sie. »Das ist gesetzeswidrig.«

»Ach, Cat. So hart? So *heftig*.« Er zog das Wort in die Länge, bis es wie ein intimer Scherz klang, den nur sie beide verstanden.

»Aber keine Sorge, meine Liebe«, fuhr er fort. »Deine … Gefangenschaft wird nicht mehr lange währen. Muntert dich das nicht auf?«

Nicht sonderlich, dachte sie. *Es gibt mehr als eine Möglichkeit, eine Gefangenschaft zu beenden. Und mindestens eine davon ist tödlich …*

»Sie lassen mich also frei? Ist das nicht gefährlich?«

Er lachte laut heraus. Wieder war es ein anziehendes Lachen, warm und klangvoll, von echtem Humor erfüllt. Entwaffnend. Sie widerstand. »Gefährlich? Wem denn, mein liebes Mädel? Mir etwa?«

»Ich habe Sie gesehen …«

»Also, nein, das hast du nicht. Nicht richtig. Und selbst wenn du dieser Meinung wärst, was würde das für eine Rolle spielen? Denk doch einmal nach. Wenn du meinst, mich *tatsächlich* zu kennen, verstehst du gewiss, wie unwesentlich das wäre. Richtig?«

Delta. Sie kannte ihn, wie könnte es anders sein? Und er hatte Recht. Delta konnte alles mögliche verschwinden lassen. Sie selbst, ihre Erinnerung an ihn oder die Erinnerung aller Beteiligten an diese Begegnung. Wie bei allen Mächtigen der Spionage war gerade dies seine größte Stärke: Dinge verschwinden lassen.

Alles ließ sich auslöschen. Was sie selbst betraf, so war seine Macht tatsächlich unbegrenzt. Eigentlich müsste er sie mit Entsetzen erfüllen. Sie fragte sich, warum es nicht so war.

»Nun?«, fragte er. »Warum haben wir also diese kleine Unterredung?«

Der Schatten bewegte sich. Sie spürte den Druck seiner Untersuchung, seiner Wachsamkeit. Vielleicht war es ja das. Er wollte sie körperlich sehen. Manche Menschen waren so, trauten ihren Geräten nicht, sondern nur der Aussage ihrer eigenen Sinne. Sie brauchten sinnliche Empfindungen, um etwas als wirklich wahrzunehmen. Sie kannte das Wort für solche Menschen.

Psychopathen. Sie spürte eine Schwere in der Brust, im Bauch.

Er erinnerte sie an Jonathan.

»Ich habe keine Angst vor Ihnen«, sagte sie schließlich. Selbst in ihren eigenen Ohren klang das dumm, kindisch. Aber etwas anderes fiel ihr nicht ein.

Wieder lachte er. »Aber warum solltest du auch, meine Liebe? Keiner hat dir etwas getan. Die Nachwirkungen der … Befragung, werden in ein paar Stunden vergehen. Und in Kürze entlassen wir dich und lassen dich deine Reise fortsetzen. Du wirst wohlbehalten an deinem Bestimmungsort eintreffen, nur mit ein oder zwei Tagen Verspätung. Das ist doch kaum die Aufregung wert, oder?«

»So einfach ist es also.«

»Genau so einfach, Cat. Um ehrlich zu sein, du birgst ein gewisses marginales Interesse für mich, und sei es auch nur wegen der Mühe, die jemand sich damit gemacht hat, deine … ähm … Untersuchung zu erschweren. Sehr gründliche Arbeit, das will ich hinzufügen. Mit der Zeit könnten wir dich natürlich knacken, aber … Meinen Glückwunsch an den, der das gemacht hat.«

Sie sah die Aufwärtsbewegung fleischiger Schattenarme und stellte sich vor, dass dicke Finger sich unter einem breiten, schweren Kinn falteten.

Plötzlich packte sie ein verrücktes Maulheldentum: »Das werde ich gewiss ausrichten.«

»Oho, Cat. Ich habe dich einmal abgepflückt. Ich kann das auch wieder tun. Vergiss das nicht.«

Das dumpfe, schwere Gefühl in Bauch und Brust wurde stärker. Was hatten sie mit ihr angestellt? Sie überdachte die Möglichkeiten: Winzige Sensoren, tief in ihrem Körper vergraben. Chemische Bomben, mit ihrem Nervensystem verknüpfte Alarmsignale. Zweifellos leuchtete sie auf deren Sensoren wie ein Freudenfeuer.

Sie lebte noch, aber trotzdem hatte man sie getötet.

Zumindest, was jeden weiteren Nutzen für ihre Sache anbelangte. Wie er sich über sie amüsieren musste.

»Ich hasse Sie ...«, sagte sie.

Darauf musste er gewartet haben, denn jetzt klang seine Stimme weicher, als hätte er sich von ihr abgewandt, das Interesse verloren – obgleich er sich überhaupt nicht bewegt hatte.

»Es war interessant, dich kennen zu lernen, Cat. Aber ich glaube, wir sind jetzt hier fertig, meinst du nicht?«

Sie musste es wissen. »Warum lassen Sie mich laufen?«

»Warum? Ich habe dich eingetauscht, meine Liebe. Für deinen verdammten Freund da, Jim ... An den erinnerst du dich doch, oder?«

»Sie ... mieses Schwein.«

»Aber natürlich, Cat. Was hattest du denn erwartet?«

Sie drehten sie um, führten sie ab, zurück in ihre Zelle, und schlossen sie ein. Sie saß in dem mitleidslosen Licht und versuchte darauf zu kommen, was das alles bedeutete, doch das gelang ihr nicht.

Jim. Was war so wichtig an Jim.

Warum ausgerechnet *er?*

5 »Jonathan, was ist so wichtig an mir?«, fragte Jim.

Jonathan zuckte die Achseln. »Eine bessere Frage wäre, warum Delta dich für so wichtig hält. *Falls* dem so ist – wir haben wirklich keine Ahnung, warum er dich will. Vielleicht denkt er, er könnte aus dir mehr herausbekommen als aus Cat ...«

Etwas in der Art, wie er das sagte, ließ Jims Nervenstränge warnend erbeben. »Ist Cat verletzt worden?«

»Wahrscheinlich nicht. Zumindest nicht körperlich. Aber du kannst davon ausgehen, dass man sie befragt hat.«

»Ihre Psyche ...?« Jim wusste das eine oder andere

über moderne Befragungstechniken. Mit genug Zeit, technischem Know-How und Entschlossenheit war jeder zu brechen. Wenn aber nur wenig Zeit zur Verfügung stand, waren die effektivsten Methoden meist auch die brutalsten.

»Wer weiß?« Und in Jonathans Antwort hörte Jim den unausgesprochenen Gedanken: *Wen schert's?*

In diesem Moment entschied er sich. Jede Sekunde länger, die Cat an diesem Ort verbrachte, schwebte sie in Gefahr. Jim aber konnte sie von dieser Gefahr entfernen, wenn er dazu bereit war. Bei Morninglory hatte er nicht die Wahl gehabt. Der alte Mann hatte ihm keine gelassen. Das hier aber war anders.

»Dann tauschen Sie mich ein«, sagte er. »Arrangieren Sie es. Bringen wir es hinter uns.«

Jonathan ließ sein sonderbares, weiches, beinahe mitleidiges Lächeln aufzucken. »Meine Güte, was bist du für ein eifriger kleiner Biber …« Doch es lag auch Achtung in seiner Reaktion. »Aber zugegeben, mutig bist du.«

Dann nickte er, wandte sich um und verließ den Raum.

6

Commander Steele stand in »Rührt euch!«-Haltung an genau dem Punkt, den Cat vor eine paar Minuten verlassen hatte. Sie behielt diese Haltung bei, obwohl ihr Rücken ihr scheußliche Schmerzen bereitete.

»Ich habe alle taktischen Spezialeinheiten alarmiert«, sagte Delta mit seiner sirupweichen, wohlklingenden Stimme. »Ich glaube kaum, dass man Ihre Leute brauchen wird, aber für den Fall der Fälle könnten Sie deren Bereitschaftsstatus ja um ein oder zwei Grad hochsetzen.«

Steele nickte. »Was von ihnen übrig ist … Darf ich fragen, was ansteht?«

»Steele, das hört sich bitter an. Zweifellos bereitet Ihr Rücken Ihnen Schmerzen. Warum entspannen Sie sich nicht, stellen sich ein bisschen gelöster hin? All die Jahre, die ich Sie kenne, hatten Sie immer diesen militärischen Besenstiel im Rücken.«

»Ja, Sir. Und jedes Mal, wenn ich mich einmal entspannt habe, ist alles schief gelaufen und direkt futsch, zum Teufel. Die letzten Ereignisse sind da ein ausgezeichnetes Beispiel.«

»Nun, vielleicht haben Sie Recht«, brummelte Delta höflich. »Ich bin mir nicht sicher, ob ich mich daran gewöhnen könnte, wenn Sie plötzlich ... locker würden.«

»Könnte schon sein. Haben Sie mich deshalb rufen lassen? Um Ihren trockenen Witz an mir zu üben?«

Delta lachte laut heraus, und diesmal lag echte Belustigung in seiner Stimme. Doch das dauerte nur einen Moment, dann war er wieder ernst und kalt.

»Was ansteht, ist ein bedauerlicher Ausbruch der Prolo-Psychose. Dies hier wird eine besonders heftige Attacke sein, die einen beträchtlichen Anteil der terranischen Prolo-Bevölkerung und einen kleineren, wenn auch merklichen Anteil der Prolo-Gemeinschaft auf Wolfbane heimsucht.«

Steele starrte ihn mehrere Sekunden lang an und schüttelte dann den Kopf. »Was genau meinen Sie mit ›beträchtlich‹?«

»Hmm. Wie groß ist wohl der Anteil der Prolobevölkerung, der sich dem Kabelkopfgenuss hingibt?«

Steele überlegte. Ihre genaueste Schätzung war knapp über dreißig Prozent. Etwa ein Drittel. Der Kabelkopfgenuss, die Praktik der direkten Stimulation der Glückszentren des Gehirns durch einen stetigen Schwachstromfluss über ein Kabel im Schädelanschluss war unter den Prolos sehr gebräuchlich, bei den höheren Schichten – den so genannten arbeitenden Schichten – dagegen weniger. Die Installation des Anschlusses war billig, einfach und zwar illegal, aber nicht wirklich verboten – umso mehr, als sich ein gewöhnlicher Cyberanschluss zu diesem Zweck umfrisieren ließ.

Sie nannte ihren Schätzwert, und Delta nickte. »Ich würde sagen, Sie sind recht nah dran. Bereiten sie sich also vor – schauen wir einmal, es gibt um die drei Milliarden Prolos – das macht also etwa eine Milliarde schreiender, gewalttätiger Psychopathen.« Er hielt inne. »Meinen Sie, das wird jemandem auffallen?«

»Sie genießen das, nicht wahr?«, sagte Steele.

»Nein, ich genieße es nicht. Aber ich tue es trotzdem.«

»Und warum, Sir?«

»Weil«, antwortete Delta, »die Alternativen noch schlimmer sind. Ach ja – ich möchte, dass Sie den Austausch mit dem Mädchen überwachen.«

»Ja, Sir.«

»Eine Sorge weniger für mich. Übrigens, Steele?«

»Sir?«

»Freuen Sie sich darauf, diesen Endicott-Jungen in die Hände zu bekommen?«

Steele dachte an all die Menschen, die bei ihren Bemühungen bezüglich dieses jungen Mannes ums Leben gekommen waren.

»Nur insoweit, als ich ihn gerne töten würde, wenn gestattet, Sir«, antwortete sie vorsichtig.

»Nicht sofort, Steele. Passen Sie zunächst einmal sehr gut auf ihn auf.« Der große Schatten bewegte sich vor dem hellen Fenster. Vielleicht war es ein Achselzucken. »Und danach, na ja. Wer weiß? Gehen Sie, machen Sie sich bereit, Steele. Machen Sie sich bereit.«

Sie nickte und ging.

7 Delta sah Steeles Ladestock-Rücken nach, als sie aus dem Saal schritt. Eine sonderbare Frau. Ihre gemeinsame Zeit reichte fast bis zum Anfang zurück, der Phase der großen, geheimen Entdeckungen, die ihn auf die Straße zur Macht gebracht hatten.

Hatte er – hatte sie – damals Fehler begangen? Damals war er nicht der Meinung gewesen. Er neigte nicht besonders zur Introspektion. Es hatte nie in seiner brutal durchsetzungsfähigen Natur gelegen, seine eigenen Handlungen und Entscheidungen zu hinterfragen. Doch die Zeit selbst hatte die Eigenschaft, irgendwann eine Neubewertung zu verlangen, und was die Zeit da hervorgehustet hatte – Jim Endicott – zwang ihn, Ereignisse und Vorfälle zu betrachten, von denen er gemeint hatte, dass sie unwiderbringlich in der Vergangenheit eingeschlossen seien.

Es war kein angenehmes Gefühl, und Delta hatte nicht die Absicht, es noch lange andauern zu lassen. Cat war mäßig informativ gewesen, doch für die bei ihrer Befragung vorgegebenen Zeitlimits war ein zu großer Teil ihrer Gedanken zu gut abgeschirmt gewesen.

Die Prolos brachten ihn also inzwischen mit ihren Qualen in Verbindung? Sie hatten ihre Computer alle ihnen zur Verfügung stehenden Informationen sieben und sichten lassen und waren zu dem Schluss gekommen, dass sein Name in Verbindung mit der Prolo-Psychose viel zu oft auftauchte.

Vielleicht war das unvermeidlich. Aber so etwas stellte keine Bedrohung dar, zumindest noch nicht. Und da er die Möglichkeit einer Aufdeckung von Anfang an mit einberechnet hatte, hatte er schon längst Notfallpläne, um mit einer solchen Bedrohung fertigzuwerden.

Mit Jim Endicott dagegen verhielt es sich anders. Wieder ließ Delta das Band vor seinen geistigen Augen ablaufen: Die Minikamera, die jeder Kämpfer seiner Speziellen Eingreiftruppe an der Uniform befestigt trug, hatte die rührende Abschiedsszene zwischen Carl Endicott und seinem Sohn aufgenommen. Was hatte sie bedeutet?

Carl Endicott war offensichtlich der Meinung gewesen, dass sie etwas bedeutete. Er hatte die Worte mit seinen letzten Atemzügen gesprochen – und, o Gott, was hatte Delta danach gehungert, diese qualvollen Atemzüge zu hören –, was er jedoch gesagt hatte, blieb ein Rätsel.

Langsam erhob er sich hinter seinem Schreibtisch, ein breiter, schwer gebauter Mann, der seine eigenen Schatten mit sich zu tragen schien. Er bewegte sich langsam, mit der automatischen Vorsicht eines schwergewichtigen Menschen, der behutsam gehen muss, um nicht alles unter seinen Schritten zu zermalmen …

Zu seiner Zeit hatte er sie alle zermalmt, alle seine Feinde, alle, die nicht willens oder nicht fähig gewesen waren, das große Netz der Gefahr zu erkennen, das nur er sah und dem entgegenzutreten nur er die Kraft und den Willen hatte.

Jetzt mochte ein sechzehnjähriger Bursche für ihn die größte Bedrohung seit jener Zeit darstellen, als Carl Endicott, der sich damals noch nicht Endicott nannte, und eine schöne Frau namens Kate sich heimlich zusammengetan hatten, um ihn der einzigen Dinge zu berauben, die er je geliebt hatte.

Er ging zu einer unter einem dichten schwarzen Faltenwurf verborgenen Seitentür. Während er sich schwerfällig vorwärtsbewegte, murmelte er fast wie ins Off einen Befehl für seine allgegenwärtigen Geräte: »Bringt mir die Mutter des Jungen. Ich werde mit dieser Tabitha Endicott reden.«

Und dann werden wir sehen, dachte er.

Elftes Kapitel

1 »Was hast du jetzt also gemacht?«, wandte sich Jonathan an eines der Wesen, das er nur als The Fountain kannte.

Sie hatten sich im »Noplace«, am Nicht-Ort versammelt: Der Ort, den sie für ihre Treffen ausgewählt hatten, in der Tat der *einzige* Ort, den sie für sicher genug hielten, um alle zusammenzukommen – existierte nicht in der physischen Welt, sondern nur in den nebelhaften Regionen des Cyberspace. Was nicht heißt, dass ihre Begegnung nicht real war. Sie war echt. Tödlich echt, und große Mengen an Gedankenarbeit, Geld und Gewalt waren darauf verwandt worden, für die Sicherheit dieser insubstantiellen Begegnungsstätte zu sorgen. Hier existierten sie nur als Elektronenwolken, aber dennoch konnte man ihnen Schaden zufügen.

Sie waren zu acht. Acht Gestalten im Cyberspace, wo die Erscheinung eine Frage der freien Entscheidung war – und einige der Entscheidungen, die diese acht getroffen hatten, waren ausgefallen. Man stelle sich zum Beispiel einmal The Fountain vor: Es – Jonathan hatte keine Ahnung, ob The Fountain Mann oder Frau war – schwebte in den Schatten und ergoss sich aus ihnen heraus, jetzt blutrot hervorgespienes Feuer, dann das Brodeln einer dampfenden Flüssigkeit, dann wieder eine krabbelnde Heerschar winziger, raschelnder Insekten. All das immer in Bewegung, immer von einer verborgenen Quelle aufwallend.

Es gab Zeiten, zu denen Jonathan sich über seine Mitverschwörer Gedanken machte und sich vorzustellen versuchte, was für ein Mensch wohl hinter einer solchen Selbstdarstellung stecken mochte. Doch das würde er niemals erfahren und wollte es auch gar nicht wissen: Von den hier Versammelten war keiner den anderen je in Fleisch und Blut begegnet. Die Computerwelt reichte für ihre Bedürfnisse aus, und sie war weit sicherer. Was könnte Jonathan einem neugierigen Verhörenden erzählen? Dass die bevorzugte Selbstdarstellung seines leitenden Wissenschaftlers eine Art endlosen Erbrechens war?

»Stellt euch eine große Stadt des Altertums vor«, intonierte The Fountain. »Stellt euch Jerusalem vor.«

»Zwischen den hohen Mauern geht es in Jerusalem unglaublich lebhaft zu. Kaufleute, Bauarbeiter, Käufer und Verkäufer, Priester, Ehefrauen und Horden von schreienden Kindern. Im Zentrum Jerusalems steht der Tempel, und im Tempel befindet sich Das Buch. Aus dem Buch, dem kleinsten Teil dieser großen Stadt, kommen all die Regeln, nach denen sie sich selbst regiert.

Das Buch sagt den Bewohnern der Stadt, wie und was sie essen dürfen, wie sie sich lieben sollen, wie sie kaufen und verkaufen sollen, wie sie bauen und wie sie kämpfen sollen. Es ordnet ihr Leben bis ins Detail; dieses Buch ist das Herz Jerusalems.«

The Fountain hielt inne, und Aker Bilk, der für die militärischen Fragen der Verschwörung zuständig war und sich als riesige, mit einer Neonkruste überzogene Gottesanbeterin manifestierte, brummte: »Ja, ja. Mach weiter.«

»Stellt euch Jerusalem als menschliche Zelle vor«, fuhr The Fountain fort. »Die Analogie passt exakt. Im Innern der Zellwände wuseln zahllose kleinere Einheiten eilig herum, wachsen und erbauen, sterben ab und wandeln sich. Im Zentrum der Zelle liegt der Zelltempel, Nukleus genannt, und im Zentrum des Nukleus befindet sich ein Buch. Das Buch ist winzig klein im Vergleich zur restlichen Zelle, und doch stehen darin all die

Regeln und Baupläne, die alles, was in der Zelle vorgeht, regieren. Das Buch der Zelle ist wie das Buch Jerusalems. Wir nennen das Buch der Zelle ihre DNS.«

Rose Lovely, die das menschliche Spionageaufgebot der Verschwörung leitete und sich in Gestalt der riesigen, weißen Blüte manifestierte, deren Namen sie trug, flüsterte sanft: »Das wissen wir, Fountain. Aber was hast du gemacht?«

»DNS«, sann The Fountain. »Ein miteinander verschlungenes Molekülkettenpaar im Innern einer Zelle, das entflochten einen Meter lang wäre und dabei nur den zehnmilliardstel Durchmesser eines Haares hat. Dieser DNS-Strang – den wir auch das Genom nennen – ist in Abschnitte unterteilt, vergleichbar den Bänden einer Enzyklopädie. Die DNS besteht aus dreiundzwanzig Bänden, Chromosomen genannt. Die Sätze, aus denen die Einträge in jedem dieser Bände bestehen, nennen wir Gene. Die kleinsten heraustrennbaren Einheiten, die Buchstaben, wenn man so will, sind die Basenpaare der Spiralhelix. Wie die sechsundzwanzig Buchstaben des Alphabets können diese genetischen Buchstaben zu einer Unendlichkeit von Bedeutungen und Informationen kombiniert werden. So ist das Buch des menschlichen Lebens geschrieben, im Herzen der Stadt, die eine Zelle ist. Versteht ihr?«

Cracker, der sich als ein sehr junger Mann darstellte, wenngleich er vor unzähligen Jahren Morninglory für die Sache gewonnen hatte, sagte mit seiner klaren, trällernden Stimme: »Ich könnte hunderttausend Hacker-Programme durchlaufen lassen, bevor du auf den Punkt kommst, du alter Narr. Natürlich verstehen wir das. Das ist doch kindisches Geschwätz. Was hast du nun also getan?«

Falls überhaupt, ließen Crackers Beleidigungen The Fountain noch ein wenig langsamer werden. Als der brillanteste Wissenschaftler der Prolo-Verschwörung kannte The Fountain seinen Wert. Vielleicht manchmal zu gut, sagte sich Jonathan.

»Wie im Buch Jerusalems gibt es auch im Buch des Genoms ungenutzten Raum oder Geschriebenes, das keiner liest oder versteht. Und doch, richtig decodiert werden die Worte des Genoms ausgehen und ihren Willen so unfehlbar wirken, wie die Codes, die blaue Augen erzeugen – oder Großmäuler, Cracker.«

»Pfff.«

»Was nun habe ich getan? Ich habe ein paar neue Artikel in die Genom-Enzyklopädie des jungen Endicott eingesetzt. Selbst ersonnene Anweisungen. Es war sehr schwierig.«

»Und warum das?«, fragte Jonathan.

»Weil schon jemand vor mir da gewesen ist. Ein großer Teil des Raums, der eigentlich leer hätte sein sollen, war schon mit genetischen Wörtern und Sätzen gefüllt – fast so viel wie ein kompletter Band – und so musste ich mit dem verbleibenden Raum arbeiten.«

Rose Lovely sprach. Ihre Stimme klang aufgeschreckt. »Willst du damit sagen, dass irgendjemand schon etwas ins Genom des jungen Endicott hineincodiert hat? Aber was denn?«

The Fountain rülpste bläulich phosphoreszierenden Schleim hervor, der unter dichter Rauchentwicklung in der Unterwelt darunter verschwand. »Ich habe keine Ahnung«, erwiderte The Fountain. »Der Code war von so hohem Niveau und so kompliziert, dass ich selbst den legendären Mindslaver-Batterien – falls es sie denn geben sollte – nicht zutraue, ihn zu entwirren.«

Einen Moment lang herrschte verräterisches Schweigen: Verräterisch, weil jeder der Beteiligten nun auf seine eigene Weise in Extremgeschwindigkeit mit anderen konferierte.

Cracker ergriff das Wort. »Du hast es erfolglos mit digitaler Entzifferung versucht. Ein Jammer.«

Aker Bilk sagte: »Geben wir da etwa unserem Gegner einen fetten Trumpf in die Hand, Fountain? Zweifellos ist Delta genau auf der Suche nach diesem Code.«

»Vergebens, das versichere ich euch«, antwortete The Fountain. »Er kann Endicotts Geheimnisse nicht besser lesen als ich. Zumindest nicht in der Zeit, die ich ihm dafür lasse. Hört euch an, was ich gemacht habe.«

»A propos Zeit …«, murrte Cracker.

»Wir wissen, dass Delta über den unseren vergleichbare wissenschaftliche Erkenntnisse verfügt. Vielleicht sogar noch effektivere. Wir wissen, dass er misstrauisch und paranoid ist. Wir wissen, dass er den jungen Endicott praktisch Molekül für Molekül auseinander nehmen wird, bevor er ihn in seine Nähe lässt. Also habe ich da etwas untergebracht, was Delta nicht finden kann. Keine geheimen Chemikalien, keine versteckten Sprengsätze, kein Biovirus oder Datenvirus.

Ich habe meine Codes mit den anderen vermengt. Bestimmte Moleküle innerhalb dieser Codes sind mit einer Zeitschaltung versehen. Sie werden ihre Anweisungen erst dann ausführen, wenn Delta mit seinen Untersuchungen *fertig* ist. Die Untersuchungen selbst werden der Auslösemechanismus sein.

Zur weiteren Sicherheit wurde der Junge ohne sein Wissen psychologisch programmiert. Sein Körper wird bestimmte Hormone freisetzen, aber nur, wenn er wirklich in Deltas physische Nähe kommt. Diese Hormone werden den Prozess, der nach Deltas Tests bereits eingesetzt hat, noch weiter beschleunigen.«

»Und was ist das für ein Prozess, du selbstgefälliger Schwätzer?«, knurrte Cracker.

»Er geht in zwei Richtungen. Der Atem des Jungen wird mit chemischen Codes geschwängert sein, die ihrem Programm gemäß den Tod jedes Menschen außer ihm selbst verursachen. Zweitens wird er freischwebende Code-Programme freisetzen, die auf den Angriff auf jedwede Art von elektronischem System fixiert sind. Eine interessante – und schwierige – Vermischung von biologischen Viren und Computerviren. Ein cybernetisches Virus, wenn ihr so wollt. In der freien Luft überlebt es eine halbe Stunde. Das sollte eigentlich reichen, um einen Wirt zu finden.«

»Und der Junge …?«, fragte Rose Lovely.

»Oh, der Prozess wird ihn umbringen. Er wird ihn schließlich bei lebendigem Leibe verzehren. Allerdings könnte ich mir vorstellen, das Delta ihn tötet, bevor es so weit kommt. Die Wirkung der von mir implantierten Codes ist recht – spektakulär. Delta wird das, was geschehen ist, sicherlich rechtzeitig verstehen, um zu einem Vernichtungsschlag auszuholen, bevor er dem Leiden erliegt.«

Aker Bilk unterbrach ihn. »Bist du dir bei deinem Plan auch sicher?«

»So sicher, wie man in Anbetracht der Umstände nur sein kann«, antwortete Jonathan. »Wir haben alle gesehen, dass eine Verbindung besteht. Delta konnte nicht verhindern, dass Cats Chips von Morninglory zu uns gelangten. Sie machen unseren seit langem gehegten Verdacht fast zur Gewissheit. Delta ist eng mit der Prolo-Psychose verbunden. Und der Endicott-Balg anscheinend auch, aber das schert uns nicht. Jim Endicotts wahrer Wert für uns ist einfach der: Er könnte die erste Waffe in unserer Hand sein, mit der wir Delta im Herzen seiner Macht treffen können. Sieg oder Niederlage, diese Chance können wir uns einfach nicht entgehen lassen.«

»Einverstanden«, sagte Aker Bilk. »Ja«, sagte Rose Lovely. »Okay«, sagte Cracker. »Ja, ja, ja«, stimmten alle anderen zu.

Jetzt lächelte Jonathan. »Ich werde meinerseits auch einen Angriff auf Delta führen, der synchron losgehen soll, wenn die in Endicott versteckte Bombe ausgelöst wird. Wenn alles läuft wie erhofft, sollte Deltas uneinnehmbare Feste genau in dem Moment an den Rändern zerbröseln, wenn wir mit all unseren Kräften zuschlagen.«

Rose Lovely stieß leise den Atem aus. »Und wenn du dich irrst?«

»Dann sterbe ich«, antwortete Jonathan einfach. »Und Jimbo Endicott stirbt auch. Die mikroskopisch kleinen molekularen Werkzeuge in seinem Innern werden ihn ohnehin zur Herstellung des Killer-Viruses fast schon aufgezehrt haben, aber wie dem auch sei – was soll's? Keiner hat einen Vertrag auf ewiges Leben. Zumindest noch nicht.«

Und so einigten sie sich, von Myriaden elektronischer Kratzer und Schmierer gedeckt, auf das Projekt und trennten sich. Jonathan saß plötzlich in einem leeren Zimmer auf einem Stuhl und blinzelte bei der verblassenden Erinnerung an seine Mitverschwörer, die als Gespenster in ihren Geräten so real gewesen waren, wie er sie jemals zu Gesicht bekommen würde.

Jetzt würden die Gespenster ihre Waffen in Fleisch und Blut stechen. Er hob die Hand, sah sie an und schauderte angesichts der Begierde in seiner eigenen beschädigten, ausgebrannten Seele.

Mordlust.

2

Sie standen auf einem offenen Beobachtungsdeck und blinzelten in die Sonne, die ihnen vom Wasser gespiegelt in den Augen brannte, während der salzige Wind durch ihr Haar strich. Jim starrte mit offenem Mund auf das phantastische Gebilde vor sich.

Die North American Skysnake erhob sich vierzig Meilen westlich von TerraPort, San Francisco aus dem Pazifischen Ozean. Sie und ihre vier Schwestern waren die größten je von Menschenhand errichteten Bauwerke.

Der Gedanke war einfach: Man platziere einen Satelliten im stationären Orbit und senke von dort das Kabel für einen Lift zur Erde ab. Als Idee einfach, in der Ausführung aber gigantisch und schwierig. Für die Errichtung dieser Skysnake, der ersten, hatte man zwanzig Jahre gebraucht. Entlang ihrer gewundenen Bahn wurde sämtliche Fracht von und zur Erde in riesigen Liftgondeln befördert, groß wie ein Fußballfeld, die an Tausende von Kilometern langen Kabeln aufstiegen oder niedersanken.

Jim sah ehrfürchtig zu der gigantischen Säule auf, die sich vor ihm erhob. »Da bin ich runtergekommen?«, flüsterte er Jonathan zu.

»Natürlich. Da kommt alles runter. Das effizienteste aller jemals errichteten Beförderungssysteme«, antwortete Jonathan. Er wirkte abgelenkt.

Jim nickte. »Wie lange noch?«, fragte er.

»Wir besteigen die nächste Gondel«, antwortete Jonathan.

»Und dann?«

»Wenn wir zum Verteilersatelliten oben kommen, finden wir einen Yachtgleiter von Deltas Hauptquartier, dem CIA Kommando-Satelliten Comsat One vor. Der befindet sich noch weiter draußen in einer Umlaufbahn.«

»Und dorthin werde ich gebracht?«

Jonathan zuckte die Achseln. »Das nehme ich an. Ich will nur den Austausch durchziehen. Was Delta dann mit dir anstellt, ist seine Sache.«

»Was wird er denn Ihrer Meinung nach machen?«

»Ich habe keine Ahnung. Bisher sah es so aus, als gäbe er sich alle Mühe, dich umzubringen.« Wieder hob er die Schultern.

Jim nickte. Er sah sich auf der breiten Plattform um. Wächter beiderlei Geschlechts bewegten sich hier und da möglichst unauffällig herum und bildeten ein stets in Bewegung befindliches Schild für sie.

»Begleiten Sie mich nach oben?«, fragte Jim.

Jonathan nickte. »Manche Dinge«, sagte er, »muss man schon selbst erledigen, wenn sie richtig laufen sollen.«

Jim rückte seinen Rucksack zurecht. Das rief ihm alles in Erinnerung. Er trug ihn seit Wolfbane. Es befanden sich Sachen darin, die er gepackt hatte, als sein Leben ein gänzlich anderes gewesen war. Er fühlte seine Einsamkeit wie einen Stich, und noch quälender seine Hoffnungslosigkeit.

»Ich habe immer noch mein Gewehr.«

»Hmm?« Jonathans glitzernder Blick richtete sich auf ihn.

»Meine S&R .75. Mein Dad hat sie mir geschenkt, damals …« Seine Stimme verlor sich, als ihn der Schmerz dieser Erinnerung überkam. »Werden die Detektoren sie bemerken?«

Jonathan grinste. »Wir fahren da nicht hoch wie Touristen, Jimbo. Die Prolos haben ihre Mittel und Wege. Keine Sorge, wir werden dich und deine antike Handkanone in einem Stück zum Übergabepunkt bringen.« Er hielt inne. »Allerdings werden Deltas Leute sie dann an sich nehmen.«

Das wusste Jim, aber der Gedanke an die Waffe war tröstlich. Vielleicht würde jemand einen Fehler machen. Vielleicht würde er zu Delta durchkommen und noch immer die .75 bei sich haben. Und in diesem Fall …

Er wusste es nicht. Konnte er einen Menschen kaltblütig töten? Vielleicht, wenn es der Mann war, der seinen Vater ermordet hatte. Der Wind biss ihn durch seine dünne, zerlumpte Jacke, und plötzlich zitterte er.

»Wie lange noch?«, fragte er.

»Bald, Jimmyboy. Früh genug.«

3 »Sie heißen Tabitha Endicott?«, fragte Delta.

Sie blinzelte, noch immer wie betäubt von tagelangen Verhören, vom Entsetzen, von der winzigen Zelle, in der sie eingesperrt gewesen war. Jetzt stand sie in einem hohen, schattigen Raum und versuchte zu denken, versuchte sich zusammenzureißen.

Komm schon, Tabby ... Sie nickte. »Wer sind Sie?«

»Hmm ... nennen Sie mich Delta.« Die Stimme war dröhnend, voll beruhigender Fröhlichkeit. Sie sah zu, wie die Schattengestalt hinter dem Schreibtisch aufstand und mit behutsamen Bewegungen nach vorn trat, heraus aus den Blendstrahlen, die ihn verhüllten, und mit dem Gesicht ins Licht. Sie erblickte seine Züge, ohne zu wissen, dass es ein Todesurteil bedeutete, sein Gesicht zu sehen.

Ein großer Mann mit einem Kopf wie eine Kanonenkugel. Seine Gesichtshaut wirkte sonderbar straff, die Lippen waren dick und breit über einem schaufelähnlichen Kinn. Er war so kahl wie ein Ei. Seine Augen waren wie halb vergrabene schwarze Murmeln und hatten sich jetzt mit Furcht erregender Intensität auf sie gerichtet. Er trug einen wunderschön maßgeschneiderten blauen Anzug, der seinen dicken Bauch nicht ganz verbergen konnte, aber seine breiten, muskulösen Schultern betonte. Seine Hände waren breit, die Finger dick. Er sah aus wie ein Ringer und bewegte sich wie ein übergewichtiger Ballettänzer. Er wedelte mit der Hand.

»Setzen Sie sich da drüben aufs Sofa, Tabitha«, nötigte er sie sanft. »Wir müssen uns über Ihren Sohn unterhalten.«

Sie hatte nicht erwartet, das ein so einfacher Satz ihr solche Qualen bereiten könnte, doch der Gedanke an Jim war wie ein Schlag. Sie hatte keine Ahnung, was geschehen war. Carl war ein verschwiegener Mann gewesen und hatte seine Geheimnisse mit sich in den Tod genommen, als er Tabitha zurückließ. Sie wusste, dass

Carl tot war. Sie wusste nicht, woher sie es wusste: Ihre letzte Erinnerung war, dass sie sich auf eine riesige, gewappnete Gestalt stürzte, und dann ein plötzlicher, blind machender Schmerz. Sie war in ihrer winzigen Zelle erwacht und hatte in ihrem Innern, da wo einst ihre Liebe für Carl Endicott ihren Platz gehabt hatte, nur das leere Gefühl des Verlusts empfunden.

Aber … Jimmy! Sie spürte, wie die beiden Wächter sie sanft herumdrehten, als wäre sie ein Invalide, und zum Sofa führten. Mit hämmerndem Herzen setzte sie sich. Sie schaute zu dem großen Mann auf, der, das Ballongesicht zu einem schmierigen Lächeln verzogen, gemessen auf sie zukam.

»Jimmy …? Was ist mit meinem Jungen? Ist alles in Ordnung mit ihm?«

Delta ließ sich äußerst behutsam ihr gegenüber auf einem mächtigen Stuhl nieder. Er faltete die dicken Finger über seinem vorgewölbten Bauch und seufzte. »Ich fürchte, da gibt es ein paar … Probleme.«

Panik durchdrang den Nebel in ihrem Kopf. »Was haben Sie …? Reden Sie mit mir, verdammt! *Ist etwas mit Jimmy?*«

Sie erhob sich halb vom Sofa, doch schwere Hände drückten sie wieder nieder. Einen Moment lang sträubte sie sich gegen den Druck, dann fügte sie sich schwer atmend.

»Jetzt beruhigen Sie sich, Tabitha. Dem Jungen geht es gut, oder zumindest ging es ihm gut, als ich zum letzten Mal von ihm hörte. Und wissen Sie was? Er kommt her. Sogar recht bald.« Delta nickte vor sich hin. »Ja, ich würde sagen, dass Sie beide in Kürze vereint sein werden. Na. Ist das keine gute Nachricht?«

Verzweifelt forschte sie in seinen Gesichtszügen. Er lächelte, alles an ihm signalisierte Trost und Ermutigung, und doch konnte sie das Gefühl nicht abschütteln, sich in unmittelbarer Gefahr zu befinden, das Gefühl, dass an diesem Mann, der da vor ihr saß, etwas zutiefst Böses war.

Sie wusste, dass sie nichts davon durchblicken lassen durfte. Irgendwie musste sie sich einen Ausweg aus dieser Situation ausknobeln, nach bestem Vermögen. »Können Sie … mir sagen, was geschehen ist? Warum ich hier bin? Hatten Sie etwas damit zu tun, warum diese Menschen meine Familie angegriffen haben?« Sie hielt inne, kämpfte mit der Frage und fuhr dann fort: »Ist Carl … mein Mann … tot?«

Er hörte aufmerksam zu, nickte bei ihren Worten und legte dann die zusammengefalteten Hände unters Kinn. Es kam ihr wie eine gewohnheitsmäßige Geste vor, die er selbst nicht einmal mehr bemerkte.

Sein Gesichtsausdruck wurde ernst, geradezu feierlich. »Ihr Mann ist tot, Tabitha. Es tut mir sehr Leid.«

Obwohl sie es schon wusste, war es ein blanker Stoß in ihr Herz, diese Nachricht so unverblümt zu erfahren, und sie keuchte auf. Es gelang ihr, jedes Geräusch hinunterzuschlucken, doch Tränen rollten über ihre Wangen.

»Es war ein Fehler«, fuhr er sie beobachtend fort. Etwas in ihm rührte sich. »Ihr Mann hatte … Reflexe, die ihm am Ende einen schlechten Dienst erwiesen haben. Er hat sich dem Team widersetzt, das ich losschickte, um Sie abzuholen, hat sich mit Gewalt widersetzt. Leider mit dem vorherzusehenden Ergebnis. Ich habe seinen Tod nicht beabsichtigt. Ich hatte niemandes Tod beabsichtigt, Tabitha. Das müssen Sie mir glauben.«

Aber sie glaubte ihm nicht. Was er sagte, klang plausibel, aber obwohl sie am Boden zerstört war, konnte sie den betrügerischen Unterton in seinen Worten heraushören. Als sie diesem Gedanken nachgab, verstand sie plötzlich, wie lebensgefährlich ihre Lage eigentlich war.

Sorge dafür, dass er weiterredet, sagte sie sich. *Alles, jede kleinste Kleinigkeit könnte wertvoll sein. Noch hat er mich nicht umgebracht. Dafür muss es einen Grund geben.*

Und doch fühlte sie sich so *hilflos*, und wenn sie Carl Endicott überhaupt irgendetwas vorzuwerfen hatte, dann das. Er hatte ihr das, was sie wissen musste, vorenthalten. Er war ein verschwiegener Mann, aber einige Geheimnisse hätte er teilen müssen. Das hatte er nicht getan, und wie stand sie selbst jetzt da? Sie hatte keine Ahnung, warum sich dieser Albtraum ereignet hatte, keine Ahnung, ob es für sie einen Ausweg gab und wie der aussehen könnte. *Oder für Jimmy*, dachte sie plötzlich, als ihr einfiel, dass er sich wahrscheinlich auf dem Weg hierher befand – und als Delta das erwähnt hatte, hatte sie die Wahrhaftigkeit seiner Worte herausgehört.

»Ich verstehe nicht ...«, flüsterte sie schließlich. »*Warum* haben Sie überhaupt Leute geschickt, um uns zu holen. Und warum auf diese Weise. Sie hätten ... ach, ich weiß nicht, einen Brief schicken können. Oder einen normalen Polizisten. Sie sind ein mächtiger Mann, nicht wahr. Jemand ganz weit oben. Wie hätten wir ihnen da Widerstand leisten können?«

Trocken erwiderte er: »Tabitha, vielleicht wissen Sie es, vielleicht auch nicht, aber Ihr Mann war ein gefährlicher Mensch. Ein ausgebildeter Killer. Und wie Sie sich erinnern werden, hat er sich recht wirkungsvoll zur Wehr gesetzt.«

Sie wusste, dass selbst das, so brutal und gerade heraus gesagt, eine Lüge war. Vielleicht wissen Sie es, vielleicht auch nicht? Schließlich kannte dieser Mann alles, was sie je gekannt und gewusst hatte, kannte es so genau wie die Kuppen seiner plumpen Finger, die er jetzt so aufmerksam zu betrachten schien.

»Wie dem auch sei«, fuhr Delta fort. »Das gegenwärtige Problem löst es nicht. Ich kann Ihnen nicht sagen, warum meine ... Behörde mit Ihrer Familie sprechen musste, aber ich kann Ihnen versichern, dass Sie, Tabitha, damit nichts zu tun haben. Dessen habe ich mich ausreichend vergewissert. Andererseits weist alles darauf hin, dass Ihr Sohn Jimmy von entscheidender Bedeutung für mich ist. Warum reden wir dann also nicht über ihn?«

»Jimmy ist einfach nur ein Junge, Mister – Delta. Ein Sechzehnjähriger. Wie kann er für Sie oder für irgendjemanden von Bedeutung sein?« Dabei hätte sie am liebsten aus voller Kehle gebrüllt – *Sind Sie eigentlich verrückt?* –, aber das tat sie nicht. Sie hatte das Gefühl, dass ihnen beiden die Antwort auf diese Frage nur zu klar war.

Delta hob kurz seine breiten Schultern – eine überraschend grazile Bewegung. Hinter seiner nach außen zur Schau getragenen Besorgtheit hatte er sie beobachtet. Eine schöne Frau, wirklich, mit dem von silbernen Strähnen durchschossenen lockeren blonden Haar, der klaren Haut, ihrem offenen, unprätentiösen ozeanfarbenen Blick. Und sie hatte auch etwas Starkes; klein und zierlich zwar, aber zäh. Eine Kämpfernatur. Das konnte er an der Art erkennen, wie sie sich anspannte, fast wie eine Stahlfeder. War es vielleicht sogar eine gefährliche Stärke?

Ihre Art erregte ihn, und das wiederum fand er verblüffend. Heutzutage erregte ihn kaum mehr etwas. Dann verstand er; zwischen ihr und einer anderen, längst verstorbenen Frau gab es trotz aller Unterschiede eine Ähnlichkeit. Diese andere Frau hatte er geliebt, und auf eine verbogene, krankhafte Art liebte er sie noch immer.

Beide Frauen hatte Carl Endicott für sich besessen. Die Erste hatte er gestohlen – *gestohlen!* –, die Zweite gefunden. Dies hier war Carls Frau, und in vielerlei Hinsicht erinnerte sie ihn an Carls erste Frau. Zweifellos hatte auch Carl die Ähnlichkeit wahrgenommen. Hatte er so klar in sein eigenes Inneres sehen können?

Möglich. Aber Carl war tot, und diese Frau saß vor

ihm, hilflos. Noch einmal empfand er diese sonderbare, machtvolle Anziehungskraft – ein *Drang*. Konnte Tabitha Endicott den langen, wirren Strang der Vergangenheit erkennen oder verstehen, der sie ohne ihr Wissen unausweichlich zu diesem Moment geführt hatte?

Die Versuchung, seine Bürde abzuladen, war plötzlich überwältigend. Was konnte es schließlich schaden? Sie würde diesen Ort hier niemals lebend verlassen. Sie gehörte ihm, ganz und gar, ob sie es nun wusste oder nicht. Aber keiner außer ihm selbst und den Toten kannte die ganze Geschichte. Die Toten konnten nicht mehr reden … aber er konnte es.

Schließlich wollte er mit ihr einfach wie ein Mensch zum anderen sprechen. Moderne Befragungstechniken waren gründlich, aber dennoch waren sie in gewisser Hinsicht ein stumpfes Instrument. Chemikalien und Träume trübten das Bewusstsein. Das Öffnen der geheimen Türen enthüllte die Wahrheit, aber nur, wenn man wusste, wonach man fragen musste. Er hatte nach allem gefragt, was ihm nur einfiel, war aber mit leeren Händen zurückgekommen. Und doch mochte es verborgene Nischen der Wahrheit geben. Und bei etwas so Elementarem wie einer einfachen Unterhaltung konnte er vielleicht ein oder zwei Wahrheiten herausbekommen …

Ich bin ein Narr, sagte er sich, fuhr aber trotzdem fort. Er hatte noch Zeit, selbst Zeit für Narreteien. Er beugte sich vor.

»Sechzehn …«, sagte er sinnend. »Tabitha, ich will Ihnen erzählen, was vor mehr als sechzehn Jahren vorgefallen ist.«

4 Steele führte die kleine Gruppe ihrer taktischen Spezialeinheit auf den vom Verteilersatelliten umschlossenen riesigen Platz hinaus, wo das obere Ende der Skysnake in der Umlaufbahn fixiert war. Der Flug von Comsat One hierher war ereignislos verlaufen, doch den von Delta vorhergesagten Aufruhr hatte sie im Hinterkopf.

Sie kannte Deltas Pläne nicht, handelte aber immer nach dem Glaubenssatz, so wenige Risiken wie nur möglich einzugehen. Normalerweise wurden auf den Satelliten keine Prolos beschäftigt – als Terras Lebensader waren die Satelliten zu wichtig, um irgendein Störungsrisiko einzugehen – doch selbst hier hatte es Vorfälle von Prolo-Psychose gegeben. Unter der zivilen, unauffälligen Kleidung war ihr Team daher so schwer bewaffnet, dass es mit allem Vorhersehbaren fertig werden konnte.

Das aber hatte sie nicht vorhergesehen.

Mit ihren geübten militärischen Sinnen kapierte sie es schon im ersten Moment, als sie ins Gewimmel der umherhastenden Menschen hinaustrat, die in einem summenden Stimmengewirr, das in dem umschlossenen Raum einen dröhnenden Lärm ergab, von einem Schiff ins andere umstiegen.

Hier befand sich ein Bataillon von Bewaffneten – sie war in eine Falle gelaufen!

Sie hätte nicht genau sagen können, woher sie das wusste. Sie erblickte Jim Endicott auf den ersten Blick nahezu im Zentrum des Menschenwirbels; neben ihm war ein älterer Herr, der wie ein psychotischer Buchhalter aussah. Und auch dieser Herr war ihr nicht unbekannt, oder?

Sie schob diesen Gedanken beiseite und konzentrierte sich auf die bedrohlichen Signale, die sie besser verstand. Wenn Menschenmassen sich durcheinander bewegten, hatte das etwas Zufälliges, fast wie die Brownsche Molekularbewegung, also wie freie Moleküle, die pausenlos gegeneinander stoßen. Doch sie sah auch die anderen – viele andere – die sich nur scheinbar bewegten. Sie ließen sich hin und her treiben, aber immer nur im Umkreis von zwei oder drei Metern, und hielten ihre Position gegen den Druck der Menschenströme. Und alle beobachteten sie.

Sie hatte sechs ihrer besten Leute mitgenommen. Doch mindestens fünfzig dieser Beobachter waren hier verstreut, fünfzig, die sie sehen konnte, und Gott weiß wie viele außerhalb ihres Blickfelds.

Sie tippte sich seitlich gegen die Kehle und sprach stimmlos in das dort implantierte Mikrophon.

»Aufgepasst, Leute. Das hier läuft nicht wie erwartet.«

Rasch berichtete sie, was sie sah, und erteilte eine schnelle Folge von Anweisungen. Ihr Team schloss sich um sie, und jeder nahm unauffällig seine Position ein.

Steele ließ wieder den Blick über den Platz schweifen und bemerkte, dass die anderen mit einer ähnlichen Bewegung antworteten. Was, zum Teufel, war hier los? Für ein Feuergefecht war das hier ein schauderhafter Ort.

Sie holte tief Atem und marschierte auf Jim Endicott und seinen mörderisch wirkenden Freund zu.

»Du bist James Endicott?«, fragte sie unvermittelt.

Er fuhr zusammen, wirbelte herum, und sein Mund klappte auf. »Mhm. Ja, der bin ich.«

Er war so aufgeregt wie ein Welpe, und sie hätte ihm fast ins Gesicht gelacht, doch dann fiel ihr ein, dass dieser Welpe schon Zähne gezeigt hatte. Und der Mann an seiner Seite war überhaupt nicht zum Lachen. Steele, die ihren Anteil an richtig üblen Leuten kennen gelernt hatte, erkannte ein Ungeheuer, wenn sie es sah.

Diesem da nickte sie zu. »Ich bin Steele«, sagte sie. »Sind Sie bereit für den Austausch?«

Jonathan musterte sie mit seinem unbestimmten, wässrigen Blick. »Ich weiß, wer Sie sind«, murmelte er. Steele spürte, wie ihre Arme sich mit Gänsehaut überzogen.

»Was soll das?«, fragte sie. »Sie haben viel zu viele Leute hier …«

Jonathan legte den Kopf ein wenig schief. »Würde Ihr Boss sich mit weniger auf den Weg machen?« Er schaute sich um und zählte ihre Eskorte. »Wo ist das Mädchen?«, fragte er plötzlich.

»Sie ist hier«, antwortete Steele.

»Dann bringt sie raus.«

»Nicht so schnell. Sie haben zu viele Leute hier.«

Jonathan starrte sie an. »Es ist nur ein Austausch, Steele. Mehr nicht. Sie können den Jungen haben.« Er stieß Jim in den Rücken, schob ihn vor. »Los schon, nehmen Sie ihn! Er gehört Ihnen.«

Steele nickte und wollte sich umwenden.

»Moment mal. Das Mädchen.« Jonathan hielt inne. »Deswegen sind hier so viele, Steele. Sie können den Jungen haben, aber *ich will das Mädchen.* Und Sie werden keine zehn Schritte von hier weg tun, solange ich es nicht habe. Verstehen Sie?«

Steele verharrte einen Moment lang und nickte dann zustimmend.

»Okay. Dann haltet euch mal die Buxen fest.« Ihre Lippen bewegten sich. Alle warteten.

Zwei weitere Leute der Spezialeinheit tauchten am äußersten Rand des Platzes auf und hielten zwischen sich eine benommen wirkende Cat aufrecht.

»Es ist ein harmloses Beruhigungsmittel«, sagte Steele schnell. »Damit sie keinen Unfug macht. In einer Stunde ist die Wirkung vorbei.«

Jonathan nickte. »In Ordnung. Also, verschwindet!«

Mehrere Leute, die ansonsten wie ganz normale Reisende aussahen, versammelten sich um Cat. Die beiden Männer, die sie gestützt hatten, lösten sich von ihr und gingen auf Steele zu, die Jim auf dem Weg zurückführte, den sie gekommen waren. Sie beobachtete den Jungen, als er in einiger Entfernung an dem Mädchen vorbeikam. Seine Hand bewegte sich wie zum Winken und fiel dann schlaff an seiner Seite nieder.

Sie erkannte den Ausdruck auf seinem Gesicht. *Armer Teufel, er ist verliebt,* dachte sie mitfühlend. Dann fielen ihr all ihre Gefallenen ein, und das Gefühl verging.

»Du da, weiter!«, sagte sie.

Jims Bewegungen hatten wie betäubt gewirkt, doch beim Klang ihrer Stimme blieb er stehen. Er wandte sich um und starrte sie an.

»Ich kenne Sie«, sagte er.

»Ich kenne dich auch«, erwiderte sie.

Zwei Wölfe, die Beine steif, den Rücken hoch aufgerichtet und das Fell gesträubt, hätten es nicht besser machen können.

Zwölftes Kapitel

1 »Vor mehr als sechzehn Jahren, Tabitha ...«, sagte Delta nachdenklich. »Damals machten zwei sehr begabte Wissenschaftler, ein Mann und eine Frau, eine erstaunliche Entdeckung. Sie brauchten Jahre dafür, doch schlussendlich überstieg ihr Erfolg ihre kühnsten Träume. Sie entdeckten, wie man menschliche Gehirne zu einer Batterie zusammenschaltet. Stellen Sie sich das nur vor!«

Tabitha wand sich unbehaglich auf dem Sofa. Deltas Gesicht war heiß angeschwollen; beängstigende Emotionen brodelten unter seiner gespannten, geröteten Haut. Seine Augen waren feurige schwarze Punkte. Sie starrte ihn an.

Jetzt überstürzten sich seine Worte. Ein feiner Speichelfaden rann ihm aus dem Mundwinkel.

»Das menschliche Gehirn ist der komplizierteste Computer, den wir kennen, Tabitha. Und diese beiden Wissenschaftler hatten herausgefunden, wie man Tausende – nein, Millionen – Gehirne zu einer riesigen, denkenden Maschine verbindet. Es war die einzigartigste, größte Entdeckung, die die Menschheit jemals gemacht hatte.«

Plötzlich sackte er zusammen. Er hob seine großen Hände und ließ sie wieder in den Schoß sinken. »Doch die Wissenschaftlerin konnte nur die Nachteile sehen. Verstehen Sie, es gab Probleme. Der Wissenschaftler dagegen erkannte das Potential, sah, was die Entdeckung der Gehirnbatterien für die Zukunft der Menschheit vielleicht bedeuten würde; sie aber sah nur die Gefahren, die aus der Entdeckung erwachsen würden.«

Er seufzte schwer. »Anscheinend«, fuhr er fort, »machten die einzelnen Gehirne, wenn sie zu der Batterie verbunden wurden, eine Art Psychose durch. Unbewusst übertrugen die Gehirne ihre individuellen Fähigkeiten auf die Batterie, doch ein bestimmter Teil des Gehirns hielt dem Druck nicht stand und machte eine gewaltsame Desorientierung durch. Eine verbindungsinduzierte Psychose. Verstehen Sie?«

Sie schüttelte den Kopf. Sie sah nur eine Art Wahnsinn. Miteinander verbundene Gehirne? Gehirnbatterien? Was hatte sowas mit ihr zu tun?

Er sah die Verwirrung in ihren Zügen und lächelte. »Die beiden Wissenschaftler stritten sich. Der Mann sagte, das Problem sei nicht von Bedeutung, die Psychose sei ein kleiner Preis für das Geschenk der Batterien selbst.« Er hielt inne und sah sie an. »Sie müssen die damalige Situation verstehen, Tabitha.

Die Menschheit hielt sich seit Generationen im Weltall auf – und machte einen Niedergang durch. Überall waren die anderen, die Außerirdischen, ältere und länger etablierte Spezies als wir. Im Vergleich zu ihrer Wissenschaft war die unsere armselig. Ihre Maschinen waren größer als die unseren. Wir waren zweitklassige Bürger der Galaxie – nein, machen Sie drittklassig daraus.« Er grinste. »Gesindel waren wir, genau das. Hingen von deren Freundlichkeit ab. Ich sah – der Mann sah –, wohin dieser Weg uns führen würde. Aber damit war jetzt Schluss! Die Gehirnbatterien gaben der Menschheit endlich den Trumpf in die Hand, den sie brauchte. Wir konnten sie verwenden, um unsere wissenschaftlichen Kenntnisse und Fähigkeiten in ungeheuren Sprüngen zu erweitern!«

Sie zuckte mit den Lidern. Die Vorstellung – menschliche Gehirne, die als Sklaven in irgendeiner schrecklichen cybernetischen Verschaltung arbeiteten – entsetzte sie. »Wussten diese armen – wussten die Menschen, die verrückt wurden, was mit ihnen geschah?«

Seine Lippen wurden schmal. »Was spielt das für eine Rolle? Tatsache ist, dass es funktionierte, Tabitha. Auch wenn dadurch ein gewisses Maß an Schmerz entstand, war das besser, als auf die Gehirnbatterien zu verzichten. Tabitha, wir reden hier vom Überleben der menschlichen Spezies! Der Zweck heiligt die Mittel, Tabitha. So war es schon immer, und so wird es immer bleiben.«

Sie blickte auf ihre Hände hinunter, damit sie ihn nicht ansehen musste. Ihr kam es so vor, als hätte sie nie eine bessere Definition des Bösen an sich gehört: Dass der Zweck die Mittel heilige. Hinter diesen paar Worten verbarg sich jede Ungeheuerlichkeit, die Menschen je ihresgleichen angetan hatten. Aber sie durfte ihr Entsetzen nicht durchblicken lassen.

Und sie wollte, dass er weiterredete, musste ihn zum Weiterreden bringen. »Diese ... Gehirnbatterien. Mussten Sie die Menschen dazu einsperren?«

Er antwortete mit einem breiten Lächeln. »Ach, Tabitha. Viel besser. Es war ein Kinderspiel, die Verbindungsglieder zu finden und zusammenzuschalten. Ich ... verabschiedete ... die ursprünglichen Versuchspersonen. Ich wollte nicht einfach nur ein paar Verbindungsglieder. Ich wollte Millionen! Und sie waren so leicht zu finden. Können Sie sich vorstellen wo?«

Sie schüttelte den Kopf.

»Überall auf der Erde gab es nutzlose Menschen. Überschuss des technischen Zeitalters. Die Prolos, die weder sich selbst noch der Menschheit gut taten. Viele unter ihnen Süchtige der schlimmsten Sorte. Kabelkopfabhängig. Zufrieden mit reinem – wie nennen sie das – Einstöpseln, Abdrehen.« Er lächelte bitter. »Die Selektion fand also von alleine statt. Ich sorgte dafür, dass neunzig Prozent der Kabelkopfanschlüsse, die bei diesen nutzlosen Menschen implantiert wurden, Verbindungen zu den Batterien darstellten. Sie suchten sich selbst aus, Tabitha! Sie entschieden sich dafür, aus der Menschheit auszuscheiden, und gerade durch diese Entscheidung gaben sie mir die Mittel an die Hand, die Welt stattdessen zu retten. Stellen Sie sich doch nur vor, dass …«

Wieder lächelte er, so angetan von der Eleganz dieser Lösung, dass sie sich – gequält von der Vorstellung des entsetzlichen Schadens, den die Prolo-Psychose diesen hilflosen Opfern zugefügt hatte – nur mit größter Mühe davon abhalten konnte, ihm ins widerliche Gesicht zu spucken. Jedermann wusste von der Psychose. Jetzt hatte sie erfahren, was sie auslöste – und ihr war klar, dass er sie mit diesem Wissen nicht am Leben lassen konnte.

Doch ihre eigene Notlage verblasste vor dem, was dieser Mann angerichtet hatte. Hatte sie etwa an Stalin, Hitler, Vos Valt gedacht? Im Vergleich zu diesem Ungeheuer waren sie harmlos.

»Ja …«, murmelte sie. »Sicher.« Und kämpfte gegen einen Brechreiz an. »Und was ist mit der Frau geschehen?«

»Was geschehen ist? Vieles ist geschehen. Hatte ich Ihnen gesagt, dass die beiden Wissenschaftler ein Liebespaar waren. Mit der Zeit hätte der Mann die Frau schon überzeugt. Schließlich hatte er Recht, und sie hätte das schließlich auch eingesehen. Doch es gab da eine dritte Person, noch einen Mann.«

Er hielt inne, und jetzt, als er darüber nachdachte, stieg ihm wieder die Röte ins Gesicht. »Ja, noch ein Mann. Ein Soldat, ein Killer, den man dazunahm, um die Sicherheit des Projekts zu überwachen. Er arbeitete eng mit den beiden Wissenschaftlern zusammen, vielleicht zu eng. Wie die Dinge standen, begann die Frau, ihm ihre dummen Ängste anzuvertrauen. Und – das von einem Mann, der die Dinge hätte verstehen müssen, der die Sicherheit der Menschheit über solchen Kleinkram hätte stellen müssen – dieser Soldat, dieser Killer *war einer Meinung* mit ihr.«

Sein Glück, dachte Tabitha. *Wer immer das war.*

Er kicherte. Noch nie hatte sie so einen freudlosen Laut gehört. Delta vollführte wieder diese eigenartige Schulterzuckbewegung. »Nun, Sie können sich vorstellen, was geschehen ist. Sie wandte sich diesem Soldaten zu, und die beiden verschworen sich gegen den anderen Wissenschaftler. Der Soldat kehrte sie gegen den Mann, den sie in Wirklichkeit liebte, und schließlich stahl er sie ihm ganz.«

»Das ist ja … schrecklich«, sagte Tabitha. Und es war tatsächlich eine schreckliche Geschichte, wenn sie es auch nicht so meinte, wie Delta es offensichtlich verstand.

Delta schloss die Augen. Er hatte sich nicht geirrt. Carl Endicott war sich treu geblieben. Dies hier war eine Frau wie Deltas längst verstorbene Kate. Vielleicht gab es Raum für eine gewisse Verwandtschaftlichkeit, ein wenig Gefühl, sogar hier. Vielleicht musste er sie ja nicht töten …

»Ja«, fuhr er fort, und wieder ergriff ihn die Leidenschaft. »Sie lief mit ihm davon. Sie verriet alles, was sie kannte – ihre wahre Liebe, ihre Wissenschaft, die Menschheit im Allgemeinen. Sie ließ sich von ihm schwängern, und sie versuchte, das Projekt zu zerstören. Sie setzte ein Virus frei, das alles in den Projektcomputern hätte zerstören sollen – aber sie hatte den Mann unterschätzt, den sie mit ihrem schmutzigen Verrat entehrt hatte.

Er – ich – konnte das Virus rechtzeitig abfangen, doch die Rückgängigmachung ihrer Operation band einen so großen Teil meiner Konzentration und meiner Energien, dass ihr die Flucht gelang, ihr, ihrem Killertypen und dem Kind.« Ein Ausdruck von Ekel verzerrte seine plumpen Züge. »Sie hat sogar versucht, mir den Balg als mein eigenes Kind unterzuschieben …«

Nun schaute er zu ihr auf, die Augen glänzend wie die eines hungrigen Vogels. »Ihr Adoptivsohn, Tabitha, und Ihr Mann. Dieser miese Killer Carl Endicott und der kleine Jimmy Endicott. Die Frau habe ich schließlich erwischt, doch Carl und der Junge entkamen.«

Er hielt inne, plötzlich von Leere erfüllt. »Verstehen Sie jetzt?«

Ihr Herz tat einen Sprung. Nie war sie stolzer auf Carl Endicott gewesen, und nie in ihrem ganzen Leben hatte sie ihn mehr geliebt als jetzt.

»Ja«, sagte sie leise. »Ich verstehe.«

Vielleicht nahm Delta in ihrem Tonfall etwas wahr, denn seine Züge wurden schärfer. Er starrte sie einen Moment lang an, fast wie enttäuscht, wenn sie sich auch nicht vorstellen konnte wovon. Er wartete einen Herzschlag lang und schüttelte dann den Kopf.

»Nun, jetzt wissen Sie, wo meine Interessen liegen. Ich habe sie gesucht, den Jungen und den Mann, und gleichzeitig benutzte ich die Gehirnbatterien, um zu meiner gegenwärtigen … Position aufzusteigen. Ich wusste, wenn ich nur lange genug wartete, würde der Mann einen Fehler begehen. Wie sich herausstellte, habe ich mich geirrt. Der Junge hat sie verraten. Jimmy.«

»Diese Bewerbung bei der Space Academy …«, sagte Tabitha, die plötzlich alles verstand. Und wieder wünschte sie, dass Carl sich ihr anvertraut hätte, auch wenn sie jetzt wusste, warum er es vermieden hatte. Seine Absichten waren gut gewesen, aber der Weg zur Hölle war mit guten Absichten gepflastert. Armer, verzweifelter Carl!

»Ja, diese Bewerbung. Natürlich stehen mir alle Regierungsdatensysteme offen. Jimmys und Carls Genotypmerkmale stachen daraus hervor. Unübersehbar. Und als ich sie untersuchte, merkte ich, dass die Tote, die ich einmal geliebt habe, sich nicht mit dem Versuch zufrieden gegeben hatte, mich zu vernichten. Sie hatte noch etwas hinterlassen –, und wissen Sie, wo sie es versteckt hat?«

Tabitha schüttelte langsam den Kopf.

Delta klatschte in die Hände, ein scharfer, knallender Triumphlaut. »In Jimmy Endicotts DNS. Sie besaß das Wissen, sie besaß das Werkzeug. Sie hatte den Jungen. Sie hat ihre dreckigen Geheimnisse *in ihm* versteckt, und jetzt, Tabitha, *werde* ich sie aufdecken!«

Er hielt inne, um Luft zu holen, einen Ausdruck der Überraschung, fast der Verblüffung über seine eigene Leidenschaftlichkeit im Gesicht. »Ich habe diese Entdeckung benutzt, um die Menschheit in einem feindseligen Universum nahezu sechzehn Jahre lang zu nähren und zu schützen. Diese Narren und ihr Wunsch, sich mit den Außerirdischen zu verbünden, mit den Außerirdischen, von denen nur Vernichtung kommen kann, diese Föderation, die sie ins Leben rufen wollen ...« Traurig schüttelte er den Kopf. »Nun, sie sind Narren, ich aber nicht. Und ich werde nicht zulassen, dass die Hand dieser Toten mein Lebenswerk in Gefahr bringt, die Menschheit selbst in Gefahr bringt ...« Plötzlich merkte er, mit wem er eigentlich sprach, und seine Stimme wurde weicher. »Selbst wenn das bedeutet, dass Jimmy ...«

»Ja«, sagte sie schleppend. »Ich weiß. Der Zweck heiligt die Mittel ...«

Er lächelte. »Genau.«

2 Steele ließ ein paar Kunststoffhandschellen über Jims Gelenke gleiten, während sie ihn von Jonathan wegzog. »Den nehme ich«, sagte sie und nahm ihm den Rucksack von den Schultern. »Hmm? Das passt dir nicht? Ist was drin, was du haben möchtest? Ah.«

Sie fischte die S&R .75 heraus und grinste ihn an. »Ziemlich große Knarre für so einen kleinen Jungen.«

Jim starrte ihr ins Gesicht, an das er sich wegen des Geflackers von Feuer und Blitzen in jener schrecklichen Gebirgsnacht nur undeutlich erinnerte. Der Kreis hatte sich geschlossen: Genau um dies zu verhüten, war sein Vater gestorben.

Er spürte einen Moment heftigen Bedauerns und verwarf dieses sofort wieder. Dass er hier war, war seine eigene Entscheidung. Nun, vielleicht. Er hatte aber das Gefühl, dass Jonathan diese Entscheidung für ihn getroffen hätte, hätte er die Wahl gehabt. Aber egal. Cat war in Sicherheit. Nur das zählte.

»Wohin gehen wir?«, fragte er.

»Wir besuchen jemanden wegen eines Hundes«, antwortete Steele und warf ihm ein gemeines Lächeln zu. »Und danach wirst du vielleicht mich besuchen.«

Die ganze Zeit über hatte ihre kleine Gruppe sich durch die wimmelnden Menschenströme zum Rand des Platzes vorgearbeitet. Jim besaß nicht Steeles Erfahrung, doch selbst er spürte, dass sie im Zentrum der Aufmerksamkeit vieler wachsamer Augen standen.

»Was ist denn los?«, fragte er, als sie den Platz hinter sich ließen und dann in einen langen, grauen Tunnel einbogen, den sie rasch entlangmarschierten. Sobald sie sich in dessen schützender Umgebung befanden, schien Steele sich ein wenig zu entspannen.

Sie warf ihm einen Blick zu. »Trotz meiner anfänglichen Befürchtungen«, meinte sie, »sieht es so aus, als wäre nur eins los, nämlich dass wir unseren Arsch heil hier rauskriegen. Und das passt mir bestens.«

Jim nickte, während ihr Schritt sich beschleunigte. Er richtete sich auf und straffte die Schultern. Was auch immer ihn erwartete, er hatte vor, ihm direkt in die Augen zu sehen.

Er war sich sicher, dass sein Vater dasselbe getan hätte.

3 Jonathan beobachtete die kleine Gruppe, die im Menschengewimmel am Rande des Platzes verschwand, und ein unbestimmtes Lächeln zuckte über seine Lippen. Als sie weg waren, berührte er sein Kehlmikrophon und machte sich an die Arbeit.

»Status auf der Gondel, bitte«, flüsterte er.

Ein Stimmengewirr, über das sich gleich darauf seine Kommandofrequenz schob. »Alle Posten gesichert. Warten auf Einsatzzeichen.«

Jonathan warf einen Blick auf seine Daumennageluhr und zählte die Sekunden. Er holte tief Atem und fragte sich, ob das wohl seine letzte Mission sein würde. Wenn sie nur erfolgreich verlief, war ihm das eigentlich egal. Die Analyse war nicht hundertprozentig sicher – das konnte eine Analyse auch nicht leisten. Innerhalb dieser vorgegebenen Einschränkung wies allerdings alles auf Delta hin. Doch auch falls Delta nicht der Hauptmotor der Prolo-Psychose sein sollte, hatte er Jonathans Volk im Laufe der Jahre so viel Leid angetan, dass, wenn überhaupt einer, dann er den Tod verdiente.

Alles in allem war dieser Einsatz, selbst wenn Jonathan ihn nicht überleben sollte, eine äußerst befriedigende Art des Abgangs auf der linken Bühnenseite.

»Okay, Leute, los geht's! Auf mein Zeichen … Jetzt!«

Der Verteilersatellit erbebte. Dann gingen die Lichter aus. Plötzlich im Dunkeln gelassen, brachen die Menschenmassen in Geschrei aus, eine Art Urschrei, bei dem sich Jonathan die Nackenhaare sträubten.

Er setzte eine Brille auf, die eine Karte des Satelliten in sein Sichtfeld projizierte, und begann, sich durch die Menge hindurchzuarbeiten.

Die Skysnake beförderte große Frachtgondeln hinauf und hinunter. Hier oben klinkten sich die fußballfeldgroßen Container aus, wurden zu riesigen, schwerfälligen Frachtkähnen und machten sich auf den Weg zu den wartenden Weltraumkreuzern.

In wenigen Sekunden würde ein solcher Kahn ihnen gehören. Der würde ein prima Landefahrzeug für die kleine Armee abgeben, die er dabeihatte.

Beim Gedanken an Delta entflammten seine Gedanken zur Weißglut. Mordlust überkam ihn, und genau so sollte es auch sein: All die anderen Mitglieder des Prolo-Führungsteams hatten ihre besonderen Talente. Er auch.

Er war ihr Killer.

4 Steele spürte den Ruck, als die Stromversorgung des Verteilersatelliten durch Jonathans Angriff zusammenbrach. Sie rannte los.

»Los, raus hier!«

Sie preschten geduckt durch eine Luke am Ende des Tunnels und kamen in eine lange, flexible Einstiegsröhre. Auch hier waren die Lichter aus, doch ein schwaches, phosphoreszierendes Glimmen der Notbeleuchtung erhellte ihnen den Weg.

Sie schossen Hals über Kopf durch die geöffnete Raumfahrtschleuse am Ende der Röhre, wobei Steele einen Schwall von Befehlen hervorstieß. Jim spürte, wie er hochgehoben und wie ein Mehlsack durch die Luft geschleudert wurde, bis er gegen eine Stahlwand krachte. Plötzlich war er schwerelos: Vom abrupten Übergang bekam er Sodbrennen und stieß Galle auf.

Alarmsirenen schrillten. Einen Moment lang lag er halb betäubt da, während die Schleuse sich wie eine Irisblende schloss. Dann packte ihn jemand, schleppte ihn eine Leiter hoch und warf ihn in eine kleine Kammer. Er schaute sich um: Ein Spülkasten, beengte Toiletteninstallationen. Aber an der Tür befand sich ein Schloss. Er hörte, wie es einrastete.

Einen Moment später presste ihn die Beschleunigung wie mit Geisterhand gegen das Deck. Sie war nicht sonderlich stark und dauerte nicht länger als ein paar

Sekunden, sonst wäre er vielleicht schlimm verletzt worden. So aber versuchte er aufzustehen, doch seine zitternden Hände spielten ihm einen Streich, und er rutschte aus und schlug sich den Kopf an. So begann er also den letzten Abschnitt seiner langen, merkwürdigen Reise mit einem Klingeln in den Ohren und Sternchen vor den Augen.

Der Kreis schloss sich schließlich, die Schlange verschlang ihren Schwanz.

Zurück zum Anfang.

5 Cat schüttelte den Kopf, um die Spinnweben daraus zu vertreiben. Ihre Übergabe aus Steeles Bewachung in Jonathans Hände war völlig glatt verlaufen, und sie hatte den entgegenkommenden Jim kaum bemerkt. Etwas musste jedoch einen Funken entzündet haben, denn jetzt erinnerte sie sich an seine Hände, die sich zum Gruß erhoben hatten und dann wieder niedergesunken waren. Er hatte gewinkt. Ihr zugewinkt.

»Jonathan«, schrie sie plötzlich, während zwei Prolos sie davonführten. »Was hast du gemacht?«

Doch Jonathan war nicht da, oder falls er sie doch hörte, antwortete er nicht.

Jetzt, eine Stunde später, stand sie in der weiten, hallenden Leere eines Frachtkahns und sah zu, wie eine Armee von Prolos sich zum Kampf bereit machte.

Alle schienen sie vergessen zu haben. Ihre beiden Retter hatten sie hergebracht und auf einen niedrigen Stapel weicher Planen gesetzt, und hier war sie sitzen geblieben, während ihre Sinne allmählich wieder klarer und schärfer wurden.

Seit einigen Minuten fühlte sie sich fast wieder normal, wenn ihre Gedanken auch von einer Unterströmung von Furcht begleitet wurden: Was hatte Delta ihr angetan? Hatten die Leute, die sie verhört hatten, ihr dauerhaft Schaden zugefügt?

Und Jonathan. Was, zum Teufel, trieb der? Gott allein wusste, was für Sensoren Delta in ihrem Innern versteckt hatte. Es war nicht unvorstellbar, dass alles, was sie mit ihren eigenen Augen sah und mit ihren eigenen Ohren hörte direkt an Delta selbst übertragen wurde.

»Jonathan!«, schrie sie, und diesmal drehte er sich im Zentrum einer kleinen Gruppe um und sah zu ihr her.

Stöhnend rappelte sie sich auf. Ihre Beine waren noch nicht ganz in Ordnung, es fühlte sich an, als watete sie durch einen Sumpf, doch sie machte weiter. Er sah ihr beim Herankommen zu, sein Lächeln, das einen rasend machen konnte, auf dem Hafermehlgesicht, und machte nicht die kleinste Bewegung, um ihr zu helfen. Er wartete einfach ab.

Das sieht ihm so ähnlich, dachte sie und merkte plötzlich, dass sie ihn eigentlich noch nie gemocht hatte. Während sie auf ihn zu taumelte, fragte sie sich, warum ihr das gerade jetzt klar wurde, und dann wusste sie es: Durch den Vergleich.

Jim Endicott war anders. Jim würde sie nie mit einer solchen klinischen Verachtung beobachten, als wäre sie kaum mehr als ein interessantes Insekt. Jim wäre zu ihr gekommen, hätte ihr geholfen, hätte alles in seiner Macht stehende getan. Und niemals hätte er sie mit einem solchen Ausdruck im Gesicht angesehen.

»Jonathan …«, sagte sie, als sie endlich die Gruppe erreicht hatte, die sich öffnete, um sie hereinzunehmen.

»Was ist, Cat? Ich habe zu tun … muss hier einen kleinen Angriff durchführen.«

»Das also ist hier geplant? Ein Angriff? Jonathan, hast du den Verstand verloren?«

Er sah sie an und wartete ab.

Sie leckte sich die Lippen und versuchte, sich zusammenzureißen. »Jonathan, ich bin wahrscheinlich mit

Wanzen verseucht wie ein Strohsack in der Hölle. Delta würde eine solche Gelegenheit doch niemals ungenutzt lassen.«

Er grinste. »Tatsächlich? Hör mal, kleine Schwester, mach dir keine Sorgen. Natürlich hat er dich mit Wanzen abgefüllt. Sind dir diese beiden Schnösel mit den Handscannern nicht aufgefallen? Die Dinger haben geleuchtet wie Weihnachten im Konföderationszentrum.«

Sie kapierte es noch immer nicht. »Dann weiß er also Bescheid? Delta weiß, was ihr macht?«

Er warf den anderen einen Blick zu, dann sah er wieder sie an. »Vielleicht ...«

»Was meinst du mit: ›Vielleicht‹?«

»Hör mal, Cat, geh doch einfach wieder da rüber, setz dich hin und ruh dich ein bisschen aus. Hier geht es nämlich bald ziemlich heiß her.«

»Jonathan ... was ist hier los? Was hast du getan?«

Er warf ihr einen letzten harten Blick zu und wandte sich ab. Doch so ließ sie sich nicht abspeisen. Sie packte ihn an der Schulter und riss ihn herum.

»Jonathan, *rede* mit mir, verdammt!«

Er fuhr herum, und jetzt waren seine Augen nicht mehr ganz so milde. »Was, zum Teufel, willst du Cat? Du denkst wohl, Deltas Spiel könnte man nicht zu zweit spielen? Wir haben einen Tauschhandel abgeschlossen, verstehst du? Dich gegen deinen Freund. Dich gegen Jim Endicott!«

Und dann verstand sie. Etwas Hartes, Kaltes senkte sich ihr in die Magengrube. »Was habt ihr mit ihm gemacht? Was habt ihr mit Jim gemacht?«

Er machte eine schlenkernde Bewegung mit den erhobenen Händen, wie um sie zu verscheuchen.

»Geh, hock dich hin, Cat. Du kannst ohnehin nichts daran ändern ...«

»Was hast du gemacht, du eiskaltes Schwein?«, schrie sie.

Er seufzte. »Ich habe getan, was ich zu tun hatte. Ein

paar Mikroviren-Assembler, ein bisschen von diesem, ein bisschen von jenem. Sagen wir es einmal so: Das wird eine teuflische Überraschung für Delta, wenn er unser kleines Päckchen auspackt.«

Sie erstarrte. »Mikroviren? Aber … es gibt nur eine einzige Möglichkeit, die an Deltas Scannern vorbeizuschleusen …«

»Was hast du für ein Problem, Cat? Du wirst schon einen andern Typ zum Vögeln finden. Zum Teufel, da draußen gibt es Millionen von uns. Und jetzt los, verzieh dich, zum Teufel, lass mich in Ruhe! Ich hab zu tun!«

Sie versetzte ihm einen heftigen Hieb auf den Mund, mit jedem Gramm Wucht, das sie aufbringen konnte, doch das einzige Ergebnis war eine schnelle Rückreise zu ihren Planen.

»Hör mal, Cat, ich verstehe ja, wo du herkommst, okay?«, sagte der hoch gewachsene Blonde, einer von Jonathans Leibwächtern, der sie von Jonathan weggerissen hatte. »Aber zieh mir nicht noch mal so eine Masche ab, oder ich mach dich nächstes Mal wirklich alle. Und das meine ich so, kapiert?«

Plötzlich nickte sie und zog die Knie an die Brust. »Schwein …«, nuschelte sie.

»Was war das?«

»Nichts. Geh weg! Lass mich in Ruhe.«

Er fasste sie ins Auge und trat dann zurück, aber nicht zu weit. Jonathan kam herüber und unterhielt sich leise mit ihm. Beide schauten zu ihr hin.

Offensichtlich war sie jetzt eine Gefangene. Jonathan traute ihr nicht. Und er hatte Recht. Sie würde ihn sofort verraten, wenn sie dadurch Jim retten könnte. Sie legte den Kopf auf die Knie und schloss die Augen. Armer Jim. Delta würde …

Sie schauderte zusammen. Ihr kam der Ansatz einer Idee, und sie hob den Kopf. Ihr Wächter kam zurück, sein Blick war ein wenig verlegen.

»Jonathan«, sagte er. »Er hat mir aufgetragen, bei dir zu bleiben. Er macht sich Sorgen, du könntest was … Dummes probieren.«

Sie blinzelte ihre Tränen weg und zwang sich, zu ihm aufzulächeln. »Nun, dann setz dich doch. Joey, nicht wahr? Also, Joey, ich schätze, wenn du mich schon bewachen musst, kannst du es dir ebenso gut auch bequem machen.«

Eine halbe Stunde später saßen sie immer noch da, während Joey ihr hin und wieder einen unbehaglichen Blick zuwarf, als die Lichter des riesigen Kahns flackerten und sie den Andruck der Beschleunigung spürte.

Was auch immer geschehen würde, es hatte begonnen.

6 Hundertfünfzig Meilen weiter draußen lächelte Delta, die Augen Kohlenstücke im Hochofen seines Gesichts.

»Jim Endicott!«, dröhnte er. »Du kannst dir gar nicht vorstellen, wie sehr ich mich freue, dich endlich *kennen zu lernen.*«

Dreizehntes Kapitel

1 Jim starrte zu Delta auf, zu diesem Horror von Gesicht, das vor lauter Fröhlichkeit straff gespannt glänzte. In Jims Augen sah Delta geistesgestört glücklich aus, aber die Geistesgestörtheit hatte definitiv die Oberhand. Und, ja, er erinnerte sich an ihn. Nicht an das Gesicht, das jetzt drohend über Jim aufragte, der auf einen Untersuchungstisch geschnallt dalag, während Geräte schnatternd und summend jeden Zentimeter seines Körpers nach versteckten Überraschungen durchkämmten, sondern vielmehr an eine jüngere, kantigere, menschlichere Version. Irgendwie und irgendwo hatte dieser Mann ihm Schlaflieder vorgesungen.

Diese Erinnerung war jetzt keineswegs tröstlich. Doch sonderbarerweise kam in ihrer Begleitung eine weitere, die dieses grinsende Schreckgespenst fast überlagert: Früher einmal hatte unter dem aufgedunsenen Gesicht, das er jetzt sah, ein anderer Mann gelebt. Ein Mann mit edlen, ernsthaften Absichten, und das hatte sich sogar in seinen Knochen und seiner Haut widergespiegelt. Jim konnte es jetzt sehen, obwohl er dafür natürlich damals zu jung gewesen war. Aber dennoch wusste er: Einst hatten diese Züge Schönheit erkennen lassen, heroische Schönheit vielleicht, und ein Abglanz davon war immer noch zu sehen. Und das war das Entsetzlichste von allem, die grässliche Ruine dessen, was einmal erhaben und rein gewesen war, auch wenn das vielleicht nur Jim so erkennen konnte.

Delta hielt inne, verharrte mit dem Gesicht über Jim und beugte sich hinunter, bis Jim die versteckten Falten unter diesen aufgedunsenen Zügen erkennen und den süßlichen Hauch seines Atems riechen konnte.

»Nun … hmm. Es sieht so aus, als hätten sie nichts allzu Gemeines in dich reingepflanzt, Jim. Ein bisschen amateurhaftes Überwachungszeugs.« Er zog sich mit einem Seufzer zurück und fügte hinzu: »Wahrscheinlich hätte ich mir gar keine Sorgen machen sollen. Schließlich sind es nur Prolos.«

»Lassen Sie mich aufstehen«, sagte Jim. Die Untersuchung war nicht schmerzhaft gewesen, und er hatte in ihrem Verlauf auch nicht das Bewusstsein verloren, oder andernfalls zumindest nichts davon bemerkt. Dagegen hatte ihn der Anblick Deltas gelähmt, der wie eine riesige, verrückte Ballerina um ihn herumtänzelte, vor sich hinsummte oder gelegentlich auch etwas brummelte, aber immer wieder zurückkehrte und sich immer wieder tief über Jim beugte, um ihn genau zu betrachten, als wäre er eine exotische Spezies von Insekt oder Säugetier, als läge er allein zu Deltas persönlicher Belustigung auf diesem Tisch. Und Delta wirkte wirklich sehr angetan. Sein Lächeln blieb breit und strahlend, und das war das Furcht erregendste von allem. Der Triumph, der darin lag.

Doch Jim konnte es nicht lesen, konnte nicht herausbekommen, warum Delta so *glücklich* über alles wirkte. Dann aber ertrug er seinen Anblick plötzlich nicht länger und wandte das Gesicht ab, drehte es zur Seite. Versuchte, einen Moment lang nicht an Delta zu denken, da ja ohnehin nichts zu ändern war. Besser unternahm er den Versuch, so viel wie möglich in Erfahrung zu bringen, herauszufinden, ob es irgendwo die Hoffnung auf ein Entkommen gab.

Der Raum war so hell erleuchtet wie eine Bühne während der Vorstellung. Von der Decke strömte ein Wasserfall weißen Lichts herunter, der alle Schatten verbannte und den Stahllack und das Aluminium von

Computergehäusen, Bildschirmen, holographischen Generatoren und all den anderen Geräten schimmern ließ, als leuchteten sie von innen heraus.

Man fühlte sich wie in einem Laboratorium, an einem Ort, wo irgendeine Art von Wissenschaft betrieben wurde. Die einzige störende Note war der glatte Edelstahltisch auf dem er lag, an Fußknöcheln und Handgelenken mit Ledermanschetten gefesselt, sowie mit zwei breiteren Bändern über Brust und Becken. Er hatte es schon versucht: Diese Fesseln gaben nicht im Geringsten nach.

»Bequem, Jim?«, brummte Delta. »Keine Sorge, wir sind hier beinahe fertig, müssen einfach nur sicher gehen, das ist alles. Dann können wir uns setzen und eine gemütliche Unterhaltung führen. Das würde dir doch gefallen, nicht wahr? Eine gemütliche Unterhaltung?«

Jim hatte das Gefühl, dass Delta ihn, sollte er auf diese Frage antworten, gar nicht hören würde. Dieser Mann wirkte wie in irgendeiner eigenen inneren Welt verloren, als schaute er in weite Fernen oder in eine lange zurückliegende Vergangenheit.

Ein großes, schwarzes Metallgerät glitt auf Deckenschienen von der einen Seite heran und blieb direkt über ihm stehen. Es gab ein schwirrendes Geräusch von sich und streckte eine lange Sonde, die in einer Glasspitze endete, aus. Jim zuckte zusammen, doch die Sonde hielt etwa zwei Zentimeter vor seiner Haut inne und zeichnete mit einem scharfen Schnarren seine Körperkontur nach.

»Das ist die letzte Kleinigkeit, Jim. Wir sind beinahe fertig«, sagte Delta gut gelaunt.

Jim glaubte zu *fühlen,* wie die Sonde Strahlen oder Frequenzen in seinen Körper schoss, seine Zellen kitzelte, seine Moleküle massierte. Oder bildete er sich das nur ein? Eigentlich konnte man gar nichts spüren, aber trotzdem ... irgendwie wusste er auf einer tiefen Ebene seiner selbst, dass in seinem Innern fremdartige, geheimnisvolle Prozesse eingesetzt hatten. Fast als hätte die Sonde etwas ausgelöst …

Er holte tief Luft und versuchte, nicht darüber nachzudenken. Zweifellos begann sein ohnehin schon überreiztes Vorstellungsvermögen, ihm Streiche zu spielen. Im Hals spürte er ein Kratzen. Nervös hustete er.

Und in einer Wolke brachen winzige Maschinen, so klein, dass sie millionenfach in eine einzige Körperzelle passten, aus Mund und Kehle hervor, ritten auf einem Nebel von Aerosolbläschen, entschwebten seinen Lippen in unsichtbaren Strömen, verteilten sich, einige auf der Suche nach weiteren menschlichen, männlichen Wirten, andere auf der Suche nach Wegen in das ausgedehnte Computernetzwerk, das Comsat One aufrecht erhielt.

Und ein ebenso winziger Teil Jims war verbraucht, war weggenommen und in jene Moleküle umgewandelt worden, und nun beschleunigte sich der Prozess. Ohne dass er das Geringste davon wusste, fraßen die winzigen Maschinen, die The Fountain in seine DNS hineincodiert hatte, ihn allmählich bei lebendigem Leibe auf …

Delta schwebte zurück, grinsend wie ein Holloween-Kürbis, und Jim schaute zu ihm auf, schaute in das breite, schwitzende Gesicht und sagte: »Ich kenne Sie.«

2 »Start ist erfolgt«, verkündete Jonathan dem kleinen Kreis seiner ihn umringenden Truppenführer, als alle die Geisterhand der Beschleunigung spürten. Jonathan wirkte ruhig, beinahe belustigt, aber sein teigiges Gesicht war ernst. »Wir sollten Comsat One in genau …« – er sah auf seine Daumennageluhr – »dreiundvierzig Minuten erreichen.«

»Jesus«, sagte ein hoch gewachsener Mann mit einer hochroten Geschwulst auf dem linken Wangenknochen.

»Reicht die Zeit denn? Wenn wir uns irren, pusten die diesen Waschzuber hier aus dem Weltraum, und zwar so schnell …«

Jonathan fasste ihn ins Auge. »Unsere Techniker waren inzwischen schon erfolgreich. Der Junge hat es geschafft, hinein zu kommen, und offensichtlich hat Delta das Nanotech-Zeugs in seinem Innern in Gang gesetzt. Ein Teil davon ist schon nach draußen in Comsats Computersystem eingedrungen. Deltas eigenes System hat die Nachricht verschickt.«

»Nanotech?«, fragte der hoch gewachsene Mann zweifelnd.

Jonathan betrachtete ihn von der Seite. »Subzelluläre Maschinen. Computer von ein paar Molekülen Durchmesser, zelluläre Apparate, die milliardenfach kleiner sind als ein menschliches Haar. Mach dir keine Sorgen Haller, die funktionieren schon.«

Haller nickte. »Dann funktionieren sie eben. Das hier wird trotzdem nicht einfach.«

»Na, zum Teufel, Haller.« Jonathan schlug ihm auf den Rücken. »Ich hab doch wohl nie gesagt, dass das hier *einfach* werden würde.«

Der riesige Kahn schob sich schwerfällig voran, unaufhaltsam wie eine Lawine.

3 »Du kennst mich, so so?«, sagte Delta, während er Jim vom Tisch losband und dann den Arm ausstreckte, um ihm beim Aufsetzen zu helfen. »Bleib mal so sitzen. Lass erst das Blut in Hände und Füße zurückkehren. Es kribbelt und sticht, stimmt's?«

Jim nickte und rieb sich die Hände.

»Und woher meinst du also, mich zu kennen? Hast wohl mein Bild irgendwo gesehen, oder?«

Jim schüttelte den Kopf. »Nein. Ich … erinnere mich an Sie.«

Deltas Augenbrauen hoben sich. »Du erinnerst dich an mich? Wie wäre das möglich?«

»Ich weiß es nicht«, sagte Jim. »Aber ich erinnere mich. Sie waren irgendwie jünger. Ihr Gesicht ist dünner. Aber ich erinnere mich an Sie. Sie haben mir immer vorgesungen.«

Delta wandte sich rasch ab. Er wollte nicht, dass Jim sein Gesicht sah, den Schock sah, den er dort rot und heiß aufsteigen spürte. Denn die Erinnerung erfüllte ihn plötzlich und zerrte ihn ungewollt in eine Zeit und an einen Ort zurück, und sogar in eine Persönlichkeit hinein, die sich von dem Mann, der er jetzt war, völlig unterschied.

Ja, er hatte dem Baby Jim Lieder vorgesungen … und er war nicht bereit, in Gedanken an diesen Ort zurückzukehren. Aber er kam nicht dagegen an, und so kehrte er zurück, verblüfft über seine eigene Hilflosigkeit angesichts der einfachen Worte des Jungen.

Sie haben mir immer vorgesungen …

Delta schloss die Augen und war da, *durchlebte es von neuem,* befand sich mitten in der Zeit, als sein Körper noch schlanker war und sein Name mehr Wirklichkeit hatte als ein Wort, das nur ein Symbol bezeichnet. Als er den Jungen für seinen eigenen Sohn gehalten und die Wahrheit nicht gekannt hatte, hatte er das winzige, zerbrechliche Geschöpf in seinen großen Händen gewiegt und das Leben gespürt, sich vorgestellt, er fühle sein eigenes Blut durch sein eigenes Fleisch pulsieren.

Mein Sohn …

Und auch Kate war da, die süße, leidenschaftliche Kate, und er sah sie, wie sie gewesen war, bevor sie sein Bild von ihr für immer besudelt hatte.

Dünn, muskulös, vor Intensität brennend; ihre große Intelligenz leuchtete von innen aus ihren scharf geschnittenen Zügen heraus wie ein Meer von Kerzen, ihr löwenfarbenes Haar war zerzaust, weil sie immer wieder geistesabwesend mit den Fingern hindurchfuhr. Mit konzentrierter Miene fasste sie ihn ins Auge, beobachtete ihn, beobachtete das Baby …

»Was ist das?«, fragte sie.

Er schaute auf, blickte quer durch den dämmrigen Raum und erkannte dort im Schatten ihren aufmerksamen Blick. »Ein schottisches Volkslied. Meine Großmutter hat es mir immer vorgesungen …«

»Reizend«, sagte sie. »Ein schönes Lied.«

Jimmy zappelte in seinen Händen, verzog die Rosenknospenlippen und presste die Augen im rosa Gesichtchen fest zusammen, wollte mehr, mehr Gesang, mehr Liebesbeweis. Delta lächelte auf ihn hinunter, ruckelte ihn ein wenig hin und her, stimmte das Lied von neuem an und wusste dabei, wie sehr er sie beide liebte, seine Frau, seinen kleinen Jungen, sein perfektes Leben …

»Tja!« Kopfschüttelnd kehrte er in die Gegenwart zurück, glitt die Rutschbahn der Jahre hinunter und landete schließlich in diesem harten Raum, stand sechzehn Jahre später im hellen Licht und im harten Starren von Jims anklagendem Blick.

»Das ist … lange her, Jim«, sagte er. »Jetzt spielt das keine Rolle mehr. Ich habe dich gekannt. Ich habe deine Mutter gekannt. Natürlich – und du erinnerst dich also an mich? Das menschliche Gehirn ist doch wirklich verblüffend, nicht wahr?«

Und er kicherte, denn das war besser als zu weinen oder dem Jungen die großen Hände um den Hals zu legen und zuzudrücken, bis er den letzten Beweis für den Verrat dieser Frau vernichtet hatte.

Der Verrat der Liebe. Er sah den Jungen an und fragte sich, was wohl hinter dem Blick dieser grünen Augen, die ihn so undurchdringlich und wütend anstarrten, vor sich ging. Ob der Junge ihn hasste? Natürlich hasste er ihn. Er hatte den Vater des Jungen ermordet, und Jim wusste das. Delta hatte am Ende gesiegt, und Jims Anwesenheit in diesem Raum war der lebendige Beweis dieses Triumphs. Warum also empfand Delta keinen Triumph? Statt der Gefühle, die er wirklich empfand: Trauer, Empörung über den Verrat, Ekel … und eine endlose *Sehnsucht* nach dem, was hätte sein können, nach den verlorenen Jahren, die einen gänzlich anderen Ausdruck auf das Gesicht dieses Jungen hätten legen können, den er einmal aus ganzem Herzen geliebt hatte.

Aber er hatte sie geopfert. Hatte die Frau und den Jungen auf dem Altar des größeren Gutes geopfert, auf dem Altar seiner Pflicht der Menschheit gegenüber, auf dem Altar des Zwecks, der die Mittel heiligte, der sie heiligen *musste*. Der das *Opfer* rechtfertigen musste …

Die Außerirdischen waren mit ihrer so weit entwickelten schrecklichen Wissenschaft immer weiter vorgedrungen. Ihm war keine Wahl geblieben, wirklich nicht …

Wer könnte ihm einen Vorwurf machen? Er machte sich keine Illusionen. Dennoch hatte er alles erwartet, nur das nicht. Diese schreckliche Leere.

»Sie haben meine leibliche Mutter gekannt?«, flüsterte Jim.

Delta starrte ihn an. »Ja«, antwortete er schließlich. »Ich habe sie gekannt.«

Jim nickte. »Können Sie mir von ihr erzählen?«

4

Jim hatte keine Ahnung, warum er plötzlich diese Frage stellte: Nach Deltas Gesichtsausdruck zu schließen, hatte der zumindest nicht mit dieser Frage gerechnet. Nun, umso besser: So eine Frage hatte Jim auch gar nicht zu stellen beabsichtigt. Doch dann, als er in Deltas Mondgesicht sah, wurde ihm plötzlich klar, dass er *genau* diese Frage hatte stellen wollen, dass er seit damals, als Tabitha die Wahrheit aus dem Sack gelassen und damit sein Leben von zuunterst zuoberst gekehrt hatte, und er gehofft, gefiebert und *gebetet* hatte, diese Frage stellen zu können.

Ich bin nicht deine Mutter, und vielleicht ist dein Vater auch nicht dein Vater, und vielleicht … bist du nicht einmal du selbst.

Kindischer Unsinn, dachte Jim. *Ich bin ich, wer könnte ich denn sonst sein.* Doch diese Gewissheit war nicht beruhigend, nicht jetzt, wo er Delta ansah und ihm klar wurde, dass dieser Mann ihm all diese Fragen beantworten konnte, wenn er nur wollte. Denn zweifellos war Delta, wer auch immer er sonst sein mochte, jemand, der beide gekannt hatte, sowohl seine leibliche Mutter als auch Carl Endicott, der vielleicht sein Vater war, vielleicht aber auch nicht. Auch Jim hatte Carl gekannt – aber nur sechzehn Jahre lang. Sein ganzes Leben lang hatte er das für ausreichend gehalten, hatte geglaubt, alles zu wissen, was er wissen musste – und dann hatte er in den letzten Momenten von Carl Endicotts Leben erfahren, dass das, was er wusste, beinahe gar nichts war. Zumindest nichts über den wichtigsten Teil von Carls Leben: Die Zeit davor, die Zeit, die all die offenen Fragen beantwortete, die Carl hinterlassen hatte.

Jim saß leicht vorgebeugt auf der Tischkante, seine Unterarme lagen flach auf den Schenkeln, und seine Hände baumelten ungeschickt herunter, abwartend.

Delta setzte zum Sprechen an, hielt dann aber inne und schob die Lippen vor. Unbewusst hob er die Hände in einer abwehrenden Geste und ließ sie dann wieder fallen. Er stieß die Luft aus.

»Weißt du was? Ich habe gerade eine verblüffende Erfahrung gemacht. Ich wollte dir erzählen, was für ein verräterisches, böses Weib deine Mutter war, und wie sie die Zukunft der Menschheit um ihrer eigenen selbstsüchtigen Sentimentalität willen aufs Spiel setzte, und …«

Er schüttelte den Kopf. »Nun, vielleicht stimmt das auch. Aber ich kann dich nicht ansehen, dir in die Augen sehen und das sagen. Deine Mutter war eine wunderbare Frau, Jim. Eine schöne Frau – du hast viel von ihr in deinem Gesicht; deine Augen sind grün, aber sie haben auch ein bisschen Blau – und eine starke, intelligente Frau. Auch davon erkenne ich etwas in dir. Du musst wohl stark sein, sonst wärst du nach allem, was passiert ist, nicht so weit gekommen?« Er hielt inne, und sein Blick schweifte ab, als wäre er plötzlich überrascht, sich in dieser Situation wiederzufinden.

»Was hat Carl – was hat dein Vater dir gesagt, Jim?«

»Er hat mir gesagt, dass jemand ihn töten wollte – uns alle töten wollte. Auch mich. Das werden wohl Sie gewesen sein, stimmt's?«

Delta zuckte unbehaglich die Achseln. Was Jim da sagte, war richtig, aber so brutal dahingesagt, klang es verkehrt. Es zeigte ihm die Sache aus der Sicht des Jungen: Er war einfach nur ein Kind, und jemand versuchte, ihn zu ermorden. Jemand, der schon seinen Vater ermordet hatte.

»Jim, glaub nicht … Ich meine, jetzt, wo ich dich kennen gelernt habe, vielleicht …«

Jim schüttelte den Kopf. »Dann lassen Sie mich frei. Wenn sie nicht vorhaben, mich umzubringen, wozu brauchen Sie mich dann? Was für verrückte Sachen machen Sie eigentlich?«

Das Wort verletzte Delta, und die Röte stieg ihm ins Gesicht. »Ich bin nicht … – sag das nicht – verrückt. Ich bin nicht verrückt, Junge. Du … du verstehst es einfach nicht.«

Jim starrte ihn an. »Dann erzählen Sie es mir. Ich verstehe überhaupt nichts, da haben Sie Recht. Warum erklären Sie es mir also nicht?«

Delta zögerte, und die Gedanken glitten ihm wie winzige, glänzende Fischlein durch die Finger. Jim. Dieses

Kind, das er in seinen beiden Händen gehalten und dem er Wiegenlieder vorgesungen hatte. Abgesehen von Steele das einzige lebende Bindeglied zu den Tagen, als er weittragende und schreckliche Entscheidungen getroffen hatte. Und plötzlich wurde ihm klar, wie wichtig es ihm war, wichtiger, als er sich je vorgestellt hätte, dass dieser Junge erfuhr, was er getan hatte und warum er es getan hatte. Etwas von dieser Besessenheit war auch schon bei seinem Gespräch mit Tabitha aufgeblitzt, und das hatte Bereiche in ihm entriegelt, von denen er seit Jahren nicht mehr gesprochen hatte. Doch bei Jim Endicott war der Drang sogar noch stärker. Gewiss glaubt er doch nicht, sich *rechtfertigen* zu müssen …?

Plötzlich hustete Delta, und wie ein Echo hustete auch Jim. Sie sahen sich an. Jim zuckte die Achseln. »Trockene Kehle, schätze ich …«

»Komm mit«, sagte Delta, machte kehrt und führte Jim aus dem Laborraum. Nach ihrem Aufbruch leuchtete das Licht weiter, hell, hart, unnachgiebig. In der Luft des Raums trieben, von winzigen Luftströmungen getragen, die submolekularen Maschinen dahin und suchten Angriffspunkte in Deltas unendlich großer Gerätelandschaft. Sie suchten und fanden. Nach einer Weile blinkten Warnleuchten los wie Fuchsaugen, die aus dem Wald herausspähen.

5 Die Kommandobrücke des Frachtkahns war kaum mehr als ein kleiner Raum mit ein paar Bildschirmen und einer Reihe von Kontrollstationen. Hinter einer von diesen stand Jonathan und sah einer Frau über die Schulter, die in ein Kehlmikrophon flüsternd gleichzeitig Vorgänge auf einem kleinen Bildschirm im Auge behielt. Ihr im Hochstoßsicherheitskunststoff gespiegeltes, vernarbtes Gesicht war konzentriert und angespannt. »Da«, sagte sie. »Wir sind an den inneren Monitoren vorbei.«

Jonathan stieß leise den Atem aus. Trotz seiner eiskalten Zuversicht hatte er nicht wirklich geglaubt, dass es klappen würde. Es steckten einfach zu viele Unwägbarkeiten in diesem Versuch, den Jungen, das Trojanische Pferd, in Deltas Festung hineinzuschleusen, wo dann Deltas elektronische Untersuchungsinstrumente die in Jim verborgene Nanotech-Maschinerie in Gang setzen sollten – wobei Delta die Falle erst bemerken durfte, wenn es schon zu spät war.

Damit die Sache hinhaute, mussten massenhaft Details genau richtig laufen, und nach Jonathans Erfahrung verliefen solche Operationen niemals wie geplant. Doch sie hatten es an den Sicherheitskontrollen vorbei geschafft, vorbei an den inneren elektronischen Pförtnern des Raumschiffs und den unermüdlich umherschwenkenden Suchaugen der Wächter. Jetzt näherten sie sich dem Herzen von Deltas Imperium, Comsat One. Jonathan starrte wie gebannt auf den Monitor. Er hatte Bilder davon gesehen, doch das hier war etwas anderes. Das hier war echt.

Vor ihm ausgebreitet, riesig, immer größer werdend …

Comsat One, das Hauptquartier der Combined Intelligence Agencies, war eine durch dicke Träger verbundene längliche Ansammlung von Kugeln und Würfeln: Das Ganze machte einen etwas zusammengeschusterten Eindruck, als wäre der Anfang viel bescheidener gewesen, das Ganze im Laufe der Jahre aber zur Riesenhaftigkeit angewachsen. Überall ragten Antennenplantagen aus der Oberfläche, Teller und Stacheln mit blendend weißem Stroboskoplicht an den Spitzen. Lange Bahnen gepanzerter Kunststofffenster glühten wie geheimnisvolle Hieroglyphen, und hier und da krochen insektenähnliche Imstandhaltungsmaschinen über die Oberfläche und führten das Material biegend ihre Belastungstests durch.

Das Ganze war mindestens zehn Meilen lang. Jonathan wusste, dass dies das größte von Menschenhand geschaffene Gebilde im bekannten All war, größer sogar als das Verteilerzentrum an der Spitze der North American Skysnake.

Angeblich war diese Festung uneinnehmbar, doch jetzt war er am Verteidigungsgürtel vorbei und sah, wie das alles nackt vor ihm lag, offen und verwundbar. Eine heftige, dunkle Freude erfüllte ihn, kribbelte in seinen Fingerspitzen, brachte seinen Puls auf Touren. Einen Moment lang trieb ein roter Nebel vor seiner Sicht.

»Wie lange noch?«, flüsterte er.

Die Technikerin blickte auf. »Zwölf Komma zwei Minuten«, antwortete sie.

»Schalten Sie die Intercom-Lautsprecher ein.«

Sie nickte und legte die Schalter um. »Fertig«, sagte sie.

»Alle Gruppen an Bord zur Hauptlandebrücke«, sagte Jonathan. Seine Stimme hallte zwischen hohen Stahldecken durch den ganzen riesigen Kahn und in die Ohren nervöser Prolo-Soldaten. Sie rückten unbehaglich herum, während ihre Anführer lautlose Befehle in Kehlmikrophone flüsterten, und umklammerten ihre Waffen mit schweißfeuchten Händen. Einige von ihren würden tot sein, bevor der Tag vorüber war. Doch sie alle waren Freiwillige, und ihr Tag war endlich gekommen.

Die Technikerin schaute auf. »Das war's«, sagte sie.

»Was?«

Sie lächelte. »Das Nanotech. Es hat gerade Comsats Betriebscomputer lahmgelegt. Schau mal – da unten. Alle Hangartore gleiten auf.«

Jonathan, sein Atem ging flach und keuchend vor Spannung, starrte hinunter. »Ja, los! Macht weit auf für Daddy ...«, flüsterte er.

Er drehte sich um. »Los geht's!«, erklärte er den anderen. »Carpe diem, verfickt noch mal.«

Der Kahn glitt immer weiter hinunter, und an Bord

war der Tod. In Comsats Innerem stießen die angegriffenen Computer endlich ein Hilfegeschrei aus.

6 Jim saß still da und lauschte auf das gleichmäßige Plätschern von Deltas Stimme. So leise Worte, aber sie zerrissen ihn innerlich. Er hörte zu, wie Delta ihm von seiner leiblichen Mutter erzählte, und davon, was Carl getan hatte. Er kannte diese Frau nicht, diese Kate, zu der Delta ständig zurückkehrte wie ein Hund, der immer wieder am selben Knochen nagt.

Einmal unterbrach ihn Jim: »Sie und meine Mutter haben die Versklaver-Batterien gemacht. *Dafür* sind Sie verantwortlich?«

Er hielt inne und erinnerte sich. »Jim, du hättest sie sehen sollen, ihre riesigen Schiffe, ihre Wissenschaft, die der unseren so unvorstellbar weit voraus war. Da brauchte man kein Genie, um zu verstehen, was geschehen würde. Es war nicht anders, als wenn wir heute irgendwo auf Terra eine Insel mit Wilden finden würden. Ihre Gesellschaft, ihre Kultur könnte der unseren nicht standhalten. Sie würden verwelken, würden angesichts unserer technischen Wunderwerke einfach dahinschwinden.«

Er seufzte. »Und genau das war schon im Gange. Alles wandelte sich zu rasch, und zwar schon seit Jahren. Warum meinst du wohl haben wir unser Vorhaben durchgeführt? Wir suchten einen Schlüssel, eine Waffe, einen Schutz. Etwas, das uns vor der unwiderstehlichen Flut dieser außerirdischen Macht retten würde. Sie waren nicht böse, diese Außerirdischen. Das sind sie auch heute nicht. Aber sie hätten uns genauso gewiss zerstört, wie wir diese Insel mit Wilden zerstören würden. Denn genau das waren wir für sie: Wilde.«

Er fasste Jim fest ins Auge. »Davor haben uns die Gehirnbatterien gerettet; sie haben uns eine Atempause verschafft. Wir konnten die Stellung halten, zumindest eine Zeit lang. Zumindest bis heute. Deine Mutter hatte Vorbehalte, starke Vorbehalte. Aber was konnte ich tun? Nur wegen ihrer Zimperlichkeit die Menschheit dahinschwinden lassen? Meinst du etwa, die Entscheidung ist mir leicht gefallen? Nein. Aber sie musste getroffen werden, und ich habe sie getroffen.«

Er hielt inne, leckte sich die Lippen und blickte Jim forschend in die Augen.

»Sag mir«, meinte er leise. »Bevor du mich verurteilst, sag mir, was du getan hättest? Hättest du es besser gemacht?«

Jim konnte ihm nicht antworten. Er konnte nicht mehr denken. Zu viel Geschichte, zu viel ungewolltes Wissen. Die Geschichte von Carl und Kate – von der Entdeckung der Gehirnbatterien – von den schrecklichen Entscheidungen, die sie damals treffen mussten – das war einfach zu viel. Er wusste nicht, was er getan hätte oder ob er es hätte besser machen können.

Er dachte an Cat, an die Angst in ihrem Gesicht, mit der sie ihm vom Tod ihrer Eltern erzählt hatte. Das menschliche Abfallprodukt von Deltas Entscheidungen. Doch was war mit dem Rest der Geschichte? Was, wenn Delta Recht hatte?

»Es ist … es war falsch«, nuschelte er, doch seine Antwort war schwach. Er wusste es, und Delta wusste es auch. Delta fletschte die Zähne und beugte sich vor.

»Falsch? Ich wiederhole, Jim. Was hättest du denn gemacht? Kannst du deine Gefühle von der größeren Wirklichkeit trennen, von den Risiken, denen die Menschheit damals gegenüberstand und denen sie noch immer gegenübersteht? Ich habe nicht nur an mich gedacht. Ich musste uns alle im Blick behalten.«

Jim schüttelte den Kopf. Deltas Stimme klang so ruhig, so vernünftig. Seine Worte fielen wie sanfter Regen auf Jim und wuschen seine Gewissheit davon, bis nur noch ein wildes Durcheinander blieb.

»Falsch …«, wiederholte er.

Sie befanden sich in Deltas hohem, hell erleuchtetem Raum, doch Jim saß an der Seite des riesigen Schreibtischs, nicht im Blendlicht des Fensters dahinter, und konnte klar sehen. Seine Nemesis saß auf einem so riesigen Stuhl, dass er fast wie ein Thron wirkte, und auf dem Kopf trug er einen runden, silbrigen Helm, von dem Stränge glitzernder Kabel wie Gischt emporstoben.

»Es tut weh, nicht wahr, Junge?«, fragte Delta leise.

Jim nickte widerstrebend.

»Ich weiß. Damals hat es auch weh getan. Glaub mir. Es waren keine leichten Entscheidungen. Ich habe sie nach bestem Wissen getroffen.«

»Der Zweck heiligt nicht die Mittel!«, brach es aus Jim hervor. Wie viele Male hatte Carl ihm das gesagt?

»Nein? Nie? Manchmal? Immer?«, fragte Delta sanft.

Wieder schüttelte Jim den Kopf. Er wollte diesen Mann hassen, aber das gelang ihm nicht. Er wusste nicht mehr, was er eigentlich empfand.

Er hustete und hustete noch einmal, überrascht, wie schwach er sich fühlte.

»Hässlicher Husten, Junge«, sagte Delta. »Vielleicht sollten wir …« Delta hielt inne, und ein Ausdruck der Überraschung glitt über sein rundes Gesicht. Dann hustete auch er, eine lange, quälende Folge von Explosionen. Ein Speichelfaden lief ihm vom Kinn herunter. Überrascht wischte er ihn ab.

»Also, was …?«

»Ich fühle mich komisch«, bemerkte Jim.

Delta setzte sich im Stuhl auf. Plötzlich war der Raum erfüllt von Alarmsirenen. Delta rückte den Helm auf seinem Kopf zurecht. Leise bewegte er die Lippen. Er schloss die Augen, öffnete sie wieder und starrte Jim direkt an.

»Gott verdammt«, sagte er schließlich.

Jim schauderte. In Deltas forschendem Blick lag eine

Art von Wahnsinn. Wahnsinn und Angst. Dann ein schwirrendes Geräusch, mit dem der Stuhl, auf dem Delta saß, sich hob und der Schreibtisch sich senkte. Delta starrte auf Jim nieder wie ein rachsüchtiger, wütender Gott.

»Was denn?«, fragte Jim.

»Das kommt von dir«, antwortete Delta. »Ich hätte es wissen müssen ...«

7 Jonathan trat in Comsat Ones zentrale Ankunftstation hinaus. Rauchfetzen hingen wie angesengte Vorhänge in der trockenen, heißen Luft. Der größte Teil der Deckenbeleuchtung war erloschen: In einer fernen Ecke knisterten rote Flammen.

Er hielt eine Militär-Maserpistole in den Armen. Mit zusammengekniffenen Augen spähte er beim Vorangehen ins Dämmerlicht. Etwas klingelte schrill los, und er drehte sich um.

»Was ist das?«

Einer der Techniker antwortete: »Es gehen immer noch Alarmsysteme los.«

»Ich dachte, wir hätten die Zentralcomputer lahmgelegt«, sagte Jonathan. Etwas umklammerte seinen Fußknöchel. Er schaute hinunter und erblickte einen jungen, olivebraun gekleideten Soldaten, auf dessen Brust sich ein roter Fleck ausbreitete.

»Hilf mir ...«, flüsterte der Junge.

»Okay«, antwortete Jonathan. Er hielt ihm die dicke Mündung seiner Maserwaffe an den Kopf und drückte ab.

Der Techniker zuckte entsetzt zurück. Jonathan lächelte nur. »Was hattest du gesagt?«, fragte er.

»Äh ... ich weiß nicht.« Das Gesicht des Technikers war wachsbleich. »Wahrscheinlich eine automatische Reaktion.«

Jonathan ging weiter. Die meisten seiner Leute waren jetzt drinnen. Die Verteidigungssysteme brachen vor ihnen zusammen. Erstaunlich, wie weich das Innere dieser gepanzerten Frucht war. Hätte er das früher gewusst …

Er schüttelte den Kopf. »Los, jetzt!«, murmelte er, ebenso für sich wie um von den anderen gehört zu werden.

Vor ihnen, hinter dem Rauchschleier kaum zu erkennen, glitt eine riesige Schutztür langsam zu.

»Was, zum Teufel …?«

Der Techniker schauderte zusammen. »O je«, sagte er. »Ärger.« Dann veränderte sich sein Gesichtsausdruck plötzlich. Seine Lippen zogen sich zu einem raubtierhaften Zähnefletschen zurück. Er lachte los. Ohne Vorwarnung krümmte er die Finger zu Klauen. Sein wilder Blick richtete sich auf Jonathan. Brüllend stürmte er los. *Prolo-Psychose!*

Jonathan schwang die Maser herum und schlug ihm mit dem schweren Kolben ins Gesicht. Knochen zersplitterten und Blut schoss hervor. Der Techniker fiel hin. Jonathan verpasste ihm zwei Schüsse, bevor der Körper auf dem Deck aufschlug.

Er schaute auf die qualmende Leiche nieder. Im riesigen Raum des Verladedocks stiegen noch andere Schreie auf, eine makabre Symphonie. Jonathan hob den Kopf.

Dabei hatte alles so *gut* angefangen …

Vierzehntes Kapitel

1 Jim sprang fast auf. »Was ist denn los?«

»Setz dich!«, donnerte Delta. Er starrte Jim wütend an, und seine Lippen arbeiteten. »Du musst dich für ganz schön clever gehalten haben …«, sagte er.

»Ich weiß überhaupt nicht, wovon Sie *reden*«, entgegnete Jim.

Delta lächelte. Seine Pupillen waren zu Stecknadelgröße zusammengeschrumpft. »Trojanisches Pferd«, sagte Delta. »Hast du wirklich geglaubt, das würde hinhauen?«

Jim schüttelte den Kopf. »Trojan …«

Delta unterbrach ihn mit einem wilden Kopfschütteln. Auf seinem silbrigen Helm blitzte Licht. Die Kabel raschelten bei der Bewegung. Er hob die Hand.

»In deinem DNS-Code. Jetzt verstehe ich«, fuhr er fort. Seine Stimme hatte einen pedantischen, schulmeisterlichen Tonfall angenommen. »Du hast einen Fehler gemacht. Du dachtest, das Zentralcomputersystem wäre das Einzige. Und jetzt wirst du dafür sterben.«

»Was?« Jim fuhr wieder von seinem Stuhl auf, sank dann aber zurück, als Delta auf ihn zeigte. »*Setz dich,* habe ich gesagt. Wenn du dich noch einmal bewegst, lasse ich dich in Flammen aufgehen!«

Wieder hatte sich alles verändert, zu schnell. Jim fühlte sich wie betäubt. Sein Verstand hatte aufgegeben. Da war nur noch chaotischer Lärm. Nichts ergab irgendeinen Sinn. Noch vor einem Moment hatte er eine sonderbare Art von Verwandtschaft mit diesem Mann empfunden, der dort über ihm schwebte. Dabei hatte er nichts getan, nicht einmal etwas gesagt, oder? Nein ... wenn er doch nur *nachdenken* könnte. Er legte die Handflächen an die Schläfen und presste dagegen, eine Geste aus seiner Kindheit.

Deltas Stimme schwebte herunter, ruhiger, kälter, konzentrierter. »Ja ... jetzt kommt die Analyse herein. Ich hätte so lange warten sollen. Sind das deine Freunde, da draußen, Jim? Dieser Prolo-Mob, der durch meine äußeren Korridore stürmt?«

»Ich weiß es nicht«, antwortete Jim. »Wovon reden Sie eigentlich?«

»Sehr hübsch. Ich könnte dir beinahe glauben, wenn nicht ...« Seine Stimme verlor sich, während eine weitere Lawine digitalisierter Informationen in sein Gehirn donnerte.

»Wenn nicht *was?*«, heulte Jim auf.

»Es steckt in dir drin, wie ich schon sagte. Dein DNS-Code. Wirklich feine Arbeit, übrigens. Hmm ...«

Jim sah auf, verwirrt und hilflos.

»Also, vielleicht weißt du es wirklich nicht«, grübelte Delta. »Andernfalls ...«

»Warum *sagen* Sie es mir denn nicht?«

Delta öffnete die Augen. »Der Code in dir drin. Er produziert Nanotech. Zu Anfang ist es mir nicht aufgefallen, aber jetzt ...« Er schnüffelte und hustete erneut. »Auch in mir drin. Winzige Maschinen; ich bin infiziert. In den Comsat-Systemen, in mir drin, in dir drin. Aber Jim, das Zeug wird dich umbringen. Sie sind immer noch da, produzieren unablässig. Du atmest sie aus, schwitzt sie aus – und wie du schwitzt, nicht wahr? Die Pulsfrequenz schlägt das Dach raus. Vielleicht weißt du doch nicht Bescheid.«

Deltas Lächeln war dünn und bitter. »Da denkt wohl jemand anderes, dass der Zweck die Mittel heiligt, Jim. Sie haben dich mit Killer-Nanotech-Viren infiziert. Die zehren dich bei lebendigem Leibe auf. Wir müssen uns beeilen.«

Durch Jims Nerven vibrierte Panik. Sein Atem schien ihm in der Kehle stecken zu bleiben und nicht mehr weiter nach unten zu gehen. Plötzlich war ihm schwindlig. »Beeilen?«

»Ja, ja, komm schon. Gib ihn mir.«

»Was soll ich Ihnen geben?«

»Den Schlüsselcode. Ich weiß, dass du ihn haben musst. Carl muss ihn dir gegeben haben. Wenn du die nächste Stunde überleben willst, dann nenn ihn mir jetzt, bevor es zu spät ist. *Komm schon,* Junge, *sag ihn mir!*«

Jim konnte nur hilflos zu ihm hochstarren. Er hatte nicht die leiseste Idee, was Delta mit diesem Irrsinn eigentlich meinte. Und das bedeutete, dass er, wenn Delta die Wahrheit sagte, bald sterben würde.

»Ich kenne ihn nicht«, antwortete er matt. »Ich kenne ihn wirklich nicht.«

Delta kratzte sich nachdenklich die Wange. Seine Fingerspitzen hinterließen dort leuchtend rote Streifen, als wäre sein Gewebe weich und empfindlich geworden, leicht zu beschädigen. Er schien es nicht zu bemerken.

»Vielleicht brauchst du eine kleine Motivation«, sagte Delta. »Damit du verstehst, was auf dem Spiel steht.«

Sein Lächeln war wissend. Cat! dachte Jim. Aber nein, die war ihm bei der Austauschprozedur entgegengekommen. Konnte Delta sie irgendwie wieder in die Hände bekommen haben? Jim versteifte sich. Alles war möglich.

Delta nickte. »Wie geht's deiner Mom, Jim? Bist du ihr letzthin mal begegnet?« Jetzt sah sein Lächeln anders aus. »Na, fühlst du dich schon motivierter?«

2 Vor noch gar nicht so langer Zeit hätte Jim sich ihr peinlich berührt entwunden. Jetzt aber, auf dem Sofa an Tabitha gekuschelt, den Kopf an ihrer Schulter vergraben, den Duft ihres Haars in der Nase, während sie die Arme warm und eng um ihn gelegt hatte, hätte er sich am liebsten nie wieder von der Stelle gerührt. In ihrer beruhigenden Umarmung fühlte er sich wie ein Zehnjähriger, und genau so wollte er sich auch fühlen: Geborgen, geschützt und vor den Härten der Erwachsenenwelt beschirmt.

»Mom …«, flüsterte er.

Sie legte die Wange an seinen Kopf. »Ich weiß … sei still, Jimmy. Es ist alles in Ordnung, alles ist gut. Jetzt bin ich da. Ich lasse nicht zu, dass irgendwas Schlimmes passiert.«

Beide wussten, dass es eine Lüge war, aber es war eine gute Lüge. Sie beide hatten das verzweifelte Bedürfnis, daran zu glauben. Auf der anderen Seite des großen Raums hockte Delta immer noch auf seinem hohen Thron. Eine Konsole war aus dessen Sockel emporgeglitten: Delta spielte darauf wie ein verrückter Organist, das Gesicht versteinert, die Augen vor Konzentration zu Schlitzen zusammengezogen. Hin und wieder blickte er zu ihnen hinunter, wartete einen Moment und machte sich dann wieder an seine Arbeit.

»Jimmy«, flüsterte Tabitha. »Gib ihm, was er will. Denk nicht darüber nach, ob das Verrat ist. Sag es ihm einfach.«

Er stieß die Nase tiefer in ihr Schulterblatt. »Weiß es nicht«, murmelte er. »Ich weiß nicht, was er will.«

Sie umarmte ihn fester. »Es ist alles in Ordnung.« Sie wartete ein paar Herzschläge lang und sagte dann: »Erzähl mir nochmals, was er gesagt hat. Vielleicht kann ich …«

Er hob den Kopf. Sie fuhr ihm durchs Haar und lächelte in seine blutunterlaufenen Augen. Tief in ihrem Innern empfand sie eine mörderische Wut. Sie wollte dem Mann *weh tun,* der ihrem Sohn das angetan hatte.

»Ach, Mom …« Er schluckte, hustete, schluckte erneut. Er fühlte sich fiebrig und schwach. Vielleicht hatte

Delta Recht. Etwas zehrte ihn von innen her auf. Jonathan …

Ja, Jonathan war es zuzutrauen, dass er ihn auf diese Weise missbrauchte.

Irgendwo erklang ein tiefes, schweres Dröhnen, ein gedämpfter, ferner Laut. Das Deck vibrierte und kam wieder zur Ruhe. Delta schaute erneut auf.

»Ich halte sie im Schach, Junge«, sagte er. »Aber du solltest dich besser bald mal entscheiden. Du bist nicht gerade in bester Verfassung.«

Jim schaute zu ihm auf und dann schnell weg. Hässliche violette Flecken zeichneten sich auf Deltas straffer Haut ab. Sie umgaben Nester eines hochroten, nässenden Ausschlags. Inzwischen hustete er beinahe ununterbrochen. Jim fragte sich, ob er vielleicht Glück haben und Delta sterben würde. Aber nein, dadurch wäre nichts gelöst. Falls Delta starb, würde Jim ihm auf dem Fuße folgen. So hatte Delta zumindest gesagt. Oder log er vielleicht?

Aber Jim hatte es nicht als Lüge empfunden.

»Ach, Mom. Er sagt, ich muss einen Code besitzen. Er hatte ein Video, eine Aufnahme von Dad und mir. Als Dad … gestorben ist.«

Tabitha strich ihm übers Haar. »Ich weiß. Mach weiter.«

»Dad hat mir was gesagt, eine Zahlenfolge. Delta hielt sie für den Schlüssel, einen Code, der das aufschließen könnte, was in meine DNS hineincodiert ist. Aber es hat nicht funktioniert. Er hat die Kontrolle über ein Computersystem … es besteht aus miteinander verbundenen menschlichen Gehirnen, Mom. Die Prolos …«

Jetzt plapperte er drauflos, und sie verstand kaum ein Wort von zehn. Aber sie ließ ihn weitermachen und hielt ihn an sich gepresst, während ihr Verstand wie rasend arbeitete.

»Er sagt, meine Mom – meine leibliche Mutter – hat

etwas in meiner DNS versteckt, und er will wissen, was es ist. Er sagt, wenn er den Schlüsselcode hat, kann er seinen Supercomputer einsetzen – die Gehirnbatterie, wie sie genannt wird, Mom –, um den Code zu dechiffrieren. Den will er haben, den Schlüssel.« Er ließ den Kopf wieder sinken und suchte die Wärme ihrer Umarmung. »Aber ich kenne ihn nicht, ich *habe* ihn nicht.«

Eine Sirene brach wie ein Rülpsen in den stillen Raum, lief die Skala nach oben durch und verstummte mitten im Gellen.

»Schnell Junge, die Zeit wird knapp«, sagte Delta.

»Es ist alles in Ordnung Jim. Alles wird gut. Wir lassen uns was einfallen …« Sie küsste sein schweißfeuchtes Haar. »Das haben wir doch immer, nicht wahr?«

Sie versuchte ein schwaches Lächeln, doch er sah es nicht. Was für ein Albtraum! Sie starrte über Jims Schädel hinweg auf Delta und wünschte ihm den Tod. Doch obgleich er sich vor ihren Augen zu zersetzen schien, war er noch immer am Leben. Wünsche würden nicht helfen, diesmal nicht.

Jim gab ein leises, schnüffelndes Geräusch von sich. Sie wandte sich ihm wieder zu.

»Erinnerst du dich an das Spiel?«, fragte sie. Vielleicht, wenn sie ihn von all dem Schrecklichen ablenken, ihn beruhigen konnte …

Er schnüffelte immer noch.

»Irgendwo ist es immer Morgen, Jim. Jim?«

Er rückte von ihr ab. Sein Gesicht war feucht von Tränen, doch er brachte ein kleines Lächeln zustande. »Henry Wadsworth Longfellow«, sagte er.

»M-hm … Aus?«

»The Baron of Castine.«

Sie schüttelte den Kopf. »Falsch …«

»Doch, wirklich«, entgegnete er. »Ich bin mir sicher.«

Sie lächelte, gab sich diesem Moment der Erleichterung hin. »Schade, dass du das Buch nicht da hast.«

»Aber ich habe es da. Es ist irgendwo in meinem Rucksack. Den haben sie mir abgenommen …« Er grinste matt. »Aber ich weiß es genau, Mom. Ich sehe die Seite vor meinem inneren Auge. Sektion 110, obere rechte Spalte. Ungefähr … hmm … zweite Zeile.« Er hielt inne. »Mom.«

»Was denn?« Sein Körper an ihrer Seite hatte sich angespannt.

»Das ist es«, flüsterte er heftig. »Das *ist* es!«

»Jimmy, was …«

Doch Jim stand schon vom Sofa auf, den Mund weit geöffnet und wild gestikulierend. »Delta! Wo ist mein Rucksack?«

»Was?« Delta klang etwas benebelt.

»Mein Rucksack, verdammt! Wo ist mein *Rucksack?*«

3 Es war da. Trotz seiner entsetzlichen Schwäche konnte er es finden. Doch jetzt stand er einer weiteren finsteren Aufgabe gegenüber: Er kannte den Code. Aber sollte er ihn wirklich Delta geben, selbst wenn es dabei um sein eigenes Leben und das seiner Mutter ging?

Er rief sich die Schrecken der Prolo-Psychose in Erinnerung. Wenn er Delta gab, was er wollte, würde er diesem Menschen dann nicht helfen, sein endloses Verbrechen gegen die Menschheit bis in alle Ewigkeit fortzusetzen?

Der Zweck, die Mittel …

»Mom«, flüsterte er.

Sie beugte sich dicht zu ihm heran. »Was würde Dad jetzt von mir erwarten?«

Sie sah ihn an, und ihr Mitgefühl war so deutlich sichtbar, dass er am liebsten geweint hätte.

»Dein Dad ist tot, Jim«, sagte sie. »Aber er hat dich zu einem Mann erzogen. Jetzt musst *du* entscheiden.«

»Mom, ich habe ihn getötet.«

Sie erstarrte. Dann seufzte sie auf. »Das hatte ich befürchtet«, erwiderte sie. »Alles ist so schnell passiert, aber ich hatte so ein Gefühl.«

Er leckte sich die Lippen. »Es war ein … Unfall. Ich hatte Angst und habe einfach … den Abzug durchgedrückt.«

Sanft strich sie ihm über die schweißfeuchte Stirn. »Und jetzt gibst du dir die Schuld. Das kann nicht anders sein, ich weiß. Aber Jim, das ist unrealistisch. Es war ein Unfall. Sogar dein Vater …« Den Rest ließ sie unausgesprochen.

Doch er geißelte sich weiter, die Augen fiebrig in der Erinnerung an die Vergangenheit. »Ja. So wie es auch ein Unfall war, dass ich ihm nicht gehorcht und diese Bewerbung losgeschickt habe. Das hat alles andere ausgelöst. Das hat ihn umgebracht. Ich habe ihn zweimal umgebracht, Mom. Wie soll ich jemals damit leben?«

Sie nahm sein Kinn in die Hände und neigte sich dicht zu ihm. In ihren Augen glühte etwas Stählernes, was er nie zuvor darin gesehen hatte. »Weil du musst, Jim. Weil dein Vater es verstanden hätte, und weil er dir vergeben hätte. *Verstehst* du mich?«

Er starrte sie verständnislos an. »Mom, ich …«

Ihre Stimme bebte. *»Ich vergebe dir,* Jim. *Ich. Ich vergebe dir, weil er nicht hier ist, um es selbst zu tun. Aber ich habe Carl Endicott mehr als alles andere in meinem Leben geliebt, und ich vergebe dir!«*

Sie verstummte, ihre Lippen zitterten von der Leidenschaft ihrer Worte.

In diesem Moment überkam es Jim wie eine Woge, und zum ersten Mal hatte er Verständnis und sogar Mitgefühl für das, was Delta getan hatte. In einer edlen, vollkommenen Welt konnte der Zweck die Mittel nicht heiligen. Aber Menschen waren nicht edel und vollkommen, zumindest nicht immer. Manchmal waren sie einfach nur Menschen und verhielten sich allzu menschlich. Und alles, was sie erhoffen konnten, war Vergebung.

Eines Tages würde er sich das, was er seinem Vater angetan hatte, vielleicht vergeben können. Wenn er aber jetzt seine Mutter auf demselben Altar seiner dickköpfigen Selbstgewissheit opferte, wer könnte ihm dann vergeben?

Hatte Delta vor langer Zeit dasselbe empfunden?

Er drehte den Kopf ein wenig zur Seite und sprach es aus: »1992-217-4«, sagte er. »Ausgabe 1992, Sektion 217, vierter Eintrag.« Er blätterte die alten, vergilbten Seiten durch. »Hier«, sagte er und zeigte darauf. Sie neigte den Kopf und las mit ihm zusammen, ein sechszeiliger Eintrag. Gemeinsam sprachen sie die letzten Worte …

Wir entschlüsseln Geheimnisse, die Milliarden Jahre zurückreichen …

Dann sagte er: »Delta?«

»Ja, ja, ich hab es schon«, erwiderte der. »Ich gebe es ein … wir werden ja sehen.«

Jim schaute wieder ins Buch. »Farouk el Baz hat das gesagt. In *Skylab: Next Great Moment in Space.*« Er hielt inne. »Es war ein Buchcode, Mom. Einer der ältesten Codes der Welt – aber man kann ihn nur knacken, wenn man das Buch kennt.«

Delta stieß ein kurzes Stöhnen aus. Jim und Tabitha blickten auf. Ein Ausdruck des Triumphs lag in Deltas verfallenem Gesicht.

»Das ist es«, schnarrte Delta. »Nur noch ein paar Minuten. Jetzt lass ich die Batterien mit voller Kraft drangehen.«

Eine weitere Explosion, diesmal schärfer, näher, erschütterte den großen Raum. Tabitha keuchte auf, und diesmal umarmte Jim sie. »Halt durch, Mom. Alles wird gut.«

Er wandte sich wieder Delta zu und starrte ihn an,

wartete. Delta hatte die Augen geschlossen. Der Ausschlag auf seinem Gesicht hatte sich weiter ausgebreitet, sodass seine Züge fast unter dem Überzug nässender Pusteln verschwanden. Doch aus dem Wrack glühten noch immer seine Augen heraus, glühten vor wilder Entschlossenheit.

»Nun?«, fragte Jim. »Ist es das? Sie kriegen, was Sie wollen? Jetzt, in diesem Moment?« Die Worte klangen stark, aber seine Stimme bebte. Delta fasste ihn ins Auge.

»Wir werden sehen«, sagte er.

4

Joey hatte ein Gesicht wie ein Pferd, lang mit kräftiger Kieferpartie und schmutzig blonden Stoppeln am Kinn. Die Augen waren grau, scharf, wachsam. Er trug ein dunkelbraunes Hemd und Lederhosen mit Kettengürtel. Ein Goldkettchen mit einem kleinen Buddha-Anhänger hing ihm vom Hals. Ein leichter Schimmer von Schweiß glättete die Aknenarben auf seiner Stirn.

Er war dünn, aber Schenkel und Hintern waren unproportioniert dick, und seine Arme wirkten zu kurz. Lange, schlanke Finger, die Finger eines Klavierspielers, waren um Schulterstütze und Schaft einer Laserpistole gelegt. Er saß im Schneidersitz da und beobachtete sie, wobei er sich immer wieder über die Lippen leckte, regelmäßig wie ein Metronom. Schleck, schleck. Er hatte gelbe Zähne, die zum Zahnfleisch hin in schwarze Ränder übergingen. Hinter seinem rechten Ohr schimmerte ein Kabelkopfanschluss schwach unter fettigen blonden Locken hervor.

Cat beobachtete ihn. »Nervös?«, fragte sie.

Er sog kurz den Atem ein und schüttelte den Kopf. Aus der Richtung der Eingangstore, die tiefer in Comsat One hineinführten, ertönte ein polterndes Dröhnen. Er wandte sich kurz danach um.

»Klingt ziemlich heiß da drinnen«, meinte Cat. »Vielleicht brauchen sie jeden einzelnen Mann, den sie kriegen können.«

Er sah sie an. »Jonathan hat mir aufgetragen, dich zu bewachen. Und genau das tu ich auch.«

Natürlich. Sie hatte ihn noch nie zuvor gesehen, aber sie kannte ihn. Sie kannte den Typ. Kabelköpfe hatten ihre Stärke nicht gerade im unabhängigen Denken. Er würde seine Befehle befolgen, ein guter Soldat. Er wäre ohne weiteres genauso glücklich damit gewesen, seine Befehle von Delta entgegenzunehmen.

Die Welt war voll von Menschen wie ihm.

Eine Woge wütender Ungeduld überrollte sie. Sie knirschte mit den Zähnen. Dass es so enden sollte! Sie lehnte sich gegen den Stoß schmutziger Planen zurück und versuchte nachzudenken. Wenn sie nur zu Jim durchkäme …

Was dann? Sie wusste es nicht. Aber das war nicht das unmittelbare Problem. Wenn sie hier herumsaß, konnte sie ihm auf gar keinen Fall helfen. Selbst wenn sie nichts tun könnte, nachdem sie ihn gefunden hätte, wäre trotzdem alles besser als das hier, besser als diese hilflose Sorge.

»Warum lässt du mich nicht einfach frei?«, fragte sie so vernünftig, wie sie nur konnte. »Jetzt kann ich doch sowieso nichts mehr anstellen. Dafür ist es zu spät. Und Jonathan kann gewiss jedes Gewehr gebrauchen, das sich finden lässt.«

Seine Augen flackerten, doch er presste nur die Lippen zusammen und schüttelte den Kopf.

Sie nickte. »Na schön … dann kann ich es mir wohl ebenso gut auch bequem machen.«

Sie trug ein Männerjeanshemd. Lächelnd öffnete sie den obersten Knopf. Seine Augen weiteten sich ein bisschen. Gut.

Sie ließ die Finger zum zweiten Knopf hinunterwandern und beugte sich vor, lächelte.

Er seufzte leise, den Blick auf sie genagelt.

»Vielleicht könnten wir uns ja irgendwie ... die Zeit vertreiben. Ist dir nicht auch langweilig?«

Er leckte sich die Lippen.

Der zweite Knopf sprang auf, und sie streichelte den dritten. »Wirklich, Joey, was soll uns denn ein kleiner Fick schaden? Außer uns beiden Hübschen ist doch keiner da.«

Sein bleiches Gesicht hatte einen rosa Farbton angenommen. Sie öffnete den dritten Knopf und spürte die Kühle auf der schweißfeuchten Haut. Joey gab ein leises Stöhnen von sich, stand auf und tat einen Schritt auf sie zu. Seine Waffe baumelte vergessen in der Linken. Von ihrer Peep-Show in Bann geschlagen streckte er die Hand aus.

Sie trat ihn so kräftig sie nur konnte. Sie zielte genau zwischen die Beine. Mit einem harten, würgenden Rülpsen schoss ihm die Luft aus der Kehle. Er krümmte sich zusammen und grapschte nach ihr, doch da war sie schon auf und davon.

5 Jonathan versetzte einem blau uniformierten Soldaten einen Schlag gegen die Kehle und erschoss ihn, noch während er stürzte. Der Gestank von verkohltem Menschenfleisch hing dick in der Luft, vermischt mit der Ausdünstung versengter Isolierungen und dem scharfen, knisternden Geruch elektrischer Geräte nach dem Kurzschluss.

Es lief nicht besonders gut, aber es war nicht so schlimm, wie er befürchtet hatte. Er warf einen Blick auf die skizzenhafte holographische Karte, die er aus Comsats drangsalierten Zentralcomputer gestohlen hatte. Er war sich nicht sicher, was eigentlich vor sich ging. Zweifellos hatten sie mit dem Trojanischen Pferd Erfolg gehabt. Der Zentralcomputer funktionierten nicht mehr:

Das in Jims DNS hineincodierte Virus hatte ihn zerstört. Aber etwas anderes hatte die Kontrolle übernommen, irgendein anderer Computer – vielleicht ein Sicherheitssystem, von dem sie nichts gewusst hatten, etwas, das gegen die versteckte Fracht des Jungen abgeschirmt war.

Als Sicherheitssystem war es jedoch nicht so mächtig oder effizient wie der Zentralcomputer. Es gab Widerstand, aber keinen überwältigenden Widerstand. Irgendetwas lief noch immer in Comsats Subsystemen ab. Grundlos explodierten Geräte. Manche Schutztüren waren verschlossen, und sie mussten sie sprengen, andere standen jedoch unerklärlicherweise weit offen. Es war fast, als hätte das Sicherheitssystem, oder was immer es war, zu viel in seinem Cyberkopf.

Es gab auch noch andere Probleme. Er hatte seine Leute so sorgfältig wie nur möglich ausgewählt, doch ein paar versteckte Kabelkopfsüchtige mussten durchgerutscht sein. Die erlagen jetzt der Prolo-Psychose, rasteten plötzlich aus und kehrten ihre Waffen gegen Freund und Feind gleichermaßen, oder sogar gegen sich selbst.

Sollte er noch einen Beweis benötigen, dass Delta irgendwie mit der Prolo-Psychose verbunden war, dann hatte er den wohl jetzt. Endgültig würde er es natürlich erst wissen, wenn er die Finger um Deltas fetten, bebenden Hals gelegt hatte, aber …

Bei dem Gedanken sog er scharf die Luft ein und blickte sich um.

Sie waren tief in Comsats Inneres vorgedrungen und nicht mehr weit von den Räumen entfernt, wo sich der Karte zufolge die Hauptbüros befanden. Dort war zweifellos mit weiteren Schutzvorrichtungen zu rechnen, mit Widerstand bis zum letzten Atemzug. Leicht würde es nicht werden.

Er gab einer Gruppe von drei mit Tarnfarbe geschminkten Soldaten den Wink, einen bestimmten Punkt einzunehmen. Sie duckten sich und huschten voran.

Nein, einfach nicht ... aber wenn die Backup-Computer Comsats weiter so ineffizient arbeiteten, würden sie es schaffen.

Mit einem blutrünstigen Grinsen stürmte er los. Aus dem Schatten hinter ihm spähte Cat hinter einem zur Unkenntlichkeit verschmorten elektronischen Klumpen hervor, beobachtete ihn und wartete ab. Einen Moment später folgte sie ihm.

6 Deltas hoher Saal war von der ganzen Zerstörung und dem Gemetzel im übrigen Comsat One unberührt geblieben. Das dumpfe Gerumpel von Explosionen durchdrang hin und wieder die schweren Schutzwände, und ein paarmal flackerten die Lichter, ansonsten aber blieb die Atmosphäre still und gelassen.

Jim und Tabitha hatten sich auf dem Sofa aneinander gekuschelt, und den Arm um seine Schultern gelegt, hielt die Mutter ihn fest, wenn er hustete. Seit einer Weile hustete er ununterbrochen, und jetzt spuckte er dabei Klumpen eines flockigen rosa Schleims. Sie schaute zu Delta auf, der inzwischen einen schrecklichen Anblick bot.

»Verdammt, können Sie denn nichts *tun?*«, fuhr sie ihn an, die Stimme bebend vor mühsam unterdrückter Wut.

Er drehte sich in ihre Richtung. Sein halb aufgelöstes Gesicht hatte die Farbe von getrocknetem Schorf angenommen, dunkel und verkrustet; aus den Rissen schimmerte es weiß heraus. Sie fragte sich, ob das wohl Knochen waren, ob das, was ihn zerfraß, ihn schließlich bis aufs Skelett zersetzen würde.

Er öffnete den Mund, ein rundes, schwarzes Loch,

und sprach. Seine Stimme war ein halb verschlucktes Genuschel, als fehlte ein Teil seiner Zunge.

»… halte es«, sagte er. »Ich muss … meinen eigenen genetischen Code … Hormone …« Er schüttelte den Kopf. Von seiner Schädeldecke lösten sich große Hautfetzen. »Beinahe so weit … dann Jim.«

Sie sackte in sich zusammen. Der Mann kämpfte offensichtlich um sein Leben, und wenn es auch unter anderen Umständen ihr glühendster Wunsch gewesen wäre, dass er diesen Kampf verlor, betete sie in diesem Moment mit jeder Fiber ihrer Seele für seinen Erfolg.

Jim schauderte zusammen. Sein Körper verströmte Hitze wie ein kleiner Backofen. Ein Speichelfaden hing ihm vom Kinn. Sie wischte ihn weg und berührte dann seine Stirn. Er drehte sich ihr zu. Seine Augen waren geweitet; doch die Augäpfel hatten die Farbe von Eigelb angenommen, und die Pupillen fixierten sie nicht.

»Jimmy …« Sie wandte sich wieder zurück. »Beeilen Sie sich, verdammt! Er stirbt …«

»Wir alle …«

7 Aufseufzend verbannte Delta das irritierende Gejammer der Frau aus seinen Gedanken. Als hätte er nicht genug zu tun …

Er hatte keine Ahnung, wie sein physisches Erscheinungsbild derzeit sein mochte. Er konnte sich nicht durch einen Blick vergewissern, doch nach den Hinweisen, die er überwachte, zweifelte er an einem positiven Ergebnis. Egal. Den Körper konnte man reparieren. Zunächst musste er jedoch die Körperfresser in seinem Innern bekämpfen, wobei allerdings ein Teil seiner Aufmerksamkeit auch auf die Armee von Prolos gerichtet war, die sich schießend und brennend zur inneren Festung vorarbeiteten.

Zum Verrücktwerden! Er hatte Verstärkung angefordert, und die war auf dem Weg, doch wie immer in solchen Situationen würde sie zweifellos erst eintreffen, wenn die Sache schon entschieden war. In diesem Krieg ging es um Minuten, und es würde Stunden dauern, um irgendeine nennenswerte Truppe von der Erde zum Verteilerzentrum und von dort zum Hauptquartier zu befördern.

Offensichtlich hatten sie einen Verdacht bezüglich der Gehirnbatterien gehabt, aber sie hatten es nicht *gewusst*, und genau das machte den Unterschied. Prolos. Eine nutzlose Klasse; er war verblüfft, dass sie es geschafft hatten, ihm so viele Probleme zu bereiten …

Jedoch nicht mehr lange. Er war jetzt tief in seinem Inneren, tausendfach mit jenem Objekt vernetzt, das er und seine Frau erfunden hatten, dem Kontrollsystem und Verbindungsgenerator für die Gehirnbatterien.

Er liebte dieses Gefühl der Macht, wenn er sich an die Geräte anschloss: Billionen mal Billionen Schaltungen, selbst schaffend, selbst reproduzierend, die das Rohmaterial aus Milliarden pulsierenden menschlichen Gehirnströmen zu einem Ganzen komponierten. Zu Anfang war das System klein gewesen, doch er hatte es bis zu einem Punkt vorangetrieben, wo es von allein weiterwuchs, und danach ging alles wie von selbst. In technischer Hinsicht war es ein Meilenstein der Geschichte, nicht weniger bedeutend als die Pyramiden oder die Chinesische Mauer, ein Produkt der menschlichen Schöpferkraft, das noch in ferner Zukunft ein Zeichen setzen würde, ein Wendepunkt der Menschheitsgeschichte.

Seines. Ja, das war es tatsächlich. In den schattigen Winkeln seiner Seele wusste er, dass der ursprüngliche Einfall von ihr stammte. Sie – Kate – hatte die ersten blinden Sprünge der Intuition vollbracht, doch er hatte sie aufgegriffen, verfeinert, die rauen Kanten geglättet und den ersten noch ungelenken, rohen Mechanismus zum Funktionieren gebracht. Ohne Kate hätte er es nicht geschafft. Er war nicht so egomanisch, sich etwas anderes einzubilden. Doch mit demselben gelassenen Pragmatismus war ihm klar, dass sie es niemals von ihren ersten blitzartigen Eingebungen zu dieser großartigen Kathedrale der Technik gebracht hätte. Zum einen war sie nicht zäh genug gewesen, nicht eigensinnig genug, um die Entscheidungen zu treffen, die getroffen werden mussten, die unabdingbaren Entscheidungen.

Doch all das wusste er schon, und außerdem wurde er zum ersten Mal seit langem von jemandem angegriffen, der ihm als würdiger Gegner erschien. In gewisser Weise war das belebend. Ein fast so starkes euphorisches Erlebnis wie die Batterien selbst ...

Und die – o Gott – es war, als ob man Gott selbst wäre. Er konnte es unmöglich erklären, konnte es kaum mit seinem Verstand fassen. Wie er im Dunkeln dahintrieb und spürte, dass da Milliarden von flüsternden Gehirnen waren, die durch die Geräte gefiltert jedem einzelnen Befehl gehorchten. Manchmal wie Eis, manchmal wie riesige, brüllende Feuerbahnen, und er spielte sie wie der größte Organist des Universums ...

Es machte süchtig. Er wusste, dass ein Teil seiner selbst sich ständig da draußen befand und dort durch die Stille geisterte, ein Teil, der sich fast ohne sein Wissen im Laufe der Jahre sanft von ihm abgespalten hatte. Das störte ihn nicht und tatsächlich war ihm diese Dualität sogar willkommen, der Januskopf ...

Er seufzte. Zeit, sich an die Arbeit zu machen. Der Code, den der Junge ihm gegeben hatte, hatte alles Notwendige aufgeschlossen, und sein DNS-Muster besaß er schon. Nun musste er es nur noch lesen, die DNS wieder einmal lesen wie Gottes selbst verfasste Enzyklopädie; allerdings hatte diesmal Kate die Seiten geschrieben.

Botschaften. Erinnerungen aus der Vergangenheit. Er

fragte sich, ob sie wohl gewusst hatte, dass er all das irgendwann lesen würde, ob sie es sich wohl so vorgestellt hatte. Ihr letzter Wille und Testament.

Begeistert machte er sich an seine Aufgabe, der gute, pragmatische Arbeiter. Und mit einem kleinen Teil seines Verstands machte er sich gleichzeitig ans Töten der Eindringlinge, sowohl in seinem Körper als auch in seinem Satelliten. Das erforderte nicht viel Aufmerksamkeit. Es war, wie wenn man Küchenschaben totschlug.

8 »Pass auf!«, schrie Jonathan. Er ging in Deckung, als ein neuer Schwarm mobiler Laser-Bots aus dem Dunkel des Korridors vor ihm herausgeschossen kam. Er spähte über das schwelende Wrack eines Büroschreibtischs hinweg, Teil der improvisierten Barrikade, die sie hastig zusammengeschoben hatten, um den Korridor zu blockieren, und feuerte ein paar schnelle Schüsse ab. Einer der kleinen Killer-Bots zischte auf und verschwand dann in einem blendend hellen blauen Blitz.

Der Angriff hatte sich in einen Albtraum aus Rauch, Hitze und plötzlichem Tod verwandelt. Er brachte sein Kehlmikrophon auf Touren, hoffte auf irgendetwas Kohärentes, doch auch auf seiner Kommando-Frequenz empfing er nur ein hoffnungsloses Durcheinander von Stimmen in Panik. Sie verloren den Kampf. Irgendwie hatte er irgendwo einen schrecklichen Fehler begangen, und bald würde er wohl den üblichen Preis dafür zahlen.

Er kauerte sich hin, kramte in seinem Rucksack, fand ein frisches Magazin für seine Waffe und setzte es ein. Neben ihm kauerte eine Frau, die er kaum kannte, dick, breitschultrig, das breite Kuhgesicht mit Streifen von Ruß und Schweiß verschmiert. Ein Rinnsal geronnenen Blutes schlängelte sich über ihre glatte Stirn, knickte nach unten ab und floss über ihr linkes Auge, das erblindet heraushing.

Sie atmete flach, vermutlich im Schock, aber die große, altmodische Maschinenpistole in ihrer rechten Hand hatte sie noch fest im Griff.

»Mary«, flüsterte er heiser.

Sie wandte sich nicht zu ihm um. Verdammt, wie hieß sie nur? Er stieß sie gegen die Schulter. Sie fuhr mit einem Ruck herum, das unversehrte Auge rollte weit aufgerissen im Kreis. Kampftrauma, Wahnsinn, was auch immer … vielleicht hatte sie noch ein bisschen Kraft, die sich nutzen ließ. Er zeigte auf die schwere Tasche, die er die ganze Zeit mitgeschleppt hatte und die jetzt bei seinem Knie lag, wo er sie hatte fallenlassen.

»Da drinnen«, brummte er. »Eins von den quadratischen.«

Sie starrte ihn an, nickte dann und wühlte in der Tasche herum. Sie zog ein quadratisches graues Päckchen heraus, etwa eine Handspanne lang und breit und einen Daumen dick, und sah ihn fragend an.

Er nickte. »Da drüben, an der Wand da. Hau es da einfach dagegen, es ist magnetisch und bleibt hängen, und dann lauf, als wär der Teufel hinter dir her. Ich lass es hochgehen.«

Sie nickte, holte tief Atem und spannte sich an. Er gab ihr einen Klaps auf die Schulter, und sie rannte los, kletterte sich duckend und Hindernisse umgehend über die Barrikade hinweg. Er spähte ihr nach, wartete ab, bis sie über einen Haufen zerstörter Laser-Bots sprang, genau da, wo sich der Kontrollmechanismus für die nächste Schutztür befinden musste.

Im selben Moment bediente er den kleinen Sprengzünder in seiner Hand. Sie verschwand in einem blendend gelben Feuerball, doch die Explosion räumte die restlichen Bots beiseite und schleuderte die Schutztür endgültig auf.

»Tut mir Leid, Mary«, murmelte er. »Du weißt, wie es ist …«

Er würde sie notfalls bis zum letzten Mann opfern, um die Hände um Deltas schwabbeligen Hals legen zu können.

Noch einmal sah er sich um, dann stürmte er über die Barrikade. Nur noch eine weitere Tür, eine einzige Tür noch …

Fünfzehntes Kapitel

1 Er verstand, wie es funktionierte. Sie hatte die Basenpaare der DNS – komplementäre Kombinationen aus den vier Basen Adenin und Thymin bzw. Cytosin und Guanin – dazu verwendet, ihre Botschaft zu codieren. In der aus Nukleotiden gebildeten leiterförmigen Struktur der DNS bestand jede Sprosse aus zwei einander ergänzenden Basen. Diese Informationsstruktur eignete sich ideal für die binären Computersprachen – man konnte festlegen, dass ein Paar in die eine Richtung angeordnet »an« bedeutete, in die andere Richtung »aus«. Das klang kompliziert, war aber ganz einfach. Nutzte man diese unendlich flexible Methode der Codierung, ließen sich Botschaften aus Hunderten oder Milliarden von Zeichen auf kleinen Stücken der DNS codieren.

Delta stieß einen anerkennenden Pfiff aus, als ihr Werk sich in der flüsternden Dunkelheit vor ihm auftat. Er rief seine Milliarden Geister und setzte sie an die Arbeit. Dann wartete er ab, wie lange, wusste er nicht. Die Zeit selbst war anders, wenn er sich mit den Gehirnbatterien vermischte …

Als er mehr und mehr dieser Geister zur Arbeit rief, brachen einige von ihnen unter der enormen Belastung zusammen. Mit einem Teil seines Bewusstseins registrierte er ihr Versagen und wusste, dass jeder dieser Kurzschlüsse die Vernichtung eines menschlichen Bewusstseins und seinen Sturz in den Wahnsinn bedeutete. Im ganzen Terranischen System und sogar bis Wolfbane verfielen Prolos in Anfälle sinnloser Gewalt.

Er achtete nicht darauf. Schließlich heiligte der Zweck die Mittel ... und das hier war wichtig. Kate, seine Kate, hatte etwas hinterlassen, etwas so Entscheidendes, dass sie es für angemessen gehalten hatte, es in die Grundbausteine ihres Sohnes hineinzucodieren: In seine DNS, jene Stränge des Lebens, die ihn zu dem machten, was er war.

Während die Gehirnbatterien ihre Arbeit verrichteten, setzte er so nebenbei einen Teil der Geister dazu ein, Jims DNS-Struktur an sich zu untersuchen. Ah, ja, Jim war definitiv der Sohn seiner Mutter. Er kannte Kates genetisches Muster so gut wie sein eigenes, und das Erbe war offensichtlich. Ebenso offensichtlich wie die Tatsache, dass Carl Endicott ...

Er hielt inne.

Nein, das war gar nicht offensichtlich. Er schaute noch einmal hin. Er hatte keine Tiefenanalyse von Carls Gencode parat – warum auch? Der Mann war erst ein Angestellter und dann ein Verräter gewesen. Aber er hatte Zugang zu den Ergebnissen der Basisüberprüfung und ...

Er keuchte auf. Nein, das andere Erbteil kam nicht von Carl Endicott. Sondern von ...

Sein Bewusstsein geriet ins Wanken. Er zuckte vor der unausweichlichen Schlussfolgerung zurück, bis ins Innerste erschüttert. Etwas, das er seit sechzehn Jahren einfach ohne Überprüfung für die Wahrheit gehalten hatte, erbebte und zerschmetterte dann in der von Geistern erfüllten, summenden Dunkelheit.

Das unverkennbare Muster, das er am besten von allen kannte, mit dem von Kate vermischt und verschmolzen. Die Vereinigung von Mutter und Vater, deren genetische Geschichte auf immer in den Zellen ihrer Nachkommen weiterlebt. So absolut normal. So vernichtend.

Seine Welt, die Welt, die er sich seit mehr als anderthalb Jahrzehnten aus Bitterkeit und Verrat errichtet hatte, schwankte und bebte.

Und während er *darüber* nachdachte – sein Bewusstsein offen, nackt, von der Entdeckung erschüttert – beendeten die Geister ihre Arbeit und lieferten ihre Schlussfolgerungen wie in einer einzigen gigantischen, dröhnenden Gotteserscheinung ab: Kates Geheimnis.

Delta schrie auf.

2 Schon seit mehreren Minuten schrillten die Alarmsignale in ihren Ohren, doch Steele hatte zu tun gehabt. Von ihrer Schutzkleidung umschlossen, mit zehnfacher Kraft gerüstet, hatte sie sich dem Geschäft des Schlachtens überlassen, und nun troff ihr das Blut von den gepanzerten Fäusten. Ihre Kampf-Maser war fast zu heiß zum Anfassen.

Doch jetzt, in einer qualmgeschwängerten Kreuzung von Korridoren, hob sie einen Moment lang den Kopf und hielt inne. Über den Warnbildschirm ihres Helms lief ein ultimativer Alarm in hochroten Lettern, und auf einer skizzenhaften Karte leuchtete ein rot pulsierender Punkt auf.

»Die inneren Schutztüren«, murmelte sie.

Die Invasoren waren durch die letzten Schutzwälle vorgestoßen. Wie hatte es dazu kommen können? Delta selbst war in Gefahr!

Sie warf einen Blick auf den gestürzten Prolo, der sich unter ihrem linken Fuß wand. Verdammt, ihr Rücken tat weh!

»Sorry, Kumpel, du verlierst«, sagte sie, drückte fester und hörte ein scharfes Krachen splitternder Knochen. Der Mann erschlaffte, und sein von Aknenarben gezeichnetes Gesicht war plötzlich weich und friedlich.

Der handgeschriebene Name auf seinem Hemd lautetet einfach nur: »Joey.«

»Sorry … Joey«, wiederholte sie, ohne zu wissen, warum sie das eigentlich sagte. Dann machte sie kehrt und eilte zu Delta, dem entgegen, was, wie sie trotz ihres Widerwillens gegen jeden Aberglauben ahnte, ihr letztes Gefecht sein würde.

Nun, sie hatte immer davon gelebt und hatte jetzt auch keine Skrupel, dabei zu sterben … warum auch? Sie war eine Kriegerin. Ihre uralte Entscheidung, ihr Schicksal …

Ihr Schwert.

3 Er schwebte in der Dunkelheit, umgeben vom glitzernden Licht seiner Geister, seiner unwissentlichen menschlichen Sklaven, und sie plapperten ihre unwiderstehlichen Botschaften endlos direkt in sein kontrollierendes Bewusstsein.

Seine Sklaven. Ein messbarer Prozentsatz von ihnen zerfiel sogar in diesem Moment, während er zusah, ihr menschliches Bewusstsein ausgebrannt durch die Belastung der fehlerhaften Verbindung, durch die Gehirnbatterien, zu deren Rettung Delta vor Jahren sein ganzes Leben in Stücke gerissen hatte. Das glorreiche Werk, auf dessen Altar er alles geopfert hatte: Liebe, Familie, Hoffnungen, Träume. Auf den er alles von Wert gelegt hatte, um das größere Gut zu bewahren.

Der Altar mit dem eisernen Namen: *Der Zweck heiligt die Mittel.*

Doch dieses Opfer war jetzt bis zum letzten Rest einem stinkenden Verfall anheimgefallen, und der schreckliche Bodensatz dieser psychischen Verbrennung füllte ihm die Nase. Alles versengt und vernichtet, Kate, die Beziehung, die sie hätten haben *können,* die *Zukunft,* die die seine hätte sein können, und – am allerschlimmsten!

Er hatte sich geirrt.

Das ganze stinkende Opfer war überflüssig gewesen und – entsetzlicher noch – böse.

Er hätte warten sollen, ihr mehr Zeit geben, auf sie *hören* sollen. Aber nein, das hatte er nicht getan. Er musste seinen verdammenswerten Zweck im Auge behalten, um seine ebenso verdammenswerten Mittel zu rechtfertigen, und so hatte er sein dreckiges Opfer gebracht – und starrte nun auf dieses widerliche, qualmende Trümmerfeld.

Es war mehr, als er ertragen konnte. Und als ihre letzte Botschaft ihn erreichte – nicht der wissenschaftliche Durchbruch, der ihr nach ihrer Verstoßung geglückt war –, als jene wenigen, einfachen Worte sanft wie die Erinnerung an ihre liebkosende Hand aus der Vergangenheit emporstiegen – weinte er.

Nach allem, was geschehen war, zu einer Zeit, als ihr blutiges Ende durch ihn schon nahe war, hatte sie eine Möglichkeit gefunden, ihren verhängnisvollen Segen in die Zellen ihres Sohnes zu codieren. Hatte sie gewusst, dass er ihn finden würde? *Gehofft,* dass er ihn finden würde?

»Ich liebe dich noch immer ...«

»Nein!«

»... liebe dich noch ...«

»Nein!«

»Liebe.«

Delta machte eine Verwandlung durch. Es ging nicht anders. Er war einmal etwas anderes gewesen, *jemand* anderes gewesen, aber er hatte geglaubt, dieser Mann sei für immer verschwunden. So gründlich geopfert wie nur je ein rauchendes Kalb auf dem finsteren Altar der Notwendigkeit geopfert worden war. Entscheidungen getroffen, ein Leben gelebt, die Vergangenheit ungewandelt und unwandelbar. Jetzt aber kam auf dem Wind längst vergessener Jahre eine geflüsterte Botschaft, unerwartet, unverhofft. Eine Botschaft der Liebe.

Sie hatte *ihn* geliebt, und er hatte *sie* vernichtet.

War ihm zu vergeben?

Alles brach zusammen. Sein sorgfältig errichtetes Zentrum hielt nicht stand. Vielmehr zerbrach sein Herz, das er gegen alles außer Angst und Pflicht verhärtet geglaubt hatte, an der letzten und äußersten Wohltat:

Um seiner Mittel willen hatte er sie ermordet, hatte sie unter seinem Zweck begraben, doch selbst als er damit fertig war, hatte sie ihn noch immer geliebt.

Und so ließ sie einen Mann auferstehen, der einmal gelebt hatte, sich aber für tot hielt. Jetzt trat dieser Mann aus den schummrigen Sälen der Vergangenheit hervor, und noch einmal verstand er die Freude eines hohen Ziels. Er hatte seinen Zweck und seine Mittel gehabt, doch dieser Zweck heiligte nichts Menschliches mehr.

Die Wiederauferstehung heißt Liebe.

Und seine Sünden waren Legion.

4 Tabitha hob den Kopf. Das grauenhafte, sich zersetzende Wesen auf dem Turmthron schrie. Nässende Hautstücke flogen in alle Richtungen, als es die Krallen in seine blinden Augen schlug.

Sie erschauderte. Was bedeutete das? Starb Delta jetzt?

Jim stöhnte leise. Er verlor immer wieder das Bewusstsein, Momente der Klarheit wechselten mit immer längeren Phasen der Verwirrtheit. Das Fieber verzehrte ihn, und jenes Teuflische, was man in ihm verborgen hatte, tat noch immer seine Arbeit. Sie umfasste ihn enger, doch sein Körper verkrampfte sich in einem langen, quälenden Hustenanfall.

Sie wischte ihm rosa Speichelfäden vom Kinn und starrte Delta an.

Ihre einzige Hoffnung – *Jims* einzige Hoffnung.

»Stirb nicht, verdammt«, flüsterte sie. »Rette meinen Jungen!«

Jim hustete erneut.

5 Deltas massiger Körper zerfiel – noch immer hatte er die genetischen Therapeuten nicht freigesetzt, die den ihn in Stücke zerreißenden Molekularmaschinen Einhalt gebieten würden, denn all die Vorgänge hatte ihn zu sehr beansprucht. Doch sein Geist war klar. Auf ihre eigene Weise war diese trockene, vertraute Klarheit schlimmer als Wahnsinn, weil er sich so der Wahrheit nicht verschließen konnte.

Schlussendlich war sein größter Fehler der Mangel an Phantasie gewesen. Er war nicht in der Lage gewesen, die Möglichkeiten zu sehen. Er war von der Brillanz ihrer Erstentdeckung geblendet gewesen, vom Potential der Gehirnbatterien verführt, und in seiner Verzweiflung war er bereit gewesen, die Fehler zu übersehen.

Kate war nicht dazu bereit gewesen, doch darauf hatte er keine Rücksicht genommen. Er hatte sie beiseite gefegt, obwohl der Kern der Entdeckung von ihr stammte. So hatte er gesündigt, und seine erste Sünde war Stolz gewesen. Kurz darauf gefolgt von Eitelkeit und schließlich von Mord – erst Kates Ermordung und dann Massenmord.

Zum dritten Mal überprüfte er die Ergebnisse, doch alles war gleich geblieben. Er konnte keine Fehler in ihrer Arbeit finden. Sie hatte den Durchbruch geschafft, hatte ihrer eigenen Phantasie vertraut, ihrer eigenen Brillanz, und ... den entscheidenden Schritt weiter geschafft.

Und so hatte sie, während er sich an der Frucht ihrer ersten, unvollkommenen Entdeckung festgeklammert und sie gegen ihre Zweifel verteidigt hatte, weitergemacht. Und Erfolg gehabt.

Alles hing zusammen, das Netzwerk, die Prolo-Psychose, die Potenz der Batterien selbst. Sie hatte das Problem schließlich gelöst, hatte einen weiteren dieser Durchbrüche geschafft, wie sie sich vielleicht einmal pro Generation ereignen: Die Verbindungen waren fehlerhaft. An diesen unvollkommenen Verbindungen lag es, dass die individuellen Gehirne unter so unerträglichen Druck gerieten und bei jeder Benutzung der Batterien ein Teil von ihnen zerstört wurde.

Das alles wurde durch ihr neues Programm behoben. Diese Batterien würden ihre Einzelteile nicht zerstören. Und in der Folge wären ihre Gehirnbatterien aufgrund der Effizienz der neuen Verbindungs- und Kontrollprogramme hundert – nein, tausendmal wirksamer als alles, was er sich je erträumt hatte.

Es war vorstellbar, jedes einzelne Mitglied der Menschheit nahtlos und sogar unbewusst mit einem so mächtigen Computer zu vernetzen, dass sich vielleicht sogar die geheimsten Schriften des Universums endlich lesen lassen würden.

Er aber hatte es verworfen. Hätte er nur noch ein paar Monate abgewartet, ihr ein wenig mehr vertraut, *sich die Möglichkeiten vorgestellt …*

Doch das hatte er nicht. Sechzehn Jahre. Was hätte die Menschheit in sechzehn Jahren mit Kates verbesserten Gehirnbatterien erreichen können? Er schauderte. Seine Vorstellungskraft, die damals so schwach gewesen war, brauste ihm jetzt im Kopf: Alles. Einfach alles. Die Möglichkeiten waren gigantisch.

Keine Angst mehr vor außerirdischer Technologie. In einem einzigen Sprung hatte Kate alles an außerirdischer Wissenschaft hinter sich zurückgelassen, wovon er je gehört hatte. Wenn die Macht der Computer den Schlüssel zur modernen Wissenschaft darstellte, hatte sie ein Instrument entwickelt, mit dem sich jede Tür öffnen ließ. In sechzehn Jahren hätte die Menschheit …

Aber nein. Stattdessen hatte die Menschheit sich im Schlamm gesuhlt und mit Müh und Not Schritt gehalten, während er seine Macht zementierte und die Regierung und die Zukunft selbst in seine fremdenfeindliche

Schablone zwängte. Er hatte die Menschheit mit einer Mauer vom Universum abgeschnitten, sich ängstlich an seinen kläglichen, fehlerbehafteten Entdeckungen festgeklammert.

Und dann hatte er sie ermordet.

Wieder schauderte er. Was, wenn sie langsamer gewesen wäre oder er schneller? Dann hätte sie dies hier vielleicht niemals erreicht – oder, schlimmer noch, keine Aufzeichnung davon hinterlassen.

Sie hatte nicht viel Zeit gehabt. Und sie hatte Angst gehabt. Dennoch hatte sie ihr Ergebnis vor aller Augen versteckt, in dem einen, das sie außer den Batterien noch geschaffen hatte. Im Kostbarsten, das sie je geschaffen hatte.

Oh, Tiger. Dein helles Strahlen. Dein schreckliches Ebenmaß …

Jim. Das Fleisch gewordene Geheimnis. Die Hoffnung der Menschheit verkörpert und eingebettet in den Zellen eines sechzehnjährigen Jungen.

Jim …

Delta kam angstbebend zu sich. Und fand sich im Chaos wieder.

6

Jim dachte: *Ich fühle mich nicht wohl.*

Er hob den Kopf und blinzelte. Alles verschwommen. Er blinzelte wieder, und allmählich wurde seine Sicht schärfer. »Mom?«

Ihre Lippen waren an seinem Ohr. »Halt durch, Jimmy …«

Ihm war sehr schwindlig. Er drehte den Kopf und erblickte ihr Gesicht, ihre Augen, schrecklich besorgt. Voll Angst um ihn.

Er versuchte ein Lächeln. »Es ist in Ordnung, Mom. Alles wird gut.« Er wusste nicht, ob das stimmte – eigentlich bezweifelte er es –, aber irgendetwas musste er ja sagen. Der Ausdruck in ihrem Gesicht war einfach zu schrecklich.

»Mom?«

»Scht, Jimmy. Ruh dich aus, sei still. Spar deine Kraft.«

Er hob den Blick und versuchte, sich zu erinnern. Die lange Reise, der Comsat. Delta.

Er schaute auf und sah ihn zusammengesackt hoch oben auf seinem Stuhlthron hocken wie ein schrecklicher König aus alter Zeit.

Ein Teil von Deltas Gesicht war einfach zerschmolzen. Heraus blitzte ein halber Schädel mit grinsenden, weißen Zähnen. Deltas unter der Kleidung verborgene übrige Gestalt war inzwischen nahezu formlos, als hätte die Haut sich abgeschält und in den ausgebeulten Falten seines Anzugs zu Matsch verwandelt.

Er konnte unmöglich noch am Leben sein, und bei seinem Anblick zog sich Jims Magen zusammen: *Letzte Hoffnung*, dachte er bitter. *Und jetzt ist er tot …*

Deltas verbliebenes Auge öffnete sich plötzlich glitzernd. Tabitha keuchte auf. Die hohen Türflügel auf der anderen Seite des Saals schlugen krachend auf, und Cat kam hindurchgerannt, die Laserpistole in der Hand.

»Jim!«

Er hob die Hand und winkte schwach. »Hier …«

Sie warf einen Blick über die Schulter und eilte dann zu ihm. »Gott sei Dank!«

Tabitha warf sich schützend über Jim. »Zurück!«, fauchte sie das Mädchen an.

Cat machte eine Geste mit der Pistole. »Ich bin Cat. Wer sind Sie?«

»Meine Mom«, murmelte Jim. Er brauchte einen Moment, um sich in Erinnerung zu rufen, dass Tabitha Cat nicht kennen konnte. Die beiden Frauen in seinem Leben. Aus irgendeinem Grund kam ihm das komisch vor, und er kicherte.

»Mom, sie ist eine Freundin. Sie ist in Ordnung.« Er spürte, wie Tabitha sich entspannte und dann von ihm wegglitt.

»Du bist seine Mom?«, fragte Cat.

Tabitha nickte.

»Wir haben nicht viel Zeit. Wir müssen hier raus. Der Comsat bricht auseinander. Ich weiß nicht, wie viel Zeit uns noch bleibt –, aber wir müssen uns beeilen.« Sie packte Jim bei der Hand, um ihn hochzuziehen, doch Tabitha riss sie zurück.

»Nein!«

»Was soll das heißen, nein? Spinnst du, Lady?«

Aufgeregt brabbelte Tabitha los. »Nein, es ist was in ihm drin, das ihn umbringt, der Mann da oben, der kann ihn als Einziger retten …«

Cat schüttelte den Kopf. »Was?«

Jim sagte. »Es stimmt, Cat. Jonathan hat was in mich reingesetzt, um Delta zu töten. Aber es tötet mich auch …« Er versuchte ein Lächeln, doch das verschwand, als er sich in einem Hustenanfall zusammenkrümmte.

Cat sah auf ihn hinunter. »Jesus …«

»… wird im Moment wahrscheinlich nicht helfen«, sagte Delta. »Bringt ihn hier rüber. Bringt ihn zu mir.« Seine Stimme war weich, wie verfault, korrodiert. Schwer zu verstehen.

Cat wirbelte herum und hob die Pistole.

»Nicht«, sagte Delta. »Nicht, wenn du ihn retten willst. Ich habe dir gesagt, bring ihn her zu mir.«

Ein leiser Heulton erfüllte den Saal. Deltas Thron senkte sich langsam nach unten. Er hob die Hand und winkte. Durch die Knöchel trat der nackte Knochen. Delta schien es nicht zu bemerken.

Cat wandte sich zu Tabitha. »Soll ich ihn hinbringen?«

Tabitha nickte. Sie hatte schon den Arm unter Jims Rücken gelegt und hob ihn an. »Er ist unsere einzige Hoffnung. Hilf mir.«

Gemeinsam schleppten und trugen die beiden Frauen Jim zur anderen Seite des Saals, wo Delta sie erwartete wie ein sterbender Gott seine Opfergabe.

Kaum hörbar im Getöse, das durch die aufgebrochenen Türen drang, sagte plötzlich eine leise Stimme: »Mach dir nicht die Mühe, Cat. Die sind tote Leute, alle beide.«

7

Cat wandte sich um. »Jonathan.«

Er stand da, von der Tür umrahmt, von Rauch und Qualm umwabert. Sein Gesicht war ruhig, mild, und mit verschwommenem Blick nickte er grüßend und trat in den Saal.

»Mit dem Jungen scheint es ja übel zu stehen«, sagte er und trat vor. Er wollte die Gruppe umgehen und auf Delta zutreten, dessen Thron inzwischen ganz zu Boden gesunken und nur noch ein großer Stuhl war. Delta saß da, verfault und zerfallen, der kahle Kopf noch immer vom silbrigen Helm gekrönt, der ihn mit den Gehirnbatterien verband.

»Hallo, alter Mann«, sagte Jonathan freundlich. »Ich freue mich schon sehr lange darauf, dich kennen zu lernen.«

»Jonathan, nein!« Cat ließ Jim los und trat ihm in den Weg. »Wenn du Delta tötest, wird Jim sterben!«

Jonathan blieb stehen. Ein verblüffter Ausdruck glitt über sein Puddinggesicht. »Ach ja? Na und?«

Cat schüttelte den Kopf. »Verdammt, siehst du das denn nicht? Er stirbt, Delta stirbt. Aber das, was du in Jim reingesteckt hast, das kann er aufhalten. Das hat er gesagt.«

»Und du glaubst ihm? Natürlich stirbt er. Ich habe ihn getötet. Aber ich will es spüren, verstehst du? Seinen Hals in meinen Händen.« Jonathan schüttelte den Kopf. »Cat. Aus dem Weg mit dir!«

»Nein, das lasse ich nicht zu. Jim ist unschuldig, das hat er nicht verdient.«

»Ha! Ich würde lachen, wenn mir von deinem Gerede nicht ganz übel würde. Unschuldig ist er also. Und wie viele andere Unschuldige hat dieses Schwein hinter dir niedergemacht? Hast du das etwa vergessen?« Er holte tief Luft. »Ich bin mit dir fertig, Cat. Aus dem Weg mit dir.«

Jim, der schwankend an Tabitha lehnte, stieß sich ab und legte sein ganzes Gewicht in den Schlag, den er gegen Jonathans Nacken zielte. Jahrelang hatte er in Kampfkunstschulen trainiert. Er war jung, seine Reflexe erstklassig. Und Jonathan stand von ihm abgewandt und war auf Cat konzentriert.

Sein Angriff kam nicht einmal in die Nähe von Jonathans zerzaustem Haar.

Jonathan duckte sich gleichzeitig mit Jims Bewegung und wirbelte herum, während sein rechter Fuß hochschoss und den Schlag zur Seite ablenkte. Als Jim dabei herumgeschleudert wurde, blitzte Jonathans kleine Hand kurz auf, einmal, zweimal. Jim stieß einen Schrei aus und fiel hin, die rechte Schulter mit der linken Hand umklammernd.

Jonathan blickte zu ihm hinunter, einen Ausdruck gemäßigten Interesses auf dem Gesicht. »Der Welpe hat also Klauen. Na ja, sozusagen.« Er wandte sich wieder Cat zu und lächelte entschuldigend.

»Was? Du auch?« Er zuckte die Achseln. »Mir ist das eigentlich egal, Cat, aber du solltest dich wirklich einmal entscheiden, auf wessen Seite du eigentlich stehst.«

Sie ging mit gebeugten Knien in Kampfstellung. »Du bist genauso schlimm wie Delta«, keuchte sie. »Ihr seid beide Killer.«

Er nickte. »So lange hast du gebraucht, um das herauszufinden? Natürlich, Cat. Nur auf diese Art habe ich es so weit geschafft, bis in diesen Raum hier geschafft. Ich bin ein Killer. Er hat deine Eltern ermordet, unter anderen, und jetzt ermorde ich ihn. Um ein Ungeheuer zu töten, braucht es ein Ungeheuer. Schlicht und ergreifend, stimmt's?«

Sie schüttelte den Kopf. »Nein. Erst wird er Jim retten.«

»Ah, ich verstehe. Wahre Liebe.« Jonathan seufzte. »Na ja, ich wünschte, ich hätte Zeit dafür, aber die habe ich nicht, tut mir Leid.«

Er stürzte sich auf sie. Sie wehrte den ersten Schlag gerade noch ab, doch der folgende Zirkeltritt betäubte ihren Oberschenkel und schleuderte sie herum. Sie ließ die rechte Hand vorschnellen, doch er schlug sie beiseite und traf sie mit der linken Handkante gegen die Stirn.

Sie taumelte zurück, die Ohren von einem Brausen erfüllt und für Momente blind. Dann war sie wieder da, schüttelte den Kopf und sah sein Grinsen, die rechte Faust bereit für den endgültigen Hieb.

»Sag Bye-Bye, Cat«, knurrte er.

»Hey, Käsegesicht«, ertönte eine raue, vom Rauch zerkratzte Stimme. »Warum suchst du dir nicht jemanden, der größer ist als du?«

Jonathans Augen fuhren mit einem Ruck nach rechts. »Sie!«

»Haarscharf erkannt, Wunderjunge«, antwortete Commander Steele. »Ich.«

8 Dann verlor Jim das Bewusstsein, aber nur für einen Moment, während Tabitha ihn zurückschleppte, aus dem Weg, und ihn auf die Couch hievte. Der Schmerz war ein Brunnen strahlender Funken, die von seiner Schulter zum Gehirn schossen.

Tabitha versuchte, ihn abzuschirmen, doch er stöhnte: »Nein … ich will es sehen.«

Steeles Helm war verschwunden. Ihr schwarzes Haar

hing ihr strähnig vom Kopf und umrahmte ihr wachsbleiches Gesicht. Ihr verschmierter Lippenstift war ein leuchtender Farbfleck, der ihren Zügen etwas Künstliches, Puppenhaftes verlieh. Als sie auf Jonathan zuging, gab ihre Kampfrüstung ein Summen von sich.

Jonathan nahm Kampfstellung ein und sah sie an, während Cat nach Luft schnappend zurückfiel. Er streckte die Hände aus. »Ich bin augmentiert«, sagte er.

Steele nickte. »Na, deine Muskeln sind wirklich wunderschön frisiert, ordentlich künstlich aufgemotzt. Ich hatte mich immer schon gefragt …«

»Was denn?«, fragte Jonathan.

»Was besser ist. Die Rüstung oder dein Zeugs. Das werden wir jetzt wohl herausfinden, schätze ich.«

Jonathan lächelte. »Wohl schon.«

Beide bewegten sich gleichzeitig.

»Mein Rucksack«, flüsterte Jim.

»Was?«, fragte Tabitha.

»Mein Rucksack. Da drüben auf dem Boden. Hol ihn mir!«

Von Jims Beobachtungsposten aus wirkte es wie Ballett. Jim wusste, was er da sah. Er hatte jahrelang trainiert. Aber diese beiden waren Experten. Dennoch dauerte der Kampf nur Sekunden.

Die Bewegungen von Händen und Füßen waren nur ein verschwommenes Schwirren, dann Körperkontakt. Jim hörte den Aufprall von Fleisch auf Fleisch, gepresstes Stöhnen, das Surren von Steeles Rüstung. Wieder auseinander, umkreisen, einschätzen. Eine blaue Strieme unter Steeles rechtem Auge, ein blutender Riss auf Jonathans Stirn. Noch ein Moment des gegenseitigen Maßnehmens, dann ein abrupter Ausbruch heftiger Bewegung.

Als sie sich zum nächsten Mal trennten, hatten beide schwer Schaden genommen. Steeles rechter Arm baumelte nutzlos an ihrer Seite herunter. Jonathan, der sie zu umkreisen versuchte, hinkte schwer. Jim hörte bei jedem humpelnden Schritt das Knirschen des beschädigten Meniskus.

Steele schüttelte sich die Haare aus den Augen. Bei der Bewegung spritzte ihr das Blut aus der Nase. Sie atmete keuchend ein und warf sich zum dritten Mal vor.

Diesmal gingen beide zu Boden. Jim beugte sich vor, der Atem wie Feuer in der Kehle, die Sicht plötzlich wieder verschwommen. Er hatte seinen Rucksack im Schoß und nestelte ihn auf, die Schulter ein Brocken, ein Gletscher aus Schmerz. Er spürte in sein Inneres hinein, vergaß, was er eigentlich tat, und schaute auf.

Jonathan richtete sich langsam auf die Knie auf, sein verbindliches Gesicht eine Maske aus Blut. Er hob den unverletzten Arm, die Hand todbringend zur Axt abgebogen, die Lippen ein weißer Spalt des Triumphs.

»Ja«, grunzte er. »Jetzt wissen wir es …«

Jims Hand fand die kühle, harte Kontur der Waffe und legte sich darum, zerrte sie mit einem Ruck, die Schulter schreiende Qual, heraus. Er biss sich auf die Lippen, schmeckte Blut und hob die Arme. Seine gerissenen Schultermuskeln protestierten knirschend, und vom Schmerz lichtete sich einen Moment lang der Nebel vor seinen Augen. Da erstarrte er, und die verletzte Schulter erbebte. Nur mit Mühe gelang es ihm, sie ruhig zu halten …

Kann ich es tun? Kann ich dieses Schreckliche tun? Ein Teil seiner selbst flüsterte tief in seinem Innern, dass er es konnte, doch es würde ihn für immer verändern.

In seinem Magen wogte es, Galle und Entsetzen. Aus den Augenwinkeln sah er Tabithas Gesicht, die Augen weit aufgerissen, Angst, Hoffnung und Abscheu im Widerstreit. Er tat einen Atemzug, der nach verbranntem Eisen und Blut schmeckte, und fasste Jonathan ins Auge.

Seine todbringende Hand, die auf Steeles Kehle zustieß.

Er bediente den Abzug der S&R .75

Das große, raketengetriebene Geschoss erwischte Jonathan von der Seite und löschte alles oberhalb der Schulterblätter aus. Eine grau gesprenkelte, klumpige Blutfontäne schoss aus dem kopflosen Rumpf. Die Gewalt der winzigen Rakete war so groß, das sein Körper sich kaum bewegte. Er hing in der Luft wie eine Marionette, und dann sackte er in sich zusammen, als hätte jemand die Fäden durchgeschnitten. Die Finger an Jonathans rechter Hand zuckten wie Garnelen, die beim Kochen schrumpfen.

Steele stemmte sich auf die Ellbogen und beäugte Jonathans Überreste. Auf ihrem Gesicht klebten Fetzen von Fleisch und Gewebe. Sie betrachtete das Schlachtfeld mit mäßigem Interesse und warf dann einen Blick zu Jim hinüber.

»Und was jetzt?«, fragte sie.

Jim hustete und erbrach sich.

Diese Leichenfinger, wie sie gezuckt hatten.

Oh Gott, dachte er, *oh mein Gott, oh mein Gott …*

9 Delta hatte alles durch sein verbliebenes Auge beobachtet. Inzwischen war ein großer Teil seines Gehirns zerstört – er hatte sich zu lange nicht um seine eigene Beschädigung gekümmert. Aber das war in Ordnung, sagte er sich. Noch verblieb ein Teil seines eisernen Willens, und tief im Innern seiner Seele wollte er noch immer glauben, dass der Zweck die Mittel heiligt.

Selbst wenn die Mittel diesmal seinen eigenen Tod mit einschlossen. Nur ein Teil seiner selbst überwachte die äußere Welt mittels seiner physischen Sinne, deren Lähmung immer weiter voranschritt, doch in der kühlen, hallenden Dunkelheit der Cyberwelt, wo er mit seiner Milliarde von Geistern lebte, war alles in Ordnung.

Einen Moment lang wunderte er sich darüber und hatte wieder dieses sonderbare Empfinden des *Anderseins,* beinahe, als ob es ihn zweimal gäbe, getrennt und doch irgendwie derselbe, ein einziges Ganzes.

»Bringt ihn ...«, flüsterte er.

Jims Kopf hing herunter, während ihm Seiber und Erbrochenes übers Kinn liefen. Tabitha und Cat mussten den schlaffen Körper praktisch tragen, als sie ihn mühsam zu Delta schleppten.

»Dieser Helm«, sagte Delta und zeigte auf einen Zwilling seines eigenen, der jetzt im Sockel seines Stuhls sichtbar wurde. »Setzt ihm den auf.« Sein verbliebenes Auge rollte.

»Und dann lasst mich allein. Ich werde mich darum kümmern.«

Tabitha und Cat setzten Jim den Helm auf und traten zurück, sahen einander an.

Sie liebt ihn, dachte Tabitha. Das war eine sonderbare Vorstellung. Seit ihrer Gefangennahme war ein völlig neuer Jim entstanden, von dem sie nicht das Geringste wusste. Sie fragte sich, wie sehr er sich verändert haben mochte.

Offensichtlich genug, um ihn zum Töten zu befähigen.

Die beiden Frauen fassten sich ins Auge. »Bete und hoffe«, sagte Tabitha.

Cat nickte.

Hinter ihnen hustete Steele erneut und setzte sich auf. »Verdammt, das tut weh«, sagte sie.

Sechzehntes Kapitel

1 In seiner maßstabslosen, hallenden Cyberwelt schlug Delta Jims DNA auf wie ein Buch und machte sich an die Arbeit. So schwierig war es eigentlich nicht, nachdem er nun wusste, was er tat. Er machte sich keine Illusionen über seine eigenen Fähigkeiten: Er war ein ausgezeichneter Techniker, und er hatte eine Milliarde fleißiger kleiner Helfer.

Und wieder durchschauerte es ihn vor Entzücken, als er untersuchte, welche Perfektion Kate da erschaffen und ins Zellgedächtnis ihres Sohnes eingeschrieben hatte. Er zupfte hier, zupfte da – seine eigenen kleinen genetischen Graffiti …

Die nanotechnische Zeitbombe, die die Prolos in ihn platziert hatten, war ein sauberes Stück Arbeit, aber absolut nicht mit dem Niveau von Kates Botschaften zu vergleichen.

Er dröselte diese diabolischen Codes auf, ersetzte sie durch neue Anweisungen – heilende Maschinen – und sah dann zu, wie diese neue Armee sich rasch über den Körper des Jungen ausbreitete und die alten, gefährlichen Codes aufbrach und entschärfte.

Schließlich untersuchte er fast wie in einem nachträglichen Einfall noch den Schaden an der Schulter des Jungen. Muskel- und Bänderrisse. Hier würde die Heilung länger dauern, aber dennoch setzte er den Prozess in Gang. Ein kleiner Bonus. Er fragte sich, ob Jim es jemals bemerken würde.

Wahrscheinlich nicht …

Schließlich war er fertig. Kates Geheimnis blieb noch

immer ein Geheimnis. Es war jetzt auch sein Geheimnis, aber nicht mehr lange. Was er für Jim getan hatte, war für ihn selbst nicht länger möglich. Seine Zeit näherte sich rasch ihrem Ende, war für ihn und das Monstrum, das er auf der Asche beinahe vergessener Träume errichtet hatte, abgelaufen.

Nun, in gewisser Weise war das eine Erleichterung. Und es war stimmig. Schlussendlich müssen Schulden bezahlt werden, und seine Schulden waren ungeheuerlich. Mit seinem eigenen Scheibchen Leben konnte er dieses schreckliche Ungleichgewicht wohl kaum wieder ins Gleichgewicht bringen.

Er seufzte. Zieh dich jetzt zurück, bring den Jungen auf die Beine, und dann raus. Ein Weilchen konnte er den Comsat noch zusammenhalten, länger aber nicht. Alles entglitt seinen Händen und fiel jetzt dem Jungen zu, die Hoffnungen, die Geheimnisse, die Zukunft.

Von dieser Feststellung fühlte er sich sonderbar aufgerichtet. Für ihn war es vorbei oder zumindest bald vorbei. Und so getröstet spürte er endlich Erleichterung, endlich fiel die Bürde seiner eigenen, missverstandenen Pflicht von ihm ab.

Ich habe es versucht, tröstete er sich. *Ich habe mich geirrt, aber ich habe es wirklich versucht.*

Vielleicht würde der Junge es besser machen. Er hoffte es. Er trennte die Verbindung zwischen ihnen beiden, ließ Jim davontreiben, sanft wie ein Blatt, das durchs Dunkel schwebt, aus den Augen schwindet …

Jetzt war er allein, falls man mit einer Milliarde immer leiser werdender Stimmen allein sein kann – und in der Ferne spürte er es, spürte, wie es näher kam, um ihn zu holen.

Das andere.

Flehend streckte er unsichtbare Arme aus, flehend und Willkommen heißend.

Es ist Zeit.

2 Jim erwachte wie aus einem Traum. Dasselbe Gefühl, wie wenn man die Augen aufschlägt und vertraute Dinge sieht, die einem irgendwie fremd vorkommen. Sein Bewusstsein voll gestopft mit verblassenden Erinnerungen an Dinge und Ereignisse, die nicht möglich waren.

Jetzt Gesichter, Tabitha mit sorgenvollen Augen und Cat, das klare, junge Gesicht in schmerzliche Falten gelegt, während sie Tabitha über die Schulter schaute.

»Jim …?«, fragte Tabitha.

Er sah zu ihr auf, dachte nach und spürte, dass er in seiner eigenen Haut steckte. Etwas Schweres auf dem Kopf …

Er lächelte. »Hallo, Mom«, sagte er.

Sie brach in Tränen aus.

3 Alle drei standen dicht beieinander an einer Tür, die in der Wand hinter Deltas Schreibtisch verborgen gewesen war, suchten noch immer unbewusst Tuchfühlung, wie um sich zu überzeugen, dass sie alle heil und alle da waren. Dass alle noch lebten.

Jim bewegte den rechten Arm. Er tat noch weh, aber längst nicht mehr so schlimm, wie er es in Erinnerung hatte. Das heißt, hatte er es überhaupt in Erinnerung? So vieles verschwamm, verblasste …

Steele kam zu ihnen herübergehumpelt. »Nach hinten, den Korridor entlang. Da ist ein kleines Schiff, in einer geheimen Raumschleuse angedockt. Das war sein Schlupfloch, falls einmal alles zum Teufel gehen sollte.« Eine weitere Explosion erschütterte den Raum. Von der Decke schwebten kleine Flöckchen Metallfarbe herunter. »Und da gibt es keinen Zweifel«, fuhr Steele fort. »Das hier geht zum Teufel.«

Cat starrte sie an. »Kommen Sie nicht mit?«

Steele schüttelte den Kopf. »Nein.«

Jim fasste sie kalt ins Auge. Er hatte noch immer seine schwere Pistole in der Hand. »Sie waren die Ursache …«, flüsterte er voller Hass.

Steele sah ihn an. »Ja, ich hätte deinen Vater getötet. Du hast es irrtümlich getan, aber wenn es mir gelungen wäre, hätte ich ihn umgebracht. Das war mein Job, Junge. Und vielleicht war es auch ein bisschen persönlich. Ich hatte mich immer gefragt, wer von uns beiden besser ist …«

Sie warf einen Blick auf seine Pistole, zuckte die Achseln, drehte sich um und ging weg. »Nur zu, wenn du möchtest«, sagte sie. »Mir liegt nichts mehr daran.«

Jim hob die Pistole, doch nur einen Moment lang. Es war genug Blut vergossen worden, zumindest durch seine Hände.

Steele sagte: »Ich bleibe hier.« Sie sah Delta an und wandte sich dann wieder zu ihnen um. Sie bemerkte, dass Jims Pistole noch immer herunterhing, und nickte.

»Warum?«, fragte Cat.

»Ach, du weißt schon. Weil …«, sagte Steele. »Ihr macht jetzt besser, dass ihr wegkommt. Ich glaube kaum, dass dieses Wrack noch lange zusammenhält.«

Sie warf ihnen ein schiefes, rot verschmiertes Lächeln zu und drehte sich um. Das Letzte, was sie von ihr sahen, war, dass sie zu dem fauligen Haufen humpelte, der einmal ein Mann gewesen war. Als sie sich näherte, kam eine sargähnliche Vorrichtung aus dem Boden heraus, und sie beugte sich über den Mann und schaufelte ihn in ihre stählernen Arme.

Als Jim merkte, dass er nicht länger den Wunsch verspürte, sie zu töten, hob sich ein weiteres Gewicht von seinen Schultern, und zum ersten Mal verstand er die zermalmende Bürde der Rachsucht – nicht nur für deren Opfer, sondern auch für den Rachsüchtigen selbst. Der Hass zerfraß den Menschen bis in jedes einzelne Blutgefäß. Das war eine Lektion, die er in Erinnerung behalten würde.

Er steckte die schwere Schusswaffe weg. Sollte sie von jemandes anderen Hand sterben. Die seine war jetzt leer.

»Warum bleibt sie zurück?«, fragte Jim leise, als sie den Korridor entlanghasteten.

Beide Frauen tauschten einen kurzen Blick. Cat gab die Antwort.

»Weil sie ihn liebt.«

»Oh«, meinte Jim. Und er fragte sich, ob er eigentlich jemals überhaupt irgendetwas verstehen würde.

4 Nun waren selbst die Milliarden Stimmen verstummt, und nur das *andere* blieb übrig. Er hörte es im Dunkeln flüstern, Geheimnisse, Versprechungen.

Es bot ihm Vergebung an. Das wollte er, Vergebung, aber er hatte Angst. Einfach so loslassen? So schwierig ...

Er spürte, wie die Welt, die reale Welt auseinander brach. Irgendwo weit weg von ihm, jenseits einer Scheide, die er nie zuvor gesehen hatte, erbebte der große Comsat, dessen Rückgrat gebrochen war und dessen elektronische Nerven sich selbst zerfraßen, immer mehr Druck aufbauten.

Lass auch das los, lass dieses enorme Gewicht aufsteigen, weg von dir. Und dann sprach das *Andere*, ein Echo seiner selbst: *Lass los.*

Er seufzte.

Lass los ...

So schwer ... so leicht.

Jetzt flog er, flog davon, und das Licht um ihn nahm zu, wurde immer heller.

Er öffnete die Augen. »Steele?«

Auch sie war da. Im Licht.

Lächelnd ...

5 Es war ein kleines Erkundungsschiff. Die Bedienung war unvertraut, aber nicht unmöglich. Ähnliche Flüge hatte Jim mit den Cybertrainern seiner Schule zurückgelegt, die diesem Schiff durchaus ähnelten.

Er führte sie direkt hinaus, mit großer Geschwindigkeit, reizte das kräftige kleine Fahrzeug voll aus. Nur in Holovideos blieben Piloten in der Nähe, wenn so etwas Riesiges wie Comsat in die Luft flog. Im echten Leben raste man so schnell und so weit wie nur möglich davon, wenn man nicht mit einem Wall weißglühender Trümmer im Weltraum tanzen wollte.

Die Schockwelle erwischte ihn unverhofft, ein heranwogender Tsunami harter Strahlung, und er schaute auf die Sichtschirme. Die hatten sich abgedunkelt wie Rauchglas, um das Auge vor dem folgenden Lichtblitz zu schützen.

Dennoch war es ein Schauspiel. Die erste weiße Blüte öffnete sich und fiel in sich zusammen, dann die zweite: Ein endloser Vulkan reinen Lichts, das hervorbrach, sich ausbreitete und die Sonne selbst überstrahlte.

Wie … ein Feuerwerk, dachte er ehrfurchtsvoll. Das größte Feuerwerk, das je gemacht wurde.

So sah es tatsächlich aus, und das war nur recht so. Delta hatte die größten Computer der Menschheit gebaut und sie in dem größten Bauwerk untergebracht, das je von Menschenhand errichtet worden war. Als beides nun verging, würde das beim Untergang entstehende Licht noch auf Planeten in einer Million Lichtjahre Entfernung fallen, eine Million Jahre in der Zukunft – denn im Universum sorgt das Licht für das längste Gedenken.

Er hörte ein sonderbares, ersticktes Geräusch und sah sich um. Cat und Tabitha weinten beide leise. Er brauchte einen Moment, um zu merken, dass er selbst gleichfalls weinte.

Etwas Großes war vergangen. Da erschien es nur angemessen, ein paar Tränen zu vergießen.

Nach einer Weile ließ er ihren Standort bestimmen und änderte den Kurs. Die North American Skysnake war vermutlich schwer beschädigt, aber es gab noch andere.

Eine davon nahm er zum Ziel.

In der Dunkelheit verströmte sich die große Flamme und erlosch.

Es war vorüber.

6 *WOLFBANE*

»Ich werde das Grundstück im Gebirge wohl verkaufen, Jim«, sagte Tabitha. »Ich will nicht ... ich könnte einfach nicht ...«

Er schaute auf. Cat lag lang ausgestreckt auf dem Wohnzimmerboden, die Nase in einem Holovideo.

»Natürlich, Mom«, sagte er. »Das verstehe ich. Sowieso habe ich nur schlechte Erinnerungen an diesen Ort.«

Eigentlich hatte es sich mit seinen Erinnerungen in letzter Zeit mehr als sonderbar verhalten. Ein großer Teil des Vorgefallenen – zumindest die schlimmen Teile – waren verblasst, bis sie nur noch wie ein schrecklicher Traum wirkten, etwas, das man im Licht des neuen Morgens beiseite wischt. Und doch gab es Narben in seinem Innern, schwielenbedeckte Stellen in seiner Seele, die nie wieder wie früher sein würden. Manchmal, wenn er aus dem Fenster auf die vertraute Szenerie schaute, sah alles komisch aus, fremd – erschreckend.

Und manchmal hatte er das Gefühl, als lauerte bildlich gesprochen irgendetwas auf seiner Zungenspitze, etwas, das sich artikulieren wollte. Ihm etwas sagen wollte, was er schon wusste – wenn er sich nur erinnern könnte.

Tabitha beruhigte ihn, das sei der Stress und das werde vorbeigehen, doch er hatte seine Zweifel. Cat war direkter und ihre Therapie genussvoller, doch selbst ihr gegenüber empfand er die Fremdheit und eine wachsende Distanz.

Menschen, von Stürmen zusammengewürfelt, verändert und wieder verändert, und jetzt, wo die Stürme abflauten, nahmen sie ihr Leben wieder auf. Er fragte sich, ob er zu dem Leben gehören würde, für das Cat sich irgendwann einmal entschied.

Irgendwie bezweifelte er es und irgendwie dachte er, dass es eigentlich egal war und dass er dankbar für das sein würde, was er hatte.

Die einzigen echten Albträume, die ihn noch heimsuchten, handelten von Jonathans Fingern, die zuckten wie blinde Würmer, tot. Beim Gedanken daran schauderte er zusammen.

»Verkauf das Grundstück, Mom. Wirklich«, sagte er. Die Hütte wie ein Erinnerungsblitz, Feuer, das aus der Dunkelheit spie. Lass auch das verblassen.

Er machte es sich wieder im Sofa gemütlich, halb schläfrig. Seit ihrer Rückkehr hatte er viel geschlafen. Dann fiel ihm halb zwischen Schlafen und Wachen plötzlich die Nachricht ein, die er bei ihrer Rückkehr in seinem Mail-System vorgefunden hatte. Knapp und direkt, typisch militärisch. Von der Space Academy.

»Sehr geehrter Bewerber,

Ihre Bewerbung werden wir gerne weiterleiten. Unglückseligerweise enthält sie aber einen Fehler. Die Zuordnung Ihres Genotyps zu dem Carl Endicotts ist inkorrekt. Bitte reichen Sie den korrekten Genotyp schnellstmöglich nach, damit wir mit der Bewerbungsprozedur fortfahren können.

Hochachtungsvoll,

Büro des Kommandanten«

Carl war also nicht sein leiblicher Vater gewesen, und solange er nicht wusste, wer sein Vater war, kam er auch nicht in die Academy. Er hatte nicht die geringste Ahnung, wer überhaupt infrage kam, aber irgendwie störte es ihn auch nicht.

Denn irgendwo *gab* es die Antwort, und er würde sie finden. Was den Rest anbelangte …

Wieder hörte er es in den Schattenbereichen seines Bewusstseins, vernahm Carl Endicotts Stimme: *Ich liebe dich mehr als das Leben selbst …. Das glaubst du mir, oder?*

»Ja, Dad«, flüsterte er bei sich. »Das glaube ich. Und ich liebe dich auch.«

Nicht alles war Blut. Manchmal war es nur Liebe. Und manchmal musste die Liebe reichen.

Epilog

Um die Katastrophe herum war ein kompletter Quadrant von der Kon-Flotte abgeriegelt worden, doch dieser riesige Raumbezirk war nicht leicht zu kontrollieren.

Das Schattenschiff der Außerirdischen, von Technikern geschützt, die die Wissenschaftler der Flotte nur ansatzweise erahnten, hatte keinerlei Problem, in das Herz dieser Region vorzudringen, wo die Trümmer vom Untergang Comsats noch immer einen gefährlich wirbelnden Mahlstrom bildeten.

Das kleine Gefährt kroch dahin, sammelte hier etwas auf, wählte da, kostete, nahm Proben. Im Innern eine gewisse kalte Wachsamkeit …

Kein Wissen, nur Vermutungen. Aber möglich, möglich. Und falls es stimmte …

Am dritten Tag holte eines der Greifnetze ein verkohltes Wrackstück in der Größe eines kleinen Kühlschranks herein. Erst nach einem weiteren Tag trug die Analyse Früchte, doch dann …

Oh, was für eine Ernte!

Da schwebte ein Bruchstück, von einem Magnet-Gravitationsstrahl gewiegt, in hartes blauweißes Licht getaucht.

Die Klaue war schuppig, eine von fünfen an der Spitze eines glänzend glatten braunen Greifarms. Sanft berührte die Klaue den Überrest.

So viel!

Die Stimme, tief und rasselnd wie ein Scheuern von trockenem Leder auf feuchtem Fels, flüsterte bei sich, weich vor Triumph …

»Ahhhh …«

Der Junge.

Den Jungen suchen.